U0528442

前科找乐及其他

前科　叉　放生　鬈毛　找乐　辘轳把儿胡同九号　丹凤眼　盖棺

陈建功 著

人民文学出版社

图书在版编目（CIP）数据

前科找乐及其他 / 陈建功著. —— 北京：人民文学出版社，2025. —— ISBN 978-7-02-019452-0

Ⅰ. I247.7

中国国家版本馆CIP数据核字第2025S0N279号

选题策划　杨　柳
责任编辑　薛子俊
装帧设计　陶　雷
责任印制　苏文强

出版发行　人民文学出版社
社　　址　北京市朝内大街166号
邮政编码　100705

印　　刷　侨友印刷（河北）有限公司
经　　销　全国新华书店等

字　　数　290千字
开　　本　880毫米×1230毫米　1/32
印　　张　13.25　插页2
印　　数　1—4000
版　　次　2025年7月北京第1版
印　　次　2025年7月第1次印刷

书　　号　978-7-02-019452-0
定　　价　58.00元

如有印装质量问题，请与本社图书销售中心调换。电话：010-59905336

目 录

小说起码……（代序）/ 001

前科 / 001

耍叉 / 066

放生 / 140

鬈毛 / 207

找乐 / 301

辘轳把儿胡同九号 / 347

丹凤眼 / 378

盖棺 / 400

小说起码……（代序）

"小说起码"这个题目，是一个不大招人喜欢的题目。因为从我写小说的第一天起，就不断听到这样的告诫："小说起码得有人物"，"小说起码得有情节"，"小说起码得细节真实"，"小说起码……"我当然对良善的告诫充满了感激，但也不能不对"分析性瘫痪"抱以警惕。就如一个关于蜈蚣和蛤蟆的寓言所说，蛤蟆问蜈蚣，当你的第一条腿前伸的时候，你的第五条腿咋动的？当你的第九条腿拨拉时，第十八条腿干啥哩？蜈蚣停下来想，这是个问题，真是个问题。想来想去，竟至不会爬了。

为此，对"小说起码"之类的话题，我一向不感兴趣。

不过，最近，我觉得小说似乎还是应该有个"起码"了。

"起码"什么呢？起码别装孙子。

这种说法未免失之于粗俗和刻薄，好在它是留给我自己当"座右铭"的，并无针对他人之意，所以，是否雅驯，倒也无关紧要。

这种"警策"也未免格调太低。我要是说"小说起码得是时代的号角"，或者说"小说起码得是一本形象的马列主义教科书"，那该多么带劲儿！对于我来说，当"号角"和当"教科书"，自然是"高山仰止，景行行止，虽不能至，然心向往之"的。不过，既然心力笔力不逮，还是别唱高调吧，更何况写出一篇小说来，老百姓看了,不骂你"装孙子",也不是那么容易的哩。

那种老百姓看了以后,骂为"装孙子"的小说,我是写过的。

我早在一篇文章里讲过了,我发表的处女作是一首诗,题目叫《欢送》——对"工农兵上大学"这一"新生事物"加以讴歌——虽然写这首诗的时候,我刚刚被褫夺了被推荐上大学的机会。此后,我的比较有影响的小说叫《荷泽惊澜》——讴歌了红卫兵运动的兴起——虽然我一直不能忘怀在"运动"初期,我如何被红卫兵们封为"狗崽子",被宣布要用"无产阶级专政的铁链牢牢锁住"……此次《钟山》不弃,让我在"作家之窗"里亮一下"相",开列"作品目录"的时候,我迟疑了一下,不知道是否应该把这些作品列上去。最后,我还是把它们写上去了。一个文学工作者,就像他应该正视别人心灵的真实、心路的历程一样,他更应该正视自己心灵的真实、心路的历程。那时的我,"是一个受着生活的挤压,却还拿起笔,歌颂那个挤压了我的时代的陈建功;是一个对现存的一切产生了不少的怀疑,却又不断地寻找理论,证实存在合理性的陈建功;是一个被生活的恶浪打得晕头转向,迫不及待地抓一根救命稻草的陈建功"。于是,文学,便成了个人厄运转机的攀附物。由此而发之作,怎么能不逢迎、不违心、不追风逐浪,怎么能不招人骂为"装孙子"?!

历史的转折是一个伟大的学校。它使我认识了自己,认识了人生,也认识了什么是文学。也许,我的认识还肤浅得很,不过,那种"装孙子"的小说,我是再也不愿写了。

在最近一年里,我常"混迹"于北京的胡同里间,谈笑于市井小民中间。天天早上逛一趟天坛,和提笼架鸟的老头儿们学"鹤翔庄",晚上抽空儿到街心公园的树荫里听戏,和"戏迷""票友"们纵论历史,横叹人生。我也替年轻的工人写过"告状"信,替"板儿爷"们写过"检讨书"。在搜集了大量生活素材的同时,我又悲哀地想到,也许,我仍然属于果戈理笔下的"幸福的作家"之列。他们"慌忙避开那无聊的、惹厌的、以可怕的弱点惊人的实在的人物,却只创作出具有高洁之德的性格来","用檀香的烟云来蒙蔽人们的眼目,用妖媚的文字来驯服他们的精神,隐瞒了人生的真实,却只将美丽的人物给他们看"。当这样的作家,也许的确是"幸福"的:"大家都拍着手追随他的踪迹,欢呼着围住他的戎车","他的姓名已足震动青年的热烈的心,同情的泪在各人的眼睛里闪现"……不过,当这样的作家,在生活的严峻评判面前,能保证不被人们嗤之以鼻吗?

同样,在《死魂灵》的第七章,果戈理为我们描述了另一类作家,"那运道是完全两样了":"他得不到民众的高声的喝彩,没有感谢在眼泪中闪出,没有被他的文字所感动的精魂的飞扬,没有热情的十六岁的姑娘满怀着英雄的惆怅来迎接他,他不会从自己的箜篌上编出甜美的声音来,令人沉醉,他还逃不脱当时的审判,那伪善的麻木的判决……","像一个无家的游子,孤零零地站在空街上。他的事业是艰难的,他觉得他的孤独是苦楚的。"可是,正是这样的作家,"敢将随时可见,却被漠视的一切:络住人生的无谓的可怕的淤泥,以及布满在艰难的,而且常是荒凉的世路上的严冷灭裂的平凡性格的深处,全都显现出来,用了不倦的雕刀,加以有力的刻画,使它分明地、凸出地放在人们的眼前"!果戈理的这些话,使我激动不已,潸然泪下。时代不同了。我并不愿意也不应该把果戈理时代的文坛和我们当今的文坛做什么类比。可是,从这忧愤深广的文字中,我们不是应该感受到作为一个真正的作家所应该具有的直面人生的真诚、正视现实的勇气、不为凄苦寂寞的运道所夺志的精神吗?一个作家,不管他生活在什么时代,没有这种真诚,没有这种勇气,没有这种精神,他就难免不粉饰生活以趋时尚,难免不歪曲现实以博喝彩,老百姓不骂他"装孙子"才怪!

我是喜欢自省的。这大概是造成我下笔迟迟,作品寥寥的原因。不过,文场历来是人欲横流之地。我们中国的文人,历来有两个传统,一曰"感时忧国",一曰"趋炎附势"。大约是千百年来统治者的文化政策使然。我自知自己的身上,也难免流着这两种血液。时时自省一下,我自认为倒是比较稳当的为文之道。

不过,若说所谓"别装孙子",就是文学的"真实性"的问题,这说法就略嫌肤浅了。我认为,作家能否为读者提供真实的人生图景,当然是作品能否为读者所认可的关键。但我上面已经说过了,作家能否为读者提供这种真实的人生,取决于他的为人、为文之道。所以,我所说的"别装孙子",是说为人为文之道的。更何况当今的读者们要求我们"别装孙子",也不仅只是要求我们的文学"真实"而已。

比如吧,当今的读者们还要求文学与他们平等地交流,平易近人地探讨。居高临下的教导,强加于人的态度,大言治国安邦之道,他们早已领教够了;并且,他们说不定还在日常生活中继续"领教"着。打开小说,又是这一套,能不挨骂吗?古人说:"小说者何,别乎大言言之也。一言乎'小',则凡天经地义,治国化民，与夫汉儒之羽翼经传，宋儒之正诚心意，概勿讲焉。一言乎'说'，则凡迁固之瑰玮博丽，子云相如之异曲同工，与夫艳富、辨裁、清婉之殊科，宗经、原道、辨骚之异制，概勿道焉。其事为家人父子日用饮食往来酬酢之细故，是以谓之小，其辞为一方一隅男女琐碎之闲谈，是以谓之说。然则，最浅易，最明白者，乃小说正宗也。"（罗浮居士《蜃楼志序》）借古人的话，言其"小"，言其"说"，大概会招致文学批评家们的批评。因为近来，对所谓专写"小乡小镇小猫小狗"的"小"字号文学批评之声时起，我想借用一位著名作家的话来回答之："干脆把'小说'改成'大说'算啦！"小说是否有深刻的广阔的社会意义，恐怕是不能以写的是"小乡小镇小猫小狗"还是"大乡大镇大猫大狗"而论的。鲁迅先生的小说，即"小镇小店小狗小鸭"也，"说虽小乎，即谓之大言炎炎也可"。我绝不反对写重大题材，即便写重大题材吧，我也希望和读者们平等一点，平易一点，家长里短，从容道来。我当然希望而且必然从中铸造我自己的情感世界，但还是让他们先把我当成"哥们儿"，跟着我去转悠吧，别让他们没等我开口，便道一声"装孙子"，扬长而去。

1984.5.24 于北京

（原载《钟山》1984年第4期。略有改动）

前　科

一

"作家，试试吗？"

"当啷啷"，苏五一把手铐掏出来了。怪不得他的裤兜儿老那么鼓鼓囊囊，原来揣的是这玩意儿。他的手背向上弓着，把这玩意儿拢在他的手指头中间。这手特白，还又瘦又长，就跟眼下酒桌上时髦的、被漂白过的凤爪一样。这又让我想起了一位当钢琴家的朋友，那一位的手也是这样，修长的，白皙的，没事的时候，很悠闲地很绵软地待在袖管里，一旦搁到了琴键上，那白白的，突起的骨节，会泛出一片冷冷的辉光来，透着那么儒雅，那么自信。而现在，苏五一这只手，非但不亚于那位钢琴家，反而因为手指间有黄澄澄的手铐相映照，儒雅、自信之外，更平添了几分君临天下的高傲。对这只手欣赏得正入境，只见那上拱的手背慢慢地翻将过来，亮出了张开了嘴巴的铐子。他漫不经心地举起了小臂，手腕轻轻地向前一扣——这动作真他娘的潇洒透了，像什么？像河边柳下甜言蜜语哄着姑娘的小伙子，顺手捡起了一块石头子儿，朝水里那么一丢——"当！"一道黄光朝横在我们座位前的铁栏杆飞去。"咔",手铐的一端一下子咬住了栏杆,另一端还扯在他的手里。他直直地拽着那铁链,顺着汽车的颠动,腰板儿挺挺儿地颤了两下,那神气,就像这奔驰的警车是一匹狂荡的马,而他,正拽着马的缰绳,闯入了无人之境似的。

笑一笑,点点头。

其实昨天我就跟他声明过了,您就可劲儿跟我这儿"牛"吧,我愿意满足一切人的自尊心。

"怎么样?"人家还不依不饶,非得让你把"服气"那两个字明明白白地吐出来。

"挺棒的。"又点了点头,瞄了他一眼,我又说,"我敢说不棒吗?我敢那么说,您就敢把这玩意儿冲我扔过来。"

他嘻嘻地笑了起来。

正是黄昏,白花花的阳光变成了金灿灿的一抹,斜斜地照过来。小马路两旁是一排一排平房,平房的上空弥漫着纱一样的轻烟。一间一间自盖小厨房的窗口里,不断传出菜下油锅的"嗞啦"声。一个老头儿,一耸一耸地努着嘴里的牙签儿,蹒跚地走出来,在路旁支他的帆布躺椅。一个女人,在院门口卸着自行车后架上的菠菜。几个孩子正在前面的马路中央"跳房子"……警车"呜呜"地嚎着,卷起一股一股烟尘,从老头儿和女人身边冲过去,从画着"房子"的路面轧过去,把一张张惊愕的面孔甩到后面。

警车里唯一穿便服的,就是我了。从车窗外看热闹的人的眼神里不难看出,他们都把我当成了被抓的杀人犯,至少也是个流氓小偷儿。这挺让人觉得开心。不过,更开心的,倒是我们这股子虚张声势的劲头儿——"快来人呀!快来人吧,出事儿啦!"

报案的老太太在电话里说得上气不接下气，那架势就跟她家的床铺底下发现了大卸八块的尸体。听了半天才算是听明白了，不过是有那么一个在公共厕所门口耍流氓的家伙，那小子的全部罪行，也就是他不该管不住自己，向异性亮出了男性公民应该敝帚自珍的东西。再说，老太太们也已经把他扭住了，即使民警们溜溜达达到了那儿，也能稳稳当当把兔崽子擒回来。老太太们这一惊一乍的当然可以理解，在首善之区，这种听见闹猫都恨不能扭送派出所的老太太多了去了。可我们，似乎不必这样：出动四个精壮汉子，又是揣警棍，又是揣手铐，一路警笛嘶嚎，闹得鸡飞狗跳的吧？

"您哪，至少，对敌人心慈手软！要不怎么您是作家呢！"苏五一不以为然地摆摆手。这当然是我预料中的。当我的心里升起这种滑稽感的时候，我已经意识到这心思瞒不过他了。当然，还把这当个事儿说，更是我的"修行"不到家的表现。只见他把目光从车窗外收了回来，头靠到靠背上，仰脸儿朝上望着。警笛仍旧在车顶上嘶叫。过了一会儿，苏五一又歪过了脑袋，高声对我说："我告诉您，逮着逮不着，那都另说，无所谓！这一趟，得让那些不安分的小子们，全他妈心惊肉跳三五天是真的！这叫什么？这叫无产阶级专政的威慑力！"

我大概又笑了笑。

"啧，你看，你又不信。"

"信，信。"我说。

他斜眼看了我一眼。

"真的，挺棒。"我又补了一句。

警车急急地拐过一个弯儿,他的身子挤到了我的身上。

"要不,人家都说你们这号知识分子难对付呢……"他把身子往外挪了挪。

"怎么难对付了?"

"我能跟您说透吗?说透了不就不含蓄了?"他乐呵呵地晃了一下脑袋,不再说下去,把脸扭向窗外,少顷,又扭脸瞥了我一眼,笑了笑,说:"您这'挺棒'用得可够勤的啊。"

"真的挺棒。这两天净跟着您了,能不长进吗?"我说。

他不再理我,欠起身,撩开警服的前襟儿,从拴在裤腰带上的一串钥匙里,找出了一把,拽着它屈下腿挺过肚子往铁栏杆上的手铐那儿凑。车子一颠一簸,他的钥匙老是对不上,这姿势颇不雅观。终于,他把手铐打开了,坐了下来,把手铐又一次拢在那弓起的五指间。他也不说话,那捏着手铐的手,冲我的身前递了过来,我张开手掌,"啪",他把它拍到了我的手里。

这玩意儿沉甸甸的,攥在手里满满一把,我把它哗啦哗啦地揉搓了几下,忽然想起北京的老头儿们喜欢揉搓的保定铁球。

我知道他这一拍是什么意思。

北京的老百姓们,对看热闹真是有无穷的兴致。新华里临街的公厕门前,居然围了密密层层的好几十号人,其中有那么几位的手里,还端着饭碗,嘴里甚至还吧唧吧唧地嚼着。简陋的公厕对他们来说,有那么点儿"入鲍鱼之肆,久而不闻其臭"的意思,而警察抓人,不敢说千载难逢百年不遇,到底透着新鲜。热闹送到了家门口,谁要不看那可就亏了,有谁愿错过?警车就是在这众望所归中莅临的。当我们从警车里鱼贯而出的时候,周围突然变得鸦雀无声，我却觉出了四周的每一个瞳仁儿里都透着的快意，透着被焕发起的期待，而那一个个瞳仁儿又告诉我，他们对我更是情有独钟：身穿便服的我现在已经不再让他们误认为是罪犯，相反，还就因为这身便服，再加上我的年龄，再加上我的微凸的肚皮，我被人们看成了三个小伙儿的上司。当然，我知道，最有说服力的，是我手里攥着的黄澄澄的铐子。

"这当官儿的够派啊！"有人悄悄地说。

"至少也是个分局长！"北京的老百姓里，对自己的判断充满自信的人多如牛毛。

"让开嘿，警察来啦！"有人高声嚷嚷。

人群闪开了一条通道，放我们走进去，随即又封死了，把我们围在中间。

那个"敝帚"不够自珍的家伙可怜巴巴地站在那儿，他的身边，是三五个臂戴"联防"红箍的老头儿、老太太。那家伙的年龄和我相仿，是一位眉眼清秀、白白净净的中年汉子。说实在的，也就是这会儿我才仿佛突然明白，原来这耍流氓的人，并不见得全是满脸横肉。不过，不管怎么说，眉清目秀的流氓比起满脸横肉的流氓来，好像总能让人有那么点儿恻隐之心似的。比如眼前的这位，一脸沮丧，下颌还有点儿微微发抖。这模样就让我这心里挺不落忍：这人就算不是有病，也可怜得可以，不然，得熬到什么份儿上，才色胆包天，敢冒天下之大不韪，干出这等事？……想归想，脸上还是正气凛然的——我们干什么来啦？何况，苏五一岂止正气凛然，这会儿应该说威风八面。

"是你吗？耍流氓的？"挑出一根修长白皙的中指，戳了戳那位的肩膀。

实话跟您说，事后我偷偷试了半天：一会儿伸出食指，一会儿伸出中指，试了无数回，我觉得，伸食指要比伸中指方便得多，令人百思不解的是：苏五一为什么要舍易就难，偏偏要挑出根中指来？

"是他，就是他！"不等那可怜的家伙说话，老太太们先七嘴八舌地告发起来。

"冲谁耍流氓啦？事主在不在？"苏五一扬起下巴，目光在周围的人群里睃巡。

老太太们闪开了身子，从身后推出了一个面红耳赤的姑娘。

"他冲你耍流氓了？"

"啊，是，我……我刚从厕所出来，他就……就……"姑娘的目光游移着，支支吾吾。

"行啦，你也甭说啦，跟着上派出所走一趟。"苏五一说完了，回头看了看我，我知道，该我上了。

刚才把手铐拍过来，就是这意思。

在电影、电视里，是看见过警察给犯人铐手铐的，譬如美国的警察，往往抡起手铐那么一钩，就跟肉店的伙计抡起大铁钩子，往整扇的猪肉上甩似的。中国的警察庄严一点，没这么随便，可也够利索的了：郑重地走到犯人面前，"啪""啪"，左一下，右一下，拍两下巴掌，那手铐也铐上了。这回轮到自己来一回了，美国警察那一手儿咱玩不了，咱就中国特色吧。板着脸，郑重其事地走过去，这会儿心里突然冒出一股子什么滋味？还真有点说不清道不明的。是不是有那么点儿发虚，好像老大对不起人似的？

甭管怎么说,您铐的可是一个大活人哪,咱从来都是"宁可天下人负我,不可我负天下人"不是?再说,咱也没干过这活茬儿,不知怎么下手啊。那家伙倒挺自觉,看我拿着手铐过去,早早儿就把胳膊抬起来,把手并在一块儿,伸过来了。我把半月形的一半托在他的一只手腕上,把另一半扣过去。也邪了,电影里看民警"啪啪"那两下子,觉得那手铐挺松快的呀,轮到自己上去铐了,这才觉得这手铐的钢圈并不算大,真的也"啪啪",弄不好就得把人家白生生的手腕子给夹了。我用一只手托着手铐的一半,另一只手的手指把那手腕上的皮肉往边儿上推,趁着有了那么一点儿空隙,将那手铐的另一半一压,只听"咔"的一声,算是把一只手给铐上了。我拎起手铐的另一头,找犯人的另一只手腕的时候,苏五一过来了。拍了拍我的肩膀,插到我和犯人中间。我知趣地让开了地方。只见他漫不经心地提起了手铐,当它再被提起的时候,钢圈的两瓣已经张开了,像一位说快板书的,立起那两块竹板儿,马上就要击板开说一样。那"竹板儿"凑到犯人的手腕边,只见上边的那一瓣猛地向下一叩,"啪",大功告成,一个黄澄澄的圆,把那白生生的手腕箍了进去……

警车依然呜呜地叫,拉着我们回派出所。

"戴手铐的旅客",蹲在一进车门的空地儿上。

我在外地坐长途车旅行的时候,见过那些走亲戚的农民们带上车的鸡,它们被缚住双足,也是被扔在那个地方。

我坐在前排,他就蹲在我的膝盖前面。

"首长,首长,我……我错了,我认罪,您打我,骂我吧,罚钱也行……可我……我求您,甭告诉我爱人,行不?我求您……"

他突然趴到了我的脚下，先是结结巴巴地说，一会儿竟呜呜地哭起来了。

"别，别价！"我赶紧把被他攥住的脚缩了回来，那会儿好像已经忘了这是你抓来的违法分子了，竟手足无措地喊了起来。

要命的是，他居然也把我当成了"首长"。

"去！"苏五一伸过他的脚，把脚尖往远处点了点，示意这位离远点儿。

乖乖儿的，退了回去。

"这人哪，老是处理不好'老大'跟'老二'的关系，你说，这是怎么回事？……没辙，这'老二'，就是调皮，一不当心，就给'老大'找了麻烦了！"也不知道苏五一是在对我说，还是在自言自语。听下去，才明白他是在教育蹲着的那位，"早知今日，何必当初？'老大'管严点儿啊，净让'老二'乱跑，也不讲个交通秩序，违章了吧？后悔了吧？……"

那位不再吱声。

苏五一也不再说什么，头靠到座席背上，闭目养神。

"我说'首长'，"苏五一的眼睛仍然在闭着，"您对这些家伙挺仁义的啊……"

"谁？我？"我冲蹲着的那位瞟去一眼，扭脸看着苏五一，他的眼睛现在算是睁开了。

"可不，您没瞧您刚才铐手铐那架势哪。那哪是铐手铐啊，那是萨马兰奇给奥运会的金牌得主发奖哪！"

二

早在六年前就想写这篇小说了,不信您可以查一查一九八七年年初的《光明日报》。那时候我刚刚写完了《鬈毛》,反应挺"火",于是就来了个《光明日报》的女记者韩小蕙,说是想写写"作家动态",请问下一步的打算。按说一个写家是不应该早早就为自己尚未出世的作品做广告的,不过,韩小蕙可是个老朋友了,甚至在我开始学着写小说的时候,和她就是"一条战壕里的战友"——我们一起被《北京文学》约稿,凑到一块儿写小说。后来各行其道,却也离不开舞文弄墨。这么久的交情,是很难不从实招来的。这么着,《前科》也就早早儿地被预报出去了。

然而,到了今天才写。

或者说,到了今天,才算是有了一点写下去的把握。

我不知道别的写家是不是也会遇到和我类似的困难,唯独我一个人低能也未可知。

之所以写不下去,是因为对这位苏五一最初的心思,总是捉摸不透。

这位苏五一现今已经成了我最好的朋友之一,时不时就过来看看我,有时候甚至是他夜里巡逻的时候,没什么事了,偷偷上楼来陪我喝二两。有时候专门给我带来一位有趣的人物,为我提供很多趣闻。当然,更实际的帮助也有:冬储大白菜的时候,他率领他们所里的几位小民警,把一抱一抱的大白菜给我送上了楼。更有趣的是,有一次他在现场值勤中不知怎么逮着了一部"大哥大",深更半夜给我打过来,对他们正在进行的任务来了一次"现场直播":"……我们在树丛里猫着哪,真他妈冷。您说,这叫人干的活儿吗?那家黑着灯,没动静……您说什么?……没事儿,我这用的不是执勤的电话,是一个小子借我的,大款的,没错儿,'大哥大'……闷得慌啊,跟您聊聊啊,您不就想打听这玩意儿,写出来骗钱吗!……没错儿,这滋味儿真他妈不好受,一宿哪!……得,不能跟您说了,那边过来一个人影儿,保不齐兔崽子回来了……哦,不是,咱接着聊……我们派人去看了!派街道居委会的老太太去的,嗐,假装收救灾的捐款呗……说朝里屋看啦,没动静。我们估计这小子得……得,甭说了,这回是真的回来了……"

交情到了这个份儿上了,还是没好意思问他,您当初跟我这儿人模狗样的,是当真,还是装孙子哪?

中国这地面上的人物,有时候就是让人眼晕。往高了说吧,毛泽东见了斯大林,谈了一溜够,也没让伟大的斯大林明白他想的是什么,愣把伟大的导师急得眼儿绿。这毛泽东还是湖南人氏呢,要是北京人氏,不得气得导师把盒子炮拍出来?

北京人的正话反说,反话正说,有时候连最地道的北京人听着都不把牢。

有一位上海来的编辑到我家,抱怨北京的某某作家不通情理。

"他怎么能说我是骂他?我怎么能骂他?我是诚心诚意地去约稿的呀!他可好,听我说了一大堆好话,最后倒跟我这儿板了脸,说:'您这可是骂我。'我……我……说的真的全是好话,也全是真心话,我可没有半点讽刺的意思。再说,我又何必偏挑跟您求稿的时候讽刺您?……"

我忍不住哈哈大笑："他应该怎么说？在您说了一大堆好话以后。他说'谢谢'——Thank you？那说不定是个老外。他说'过奖过奖，不敢当，不敢当'？俗了。北京人哪儿能俗啊，他不给您来个正话反说，怎么能透着幽默？"

有一位记者到我家，嘲笑王朔"放狂话"。

"狂得可以，狂得可以！敢说他那《爱你没商量》一不留神就写成了《红楼梦》，顶不济也是一本《飘》。你们北京的侃爷，可真敢吹！"

您瞧，王朔该怎么说才好？说我这剧比《红楼梦》差一大截哪，比《飘》也还有一段儿？傻不傻？耍耍小聪明，来个反话正说吧，还是有人没听明白，惹出一肚子气来。

北京人啊，难怪您老是让人摸不透，您又老是让人觉得挺有味儿。

我自认为这双贼眼还是能分得清谁说的是真话，谁说的是假话，什么是正话，什么是反话，哪样儿是玩笑，哪样儿是认真的，毕竟在北京混了这么多年。

可想想和苏五一开初认识的那几天，我还是一阵阵儿犯嘀咕：那会儿，他是在正儿八经地"教育"我哪，还是跟我开心打镲玩儿哪！

三

不要说在警察里了，搁哪儿，苏五一也够得上是个美男子。

小伙子身材挺拔，高鼻梁，低颧骨，下巴微翘，薄唇紧闭，满脸英武之气。他又属于那种注重仪容的人，坐定的时候，永远把大檐儿帽摘下来，露出一头柔软细密的黑发。起身的时候呢，几乎每一次都举起右手，叉开修长的五指，顺着发型，梳理一下，这才小心翼翼地戴上他的大檐儿帽。后来我才知道，我们相识那几天，他正搞着对象。有时候，我们正说着事儿，他忽然说："哟，我有点儿事，您先待着！"一溜烟儿地走了。有时候，都到伙房买下各自的饭了，他却不吃了，不知干什么去了。

其实他去的地方不远，就在派出所旁边的一栋楼上，那是他的女友家。他结婚以后才告诉我："那会儿我没少了盯着她家窗台儿上那盆花！她妈不在家，我就偷空儿去会会。中午要是家里有好吃的呢，也有暗号通知我——她妈老说：'哟，小苏子，你怎么那么有口福啊，老赶上我们家吃好的！'……"

苏五一的聪明，当然不是光用在搞对象上了。跟了他几天，我才知道"管片儿民警"有那么大的学问。他把管片儿里所有地痞流氓不良少年的外号背给我听——大龙小凤泥鳅狗蛋二刁四喜傻鹿愣青茄皮儿紫包儿酱瓜儿蛐蛐儿大肚儿小瘪儿……他记得滚瓜烂熟像是背绕口令。他还知道大龙和二刁争风，小凤和四喜吃醋，蛐蛐儿和茄皮儿"叫横"，大肚儿和小瘪儿"谁也不夹谁"……至于这帮小子谁专事偷鸡，谁专事摸狗，谁惯于溜门儿，谁长于劫道，甚至谁撬锁爱用改锥，谁撬锁喜用铁棍，谁习惯自上往下掰，谁习惯从下向上扛，他全都了如指掌。因此，哪儿出了案子，只要他到现场看看，说不定就能圈出自己管片儿里嫌疑分子的名单来。管片儿民警的差使，也不光是破案。就说苏五一，没少了给管片儿里的孤老户干活儿，甚至连在服刑的犯人的家属都得伺候。换煤气罐啦，买取暖的煤啦，虽然在那连连不绝的感激声中，他会骂骂咧咧地说:"得啦得啦,给您家那不争气的东西写封信,争取早点儿回来,让咱也少受这份累,比什么都强!"……

我们认识的当天办的第一桩案子,是传唤东华里的"黑子"。

东华里、新华里和我家那栋楼眼皮底下的兴华里,都是苏五一的"管片儿"。苏五一说,铜厂丢了三百公斤铜锭,一卷电缆,他怀疑是黑子干的。

那天中午快吃饭的时候,黑子被传唤来了。

一看模样便知,这位是在地道的北京南城外贫民百姓的排房里、大杂院里滚大的。看这类小青年有两条:第一你看他的脸上、脑袋上是不是有疤疤伤痕。穷人家的孩子,养不了那么金贵,小时候满屋里乱爬乱滚,不定哪儿就磕个口子,长个秃疮。大了呢,精力过剩,阳气充盈,一脸的"青春美丽痘",又没人告诉他怎么整;上房揭瓦,偷鸡摸狗,让事主打,让互不服气的半大小子们打,让喝多了酒的老爹打……几乎没有不留下痕迹的。第二你得看他的眼睛,那是一双没有多少光泽的眼睛,是一双永远不会正视别人的眼睛,可你又觉得,这双眼睛的后面,好像还有另一双眼睛,在窥视你,揣摩你,特别是当他走进的不是别的地方,而是派出所的时候。

"苏叔……您……您找我?"挺热的天,穿着一件国防绿的军裤,敞着怀,里面露着个光板儿的胸脯子,那胸脯上好像还沾了点儿黑黑的油泥。

如果不是这一次来了这么个差使,我对派出所的了解,也就是大门口那个办户口的屋子而已。而这位黑子却显然是常来常往的了:到了派出所,直接就找到了宿舍,推开了门,张口就喊"苏叔"。其实，这位"苏叔"一点儿也不比他大，从面相看，说不定比他还小。有趣的是，"苏叔"对这称呼似乎习以为常。更有趣的是，"苏叔"并不像我们在无数的电影电视里所看到的那样：把他领到一间空屋子里，让他坐到一把方凳上，自己呢，威严地坐到桌子后面，神色严峻地开始讯问。

想到这儿立刻觉得自己特可笑。因为我也准备好了，也坐到那张桌子后面，人模狗样地板起脸子，努力从眼珠子里挤出两道凶光来。

"来啦？吃饭了没有？过来，坐这儿！""苏叔"就那么随随便便地迎过去，用手拢住子黑子的肩膀，拉他一起坐到铺板搭成的床上。

宿舍里一共住十个人，除了我们，有两位民警正在他们自己的铺上睡觉，我知道他们昨晚出了一夜现场。还有一位躺床上看《参考消息》，一边看，一边吹口哨。他们对这边的事毫无兴趣，只有我，坐在苏五一和黑子的对面，看他们真的像叔侄一样扯闲篇。

"黑子，回来以后怎么样，都干什么啦？"苏五一漫不经心地问他。

"回来"，指的是"劳教""劳改"之类，这我听出来了。

"没干什么呀，我就是跟我哥修车来着……哪儿也没去呀！"黑子翻着眼皮，那神态好像努力在想，语气却是嘟嘟囔囔的，像是受了多大的委屈。

"得嘞黑子，又跟我来这一套不是？……实话跟你说，就别打马虎眼啦。想不想回家呀？带衣裳来没有？不行咱们就奔分局？……我可告诉你，奔了分局我可帮不上你了，你说，咱哥儿们对你怎么样，咱哥儿们能害你吗？就这儿，说了，没事，该干吗干吗去，政府的政策也不是不知道，是不是？……"

"我……我真的没干什么！真的，苏叔，我哪儿也没去，您说，我妈刚把我给盼回来，我敢再'滋拧'吗？"还是一肚子委屈的样子。

苏五一没说话，斜着眼睛看了看他，那神情好像在运气。垂下眼睑想了想，说："你妈在家干什么呢？"

"烙饼哪。"

"你看，我就猜出来了，你们家老吃烙馅饼。上回路过你们家，你妈还非让我吃了一个哪。是他妈好吃！……操，是你妈的馅儿饼好吃还是大牢里的窝窝头好吃啊，说！上回还他妈没吃够啊？……告诉你，你把我的中午饭可耽误了，一会儿，你可得领我回去吃馅儿饼去……"

"操，不就俩馅儿饼吗！"黑子进屋的时候，嘴角那块肌肉是紧绷着的，说到这会儿，好像一下子放松了许多。

"这不结了？说吧，说完了咱哥儿俩一块儿，吃你妈烙的馅儿饼去！什么也不耽误！"

"……"黑子嘴角的肌肉又绷起来了。

"我操，你可真他妈'面'！我都他妈给你把话说到这份儿上了，你还这儿给我玩'深沉'！……黑子，说不说，不说，我他妈陪着你，咱不吃馅儿饼了，咱们呀，别慎着，一块儿，分局吧！"

"苏叔，您……您别火啊。我说，我说还不行？"黑子支支吾吾，眼珠子一劲儿地往苏五一脸上瞟。

"操，说啊！"苏五一吼起来。不过我看得出，他那嘴角一颤，闪过一丝得意，当然，黑子是不会发现的，因为随即苏五一急赤白脸,粗声大嗓地接着跟他吼,"你不能让我两头坐蜡不是?我他妈的在所长那儿一劲儿保你,这才没捕你,你可好,这儿一个劲儿给我撤劲……有种你丫的别说,死扛,你要说你都是孙子!咱哥儿俩一块儿,你吃你的窝头去,我挨我的处分……"

…………

再往下,结果就不消说了。黑子反倒磕磕巴巴地求起了"苏叔",劝他甭生气,我说还不行吗,我不说对得起您吗苏叔,我要是再跟您斗心眼儿嘿,您就操我八辈儿祖宗。苏五一好像老大不情愿才"消了气",起身到桌边取来纸笔,记录黑子的供述。

我不知道,苏五一后来或是时不时地用话"敲打"我几句,或是时不时让我在关键时刻上去"萨马兰奇"一回,和这时我"得罪"了他是不是有关系。不过天地良心,我绝没有一丝一毫小瞧他的意思,相反,他刚才传讯黑子来的那一手儿,已经让我服了。可我非但没让他知道我的五体投地,反倒干了一桩让人误解的蠢事。

"我……我偷了铜厂的三十米电缆。"黑子一开始就交代了。

苏五一往记录纸上一笔一画地写着。他写得太慢了,我实在不明白,这么简单的几个字何以磨蹭这半天。当然,对此道一无所知的我,只有耐心地在一边熬着的份儿。再说,别看我是个写家,小伙子绝对没有起用我的意思。

"老陈,"他忽然抬起头来,"电缆的'缆'字怎么写?"

我赶忙在一张废纸上把"缆"字给他写了出来。写完了,不由得瞥了那黑子一眼,好像倒是我干了什么见不得人的事情。

回想起来,全是他娘的多心。黑子这会儿哪有心思笑话别人,他自己的账还算不过来呢,再说,他不会觉得这事有什么不正常的,可以肯定地说，他也不会写，最后看他往笔录上签名时费的那个劲，你就不难明白。

"我还偷过……偷过几块铜锭……"什么事也没发生似的，黑子接着供。

苏五一仍然沉住了气在写着。过了一会儿，他抬头看了看黑子，又转脸儿看了看我。

我知道他要干什么，没等他开口，赶忙把"锭"字给他写了出来。

中午吃饭的时候，我开始干那桩蠢事。其实在干那蠢事前我还着着实实把小伙子夸了一顿，当然我不会那么肉麻。我笑着说小苏子你小子可够毒的，让人家黑子进了套儿，把该"吐"的全"吐"了，到了儿还是把人家送进了分局。苏五一得意地嘿嘿一笑，说，我心眼儿够好的啦，谁让他偷的超了五百块？我不是对他说啦，我倒想放他，可由不得我啦。再说，我算是对得起他，我不是还跑了他家一趟，给他妈报了信儿，还把他妈烙的馅儿饼给他捎来啦。我说，要不说你"毒"呢，到了儿还得让人家黑子感激你，下回还得上你的套儿……这时我才很随便地说了一句，往后凡有不会写的字，只管空下来，反正我也在一旁听着呢，事后补上就是了。我说，咱哥儿们不能在兔崽子面前丢份儿不是？

他歪过脸看了我一眼，没说什么。

午饭以后，我们一起去东华里的居委会了解另一桩案子。太阳很猛，眼前白花花的一片，晃得眼睛都有些难睁。骑着车，沿着曲曲弯弯的胡同绕来绕去，不知怎么，苏五一好像忽然变得高兴起来。

"人家都说，你们这'献身文艺'的，是'卖身文艺'，是吗？"

"怎么个意思？"

"比如想演个电影电视的吧，这当女明星的，非得先跟导演睡了才行，是吗？"

"这我可不知道。我不认识女明星，认识，恐怕人家也不把这事告诉我。"

"噢，对了，你是写小说的。不是我说你啊，你们，闹不好更坏，写得那么花，不干那事写得出来吗？"

"别人花不花咱管不着，咱自己不花就成了。"

"你也一样，花了，恐怕也不把这事告诉我。"

我们一起大笑起来。

"我跟你说，我和那帮小流氓小痞子打交道多了，你知道现在这犯罪率为什么这么高？我看，报上说的没错儿，全是你们这号的搞精神污染搞的！"

"是吗？"我忽然觉得特开心，我说，要那么着，倒简单啦，把作家全他娘的逮起来，世界就干净啦。

"逮不逮的再说，让你们来见识见识，受受教育是真的！"苏五一撇着嘴，看了看我，"啧，你看，你笑什么，你又不信！"

"我哪儿敢不信啊，挺棒，真的，你说得挺棒。"我是不假思索地嘿然一笑，把"挺棒"两个字说出来的。再也没有任何一句话更适合表达我这时的心态了。随后我很快为这两个字而越发洋洋得意起来。难怪苏五一后来说我"用得够勤的"。

"我知道这会儿你心里想什么。"苏五一说。

"说说看。"

他一笑，没往下说。

我相信我瞒不过他，就跟黑子瞒不过他一样。

"您甭老觉得冤得慌，您想啊，又不是您一个，比您有名的作家多啦，谁不得来啊？……再者说了，我们是什么？我们是……算了，难听，不说了，我们就是工具，今儿让我们去给专列保卫，我们就得到铁路边儿上戳着去；明儿让我们'严打'了，我们就得没白没夜地逮人……您呢，您比我们高，您有文化不是，会写字儿不是？可您也得想明白了，您也是工具，您不是工具，国家花钱养您干吗？让您写改革，您就得写改革，让您写整顿，您就得写整顿，让您下来跟我们转悠，您就得下来，甭老觉得冤。工具嘛，干他妈什么不是干？……"

"嘿，你这一套真他妈棒！就冲你这一套嘿，我没白来，我来得不冤！我今儿晚上就把铺盖卷儿搬过来，就跟你学着怎么当好这工具！……我明跟你说呗，你的话说到了这个份儿上，我算是彻头彻尾服了您嘞！"我喊起来。

打这儿开始没几个星期，我们就成了铁哥们儿，可说老实的，至今我也没闹明白，是他把我给"教育"好了，还是我把他给"污染"了，或者根本就说不上谁把谁怎么样，我们哥儿俩本来就都是活得挺明白的人——不，不，还是他比我活得更明白，他棒，他把我给教育好了，我真的服了他，别看他不会写"缆"，也不会写"锭"。

四

很久以后我才明白，这地界儿就是这种哲学的故乡。

也是苏五一的功劳。因为他的引见，后来使我更多地结识了左近一带的居民们。一个在新华里街边儿遛鸟的老头儿告诉我，人哪，总得有几招儿，才能活得那么踏实。

"您得听听，您得记下来，保不齐什么时候您就用得上。"他说。

他告诉我，什么时候家里出了事，譬如闹了耗子吧，可千万不能起急，也不用动气。您看看东家，再问问西家，看看他们是不是也闹耗子。没跑儿，一准儿也闹得欢着哪。那您生什么气啊，您哪，踏踏实实的，活吧。

还有呢？

还有，譬如物价涨了，您也别抱怨。您抱怨什么呀？又不只是您一家受着。别人能过，咱也能过，看谁熬得过谁。

还有呢？

还有，您老得想着，咱是草民。草民是什么意思？草！驴吃也行，马啃也行。受点子委屈，那叫委屈吗？咱有委屈吗？您有什么想不开的？活吧。

我信，因为那天我已经受过苏五一的启蒙了。

那天和苏五一分手后，满腔的郁闷一扫而光。

俗话说，退一步想，天高地阔。诚哉斯言。

一边骑着自行车往家走，一边想，刘厚明在哪个派出所哪？刘心武又在哪儿？还有理由、赵大年……这一回，全北京的作家们大概是一网打尽啦。都跟我似的，提着警棍，捏着手铐，跟在苏五一们的身后，去搜查、逮捕、审讯、取证、出现场，坐在警车里满北京嚎哪。

我有什么气不忿儿的？

想起了那哥儿几个可能是个啥模样，甚至忍不住想乐。

厚明会是什么模样？梗着硬化了的颈椎，也上前"萨马兰奇"一番？就他那双手？怕是连手铐怎么个铐法儿都掰扯不清吧！厚明是全国青联的副主席，虽说是虚职，这"官"还是不小的。没少了带着这个团，那个团，这回非洲，下回欧洲，替社会主义挣脸。我和他一起参加过几次活动，在台底下看他主持全国青联的会，看他给人家发奖，看他给英雄纪念碑献花圈，就跟国家元首似的，还知道理理花圈上的挽带，人五人六儿的，像着呢。如果让他这样"萨马兰奇"一回，不知作何感想？

悲天悯人的刘心武呢？谦恭好礼的老北京赵大年呢？风度翩翩的报告文学家理由呢？

妻子不在家。我们的女儿还小，为了让我安心写作，她们都在姥姥家住。车子快骑到家的时候，想起来回去还没有饭辙，拐到一家干净点的小饭铺，胡乱吃了点东西。回了家，沏上一杯茶，躺到沙发上，继续胡思乱想。

最遗憾的，是让陈祖芬逃了，其实，最该"萨马兰奇"一回的，是陈祖芬。

"哎呀，我可去不了，真的，我就怕接触那些流氓小偷，我写的全是光明的东西，我接触不了阴暗面……"据说，当文联的领导把上级的指示告诉她的时候，她在电话里急赤白脸地嚷嚷起来。

据说，这情况又被反馈回了那位发指示的领导同志那儿，那位领导语重心长地说："越是这样，越要锻炼锻炼嘛！"

没错儿，越不敢"萨马兰奇"的，就越得要她"萨马兰奇"一下！

可惜到了儿还是让陈祖芬逃了。不知是不是因为祖芬不是党员，所以他们不好再逼她。

而刘厚明、刘心武和我，简直就跟被人押送去的差不多。

那几天我们正在友谊宾馆开全国青联委员会，一辆上海轿车拉来了我们文联的书记和作家协会的书记。

这次活动的意义，早已向我们宣布过一次了："这是一场不是'运动'的运动，这是一场比土改还要深刻的运动！"

下面的话同样在电话里给我们传达过了："所有的作家，写长篇的，放下长篇；写剧本的，放下剧本；开会的，请假。限你们三天内到公安局报到。除了老得走不动的，病得下不来床的，谁也不能例外！"

两位领导就是专程到这儿来接我们来了。

真难为这两位。看得出，他们也想不通，可还得苦口婆心地来劝我们。

那时候的我，还是个"士可杀不可辱"的我。

其实，早从苏五一那儿，或是从新华里老者那儿学上一招儿，我又何必口干舌燥七窍冒烟滔滔不绝慷慨激昂了足足三个小时？

那三个小时里我说我当然欢呼这场不是运动的运动，就像我当然欢呼"反对资产阶级自由化"，欢呼"清除精神污染"，欢呼"五讲四美三热爱"，欢呼解决北京的公厕问题，欢呼"门前三包"，欢呼"禁止随地吐痰""禁止乱扔废弃物"一样。我说我对犯罪分子的仇恨一点也不比别人少。我刚买的一辆崭新的"凤凰18"就让他娘的这帮乌龟王八蛋给偷了；我老婆回家晚点儿，我就得为她提心吊胆；我家门口安了两把锁，出差三天右眼皮就开始跳。我也恨不得把那些兔崽子统统枪毙。可这事不是我能干的呀，我不会侦破不会擒拿不会审讯不会搜查，我不明白干吗偏偏要让我们去侦破去擒拿去审讯去搜查。受受教育？应该应该太应该了。可您不觉得这有点儿像以前说的，用枪杆子押着作家去深入生活的意思吗？再说您不担心我们都去写派出所、拘留所，写逮捕、判刑、枪毙，可能有损社会主义的光辉，反倒造成"精神污染"吗？再再说我正在写历史小说，写共工写颛顼写刑天写蚩尤，虽说这帮东西也闹腾得可以，可和"刑事犯罪"沾边儿吗？再再再说能不能容我写完了再去"补课"？哪怕容我写完了这一章？要不然拎上个把月的手铐、警棍，我的情绪怕是找不回来啦……

同样"士可杀不可辱"，同样口干舌燥七窍冒烟滔滔不绝慷慨激昂的，是刘厚明和刘心武。不过，我们的结局都是同样的。谁也没能在那两位苦口婆心、左右为难不动员成功无法复命的领导面前铁石心肠。最后，我们到底坐进了那辆"上海"轿车，让它拉着我们到了公安局，我们微笑着，和局长副局长分局长副分局长握手寒暄，我们说我们很高兴能有这样一次锤炼锻炼磨炼大开眼界的机会……然后我们又分别被送到了各自住家附近的派出所，和所长副所长指导员副指导员握手寒暄，我们说我们很高兴能有这样一次锤炼锻炼磨炼大开眼界的机会……最后，我就到了苏五一的手下。

据说，一个多月以后，当我们圆满结束了这次活动的时候，领导同志根据下面的汇报，对我们的几位写家的表现是有个"说法儿"的。很不好意思，据说表现最好的，是我。我这消息的来源，是我早年写小说的入门恩师、《北京文学》的副主编周雁茹，一个最正统的共产党员。她是带着和我分享喜悦的心情跑来告诉我的："听说只有你一个人是真正深入了！你的表现最让派出所的同志满意了!你抱着铺盖卷儿去和他们'三同'——同吃同住同办案了!"

雁茹已经去世了,现在她那喜形于色的样子还历历在目。

当时我只是一笑,我没有跟她细说,我之所以有如此良好的表现,主要是因为我有结识苏五一的荣幸,他使我忽然活个明白,思路豁然开朗。

五

是的,当天晚上,我就用自行车驮着一个简单铺盖,到派出所去了。

那天正好轮到苏五一在门口的值班室值班,我去跟他一块儿。

派出所是很简陋的,据我所知,这是当时北京最艰苦的派出所之一。其实,波及北京的一九七六年唐山大地震都已经过去七年了,北京的地震棚也基本消灭了,这个派出所却可以说是当年遍布京城的地震棚中硕果仅存的一个。

据说老派出所在地震时成了危房,只好到这块空地上盖了一圈"干打垒"来办公。现在,它的四围,已经盖起一圈崭新的家属楼了,而派出所,还没有找到合适的地皮,更没有充足的资金。

"干打垒"围起了一个不小的院子。坐北朝南的一溜,主要是办公室、会议室;东边的两间,是伙房;东南角的一大间,因为是在院子一进门的地方,所以成了接待来访、受理报案、办理户籍的值班室。剩下的南房和西房,就都是民警们的宿舍了。

院子里立了几根水泥柱,拉着两行铁丝,上面老是挂满了民警们的衣物。西北角有一个砖砌的盥洗池，从早到晚，不断地有民警在那边儿上刷牙洗脸，可见他们谁也说不好什么时候能睡觉，什么时候才起床。平常的日子，他们分成两班，每天都要有一班人在所里待命，以应付各种任务。可"严打"这些日子，已经没有待命这么一说了，警车没白没夜地出动，甚至连警车都不够使的了，从附近的单位又借来了一辆吉普车、一辆面包车。公安分局的预审处也不够用的了，包下了一家很大的旅馆，各派出所逮来的罪犯，够条件的就"报捕"，分局长一批，警车就呜呜地往那儿送。别说民警们一个个熬成个什么样儿了，就连围在"干打垒"四周楼房里的住户，也都给熬得五脊六兽的。

我到了派出所的门外，从自行车后架上卸下驮来的铺盖的时候，警车正好也停在了门口。从车里下来了一个姑娘，她的后面，跟着一个女民警。

那姑娘相貌平平，看那肤色有些像农村人。穿着一条深灰色的的确良裤子，上身是一件紫红色的的确良长衬衫。手里提着一个尼龙网兜，里面装着一些简单的生活用品：毛巾、漱口杯、卫生纸之类。又逮来一个？卖淫还是偷盗？我愣愣地打量她。她往派出所的门里走的时候，歪过脑袋瞥了我一眼。我至今认为就是因为这一眼，才给我带来了那个让人哭笑不得的故事。

和苏五一一道在值班室里待了一会儿我就明白了，我的铺盖带得实在是多余。值班室的一个角落里倒是立着两张钢丝折叠床，可什么时候能睡下且不必说了，什么时候这值班室里能消停一会儿，让我们有空闲打开这床，铺开那铺盖，都大成问题。

值班室简直是一个不断上演、交叉上演一幕幕小品的小舞台。

九点一刻的时候,送来了一个醉鬼,蹬三轮儿的"板儿爷"说,他说他到永定门,可永定门哪儿呀?到了永定门,这位呼呼睡个不醒,不管你怎么问,也问不出个屁来了。永定门大了去了,我横不能把他扔在永定门大街上吧?明儿您再在大街上见着个尸首,给我安个谋财害命的罪。得嘞,我不要车钱啦,把他给您搁派出所来吧!……板儿爷还没出门,又进来两位,河南驻马店来的,住在了什么什么旅馆,上街溜达,天一黑,找不回去了,只好找到派出所来了。那醉鬼倒不碍事,倒在一米高的柜台底下打上呼噜了。苏五一说,先甭理丫挺的,丫挺的且睡呢,今儿晚上不用咱把被子匀给他就不错。他坐到桌面上,详细询问那俩"驻马店",还没问出个所以然,拉拉扯扯进来了五个人,一下子把值班室的门口挡了个密不透风,后面还跟着一群看热闹的,黑咕隆咚的不知有多少位。

"民警同志,你给评评这个理,我的孩子,我让她回家,他凭什么拦着,凭什么?"那个五十岁上下的女人说。

"我不拦,我不想拦。可我得找派出所说明白,不然你把孩子领走了,出了什么事,我担待不起!"另一方是个六十开外的老爷子。

"我不回去,我不回去!我怕我妈打我,她肯定打我!"女孩儿倒没有哭,可她铁青着脸,躲闪着她的母亲,往老爷子身后藏。

"瞧见啦瞧见啦,是我拦她吗?您说,这么着出门,他们娘儿俩不得打起来?"

"那你别管。我家的孩子,我们做家长的,有找她回家的权利。"女人身后,一直没说话的一个男人开了腔,"你们家私自扣我们的孩子，这……这是违法的……"

"可孩子现在在我们家，我们家秋子又没在家，你们非拉她走，有个三长两短，我们怎么交代？"一个三十多岁的男人帮那老者。看那模样，是他的儿子。

"你别搭茬儿，我们孩子她舅还没说完呢，你们听听我们孩儿她舅的，她舅是科长……"原来说"权利""违法"之类的那位，是"孩子她舅"，原来又是个科长，怪不得比起那几位来，有那么点儿"端"。衣着也透着不同，不到五十岁，肚子有那么点儿鼓，绷着一身的确良做的短袖猎装，还真有点儿"派"。

没想到，那女人对"孩儿她舅"职位的宣布，好像没有多少威慑力。那老者和他的儿子还是喋喋不休地声明，自己家绝无扣人之意，但必须到派出所来，当着民警的面交人，而且，还得要求她当面下保证，保证女孩的安全。

"老说这个，老说这个，我让你们听我们孩儿她舅说完行不行？她舅是科长！"女人又一次搬出自己的弟弟。

苏五一也不着急，就跟看小品似的看看这位，看看那位。有时候也不看，想起了什么，翻翻电话本，又打个电话，替"驻马店"问旅馆的事。问完了接着看。看一会儿，又找出一张小纸片，往上唰唰地写什么，看来是给那"驻马店"写的地址。写完了，又接着看，然后把纸片儿给了"驻马店"，让他们出门，打"的"，走人。

"行了！完了没有？""驻马店"走了，苏五一好像也腾出精神来了，冲女人、老者、孩儿舅喊了起来，"一个一个说，瞎吵，想不想让我听明白？"

女人说:"对,一个一个说。民警同志,您先听我们孩子她舅的,她舅是科长!"

"是吗?"苏五一歪过脑袋瞥了"她舅"一眼。

"对,机械厂总务科的。""她舅"递过来一张名片,嗽了一下嗓子。

苏五一捏着名片,懒洋洋地说:"我跟您说,您,先别说哪,别说哪……您先办这么一件事,就这会儿,也别远了,到永定门火车站,拿块砖头,朝那人多的地界儿来一下子。砸着的那位,您问问他,一准儿,是个处长!……您是科长不是?那就先甭说了,再过两年,继续进步了再说吧……"

除了女人和"她舅",大伙儿都笑了。

"你多大啦?"苏五一也不笑,开始掉脸儿问那女孩儿。

"十五。"女孩儿的回答让我一愣,看她身段,说二十你也得信。

"十五?十五你不跟家待着,到人家家里干什么?"

"我妈老打我,骂我,我……我就到秋子家去了……"

"秋子是我那儿子,他俩搞对象哪。"老者说。

"行了行了,别说了,我全明白了。"苏五一伸出了右手,张开个巴掌,在脸上一通胡噜。胡噜痛快了,看了看老者,说:"你可真敢干,想抱孙子也没有这么急的,鼓动着儿子搞十五岁的,你还替你们家儿子看着,调教人家的闺女,不让她回家,你就不怕犯法?"

"……"

"你,更够呛!当妈的,别以为自己没事儿!这么大的闺女,看都看不住,拉也拉不回,这妈,还当个什么劲儿!我告诉你,当妈当不好,也犯法!有胆儿你把她接回去接着打,再打跑了,我跟你要人!"

"……"

都不说话了。

"说呀,怎么办?"苏五一高声问。

还是没人说话。

"不说,可就听我的了!……去,都到边儿上去,一人给我写篇保证书来……你,保证不打她,让她好好回家!你,保证不留她,不许她再到你家过夜。听明白啦?"

都说明白了,都到一边写去了。

就这样,一幕幕小品热热闹闹地在值班室里上演,直到凌晨三点,上演的频率才渐渐地放慢了。

那醉鬼还在柜台下瘫着,呼噜声越发惊天地泣鬼神。这呼噜打得人实在受不了的时候,苏五一就蹲到柜台下面去,捏捏他的鼻子,给他一个小耳光,让他调整一下高音低音轻重缓急。有一次刚刚让他给调教好,从柜台下直起腰来,所长老边就进值班室来了。

所长有事吗?苏五一问。

有事。你们兴华里那位,还没拿下来呢。

"拿下来了",就是招供了。"没拿下来",就是没招供。

哟,都他妈三点了。苏五一看了看表,想了想。说,别他妈抓错了吧?

就是,我也怕是抓错了,要不,快一宿了,怎么也得招啦。我说,你清理清理这儿,让事主在这儿辨认一下吧,我看这屋还亮堂点儿。所长说。

所长出去了，一会儿又想起什么事似的，回来把苏五一叫了出去。没多会儿，苏五一回来了，领来了两个同事，让他们把那醉鬼拉了出去。他招呼我帮他把墙根儿那儿的一把长条椅子搬到日光灯底下。

"这干吗？"

"不是说啦，准备让她辨认嘛。"

苏五一告诉我，"兴华里那位"，不是他抓的。那是天津公安局转来的案子。事主在天津跳了海河，被救了上来。一问，原来那姑娘从河北农村到东北找她哥，到北京转车时，被一个小伙儿骗到家里强奸，又被抢了钱。她回了火车站，又被另一老流氓骗到了天津，玩够了甩掉，走投无路，才跳了河。事主已经被接来了，因为她说她记得在北京被骗强奸的那一片屋子，叫"兴华里"。刚才所里派民警领事主到兴华里转去了，还把那间屋找着了。那家还真住着一位年龄长相和事主说的一样的人，所以就"传"来啦。按说，不管是什么案子，只要是边所长亲自出马来问，如果真是罪犯的话，用不了那么长的时间，就一准儿"拿下来了"。问到这会儿还没招，是不是抓错了还真是有点儿悬了。保不齐，那可保不齐，黑咕隆咚的，你敢说那姑娘记那房子就能记得那么准？事到如今，也只有让那姑娘出来认一认啦。

"你知道所长刚才把我叫去商量什么？辨认的人不够，没几个穿便衣的。所长问，你能不能算一个。我说啦，老陈没的说，别看是个作家，没有一点架子，就算一个吧！……怎么样，我说得没错吧？"

"没错儿没错儿，我算一个！"我主动坐到了刚刚摆好的那张长椅上。

我这才明白，原来这辨认，也不是那么简单的事。不是说把事主带来，指着嫌疑犯问："是不是他？"事主说是，或不是，了事。辨认时得同时找上四五个人，让嫌疑犯夹在中间。然后让那事主躲在一个不被人发现的地方，认认真真看个遍，从中挑出罪犯来。是啊，这么晚了，让苏五一哪儿去找四五个穿便服的人。再说，这回咱又成了"嫌疑犯"了，让一个被强奸的姑娘上上下下认一认，这不是比当"萨马兰奇""发奖牌"更够味儿的差使吗？

随后走进屋，和我一块儿坐到长椅上的，是三位三十岁上下的男人。两位我认得，是附近单位为了支援"严打"，派来的两辆汽车的司机。另一位我想肯定就是那位真正的嫌疑犯了。这嫌疑犯留着寸头，长着一张胖胖的大脸，腮帮子被刮得铁青。看得出，让这一夜的审讯给熬的，一副蔫头耷脑的丧气样儿。不过说实话，我想我的尊容也好不到哪儿去，因为我看那俩司机，让日光灯从头顶上一照，说他们是罪犯，也一样有人信。

"你们都听着，我还得给你们交代交代政府的政策，啊。坦白从宽，抗拒从严，你们比我可清楚……别低头，把头抬起来，好好听着！……"苏五一板着脸，站在我们的左侧。这我明白得很，他不能站在中间，中间正对着值班室的后窗户，他不能挡着黑魆魆的窗户外投过来的视线。

听他一声呵斥，我也下意识地抬起了头。一时间，我觉得自己还真的体会到了一点当犯人的滋味儿。

我不能不服气哥儿几个干这一行实在是天衣无缝。我瞪圆了双眼，使劲往黑魆魆的窗外看，愣是什么也没看见。可没过一会儿，边所长领着几位民警进来了,他拍拍苏五一的肩膀,苏五一很快结束了演讲,说:"……都去,再想想吧!"那三位在民警的陪同下,分别出去了。我知道,辨认已经结束。

"认出来没有?"苏五一问所长。

"认出来啦!你猜认出了谁了?"

"谁?"

所长用手指着我,呵呵地笑,说:"在这儿哪!"

后来我才知道,那姑娘,就是傍晚时和我在派出所门口照过一面的那位。没错儿,正因为照了那一面,我就成了她认出的"强奸犯"!

三个人拿这事说笑了一会儿,忽然,所长不笑了,好像有什么心事。

"我就估摸着有点儿问题,不然怎么会那么难审!"所长的一只手按在办公桌上,中指和食指交替地弹着。

"怎么着,我去跟那边说说,放人?"苏五一问。

"跟司机说,开车送他回去,一宿了……瞧这事干的!"

"没事,所长,丫挺的有前科,不敢髭毛!"

"好啊,这位秦友亮,反正是你们管片儿的,交你办了。"所长边说着边往外走。

"我不管,又不是我传来的!"苏五一说。

"敢!"

所长走了,苏五一冲我嘻嘻乐。我知道到了没别人的时候,他是得拿我被认出的事开开心的。

"甭乐。请神容易送神难,还是先想想所长说的,怎么送人家回家吧。"我说。

"瞧你说的,这有什么难的?你以为我说不管,是怕丫挺的秦友亮啊?跟所长那儿尥尥蹶子,开开玩笑罢了!"

212吉普车的声音在门外响起来。

苏五一从值班室走出去,站在汽车的门边。一个黑黝黝的身影从北边的排房那边走过来。借着屋里照出的灯光,看得出,就是他们说的那位秦友亮,腮帮子青青的那位。

"小秦子,今儿怎么样?"苏五一递给了他一颗烟。

"哟,谢谢……谢谢……"小秦子挺意外的样子,忙着从口袋里往外找打火机,替苏五一点上烟。

"听我说,小秦子。"

"哎,哎。"一口烟好像还没来得及往下咽,顺着鼻嘴,冉冉地往外冒。

"今天呢,叫你来,是为了帮助你,没别的意思。"

"是,是。"

"你呢,就得正确对待政府的帮助,不应该有什么想法。"

"哎哟,我能有什么想法啊,我感谢您还来不及呢。这一晚上了,先是所长,陪我熬着,现在又是您……我能有什么想法呀,您这么辛苦,还不是为了我吗?……"

"砰",212的车门关上了,发动机又轰轰地响起来。

苏五一回到值班室里。

"怎么样?"问我。

我笑着说很受教育,很受启发,我真是得向这位小秦子学,他是"理解万岁"的典范,"娘打了儿子不恨娘"的标兵。这一晚上,我可没白跟着耗，我又大大地长进了。

苏五一像个哥们儿似的往我的肩膀后一拍，哈哈大笑。他说是那么回事，人民群众的确就是那么好，别说有前科的了，就是浑身没有一点儿砟儿的，也没脾气。他又拍了我的膀子一下说，你说的还真是那么回事，你真的长进了。

没过一个月，当我"下来"的日子快到期的时候，我更得到了一次向全社会宣布自己"长进了"的机会：上级派来了几位摄影记者，为我拍了几张"参加严打"的照片。有参观过军事博物馆的"严打展览"的朋友告诉我，在那儿看见了我的一张好大好大的照片，说明是："作家陈建功在派出所和所长研究案情。"天哪，我哪有这水平和这资格？我只是遵了摄影家之命坐在了那儿，和所长凑着脑袋看了几秒钟的报纸，"咔嚓"被拍下一张。

不管怎么说，这的确是给了我一次机会，让我表示了对领导组织我们参加这场"不是运动的运动"，这场"比土改还深刻的运动"的理解万岁。

不过，这机会给我带来的麻烦大概就无人知晓了：又一个月以后，文联一位管保卫的同志找我谈话，问我："在生活作风方面是不是有足够的检点和自持？"问话是很客气很委婉的，却使我出了一身冷汗。

有人给公安局去了匿名的"检举信"，字字血声声泪地控诉说陈某人野蛮地强奸了她。

那信，据说不仅匿名，而且还是从报纸上剪下一个一个印刷体的字，拼贴成的。公安局连笔迹都无从查找。

当然是为了对我负责，他们把信转到了文联。

幸好我经过了几个月前的锻炼磨炼锤炼，似乎有一种曾经沧海难为水的镇静。当时我好像又想起了那位"小秦子"，那楷模使我的回答越发冷静。我说没什么，没什么，我衷心地感谢组织，感谢公安局，我理解理解非常理解，不能说没有想法，这想法只是两个字：理解……我没有把这事告诉苏五一。我想，如果他知道这件事，一定会认为我是彻头彻尾地出师了。

好像是说远了。我应该把话题拉回来，说说此后不久发生的，我和那位"小秦子"之间的故事。

六

第二天我们就逮住了那个真正的强奸犯。那个姑娘尽管指错了地方，让派出所抓错了人，但她的记忆应该说已经是很不错的了。她说她被强奸后立刻就被轰了出去，走出那条小胡同，她看见了一个公厕，不远又看见了钉有邮政编码的红牌牌，还有写着"兴华里"的白牌牌。她说的这些，后来都得到了证实。第一次的错误主要是因为天黑，也因为没有找管片儿民警苏五一跟着。她领着民警找到了一个公厕，又找到了它对着的胡同，她看一栋小破房子似曾相识，说就是这儿，结果害得"小秦子"在派出所里过了大半夜。第二天我们领着她再去时，才发现还有另一个公厕，顺着那胡同走几步，那姑娘指着一栋房子确认无疑。苏五一领我们走了进去，开门的那小子一见是民警，立马就筛糠，没费几句话，就对自己的罪行供认不讳。

我们把兔崽子和有关案卷一起送到了公安分局。坐警车往回走的时候，我忽然又想起了昨晚那位"小秦子"。忍不住好奇，问苏五一，那位"小秦子"犯的是什么"前科"。

小秦子？秦友亮？苏五一沉吟片刻，说，他哥叫秦友光，跟他们兴华里的一个小妞儿好得要死要活，都快结婚了，那妞儿接他爸的班，进了合资饭店。要不怎么说人穷志短，马瘦毛长呢，本来在兴华里这儿活着，踏踏实实的，秦哥秦哥地叫，甜着呢，一进了"合资"，就他妈不是她了。也难怪，成天瞅着别人过好日子，不说也过那日子吧，至少，是不是跟秦友光过兴华里的日子，她得掂量掂量啦。没仨月，要吹。秦友光倒有点儿爷们儿劲儿，不找她算账，找她爸玩儿命。他说他知道，都是那老东西挑唆的，还专挑了个日子，趁那妞儿不在家，哥儿俩一块儿上，把妞儿她爸她哥打了个满脸花。就这么着，折进去了。现在，他哥还在天堂河劳改哪。

真不值当的。我说。

要我说，势利眼，欠揍。要换上我，也得揍丫挺的。

你可是执法的，你说的可是"法盲"才说的话。许他拿我开涮，也兴我抄抄他苏五一的"拐子"。

是。可你不知道，"小秦子"那一家子，全他娘的指着那妞儿给他们作脸哪，那哪儿是秦友光搞对象啊，全家都围着那妞儿转！……这么跟你说吧，哥儿俩，老早死了爹，妈又扔下他们走了，不知哪儿去了。由他们那奶奶拉扯大，容易吗？他们那奶奶干什么的？过去天桥唱小曲儿的。是，天桥是出了侯宝林、新凤霞，可侯宝林、新凤霞不就一个吗，更多的是谁？小秦子奶奶这号的。解放了，翻身做主了，可天桥没了，平地抠饼的地方找不着了,靠什么过日子?再说,就是有天桥,那么大岁数也没法儿唱了呀。靠什么?靠卖破烂儿。就这么个人家,住那么窄巴的一间破房,兴华里谁不知道?这孙子竟然还能搞个妞儿,容易吗?到了儿到了儿还让人给甩了,他一家不找人玩儿命?

我没说话。

话又说回来,玩儿命有你个好?你是没赶上,秦友光被判的第二天,我给老太太送判决书去,老太太都有点儿神经了,不说,也不哭。接过了判决书,愣呆呆地像根木头。我心说,我甭这儿陪着啦,省得老勾人家的伤心事儿。可出了门,又不放心,回头万一这屋里真的出点事,算谁的?在门外转了一会儿,听见屋里竟然哼哼唧唧地唱起来了,给我吓得。

唱什么?

我回去啦。老太太您唱什么呢?她说了,小苏子,你来,正好,我给你唱唱《十二郎》,听完了你就明白了。别给你妈惹事。你妈养活你不容易。我心说,这哪儿和哪儿呀。可说实话,听着听着,觉得这老太太呀,这会儿可不就得唱这个?我记不住,真的记不住,大概意思是说,一个老太太,养了十二个儿子,老大在州里当捕快——老太太还给我解释说,捕快是什么?捕快就是警察呀!——老二在县里当衙役——老太太又说,衙役是什么?也是警察呀!——老三开的煎饼铺,老四卖的是烤白薯。老五办的绸布庄,春夏秋冬给送衣服。老六撑船走通州,走亲串友我不愁……反正啊,五行八作,让她的儿子们给占全了。十一郎开的是棺材铺。老太太连棺材都甭操心了,第十二郎更绝,出家当了和尚——老太太连念经放焰口的人都有了……你瞧,你得乐不是?我乍一听,

前科

也乐了,我差点儿说,甭说您家没有当捕快的当衙役的,就是有,这年头,该判也得判。转念一想,我这儿较个什么真儿啊,你是给这老太太送她孙子的判决书来啦,人家神经兮兮地唱,你有什么可笑的?

我也不笑了。

现在秦友亮靠什么养活他奶奶?

这么跟你说吧,你从你家的后窗户里看兴华里,没少看见鸽子吧?

是。我住五层。从后窗户看,整个兴华里都在我的眼皮子底下。我又是在北屋写作,常常有一群一群的鸽子,带着嗡嗡的鸽哨声,从我的窗外掠过。有时候,鸽子还落在我的窗台上,咕咕地叫。如果到了天黑,它们还乐不思蜀的话,我这儿还会招来几只砰叭作响的"二踢脚",明摆着是它们的主人们在轰它们回家。

保不齐那"二踢脚"里,就有秦友亮的。苏五一说。

那干吗?

他可养了不少鸽子,他就靠倒腾鸽子卖卖鱼虫儿什么的养活他奶奶呢。苏五一说。

这天傍晚,我回到了和兴华里仅一条小马路之隔的那栋六层楼上的家。一场雷阵雨刚刚下过,天空澄澈如洗。如果说,这一天的傍晚和其他的傍晚有什么不同的话,那就是我对窗外飞过的鸽子有了更多的注意,因此我今天忽然觉得天上的鸽子变得格外多了起来。它们嗡嗡地,仿佛从很远的天外飘过来,嗖地,呼啸着从窗外掠过,俯冲下去,到了远远的地方,又轻盈地扬上高空。一会儿,掠过了灰色的一群;一会儿,又掠过了白色的一群。鸽哨的声音时而缥缈辽远，使人遐思悠悠，时而却轰然而至，给人一种钻心透骨的震撼。

那首《十二郎》究竟是什么调子的小曲？是"莲花落"？还是"单弦儿"？

站在窗前俯视兴华里，兴华里像一片刚刚被机耕过的黑色的土地。

一排一排灰色的屋顶，就像一道一道被卷起的土垄。这屋顶上间或有一两间自家加盖的阁楼突兀而起，我三岁的女儿偶尔来这儿住几天的时候，曾经指着那阁楼喊道："拖拉机！拖拉机！拖拉机在耕地哪！"

我追踪着飞翔的鸽子，看看它们往哪一间房上落。

我想，那应该就是那位唱《十二郎》的老人的家，当然，那也就是秦友亮的家。

从这天开始，伏案之余，想休息一下的时候，我常常不由自主地把目光投向窗外，投向那鸽子，投向那一排一排简陋的房屋。最初那几天，我甚至总把进入眼帘的画面编进我从苏五一那儿听到的那个故事里去——一个身材高挑衣着入时的姑娘，推着深红色的自行车，沿着几乎被自盖的饭棚子堵死的小路，走进了兴华里。一个老太太，提着一个灰色的铁桶，蹒跚地走到公用的自来水龙头前，"哗……"自来水把铁桶砸得山响。她提起了它，一寸一寸地往自家的屋里挪。两户人家吵得天翻地覆，男人们在互相拉扯，女人们在互相訽骂，街道的老太太在中间拦。凌晨的薄雾中，传过来屋门的开启声、自行车的丁零声、水桶的叮咚声，这是居民们又开始一天的生活了……然而，这里，却一次也没有真正出现那个秦友亮的身影。

我一点儿也不讳言我的期待里带有某种功利的目的。我们站到一起,接受了一次"辨认",这作为一篇故事的开头,已经有足够的韵味。没有想到,我们的家竟又只有咫尺之遥。倘若能看到他的家,他的老奶奶,他的街坊邻居,当然,最重要的是看见他,那么,这故事该有一个多么有趣的发展!

可惜,没有。他一次也没有出现。

然而,几个月以后,时值深秋的一个傍晚,他却突然出现在我家的门口。

他当然不是找我来了。他对我一无所知。而我,虽不敢说对他了解得有多深,毕竟有过期待,也有过想象,对他的到来,可以说是喜出望外。

他是找他的鸽子来了。他敲开了门,喏嚅地说:"……师傅,麻烦您一下,我……我的鸽子在您家窗台儿上,它……它老不下来,您……让我进去抓一下,行不?……"

我一看那张圆圆的、被刮得铁青的脸,笑了。甚至他这喏嚅的神态都和那天晚上毫无二致。我让开身子,请他进来。他径直走进我的书房,打开了纱窗。我还真没留意,一只鸽子不知什么时候落在了我的窗台上。他伸出一只手,把鸽子搂了回来。他用另一只手替它捋了捋毛,它乖巧地待在他的手里,只是滴溜溜地闪着一对莹莹的眼珠子。

他一边谢我,一边往门外走。

我问他,是不是叫秦友亮。

他吃惊地停下来,瞪着我,您……您怎么知道我的名字?

我说，你不知道我的名字，你也应该认出我的呀，你忘啦？

哎哟，真对不住您，真……真想不起来了。

我说，夏天的时候，你是不是让派出所传过一回？

是啊。眼神里还是一片惊疑。

后来让你进了派出所的值班室，和几个人一块儿，坐一张条椅上挨训。想起来没有？

有这回事。那您是……您是那民警？可那不是您，那是小苏子呀。

我没办法了。看来，这位当时就没敢放开眼神四面看看。我告诉他，我就坐在他的身边，和他一块儿听着小苏子的训话。

哥们儿，您……您那会儿也……也进去了？

我笑了，告诉他，没错儿。

那……那您，您犯的是什么事儿？

精神污染啊。我哈哈地笑起来。

笑够了，我当然把实情告诉了他。

怪不得您这儿有这么多书，原来您是干这个的。嘿，听说您干这行，可来钱啦！他递给我一颗烟，我挡了回去。我不会抽烟。

听他娘的瞎扯，明跟你说吧，幸亏我还不抽烟呢，有的写东西的，抽烟，一晚上写的，还不够烟钱呢。

他看着我嘿嘿地笑。

笑？真的，我没蒙你。

我是笑您，您也说"他娘的"？您可是……是作家，可以说您是作家吧？

作家？作家可不如你！不信你问问小苏子去。好嘛，那天夜里我跟你这儿可学了不少！……坐下，喝点儿什么？

不喝不喝，我这就走，省得打搅您……您净跟我逗，我有什么可学的？

好，学问大了！要是我，白白让人扣了一晚上，操，我冤不冤啊，我不玩儿命，也得骂两句出出气呀……你可好，态度好着哪。好说，没事儿，理解万岁，还没忘了给人家民警道辛苦呢。

什么时候来着？

小苏子在出车送你的时候啊。

噢……那会儿。怎么，您是不是以为我那是装孙子哪？嘿，您可真逗！我可没装，真的，咱天生就是孙子，咱装干吗？认熊最好啦，好死不如赖活着不是！……再说，我有气，该找谁找谁，干吗跟人家小苏子过不去？都是混饭吃的，谁跟谁啊。人家小苏子也没跟我过不去不是？我在农场劳教的时候，人家没少了去帮我奶奶。再再说，我横？我找不自在呀？那会儿，我敢横吗？那是什么时候？我没事往枪口上撞！

要不说得拜你为师呢……得，咱哥儿俩认识，可是有缘。我说，我还没吃饭哪，要不，你陪陪我，咱找地方喝二两去？

哟，对不起，对不起，不敢当，不敢当，我这就走，这就走。

我说，我是实心实意地请你！跟你小哥儿们聊得开心，我老婆孩子都不在，也闷得慌。再说，你不觉得咱哥儿俩特有缘？

没错儿，甭管真的假的，一块儿受了小苏子一通训嘛。再说，您可没架子。真的，没架子，我跟您，是有缘。

临出门的时候，秦友亮说，咱也别远了去，就兴华里把角儿的小酒馆，喝二两，怎么样？那地方……您可别嫌弃，那地方就是惨点儿。

你别给我说这个,再惨的地界儿我也见过。我挖过十年煤呢。我在小酒馆喝过。我说。

陈哥,您可真痛快。咱奔派出所拐个弯儿,把小苏子也叫上吧,就是不知道他今儿是不是在那儿备班儿。秦友亮说。

是,是得叫上他,让兔崽子再教育教育咱们。我说。

七

下楼以后我们碰上了一群衣冠楚楚香气四溢的男女,他们好像在谈着一个什么开心的话题,嬉笑着从小轿车上下来。一辆是红色的"夏利",一辆是灰色的"切诺基",还有一辆是米黄色的"拉达"。他们潇洒地甩着轿车的车门,楼门口响起了一片优越的"砰砰"声。从"切诺基"上下来的那位,我知道他住我的楼上,602室的主人。他优雅地朝我点了点头,环顾了一下他的客人们,领着他们涌入了楼门。楼门外飘拂着他们留下的衣香。

嚄,你们楼真住着人物啊。秦友亮扭脸朝门里看了一眼。

我说,不是"人物",是"人物"的儿子。

他告诉我,得先跟他回家一趟,跟老太太打声招呼。

我们一起顺着一条岔道,走进了兴华里。

我好像见过他们,特别是开"切诺基"的那位。秦友亮说。夏天的时候,他们在你们楼前面滑旱冰来着。

我当然知道这件事。我相信,不光我,我们附近几栋楼的居民,只要他们那天在家,大概没有不留下深刻印象的。秦友亮说起来，当然也毫不奇怪。我们这栋楼的前面，是一片开阔的水泥地，我想大概是这场地又勾起了602小伙儿的玩儿兴？夏天的一个傍晚，小伙子把他的哥们儿姐们儿招来了，不知道是不是刚才那几位。不过，有一点是肯定的，来的姑娘一个个如花似玉，小伙儿一个个风度翩翩，他们每人蹬着一双旱冰鞋，拉扯着，笑闹着，把宁静的黄昏闹得沸沸扬扬。没多会儿，四周就围上了不少看热闹的人，甚至连楼上不少住户，都被欢笑声招出了阳台，探着脑袋往下看，就像农村的场院来了一伙儿耍把戏的。天色渐黑时，开心的男女们一个个甩下了脚上的旱冰鞋，把它们扔进了小轿车的后备箱。然后又一个个钻进了车里，把一片空荡荡的水泥地，留给了眼巴巴的看客们。

那会儿我也站在阳台上朝下看着，面对那空荡荡的水泥地，说不上心里是一种什么感觉。

也整个儿一个空荡荡？

操，全他娘的白活了！不知是谁喊了这么一嗓子，不少人都笑了起来，近观的，远看的。

不知道是在骂人家，还是在说自己。

我也听见这一嗓子了。人家活人家的，你活你的，甭比。人比人得气死，比个什么劲儿？再说，人家那么活，该着。天下都是人家老爷子打下来的，甭生这份气。秦友亮的脸色冷冷的，声音也冷冷的。

我不由得又瞥了他一眼，这感觉怎么跟当初认识苏五一时一样？他说的，是真心？是反话？天知道。

走过了两排房子，他领我从第三排房前面的一条路走进去。

我只见过他们一次,刚才是第二次。秦友亮说。

他们没在这边住。他们在城里有房。久不久的,过来玩玩儿。我说。

噢,我想起来了,有时候,你们楼上好像有人开舞会,特吵,是他们吧?

没错儿,一两个礼拜一次吧。

哦。

其实,关于他们,我或许还可以告诉他更多的一点什么,可我却又打消了这念头。

说了,他会不会又冷冷地来一句:人家活人家的,咱活咱的,比个什么劲?

不过,如果我想写一部新的《日下旧闻考》的话,是一定要把我和这家芳邻的故事写进去的。

我们这个楼至今还实行着轮流收房租水电费的制度。这制度当然不是什么人给我们规定的。不过,不管是电业公司还是自来水公司,他们每个月都是只管查整个单元的总电表或总水表而已。那么,只好由住户们自己组织起来,挨家挨户地查分表,收钱,再到银行把该交的钱交上。这真是一桩苦不堪言的工作,且不说收来的钱每每和那总表对不上,你得挖空心思,把国家规定的水价电价一分一分地抬高,好把那差额凑齐,这就得劳多大的神了。一次一次地爬楼梯,一次一次地敲门:查表,一次;收钱,一次;收钱对不上数,又一次。遇上出差的,家里没人的,更得无数次。我们这栋楼里,"雷锋"是有的,一楼的小脚老太太,就是一个活"雷锋",可是这位"雷锋"不识数,而识数的呢,又都忙得没工夫当"雷

前科

045

锋"，唯一的办法，就是轮流。

各家各户，谁收水电费，谁怕602。

他家没人，老是没人。什么时候来，不知道。哪儿去找他们？不知道。

有一次又轮到我收水电费，我把602的房门擂得山响，出乎我意料的是，当我正要失望地走开的时候，忽然听到屋里传出了响动。

我又一次敲门，敲了好半天，里面那人就是不出来。我只好作罢。

那一次，602的房租水电费是我给垫付的。没有多少钱，垫付一下，并没有什么。可是我觉得，明明有人，敲门不开，至少主人缺少起码的礼貌。即便你有所不便，等你方便时，下楼找我一趟，交上应该交的费用，也是可以的吧？我当时毕竟还留了一张字条，从门底下塞了进去。

我是在几周以后才找到那家的主人的，和以往一样，他们男男女女的来开"派对"。我敲门，这回开了，我觉得自己不像是来讨债的，却像是来要饭的。是的，那么高雅的"派对"，音乐柔美悦耳，男士风流倜傥，小姐暗香袭人，我却说，请给我二十八块三毛六！……二十八块三毛六掏给了我，我像干了什么亏心事，跟主人说有扰有扰，匆匆忙忙地退了出来。忽然想起了什么，又鼓起勇气对主人说，以后若是听见没完没了的敲门，喊收水电费，请务必开一下门，省得老在您来客人的时候打扰，不好意思。

没有人啊，我们都不在这儿住，平常没有人啊。602诧异地瞧着我。

是吗，可前几周，我来敲门，可听见您屋里有动静——并不是成心和人家论是非，听他这么一说，倒为这家的安全担上了心。

602想了想，一拍额头，笑了起来，他努起嘴，吹了一声口哨，一条北京种的狮子狗摇摇晃晃地跑了过来。

就是它，莎莎。哦，还有贝贝，今儿没来。它们在这儿住哪，好多哥儿们想让它们给生儿子，我们让它们一块儿住几天，培养培养感情……它可没法儿给您开门，开了门，也没法儿给您钱。笑得更欢了。蹲下身，按住小狗的脑袋胡噜了两下，一拍它的屁股，它又摇摇晃晃地跑了。

我明白了，那几天，这儿成了狗的婚姻介绍所。

有必要把这些当个事说吗？是的，秦友亮说得没错儿，人家怎么活，咱都管他不着，人家的狗怎么活，咱更不用操心啦。

何况，已经到了秦友亮的家了。

站在他家的门前，算是知道了他家在这栉比鳞次的一片中的位置。如果说，我住的那栋楼像是戳在兴华里面前的一幅大屏幕的话，这一排排的平房就是观众席了。秦友亮的家，就在观众席第三排最靠西边的地方。它太偏了，站在我家的楼上，必须从后窗户里探出头来，才有可能看到这间房子，难怪我没有发现它。

这实在是一个简陋的家，不过我并不感到意外。和苏五一逮那个真的强奸犯的时候，我已经来过了兴华里，见识过这儿的住房了。而秦友亮的家，不仅房子简陋，家具也比其他人家简单、破旧得多。就一间房，面积不算小，里面却摆了一张双人床，一张单人床。这就把屋里挤得没多少地方了。秦友亮说，他哥在家的时候，哥儿俩睡双人床，奶奶睡单人床。这不奶奶瘫在床上了吗，他哥一时又回不来，就让奶奶睡在大床上了，这样翻个身不是方便吗。

除了床，还有一张八仙桌，一个五斗橱，橱上放着一台黑白的电视机，还有一部录音机。我们进门的时候，老人家正仰靠在床上看电视。

秦友亮没有把老人家介绍给我，也没有把我介绍给老人家的意思。我主动和老人家打了一声招呼，她好像也没听见。我想这一家人大概从来就没有这样的习惯，或者说，秦友亮的朋友们，从来也没有谁会把这躺着的老太太当一回事，而老太太呢，也不认为孙子的朋友和自己有什么相干。

瘦得像一具骷髅的她，正专心致志地看电视，京剧《四进士》。

秦友亮让我坐下等他一会儿，说着就出了屋门，到了对面的饭棚子里。没过多一会儿，端过来了一碗糊糊状的东西，像是杏仁霜，又像是炒面。他先把碗搁在八仙桌上，又从桌下拉出一个小小的炕桌，把炕桌架在老人的身前。老人伸出一只枯干的手，捉住碗里的铁勺，哆哆嗦嗦地把勺里的东西往嘴里送。一切都是那么默契，双方对同一程式，都早已烂熟，因此，谁也不说话，也无须说话。孙子看着奶奶，看她默默地吃，时而过去，帮她用炕桌上的毛巾，擦一擦嘴，又回到自己的座位上，看她默默地吃。

如果没有那咿咿呀呀的《四进士》，这里还有什么可以显示一点生气？

你家干吗要弄这么高的一个门槛儿？我问。

哪光我家啊，兴华里家家都是高门槛儿。秦友亮说。

是吗？我还真没留意。

不把门槛儿弄高了，夏天就得发大水。

怎么会？

您可不知道,您没看见兴华里四周的高楼吗,连上您住的那栋也算上,一块儿,把我们围起来啦。严严实实。不透风就甭说了,地势也全高上去啦。夏天一下雨,整个儿一个水淹七军!

我愣了一下,好像不知道该说什么好了。我觉得挺惭愧,好像兴华里水淹七军,有我不可推卸的责任似的。

我们这个世界真逗,就我这号的,不知为什么,沾边不沾边,时不时就惭愧一下子。几天前作家协会开会,大伙儿还一起反省了"贵族化"的倾向呢。专业作家的专业,是不是就是专业的"反省"和专业的"惭愧"?

沉默了一会儿。

你的鸽子养在哪儿?我觉得我得找一个不至于再惭愧的话题。

房上。有几个鸽子窝。还有几个哥们儿家,也替我搭了几个。一般的,弄来就到鸽子市卖啦,好的,才多养几天,等卖好价钱。

鱼虫儿呢,不是也捞鱼虫儿吗?

捞,天天早上骑车到南边,二十里地吧,那儿有野坑子,到那儿捞鱼虫儿。

怎么样,来钱儿吗?

来钱!大街上卖鱼虫儿的您没见过?两毛钱一勺儿,哪天也得闹个两张儿三张儿的。说实在的,我不缺钱,我攒了好几万啦。您帮我出出主意,咱是买辆"大发",干出租呢,咱还是奔广州,倒衣服去?

这话题倒不错,可是躺床上的老太太,却咿咿呀呀地嚷嚷起来了。

我哪儿也不去,挨家陪您!不学开车,也不出远门儿!秦友亮冲他奶奶喊。

老人不再嚷嚷，继续看她的《四进士》。

我哥要是不回来，我什么事也干不成。秦友亮的眼睛里闪着幽幽的光。

我们离开了他的家，一起往派出所去，去找苏五一。

月光挺好，整个天空清亮清亮的。

老太太不是怕你出门，而是怕你惹祸。我说。

没错儿。开车，闹不好就撞死一口子；跑买卖，闹不好就打一架。她就不知道，捞鱼虫儿也悬，哪天掉水塘里淹死了呢？秦友亮呵呵地笑起来。我看您是明白人，您给出个主意，是干出租，还是跑买卖？……我奶奶的话，甭听。

我哪儿懂得拿这个主意！

主意你自己拿。我说。不过，你要是想买车，我倒有个路子。你要是想下广州呢，那边我也有亲戚。帮忙，我还行。

嘿，有您这句话，我心里可踏实多啦……陈哥，我……我叫您陈哥行不行？您说，我……我得怎么谢您？

你要是能像刚才那哥儿几个似的，混出个人样儿来，就算是谢了我啦。

哪哥儿几个？

刚才，我们楼门口见过的。

操，那我可比不了，他爹一批条儿，钢材就跑他家去了。什么不是他们家的？国家都是他们家的！玩儿似的就把钱赚了！

那你就甭跟他们比了，跟自己比，把日子过好点儿。

那还用说吗，谁不想过好日子啊。我早想了，我要是发了财，先他娘的把我们家房给换了，就他妈这狗地方，是人待的吗！

还想干吗？

我娶仨媳妇！……您别笑，我是给气糊涂了，我知道，那犯法了不是？谁让那些妞儿净给我眼面前儿添堵呢！晃，晃，天天眼面前晃，就没一个是给我备的，我冤不冤啊，我都他妈二十七啦……

…………

那天晚上我们三个人在那家小酒馆里都喝得晕晕乎乎。出门的时候，互相拉着手，就跟三个英雄共赴刑场似的。

这个画面，也是小酒馆的那位姑娘事后告诉我的，而我，一点儿也记不得了。

据说，站在他们酒馆的门口，我们哥儿仨为了排座次，争竞了好半天。

开始的时候，我是站到了他们俩人的中间，像一个老大哥，牵着俩小老弟。

"不行……不行……我……我的位置不……不对……五一，你，你站中间，你……你是我的老师，你带领我……带领我反精神污染，前……前进……"

我真想象不出，那时的我，是个什么样子。

据说苏五一更逗，咧着嘴，嘻嘻笑着，当仁不让地往中间站，抓着我们两位的手说："对，对，这……这就对……对了！我……我说刚才怎么觉得……觉得有……有那么点儿……不对劲儿！……"

秦友亮却跟他急了："扯臊！……你……你靠边，让……让我陈哥站中间，论……论学问，论……论年龄，没……没你的事……"

苏五一说："我……我知道，知道你，你丫的不……不就想……

想自己……自己当……当老大……吗？我让……让你，谁……谁让你丫……你丫就……就要发财……发财了呢……你……你来，行，他……他不行……连……连手铐都……都不会铐……能……能当……当大……大哥？"

我们就这么拉着，扯着，推着，让着，说着，笑着离开了那家小酒馆。

第二天醒过来的时候，我发现不知怎么已经回到了自己的家，而那两位，躺在我家的地毯上，还在呼呼地睡着。

八

不能说从此我就成了那小酒馆的常客。不过，一个月去那么一两回，总是免不了的。

与其说是为了"喝"，不如说是为了"品"。

这小酒馆特有味儿。在此之前老是从这儿经过，可不知为什么没有注意到它的存在。门脸儿不大，一丈来宽、两丈来深的铺面，摆了两溜方桌。不管白天黑夜，老是开着门，老是满满当当的人。也不管什么时辰，总有奔饭来的，也总有奔酒来的。就说早上八九点那会儿吧，你一准儿能从这里揪出俩"酒腻子"来；到了半夜十一点呢，兴许就闯进来个没吃晚饭的。当初被秦友亮和苏五一领着一走进来我就明白，这是到了"引车卖浆者流"里来了。

特别是晚上，进来的好像大多是熟脸儿，这哥那哥的，谁都得打几个招呼。喝着喝着，隔着桌子就扔开了烟，远远地就拼上了酒。我第一回进来那次，秦友亮就和隔桌的划上了拳，两人相隔足有半间屋,吆三喝四,唾沫星子乱飞。观战的人一边喊着"掌柜的,拿伞来吧!"一边又添油加醋,唯恐没有人出溜桌子。有时候不拼酒,幽幽地唱歌,一个人唱,全饭馆的人听。没人说话,只有顺着手指头,顺着鼻眼悠悠飘升的轻烟。有时候又不唱,三五一伙儿地侃,侃的净是哲学:"……这地球,这地球我盼着丫挺的爆炸!没劲,忒劳神!爆炸了,都清净!……什么什么?问我干吗还造儿子?没劲才造儿子呢,造儿子不劳神啊?……造出来,造出来就后悔啊,造出来就明白啦,不是省油的灯!所以更觉得没劲啦!连他妈造儿子都是个麻烦,这地球上还有什么劲?你说,有什么劲?""……好人,坏人?扯淡吧。他下台,你上台,一个比一个操性。我?我也一样,兴许比别人还恶呢!有权不使,过期作废,有便宜不占,王八蛋。有什么招儿?有招儿啊,甭下台了,也甭上台了,上台一拨儿,喂肥了不是?您就踏踏实实待着吧,您肥了,就不那么咬了不是?可你想吧,这拨儿刚肥了,咱又换一拨儿。好嘛,这新来的饿得正瘦呢,上来了,咬吧!你能踏实了?……所以,依我,给中央提建议,甭什么二梯队三梯队的,一梯队,足够!"

你不能不来,听听他们的哲学,当然,也听听他们那幽幽的歌。

第一次来的时候我就发现,秦友亮是这儿的歌王。

我知道旧北京的饭馆里有么一家,可能是"致美楼",那老板爱听,也爱唱,所以他准备了胡琴,供有同好者用餐之余一展清音。

我没有想到,这么一个衰颓拥挤的小酒馆,居然也可以边喝边唱。

这里准备的,是吉他。

那次和秦友亮、苏五一喝得微醺，秦友亮回头朝柜台那儿看了一眼，那小姑娘就心领神会，立刻递出一把吉他来。

秦友亮低下头，旁若无人地唱《橄榄树》。曲子和歌词都是再熟悉不过的了，可是我从来没听过哪一位歌手这么唱《橄榄树》。

那是一头狼在悲凉地嚎。

我盯住了他那铁青色的两腮，我想他如果能到舞台上去唱，一定能风靡京城。当然，他未必会作曲，会作词，他只能唱人们耳熟能详的歌。可是，他能把所有的耳熟能详唱得陌生。

唱完了《橄榄树》，苏五一说，唱《十二郎》。

我知道，这首歌，是为我点的。

秦友亮唱这首小调的时候，我开始丢掉戒备，忘情地喝酒，一直喝到晃晃悠悠。

我发现，每次从这小酒馆回去，坐到自己的写字台前，我的心就像鼓满了风的帆。

秦友亮不光在酒馆里唱，有时又在酒馆外边的小树丛里唱。那时候，小树丛里坐着很多和他一样的年轻人、黑乎乎的看不清他们的眉眼，你只能听到从他们中间传出来一把吉他的弹拨声，继而听到一头狼在嚎，或者是一群狼一块儿嚎。我知道他们都来自兴华里，那个又窄又闷的屋子把他们逼出来，这是他们唯一可以大口地喘气的地方。

这使我激动不已的路边吉他队，后来被我写进了和赵大年一块儿合搞的室内剧《皇城根儿》，可惜拍摄时，这一段被删去。

来的次数多了，我发现，秦友亮来到小酒馆，不仅仅是为了唱，更为了那个老给他递琴的姑娘。

那姑娘不能说有多么漂亮。不过，一双善解人意的眼睛，饱满成熟的身材，就已经足以使小伙子心驰神往了。在我的印象中，和秦友亮一起喝酒的时候，除了要吉他，他从来没有看过她一眼。然而我凭着直觉，一眼就认定，在他们之间，存在着一个"场"。

"……'场'？什么意思？"

"想娶人家当媳妇的意思。"我冲秦友亮笑着。

"没错儿，我想娶仨媳妇哪，这算一个！"他故意装出一副漫不经心的样子，"等着，等我发了财……"

我只好作罢。

此后不久发生的事，至今使我怀着深深的歉疚，尽管秦友亮不知道我竟在这中间扮演了这样一个角色。

我是无意的。不过我知道，这哥儿们后来受的伤害，皆因我的冒失。

不知道秦友亮有没有机会看到这篇小说。虽然我写的时候，已经把他的真名隐去，但我相信，个中奥妙，他一看便知。

一个很偶然的机会，使我把兴华里的这家小酒馆介绍给了我的芳邻，602的那个小伙子。后来我知道了，他也姓陈，和我同姓。

一天晚上，大概又是从城里开车过来开"派对"的那位"小陈"很突然地敲开了寒舍的门，说有一些朋友来他家玩，很偶然地说起您住在这里，其中有两位小姐是读过您的作品的，很想结识，唯不知是否在忙，能否给个面子，到楼上来坐坐。

人的弱点是不必讳言的。如果我听说对我感兴趣的是两位男士，或许也没有这么高的热情。虽然并不报任何非分之想，但觉得能让两位小姐有请，是很愉快的事。随后自然是随他上楼，到那套装修华美的屋子里去会那两位小姐。

屋子是来过的,来这里收过房租水电费。这屋子的别致之处是:除了沿墙而设的一圈没有扶手的沙发外,几乎没有更多的家具。看得出,这是他们为了开舞会、办"派对"的方便。我在进来时,几个男士和几个小姐正坐在沙发上聊,一对舞伴在屋里转来转去,一会儿在这个屋,一会儿转到了那个屋。寒暄过后,我客气地请说得正上劲的男士继续聊,原来他在讲一个"荤故事"。

"……通信员过来了:'连长,首长命令:出击吧!'连长说:'好!全连注意,越军上来了,全是女的,出击吧!'……"

小姐们在咻咻地笑。

为了表示自己不是傻蛋,我只好也笑笑。

小姐们开始把话题扯到了文学,问这个作家那个作家,问这桩离婚那桩离婚。敷衍来敷衍去,说到了流行音乐。

谁说的?"女人的肤浅会大大削弱她们的美貌"。哪儿啊,恰恰相反,女人的美貌会大大掩盖她们的肤浅。这就是为什么在明知她们肤浅以后,我还要和她们滔滔不绝的原因。女人的美貌岂止能遮掩自己的肤浅,还会勾出男人的肤浅呢,我,便是这理论的最好注脚。我在鬓影衣香的包围下灵魂出窍,惹祸的根苗便在这滔滔不绝中种下。我告诉她们真正的好歌手或许在民间,不信你们不用走多远,就在兴华里的小酒馆,你就能听到从别的歌手的嘴里听不到的声音……回想起来,这纯粹是一种自以为高明的炫耀,或者说,是为了在小姐们肤浅的男友们面前,显示自己的深刻。

小姐们被说得意兴遄飞,她们说要去听,要去唱,甚至要去一起喝。我心里暗暗地一笑。我知道她们不过是想换换口味。我说我很忙恕不奉陪。其实我在那一刹那觉得她们如果真的由我陪同踏进那酒馆，我会在所有熟悉的目光中读出惊诧。

我没去，却有人陪她们去。

这也罢了，去了不说，竟又把柜台后递琴的那姑娘勾了走。

我的罪过大了去了。

消息是苏五一告诉我的。这已经是第二年夏天的事了。那天夜里，他巡逻完了，没什么事，从兴华里过，看见了我屋里的灯光，上楼来和我聊天。

"你不知道吧，你们楼上，602那小子，把兴华里小酒馆那个妞儿，勾上啦！"

"什么？"

"她净来您这楼上跟他们一块儿跳舞，您就没见过？"

我说，没有没有，我这写着东西呢，天天不出家，我哪儿就碰上了。

"好嘛，挺热乎的，我还见着她和他们一块儿坐车走呢。"

我一时说不出话来。

"您楼上那哥们儿，带了男男女女的几个，去酒馆喝过一次。那次小秦子也在，一块儿唱歌儿来着。后来，他们又来了几次。再后来，就看见那妞儿和他们一块儿啦……"

我的话都到了嘴边了，最后还是没勇气告诉他，这事的罪魁祸首是谁。

"那……那小秦子怎么着了？"

"什么'怎么着'？"

"嘿，小秦子没找他们玩儿命？"

"找谁玩儿命？"

我指了指楼上。

"嘿，瞧您说的，那妞儿和小秦子有什么关系？"

我说，你是装傻还是真傻？小秦子跟我这儿都承认了，那是人家想娶的媳妇。

"您可真逗！他想娶，他想娶的妞儿多了，娶来了吗？他连说也没跟人家说呀！天天去那儿唱，就算你有那心，你倒说呀！再说，那妞儿跟602那位玩玩，谁管得着啊。咱知道人家怎么个玩儿法？民不举，官不究，我他娘的就是想帮他小秦子一把，都不知从哪儿下嘴！"

…………

第二天晚上，鬼使神差一般，我放下了手头的工作，到了那个小酒馆。

那个姑娘还在柜台后面忙碌着。

酒馆里没有秦友亮。我退了出去。

我到他家找到了他。

我说我请他去喝酒。

他说不去。

我说我知道你为什么不去。你他妈的就那么熊？就没本事把自己喜欢的妞儿弄过来？

他说我压根儿就他妈的没喜欢过她。

我说那更好办啦，那就不耽误到小酒馆喝酒啦。

他说可我不想喝，我反胃。

我没办法。我回家了。

回到家,想趴到桌上写我的小说,却无论如何也进不去。站到窗前,望着灯光熠熠的兴华里愣神儿。忽听楼下传来汽车的刹车声,男男女女的喧哗声,随后是带着几分优越砰砰地甩车门的声音。

又跳舞来了?

我走到自己的屋门口,差点开门出去。我想看看那酒馆的小妞儿是不是也跟了来。

想到自己全是多管闲事。我又回到了北屋的窗前。

"砰砰"的舞曲响起来了,天花板上,还传下来沙沙的脚步声。

忽然,隐隐地,听见楼下传来了一阵凄清沉重的哀乐声。那声音先是远远地飘过来,渐渐地,越来越响,响得人心里悾悾惶惶,没着没落。

楼上的舞曲也戛然而止。

我忙走到客厅,打开电视机。四个频道,没有任何一个频道在播哀乐。

我又回到了北屋的窗前,哀乐仍在继续。

楼上的舞曲也继续。

我把笔掷到桌上,回卧室睡觉。

忽然间我想到了这哀乐响起的因由。我下了楼,到了秦友亮的家门外。

哀乐确确实实是从他家里传出来的,在哀乐声里,还听得见他奶奶在咿咿呀呀地骂。

第二天中午,苏五一到我家来了。

"找小秦子来了……这小子,喜欢音乐,你喜欢什么不好,买了一盘《哀乐》,昨儿放了一宿。你这儿听见没有?嘿,今儿一大早,好几家找我去啦,说让这哀乐闹得,心里没抓没挠的!……我劝他,他小子还跟我贫,说他就喜欢哀乐。是黄色歌曲不是?不是。国家禁止不禁止?不禁止。完了,他倒有理了!"

九

电视台预报:今天晚上,有雷雨大风。

倘若我和秦友亮之间没交情,对兴华里又毫无了解的话,对夏季里一次雷雨大风的预报,是不会动什么心思的。鲁迅夫子说,煤油大王哪儿知道北京捡煤砟儿老婆子的辛酸。有人说不定得给我上这个纲。可我不是煤油大王,不过"煤气罐"阶级而已,有了"罐儿",对"捡煤砟儿"阶级的辛酸,的确是知之甚少了。不过,"捡煤砟儿的老婆子",好像也不知道我这一天天爬格子的辛酸。邓小平讲话,都是劳动人民。说得对。那就谁也甭说谁了。老太太,您捡您的煤砟儿,我爬我的格子,都不容易,谁也甭说谁了。

谁也甭说谁了,咱们再一块儿说理解万岁。

我还真的对那项预报挺上心,上午写作的时候,往兴华里瞄了两眼,我想应该在下楼散步的时候到秦友亮家说一声,好让他有个准备。后来因为写得顺,就一直没动窝。等到要起身下楼时,看见兴华里不少人家都在苫屋顶哪。行,没跑,秦友亮也知道了。我也就不用去了。

大风是夜里十一点左右起来的。乌云却早早地从西天压了过来。朝窗外看去,居民区的灯光好像都被一层迷迷蒙蒙的水汽罩着。远处的天空闪过几道闪,却听不见一点雷声。窗外的一株大叶杨也一动不动,阴沉着脸,等待着什么。渐渐地,它们像是有了灵性似的,各个深藏阴森,时不时哼唧几声。忽然,一阵狂风漫无边际地卷过,砰砰的窗响,哗哗的树声过后,又万籁俱寂了。"哗——"又一阵狂风突兀而起,把大叶杨的树冠重重地往左往右一晃。"哗——哗——"紧接着,狂风一阵紧似一阵,山呼海啸般扫过。大粒大粒的雨珠,被抛打到狂风所及的地方,夜幕中回荡着乓乓乓乓、叮叮咚咚的击打声。一道闪电"唰"地闪过,大叶杨湿漉漉的叶片反射出小镜子般细碎的光。一声炸雷轰然在当空爆响,仿佛要把天空崩塌。"哗——"雨水无遮无拦地倾泻下来了!

借着兴华里昏黄的灯光,可以看得见雨水砸在房顶上腾起的一片片水雾,那水雾不断腾起,不断被风吹散。就在这雷鸣电闪、风声雨声交织中,兴华里默默地忍受着。突然,好像不堪忍受了似的,雨声中传来一声喊叫,却立刻被风雨之声压了下去。然而,喊叫声越来越大了。循声望去,只见兴华里家家户户的屋门一扇一扇洞开了,原本灯光星星点点的一片,一下变得灯火通明。人们在喊着、叫着,喊叫声中又夹杂着铁锹、铁簸箕蹭到水泥地面的金属声。大敞的屋门里,明亮的灯光照耀下,是一个个弯腰弓背,端着簸箕,挥舞铁锹,往门外撮水的身影……

我想起了秦友亮家那高高的水泥门槛儿。看来,比屋顶漏雨更尴尬的事,终于发生了:可以想见,兴华里四周高地的泥水,是怎样千沟万壑般往这洼地流淌。到了家家户户原本都有的高门槛儿已经敌不住雨水的倾灌的时候,那里的水至少不会低于二十公分了。嘈杂的喊声愈演愈烈,再往下看时,家家户户的门口,已经没有了往外撮水的身影，倒是看得出他们在搬动家具。想必，他们已经放弃阻止水漫金山的妄想了。他们在把贵重值钱的东西往床上搬。

我抓起雨衣，跑下了楼。

谁也拦不住仍旧肆虐的风雨，不过，或许我可以帮助秦友亮照顾一下那位瘫痪的老人。

风，毫无减弱的迹象；雨，也没有休止的可能。雨点打得人睁不开眼睛。脚下，黄浊的水流早已淹没了楼前的小路，横着向兴华里涌动。我将手掌遮在眉头上，这才有可能睁开眼寻找道路。走下通往兴华里的土路时，只觉"嗵"的一声，水已经没到了我的膝盖，当即灌满了我的雨靴，从居民家中漂出的茄子、西红柿，在我的腿边碰来碰去。我一步一步往第三排挪，又一步一步往西走，好不容易到了秦友亮家。

"小秦子！……小秦子！……"

没人应声，推门一看，秦友亮不在家。

屋里已经灌进了十公分的水了，幸好老人已经被安置好了，半躺在床上，身上盖着棉被。她的身边，堆放着面袋米袋之类。这架势，有点像被供品环绕的佛祖。

问她孙子哪儿去了，咿咿呀呀的说不清，还咿咿呀呀的老想说。

算了算了，您甭说了，甭说了，我自己找去吧。

出了门，忽然听见这排房子的西口外有人声喧闹。

怎么？竟然还有笑声、掌声！噢，更多的是嗷嗷声，听那意思，好像有一伙子人在起哄。

谁家？居然还有这种雅兴。

西口直通一条大马路。马路上也已经是一片汪洋了，一辆灰色的"切诺基"窝在水里,显然因为水太深而熄了火,五六个小伙子围着"切诺基"嗷嗷着,有人端着脸盆,舀起水来往那车身上淋,有人索性弓下身子,蹲在水里,将手掌一推一推,把水击向驾驶室,也有的用脚踢,"哗……哗……"水被掀出一个扇面,一下一下地冲到发动机舱里……与其说他们是破坏,不如说他们在找乐。

"让你兔崽子美美地喝上一壶吧!""哗",满盛的一盆水,连水带盆扣过去,撞到车身上,发出清脆的金属声。

"给丫挺的再来一下子!"

这中间,为首的,当然就是秦友亮。

车里坐的是谁?602那伙子?不像,别看也是灰色的"切诺基"。秦友亮是不是把这车当成那小子的啦?

我呆呆地看了一会儿。我不知道自己是应该过去制止,还是应该袖手旁观。

正犹豫着,只听"咔"一声,"切诺基"的车门被打开了,司机从驾驶室里钻了出来,与此同时,从后车门儿也钻出来一位。

"打丫挺的!"

"给丫挺的脖子里灌两壶!"

秦友亮们虚张声势地喊着,从车里钻出的两位不知就里,落荒而逃。

秦友亮们哈哈大笑,又故意追了两步,有一位还走了两下太空步。

没等他发现我,我回自己的家去了。

这事,叫我说什么好?兔崽子过去那点儿明白劲儿呢,都他娘的哪儿去啦!

我想秦友亮这一晚上一定睡了美美的一觉,虽然这瓢泼大雨下了一夜,他家里让水泡得跟花园口似的。

他不会想到自己惹下了什么祸。

当然,他惹下的祸,半个小时后他就知道了。

苏五一来了,他是被所长派人从东华里提溜回所里的。那会儿他也没闲着,正在东华里提醒一家危房户,当心大雨淋塌了房子。

所长的办公室里,坐着分局的两位处长,一位姓廖,一位姓张,就是刚刚让秦友亮们折腾个够的那两位。

"去兴华里给我查查,这事是谁干的!"所长差点儿冲苏五一吼起来。

这些,是苏五一到我家后告诉我的。

第二天一早,他就到了我家,他的身后,跟着秦友亮。

"您说,我该怎么处置他?"苏五一是真急了,那修长的中指又挑了出来,指着秦友亮的脑袋,就像是指着一个什么东西。

"……"秦友亮倒老实了。铁青着脸,随你怎么说,也不张口。

我说:"他肯定不知道这是分局的警车,再说,廖处长他们也没穿警服。真知道是警察,打死他也没这胆儿啊!"

"甭说是警察了,不是警察,你也不能这么干!……大雨天的,人家廖处长干什么来了?人家是怕这儿的房子出事,专门提醒我们来啦!你倒好,倒知道孝敬,给人洗上车了……"

也是,这世界上净是误会。

"那怎么着,你们到我这儿来。什么意思?"我问。

"实话跟您说,直到现在,我也没敢跟我们所长说,查着这个人了呢……"苏五一瞟了秦友亮一眼,"……不说,我犯错误。说了,有他好儿吗?他可是有前科的主儿,干这么一档子,不逮进去才他妈怪了！"

我说，逮不逮的我可替你拿不了主意，你说，我能干什么吧？

"我寻思着，还是算了，饶他一回吧，谁让他他妈的还得养他奶奶呢！……不瞒您说，有点儿私心。他要是进去了，他奶奶不又得撂我身上？人民警察爱人民不是？……可我要是说，在我的管片儿里查不出这帮子人来，也他娘的太栽啦……"

"黑灯瞎火的，查不着也没辙。"我说。

"至少，我也得递份儿检讨……"苏五一说。

"写呗，有什么难的。"

"对您说，不难；对我说，不易。您看，我写了一早上了，就写成了这模样。今儿，就是请您帮助看看来啦。别……别让人看出破绽不是？"

原来这位的检讨都写好了，还跟我这儿兜圈子。

不过，他这检讨写的，也实在不敢恭维。

"怎么改改，您跟我说说。"

"算啦，有那工夫，我都替你写出来了……你们先一边儿待会儿去。"

十分钟后，我把那检讨写完了。"啪"，拍给他。

"怎么样？"

"挺棒。"苏五一说。

1993 年 3 月 20 日

耍 叉

一

没事的时候，这老爷子爱往宏远宾馆那边看。

隔着一人高的铁栅栏，那边，是宾馆；这边，是老爷子管的停车场。

给老爷子遮阳的大太阳伞，就绑在铁栅栏上。伞底下的阴影里，摆着两个方凳，一个，他坐，另一个，放他的大茶缸。

活儿，就是在停车场这边看汽车，可眼睛，却没少了往栅栏那边瞄。

这谁也拦不住，那边的景儿招人。

好嘛，多高的一栋楼，山似的。这山，还是用银白色的玻璃板一块一块地拼起来的，太阳光一照，就成了一根见棱见方、笔管儿溜直奔天上去的水晶石啦。白天，它闪银光；晚上，一层一层的灯光亮了，它又闪起了金光。锃光瓦亮的小卧车一辆接一辆，开过来，开过去。车上下来的人，肥的，瘦的，美的，丑的，黑头发的，金头发的，浑身香气噎人的，胳肢窝臭气熏天的……就冲这，搁谁，眼睛不过去，鼻子也得过去了。再说，谁想拿老爷子干的活儿说事儿,也说不着,人家这边什么也没耽误,出出进进的汽车,哪辆也没少了交停车费。

您还能拦着不让人家往边儿上瞄两眼啦?

辘轳把儿胡同的街坊们,没人不说崔老爷子找了个美差。

"您说,就咱这岁数,您还图啥?图啥?……瞧您,大把儿缸子一端,每天每,大宾馆门前看新鲜事儿,月底了还给您点三百来块,舒坦不?乐和不?这活儿,打灯笼难找!"没事就组织戏迷票友们吹拉弹唱的老头儿李忠祥说。

"老哥哥,自打您去了大宾馆,您的学问可透着见长啊!"那天他骑着那辆小斗三轮车出胡同去上班的时候,又碰上了胡同口剃头的老蔡头儿。

"别这么说,您可别这么说,咱跟大宾馆不沾边儿。咱在人家的脚跟儿底下看车哪!"他哪回也忘不了纠正这一条,他不是蒙事儿的人,决不往高枝上靠。可也真怪了,谁还都把他往那儿扯。

"看车?您可别小瞧看车。一拧脖子,把学问全看眼里了!"

"对对对,学问大了去了!"他不这么说,还能说什么?

要说街坊邻居的,这么说也沾边儿。不这么着,他能见着鬼子打架吗?好家伙,俩鬼子,一白一黑,从旅游车上扯着揪着就下来了,黑的揪白的脖领子,白的揪黑的袄袖子,嘴里骂骂咧咧,边儿上一个挺漂亮的洋妞儿在叽里咕噜地喊着,劝着,拉着——没跑儿,花案。洋相,洋相,这可真的成了洋相啦!净他妈说中国人跑外边散德行,这老外不也到中国来散德行来啦?这回回去,不得开除党籍?……坐在这儿,不光见着了老外们抢妞儿,还知道老外里还有穷要饭的呢;背着一个背包,骑着一辆租来的自行车,脚蹬在马路牙子上，向宾馆门口出出进进的老外们要钱。他觉得开眼的是，这要钱的老外那派头还挺大，没从自行车上下来不说，说话那神气哪像个叫花子呀，顶多了，像是跟人家商量个事。如果不是有的老外给他掏了钱，他还以为是问路的呢。看了有一会儿，嘬了嘬牙花子，心想，这老外们说到底还是有钱，要饭的跟他一商量，就把钱包掏出来了。要饭的他见过呀，过去，要骨头的，要俩钱儿，在买卖人家的门口，"呱嗒嗒，呱嗒嗒"，不唱哑了嗓儿能要出钱来？哪儿跟这位似的……

光是这"洋相"，回来说两条，就够街里街坊开一阵子心的。

何况，他见着的，还不止这些。

"您说，北京有这地界没有：到时候您就去，也不管生熟脸儿，越是生脸儿还越好，伸手，一准儿有您两张儿，递您手里。有这地界儿吗？"

也没少了在住的那个大杂院里，考考同院住的老少爷们儿。

大杂院里的人们，甭管老的、小的，全得给问成个哑巴。

这秘密还真的只有成天坐在遮阳伞底下，把宏远宾馆那边的人和事一点一点琢磨个透的老爷子，才能发现。

开始老爷子只是见着这事有点好奇；每天中午和晚上，总有一位穿戴漂亮的丫头走到栅栏那边停靠的小车中间，手里拿着一沓十块一张的票子，东看看，西望望。这时候，小车司机们就三三两两地凑过去啦，说了句什么，一人从那丫头手里接过两张儿。

隔着栅栏打听，这才恍然大悟：坐车的，进去吃席了。这是给开车的发饭钱哪！

车夫的饭钱打进了那桌席里，发钱的，是餐厅的小姐。

这，已经让老爷子觉得够开眼的了。一会儿挺自豪地想，真是工人阶级当家作主的天下，要在旧社会，哪有这事？一会儿又算计着这些个车夫们，虽说吃不上席，也够赚的啦。每月要赶上这么几次，也百儿八十块地挣着呢……慢慢的，发现更新鲜的事还在后头：敢情还有那么几位，比那些车夫们更滋润，人家连车夫都不是，和吃席的也八竿子打不着，可到时候，大大方方地领钱来啦。

这是他对发钱的场面琢磨多了以后才忽然发现的。有那么一阵儿，他觉得有那么一位渐渐地有些眼熟，隔三岔五的就见一面。开始，心说这车夫还真是个福将，赶上给一位吃主儿开车，便宜可不少，后来发现不对，这位哪是开车的呀，他是定点来领钱的呀！——中饭前来一次，骑辆自行车，远远的，靠在马路牙子上，晃晃悠悠地就走过来了。宾馆的大门口，那会儿正是车来车往，一会儿张局长下了车，一会儿李司令迎过来，握手，招呼，乐乐呵呵……您就瞅那位吧，东瞄一眼，西听一耳，这干吗呢？大概是得听听里面进去了一位什么人物，宴会安排在什么厅吧。其实，他也是以防万一，到了发钱那会儿，谁问啊。吃席的进去了，发钱的就出来了。那位也大摇大摆地走过去，大摇大摆地领出两张来，司机们领了钱，都开了车，自己奔饭去了。那位呢，回到马路牙子那边，骑他的车，回家。有几次，老爷子甚至看见，当天的晚饭，那位又骑着自行车来了一次。车夫们一拨儿一拨儿，流水似的，谁认得谁？发钱的小姐又不总是一个人。再说了，你就是随便说个张局长李司令的，她又怎么知道今儿来吃饭的有没有张局长李司令？就算起了点子疑惑，反正又不是由她掏钱，她哪有兴致管这闲事？……

"你瞧，我没蒙您吧？"老爷子给街里街坊的交了底，没忘了跟每次一样，和老少爷们儿逗逗闷子，"我说，各位爷，这哪是一家饭庄的事啊，您就可北京找去吧，看去吧，哪家馆子能少了席啊。有胆儿，您就骑上辆车，可北京敛钱去吧，一准儿，过不了仨月，小康？老康的日子都过上了！"

大杂院的街坊们，当然没人冒这傻气，虽说都听着有点眼馋，可有脸有皮的，还真的跟那位似的，可北京地转，饭庄子门口敛钱奔小康？不过，因了老爷子这一段儿，倒给了大家伙儿一个开心的话把儿。

"老爷子，今儿又充车夫去了吧？领回来'几张儿'啊？"越是年轻的，就越爱跟他逗。

等到老爷子把值夜班时见着那些"野鸡"怎么拉客的"景儿"跟这帮小子们侃了出来，这"话把儿"就更让他们攥得紧了。

"老爷子，您可好，领来那'几张儿'，连看都不叫咱看一眼，当晚儿就给造啦？……钱是好挣的，您那身子骨儿可是您自己的，悠着点儿！"

"滚！看我抽你！"老爷子骂他们。

其实，这是老爷子最开心的时刻。

这时候才影影绰绰地觉出来了，他在那栅栏边儿上是没白待，长了学问不说，回来，这学问还有用武之地。

这年头儿，老头儿们说的事儿能让人家当事儿，这就不易。

人哪，老了老了，能找着个长学问的地方，还能找着个抖搂这学问的地方，人还图什么？您说，人还图什么？

二

不过，老爷子还是觉得，甭管胡同里的老少爷们儿怎么说，日子也不像他们说的那样，全那么让人觉得舒心。

别的就甭说了，光说坐在栅栏边儿上往东边瞄吧，不知为什么，真的到了这时候，和坐在大杂院儿里神侃，那心气儿好像还是不一样呢。

往远处多走几步，宏远大厦跟老爷子看的停车场的对比，就显出来了。

大厦有自己停车的地方，它就在大堂前面的空场上。空场的中央是一座七星连环形的喷水池，布局有些像北斗七星，展开了像一个弯弯的勺儿。四周，停着"奔驰""皇冠"之类的卧车，顶次了，也是面包车、旅游车。淡黄色的栅栏把这空场围了起来，朝南的一面，留出一进一出的缺口。来饭店的车辆进入广场向右手拐个弧形的弯儿，可以进到大堂前一片缀满了射灯的廊子。看门的四个小伙儿中的一个，立刻会迎上来，替来客打开车门，问候，把客人让进大堂……黑幽幽的"奥迪"来了，蓝莹莹的"雪佛莱"走了，大厦前面，好像老是流彩溢辉。到了晚上，从廊子顶上垂到广场中央的瀑布灯亮了，在那灯光的映照下，来来往往的车辆，越发像一条光斑明灭的河。而咱们的老爷子照看的收费停车场，在这位雍容华贵的芳邻的对比下，显得格外寒酸和冷清，就像一个被世态炎凉冷落在一旁的平头百姓。是的，停车场的确和它的阔邻居毫无关系，这是区里的治安部门管辖的地方。来这儿停驻的，更多的是外地进京的车辆。就像是平头百姓家里来的几个穷亲戚：获得特许进京运货的卡车，拉着河北山东一带的人进京旅游的大客车、小面包车……车身上溅着泥点，落满了尘土，它们连洗都不洗，就那么蓬头垢面地趴在那儿，懒洋洋的，没精打采。

一天中，会有那么几辆车开进来，也会有那么几辆车开出去。开进来的，崔老爷子会懒洋洋地迎过去，等司机停稳了车，从驾驶室里下来，他就撕给他一张停车费的收据，从他手里接过几块钱。开走的，老爷子坐在太阳伞下，远远地看着，连动也不动。到了晚上，停车场上就更冷清了。如果值的是夜班，崔老爷子会在十点钟以前到。骑着那辆带斗的小三轮车，里面放着夜里挡寒的被褥。他把那瘦瘦的一卷夹起来，送进角落上那个木板钉成的小房子里，又走出来，仍然到他经常坐着的地方，在宏远大厦瀑布灯的余辉里，默默地吸烟，张望。

那个木板钉成的小房真的是太小了，刚好齐齐地放下了一张行军床。对身高膀大的崔老爷子来说，简直是成心跟他过不去。有一次早起，他从小房里出来，正赶上一位去上班的从门外过。"哟，这里还能把您搁进去哪！"那人惊讶地说。他这才明白，为什么好几次从门里一钻出来，都把门外路过的吓一跳。

"没错儿！把我给搁进去啦，跟他妈棺材似的，严丝合缝儿！"老爷子对那人说。

因此，除了值夜班，熬不住了，得进去忍一觉，他绝没有进那"棺材"的兴趣。

"这东西，"老爷子曾经站在那小板房的边上，斜眼瞟了他的"棺材"一眼，对一位路过闲聊的老爷子说，"这东西他娘的就像那兔崽子下的一个蛋！"

说到"兔崽子"的时候，他眼睛瞄着威风十足的宏远大厦。

气不忿儿。别看老爷子在大杂院里说起这东西时，非但没气，还有点津津乐道，可这会儿，真的面对这"兔崽子"了，倒是越想越有点儿气不忿儿了。

听这口气，这"兔崽子"不塌了，这气不忿儿就没个完。

最气不忿儿的，是天天看见的，在宾馆的大堂门口戳大岗的四个小伙儿。

你瞧他们，脸皮白净净的，一水儿的高个头儿。一人脑袋上顶着一顶红呢子做的、绣着金边的大壳儿帽。他们那身衣服也是红呢子的，肩膀上还扛着肩章。那肩章的四沿儿，还哆哆嗦嗦地垂着金穗儿。也不知道为了什么，右边那胳肢窝儿里还偏偏要套上一圈金晃晃的绳索子。这身儿行头穿上去，好嘛，怎么看怎么是奔着金圆券上"蒋委员长"那威风去了。就这，就够老爷子嘬一阵儿腮帮子的了。按说，这差使也他妈尊贵不到哪儿去呀，不也就和我年轻时干的那差使差不多，都是看家护院的把式吗，怎么到了这年头儿，就玩儿得这么花哨啦。

晚生五十年，我一点儿也不比你们鼠霉。老爷子想。

时而又想，花架子管他妈什么用？看家护院戳大岗，养兵千日，用兵一时，还能指望花架子了？就你们这身板儿，还吃这碗饭哪，也就是今儿吧。

想到这儿，又巴不得小伙儿中过来一个，跟他眼面前拔拔份儿，那他就得跟他盘盘"道"。哼，他们，一准儿，戳一指头就得趴下！

用不了多会儿，就会从这白日梦里醒了来，呵呵地在心里笑自己。又往宾馆那边看看，心里道歉似的给那边递过一句：小哥儿几个，咱们谁跟谁呀，归了包齐，全是看家护院的命，威风？威风在哪儿啊！

老爷子老说自己认命，可他却长着一张死不认命的脸。

谁也说不清，是因为他那鼻子还是因为他那嘴，才让他脸上老透出那股子死不认命的神气来。是因为腮帮子大了点儿？可您就在北京城找吧，大腮帮子多了去了，人家怎么就不显山不露水儿的，唯独这位，偏偏就显得那么蛮。特别是横在俩大腮帮子中间的两片厚嘴唇紧紧地那么一抿，腮帮子上立马凸起两块疙瘩肉。就凭这两块疙瘩肉，你就得认定鬼神不能近他。不过，您再看看他那双眼吧，您肯定就不会说老爷子的神气全是腮帮子的功劳了。说句不好听的，那是一双真真儿的目空一切的眼睛。大小姑且不说，反正它总好像是眯着一半儿，把这世界全都扁着往瞳仁儿里搁。

老爷子这神气，大概和他少小习武大有关系。家住京门脸子外的大红门，六七岁就跟村里的小哥儿几个舞枪弄棒。开始，是大人们撺掇的：四月初一上妙峰山进香，"五虎少林会"是全村老少献给碧霞元君娘娘必不可少的礼物。慢慢的，他就吃起这碗饭来，到十六岁，长成了铁塔似的大个儿，练就了闪展腾挪的功夫。

艺高人胆大，眼睛里就生出了精气神儿。

不过，人活到今儿，七十岁上了，才算是说出了一句丧气的话：神气，也就是自己觉着神气吧。全是瞎掰。

恰恰因为习的是武，这一辈子，就是看家护院的命啦。

精气神虽然还有，心里早就认了命。

年轻时可不这样，十六岁上进了永定门，到瑞兴钱庄当了护院。

没两下子，当不上那护院。当上了那护院，更是好生了得。

眼睛就越把这世界往扁了里看。

护院最警醒的时候是三更，听见了动静，他就提了那把大片儿刀，把身子戳到了当院儿。

"塌笼上的朋友，不必风吹草动的。窑里有支挂子的，远处去求吧！"

甭管是当院站着的他，还是房上蹲着的那位，谁的心里都门儿清，吃的都是武林的饭，一个走白道儿，一个走黑道儿就是了。走白道的，叫"支挂子"，走黑道儿的，叫"暗挂子"。哥儿俩既然碰上了，有话还不是好商量吗。

当然，用的，都是把式间的行话。这话的意思是说：房上的朋友，甭投石问路了，院儿里有本护院的在呢，您请别处找食儿去吧。

他崔宝安的声音，暗挂子们是无人不知的，除非是个初来乍到的新手。一般来说，那位蹲房越脊的朋友不会找不痛快，肯定就得朝院儿里拱拱手，到别的家偷去了抢去了。这时候，他崔宝安就从腰间把东家早给准备好的两块一封的现大洋掏出一包来，冲那朋友喊道："顺风！""嗖"地扔将过去。

房脊上影影绰绰的那位一探手，接了，又回了一揖。

他那会儿的感觉，跟自己就是那赏钱的东家一样。

如今是明白了，瞎掰！

人这一辈子呀，好像还真是打前世就把你的差使给定下来了。你说巧不巧：解放后，到物资局的一个厂子当了工人，分的啥活儿？管库！还是看家护院的差使呀。六十岁上退了休，没病没灾的身板儿，待着不也是待着？再说，陕北插队的儿子得回来，得花大把的钱不是?找活儿吧。等到托的那位街坊把帮忙找到的活儿一说,他乐了:好嘛,这是老天爷安排好的,没错儿,宏远宾馆旁边的停车场?不还是和看家护院差不离儿?

要是把崔老爷子搁一个四邻不靠的仓库去看摊儿,也罢了,要是这收费停车场没挨着这么漂亮的一座宏远大厦,也罢了;要是宏远大厦没有四个天天为月挣八百多而得意,为一身行头而自豪的傻小子,也罢了;老爷子说不定能踏踏实实,守着这"看家护院"的老行当,干得挺知足,挺顺心。人都认命了,还有什么好说的?可谁又让这老爷子天天看着这水晶石似的大厦,看着那四个人五人六的傻小子呢。

"操,看家护院都他娘的得赶上时辰!"老爷子也曾经瞄着那四个傻小子,气不忿儿地冒过这么一句。

其实,这也和老爷子站在小木棚前,看着宏远大厦运气一样,也就是有点儿气不忿儿而已,碍不着谁,也得罪不着谁。

您还能拦着不让人家气不忿儿了?您就让他这么气不忿儿下去吧,顶多了:今儿,气儿大点儿;明儿,没气儿了。在这儿,气儿大点儿;回辘轳把儿去,没气儿了。即便过上一百年,也就是个气不忿儿而已。

可您得记住一条:别招他。

三

宏远宾馆门外的四位,洋人管他们叫"侍应生",中国人管他们叫服务员。说实在的,人家跟"看家护院"不沾边儿。要说"看家护院"的,宾馆里倒也还有,可他们第一已经不叫这名儿,第二也没有必要到门口戳大岗。在哪儿呢?在监视室里看荧光屏哪。宏远宾馆的每一条楼道,都在摄像机的监视之下。现如今,"看家护院"还跟您老人家当年似的,手里拿把大片儿刀,竖起耳朵听响动,贼眉鼠眼瞎转悠?再说,看荧光屏也不光为了"看家护院",还为了看看客人什么时候离开了房间,以便通知客房服务员去打扫。咱们的崔老爷子哪儿知道这些啊。要说他糊涂到以为现在看家护院的还使大片儿刀,那是玩笑话,不过,他见宏远宾馆门口的四位成天在那儿"戳大岗",愣按照自己的那一套,把人家说成"看家护院的",这是确实的。

这四位"看家护院的",都不是省油的灯。

现如今,年轻、英俊,这就已经有了睥睨一切的资本。更何况还穿得那么漂亮,还会涮两句"Good morning!""Good evening!"好生了得?

哥儿四个刚刚从饭店办的职业高中毕业。

瘦高瘦高的一位,负责替出门的客人招呼出租车。稍矮稍壮的一位,负责为停在门前的车子开车门,向他们问好,帮助客人们把行李提进大堂。另外两位是一对双胞胎,白白净净,模样挺甜,分别站在自动门的两侧。这两位的任务,就是在这儿戳着,纯粹是为了装点门面。

宾馆办得挺红火,值白天班,开车门关车门的哥儿俩没有消停的工夫,戳门面的哥儿俩那挺挺儿的胸脯也没有松一松的时候。再说,就在身后,自动门里,坐着位眼珠子乱睃巡的大堂经理,哥儿四个谁敢髭毛儿?

值夜班就不同了，到了夜里十一点以后，进出的客人稀稀落落，大堂经理就从他那宝座上离开了，哥儿四个开始是身不动，脚不移，仍然老老实实地戳在那儿，嘴皮子却先"练"开了。嘴皮子练一会儿，绷得直挺挺的身腰就松了下来。最后，闹不好，有那么一位就敢架起了胳膊，有那么一位还敢把脊梁靠到门框上。到了夜深人静，哥儿四个索性扎成了堆儿，肆无忌惮地山侃起来了。

"嘿，刚刚过去那位，穿一身白的，留神了没有？"

"就他妈你眼尖！不就跟一个老黑过去了吗？"

"没错儿，给丫挺包房的老板回台湾去啦，丫挺的还不趁机揽点儿外活儿！"

"搂草打兔子，捎带手儿。"

"磨刀不误砍柴工，嘻嘻……"

"你他妈知道个屁啊，这叫第二职业，中央都允许了，懂吗？"

"操，小丫挺的，说不定裙子里连条裤衩都没穿，勾搭上就进屋，进屋就点'替'，点'替'就上床……"

"你眼馋？你也来呀？你还没这条件呢！"

"孙子！你丫有条件，你丫有条件……"

…………

别看给老外开车门关车门的时候，嘴里涮着"Good morning！""Good evening！"的时候，都那么文雅、风度，也别看和小学初中的同学们聚会的时候，张口"马爹利"，闭口"曼哈顿"，透着那么高贵。其实，一听话茬儿就明白，铁栅栏那边的崔老爷子说得没错儿，哥儿几个也比老爷子尊贵不了多少。不过，有一条，要让老爷子知道，老爷子说不定得背过气去：您老爷子在铁栅栏那边可没少了琢磨人家，人家呢，侃个昏天黑地了，那话题也和老爷子不沾边儿——哥儿四个压根儿就没拿那边老爷子当回事儿！

"嘿，那边那老头儿跟咱们招手哪！"

直到这天夜里，崔老爷子跟人家招了手，哥儿四个的目光，才往栅栏那边瞟了瞟。

老爷子在栅栏边儿上冲他们招手，走的，是北京城里所有值夜人的规矩。

停车场对面副食连锁店里值夜的季老爷子，拎过来了几瓶啤酒，几样下酒的冷荤。

过去的北京人，好像还有点儿夜生活，不信找老北京问问，前门的夜市啦，戏园子的夜戏啦，都说得有滋有味儿。可也不知从什么时候开始，北京人夜里变得没精打采了，早早儿的，吹灯睡觉。这几年，当局一劲儿想辙，让北京人夜里欢，可还是欢不起来。有了电视，北京人窝在家里，更是踏踏实实的了。老辈儿人不愿离开家，那是理直气壮的：哪儿比得上家好？吃喝拉撒，样样方便。守个电视，啥都见着了。谁没事天天晚上出去花钱买累受？年轻的呢，有的是不忍离开家：家里有老有小，你抛撒得开吗？家里也惦记着你呢，你能不管不顾天天晚上出去疯？有的是不敢离开家：把老的小的给扔家里，你们小两口出去欢？不让老辈儿的戳脊梁骨？……因此，"长亮广场"吧，卡拉OK吧，这些洋派儿、南派儿的玩意儿，兴许能把北京人拽出来，新鲜几天。新鲜劲儿一过去，也没什么新鲜的了。就说新鲜这几天，也超不过十点去。十点一过，北京人就往家奔。不奔？不奔末班车就没啦……就这着，到了今儿，北京人里说得上有"夜生活"的，也就是有数的人，那些泡酒吧、泡舞厅的"大款"而已。

北京大概很少有人想起，其实，倒是有一拨人，每天都少不了"夜生活"的，那就是像崔老爷子这样的，看库房、看商店、看停车场的守夜人。

全是爷们儿。老爷子居多，也有中青年。

说他们每天少不了"夜生活"，并不是拿他们干的差使开心。不信您找他们中的一位问问，每天夜深人静时，他们都干什么？都那么老老实实在库房里、商店里待着？都把那俩眼儿瞪得溜儿圆，等那小偷儿上门？……头一两天兴许是这么过来的，第三天就觉得憋闷，就得站到门口东张西望，能不跟马路对面西瓜摊儿的小老板儿搭上了话？出不了半个月，看连锁店的，看饭馆的，看菜棚子的……反正左近一带，守夜的老少爷们儿就得全有了交情。今儿您过来聊一段，明儿我过去侃一会儿，远远儿的，能瞄着自己照看的门脸儿就成呗。聊，侃，哪儿有干聊、干侃的呀。您不是看西瓜摊的吗，您能不抱俩瓜过去？您不是看菜棚子的吗，拿几根黄瓜，过对面的饭馆，拌一盘黄瓜和那看饭馆的老哥喝二两吧。您是那看饭馆的，您能看看菜棚的老弟拿凉拌黄瓜下酒？得嘞，油盐酱醋，荤的素的，哪样不是现成的？老哥哥给你颠两勺，露一手吧……我敢说，类似的"夜生活"，不说天天有，隔三岔五也有一回。靠山吃山，靠水吃水，对于饭馆、菜棚来说，守夜的吃几根黄瓜，颠两勺小炒，算得了什么？何况也不是一人独吃，左邻右舍的，拉上点儿交情，有点什么响动，也好有个照应。

说来惭愧，咱们的崔老爷子干的这活儿，既拿不出冷荤，也拿不出啤酒，甚至也给不了左近的哥儿们什么方便。好在既成了朋友，是没人计较这些的。这么长的夜，能找着个老哥说说话，已经是最难得的了。

对面连锁店的老季头儿，新近才入了看家护院的道儿，白天和崔老爷子搭上了话。这天晚上，就拎着连锁店的"特产"溜达过来了。

崔老爷子和季老爷子的节目，就在栅栏边儿上进行，因为这儿离老季头儿的连锁店近一点儿。老哥儿俩喝着聊着，闹不好一干就是仨钟头，为了老季头儿喝得踏实，崔老爷子就把客人引到了这儿。今儿没月亮，天气还挺闷，栅栏边儿上，又透着开阔风凉，宏远宾馆的灯光照过来，不算亮，也不算暗，还挺有点子洋味儿。

老哥儿俩在各自的方凳上坐定，一斜眼，崔老爷子看见了宾馆门外的小哥儿四个。

招招手，算是发了个邀请。

都是看家护院的，夜深人静了，在人家的眼皮子底下喝着，能不让让？

这小哥儿四个但分懂点儿北京人的老理儿，也不难明白崔老爷子的好意。可说实话，这年头儿，把人家的意思往好里想的人，还有几个？

"老头儿想干吗？别是招呼哥们儿过去喝二两吧？"双胞兄弟中的一个，还算是善解人意。

"扯淡！成心气哥们儿哪，老帽儿，就显摆丫挺的过得滋润……"同年同月同日生，而且还是同一个妈所生，另一位就把好心当成了驴肝肺。

"没错儿，明知咱不能过去，老丫挺的，这不成心气人吗！"瘦高个儿说。

"你真他妈傻帽儿！"矮壮的一位开口了，善解人意的，成了被嘲笑的对象，"你过去喝去吧，去呀！"

"……"善解人意的没词儿了，愣了好一会儿，说，"操，要不是怕老板看见，炒了我，我真他妈过去了！"

"有种你就过去，过去呀，老头儿等着你哪！"

嘻嘻哈哈，老爷子勾起的那火儿，好像倒被岔开了。

栅栏这边，崔老爷子压根儿就不知道自己的好心被当成了驴肝肺，招完了手，算是这厢有礼了，看那边没反应，料那哥儿四个不会过来了，只管坐了下来，和新结识的季老弟喝酒聊天儿。

如果俩老爷子在栅栏边上就喝这么一回酒，倒也没什么了，就算你们天天在那儿喝，你崔老爷子不再那么多事，还要朝那哥儿四个招手，也罢了。谁承想，两位老爷子自从今儿开始，还相见恨晚，喝个没完，聊个没够了。不说天天聚会吧，也是隔三岔五地到栅栏边儿上喝那么一回。更绝的是，别看平时崔老爷子老瞧着那哥儿四个眼晕，到了喝酒的时候，还回回忘不了老理儿：总要朝宏远宾馆门口戳大岗的小哥儿四个招招手。

他哪儿想得到，越这么着，越是让宾馆门口的哥儿几个撮火，等到他们在栅栏边儿上又喝上了那么几回，又朝哥儿几个发出几回邀请的时候，哥儿几个已经忍无可忍，骂骂咧咧地商量着，得找个啥法子出出这口恶气了。

四

现如今，北京的老少爷儿们就是这样，都跟不想过了似的，有事没事爱找气生。过去的北京人可不这样。过去的北京人就怕活得别扭,活得窝心,活得不舒坦,为这,北京人修炼了不知多少年,才修炼出那么一点道行来。这"道行"说起来也简单:北京人爱把人家往好了想。即使人家不那么好,他也得变着法儿给人家找找辙。北京人老爱说"话又说回来",就是愿意替人家找辙的证明。您可别小瞧这一招儿,没这道行的人永远明白不了,这能让你活得多么顺心,多么松快,多么舒坦。可这会儿,完啦,明白这事的人是越来越少啦。不信咱们就看看崔老爷子,连崔老爷子这么大岁数的,也一阵儿一阵儿气不忿儿呢,这北京人还有救儿吗?话又说回来,也多亏了崔老爷子有那么一点儿老北京的道行,所以不管怎么气不忿儿,也还讲个外场儿,不到万不得已的时候,是不会和谁过不去的。可那四个小伙儿,就连个外场儿也不讲了,一句话不对付,一件事看不过眼,也不问个青红皂白,就琢磨着拉开架势跟老爷子过招儿,这就是彻头彻尾的"八十年代新一辈"的风格了。

这天晚上又轮到了崔老爷子值夜班。十点钟的时候,骑着那辆小斗的三轮车,又按时来到了停车场。

连锁店的季老爷子已经在这儿等他了。说实在的,崔老爷子上了一星期的白班儿,可把这位季老头儿给憋坏了。他不是没跟值夜班的杨老头儿套磁,可不管说什么,全不对榫:想跟他喝二两吧,杨老头儿说自己是高血压,不敢喝;想跟他聊聊天吧,杨老头儿老是迷他手里攥着的那个小收音机……季老爷子只好回他的连锁店糗着去了。要说也可以去找别处值夜的老哥儿,可那又看不见连锁店的门脸儿,还真的不敢往远了去。没法子,熬着吧。不难想象,这一星期,季老爷子天天晚上都是怎么过的。也不难理解,听说崔老爷子今儿又值班来了,季老爷子为什么早早就拎了酒,到小木棚边儿上等他。

哦,季老爷子还带来了一副象棋。一周前老哥儿俩聊天时抬起了杠,叫开了板,这回就甭废话啦,谁英雄谁好汉,走两步就明白啦。

崔老爷子听杨老爷子交代了些什么,算是接了班,他一手拎起一个方凳,领着季老爷子往栅栏边儿上走。

"今儿我拿的可是二锅头啊。"季老爷子说。

"干吗?壮胆儿?"没等季老爷子往下说,崔老爷子抢着把贬损的话说出来了。

"我不跟你逗。到时候用得着壮胆的,还不定是谁哪!"

…………

两个方凳一块儿,上面就摆上了棋盘。老哥儿俩蹲在栅栏边儿上,好像连打开酒瓶倒酒,打开包花生米的纸包捏几粒的心情都没有了,只听啪啪一阵棋子响,当头炮把马跳拱卒飞象之类的仪式,已经举行完毕。

不过,在横炮跳马之前,崔老爷子还是没忘了老理儿,冲灯火如瀑的方向扬了扬手。

一盘棋下得正来劲儿,老哥儿俩被残局熬得五脊六兽的时候,忽听呜呜一阵柴油机的轰响,只觉一个巨大的阴影缓缓推了过来,把棋盘,把他们老哥儿俩,整个儿地遮在了下面。

栅栏那边,一辆高高的旅游车,屁股上喷着黑烟,正一点一点地往栅栏边儿上倒车。这王八蛋跟一台推土机似的,像是恨不得要把横在前面的栅栏、方凳、老哥儿俩通通拱到一边儿去。

它到底还是在离栅栏二尺远的地方停下来了。

崔老爷子瞪了它一眼,心中闪过了一阵疑惑。在他的印象中,宏远宾馆东边的空地,才是停这种旅游车、大轿车的地方,而这西栅栏的边上,停的都是小轿车。今儿是怎么了?东边也不是没有空地啊。歪了歪脑袋,瞟了栅栏那边那铁家伙一眼,心里觉得挺堵。

不过,心里也就别扭了那么一下而已,低下头,心思还在棋盘上。阴影里,棋子上的字看得不太真切,好在棋盘上剩的子不多了,季老头儿一马一车直逼城下,至少,他得解了围,才有心思考虑往亮处挪窝儿的问题。

谁想得到,没走几步,围还没解开,又听见一通"呜呜"响,又一辆一模一样的旅游车,并排推到了栅栏边儿上。

宾馆那边瀑布灯的光,算是彻底被挡了个严实。完啦,这下子,不挪窝儿是根本看不见啦。崔老爷子歪过脸,朝旅游车斜了一眼,他又站起身,顺着栅栏往前走了几步,朝宾馆那边看。不看还好,一看,肺都要气炸了:王八蛋,敢情是你们四个小子成心跟我过不去呀!只见那四个小子中的两个,正站在宾馆大堂前指挥停车,这边过来了两辆还嫌不够,第三辆一模一样的旅游车,正在他们的指挥下,又开始往栅栏这边倒着,还有第四辆,正一边等着哪……要说除了这儿,没别的地方可停了,也罢,谁还能说什么不成?明摆着,你们是宁可把停旅游车的地界儿空着,也得在我老崔头儿的眼皮子前面码上堵墙啊!要说是我没茬找茬儿,冤枉你们了,我都是孙子!你瞧你们站在门口看热闹的哥儿俩,美得,乐得,还跟我这挑指头哪!俩指头!挑吧,转吧,谁他妈还不知道你们想说什么了?胜利不是?欢实不是?瞧他妈你们那德行!我崔宝安哪儿对不住你们小兔崽子?街里街坊的,就算我死看不上你们,也没少了礼呢，合着我客客气气地把那礼递过去，全他娘的白搭，你们倒好，真他妈丫挺的了……崔老爷子越想越生气，要是在年轻那会儿，他早就蹿过栅栏，揪过一个脖领子，骂"操你妈"了。可这会儿，也就站在栅栏边儿上，运了运气而已，人老了，精气神儿还有，他也自信这会儿真的蹿过去，那四个小白脸儿也未必是对手。可犯得着吗？再说，他崔宝安也活了一辈子了，也多少知道"师出有名"的道理。你真的蹿过去打一通，闹不好还落个没理哪；人家怎么啦？不就是挨着栅栏停了几辆车吗？人家的地界儿，爱停哪儿停哪儿，你生的哪门子气？想到这儿，又运了运气，蔫头耷脑地回到棋盘边上来了。

"走，挪挪！"一弯腰，端起了摆棋盘的方凳，挪到了十几步以外。

季老爷子也拿起了花生米、二锅头之类，跟了过来。

季老爷子并不知道，崔老爷子这一声"挪挪"里面有多大的委屈，他的心思还在那残局上。挪了地方，在横盘边儿上蹲了下来，仍然把那俩眼瞪得溜圆，心里一遍一遍地合计"你横炮，我落士，你跳马我塞车……"崔老爷子却已然没了这兴致，有一搭没一搭地走了两步，把个本来有救的残局，拱手让了出去。

"臭了吧，您哪儿能不跳马呀，就这一步，您要是跳了马，我可就毛了。您拉炮干什么？"噼噼啪啪，一边把那几个棋子放回原位，一边高声大嗓地说了几句，随后又把全部棋子扣回到棋盘上，兴致勃勃地将它们各归其位，说："走！"

这一局走到一半，季老爷子才看出，老崔头儿的心思根本就没在棋盘上。

"琢磨什么呢？下不下啦！您这是打发我哪！"

"我不是想打发你，"崔老爷子阴沉着脸，斜眼朝着栅栏那边瞟过去，不紧不慢地说，"我是琢磨着，我要是不把这口冤气放出来，我还不得他娘的生疮长癌，活活让小兔崽子们气死……"

"老哥哥您这话怎么说的，跟他们认这份真干什么？不就是挡了咱的亮儿吗，咱挪，咱挪，挪这儿不照样？有什么呀……"

"他们他妈成心！"崔老爷子雷一般吼起来。

"谁呀？"

"您是没瞧见，兔崽子们在那边乐哪，美哪……您可是回回都看见的，我老崔头儿对他们怎么样，客气不客气？到了儿到了儿给我玩这一套！"

倘若栅栏那边乐呀美呀的小哥儿四个也就是趁着调车的机会，气老爷子一下，不再得寸进尺，也就罢了。崔老爷子骂归骂，骂过以后，肯定会被季老爷子劝住。实际他已经让季老爷子给劝住了——季老爷子说，他们是什么？是他妈不懂人事的狗，有娘生没娘教的东西。您跟他们较劲？高抬他们啦！您再过去跟丫挺的打一架？输了，您丢份；赢了，您也不挣脸。不就是几个吃洋饭的小崽子吗，狗仗人势，您还能跟狗撕扯一架？……不管怎么说吧，反正是把崔老爷子心里那点子气，撒了一大半。崔老爷子呢，点了头了，甚至在棋盘前又坐了下来。谁承想，这时候，四个坏小子兴犹未尽，趁着给宾馆前的广场洒水的工夫，又把那水龙头冲栅栏这边滋过来了。

公平地说，那水并不很大，就算是滋身上，也没什么了不起，可这明摆着是骑到人家老崔头的脖子上拉屎啊。只听见几辆旅游车的那一边响起了哗啦啦、哗啦啦的水声，突然，一股水越过了旅游车,"哗"地扬过来,"噼噼啪啪"地落在两个老头儿刚刚挪开的地方。紧接着,水又收回去,忽然,不经意似的,又扬了过来。谁都看得出来,这是成心跟老爷子们逗气。

"跟他妈我耍叉?"崔老爷子蹿了起来,"我操你们个姥姥!"

这回,甭说一个老季头了,就是有十个老季头,也拦不住他要跟小子们玩儿命了。

现如今的北京,"耍叉"这词已经很少有人用了。这词的本义,指的就是崔老爷子年轻时干过的那行当:赤着膊,露一身腱子肉,一杆亮闪闪、响哗哗的钢叉在那腱子肉上飞舞。朝山进香由它开路,撂地卖艺靠它敛钱。不过,后来北京人所说的"耍叉",已经不是指的这事了。"娶了媳妇不要妈,要妈就耍叉,耍叉就分家",说的什么意思?耍混犯嘎,无事生非呗。说实在的,在北京,大凡沾"耍"字的行当全不是好惹的。"耍骨头""耍布人儿""耍狗熊"……和那"耍叉"一样,或成了死皮赖脸、不可理喻的代名词,或成了混迹市井、无所事事者的尊称。当然,古人说,衣食足而知礼节。就说干过镖局,当过护院的崔老爷子吧,如今真要拿把钢叉让他练一道,也未必不成。可真让他拿出当年江湖卖艺的那股子"耍叉"劲儿,还是那样横着走道儿,有事没事打一架、放放血?他还真的拿不出来啦。

不过今儿倒有意思:四个大概连"耍叉"为何物都一无所知的小毛崽子,倒跟他崔宝安这耍叉老手耍起叉来啦!

崔老爷子蹿了起来,骂了一句,并不过去接着骂。他跑回休息的小屋,拿出一把铁钩子,到停车场边上,把那消防栓的井盖钩开来,弯腰下去,拽出了一盘高压水带。老爷子的消防技术,是他当年干物资仓库管理员时练过的。只见他拎起那盘高压水带一甩,那水带就像一个车轱辘,直溜溜地滚过去,一直铺到了栅栏边儿上。

"您……您别玩邪的,何必!……惹大发了,咱担待不起!"季老爷子拽他拉他。

"我他妈杀了人,也和您没关系!"崔老爷子说着,趴到了地上,把脑袋探进井里,拧开了消防栓的开关。只听"砰"的一声,那直溜溜的消防水带立时鼓胀起来,喷水枪带着起头的一段水带飞舞着,甩打着,活像一条拼死挣扎的巨蟒,忽而把它脑袋甩向天空,忽而又砸到地下。那巨蟒口中喷吐出的水柱也东西南北毫无章法地扫动,发出"嗵嗵""哗哗"一阵乱响……老爷子站起身,跑过去,用脚踩住了那飞舞的水带,又顺着捋过去,算是抓住了喷水枪。这下他总算找着个得心应手的解气的家什啦:水柱越过了横在栅栏那边的旅游车,在空中画了个弧,稀里哗啦地落在宾馆门外的七星池里。他听到了四个小崽子丢了魂儿似的叫声。他又把喷水枪往大门那边歪了歪,水柱就直奔那繁星密布的廊子去了。可惜的是,四辆大旅游车把他的视线全挡上了。不然,他就能见识见识小子们哭爹喊娘的德行了,那他非得让水柱直奔他们来一下子,给兔崽子们洗个澡不可。哈,谁想得到,四个小崽子巧巧儿就送到眼面前来啦!崔老爷子端着水枪正滋得开心,忽听最南头的旅游车那边传过来一片吆喝声,原来是那四个小子站到栅栏边儿上,朝他嚷嚷哪。他们喊的是什么,全让水声给盖住了,老崔头根本听不清,他也不想听。看他们中有人好像冲他作揖,他明白他们大概是想休战了。噢,你想休战就成了?门儿也没有啊!我还没玩儿够呢!崔老爷子把水枪往他们那方向一拨,只听"嗷"的一声,哥儿四个立时没了影儿。老爷子又把水枪往高一挑,只见那水柱直奔天上去了，又直直地朝旅游车的后面落了下来。那边又传过来"嗷"的一声，哥儿四个又不知往哪儿躲去了……

宾馆保卫科的头头听了报告，气急败坏地赶到了现场，站在栅栏边上喊了几嗓子，也遭到了水枪一通劈头盖脸的扫射。他们只好去砸街道治安办公室的门，把管停车场的治安警察小梁子从床上拽起来。等小梁子赶到了现场，崔老爷子的水枪大战已经停止了。他累了。消防水带还没盘起来，蔫头耷脑地散铺在水汪汪的地上。蹲在地上，和蹲在对面的老季头儿一起，守着棋盘上放着的一包花生米，一瓶"二锅头"，那架势活像一对刚刚打完了日本鬼子，在田间地头歇歇气儿的老八路。

"……耍叉，耍他妈我头上来了，逗不？"对着酒瓶吹了一口，又把酒瓶放回了方凳上。

"那是！年轻吗，不知道好歹！"季老爷子说。

"明儿啊，还得劳驾您，过去递个话儿，咱不这么练也成……问问他们，走钉板儿，成不？要不，下手进汤锅捞钢镚儿？嘿，那活茬儿，我年轻时候可都练过，要不能干上看家护院的差使？……这会儿？这会儿也不怵！谁要是眨巴一下眼皮，谁都是孙子！可也得让那几个小兔崽子明白，他们要是没这个胆儿，就别跟我这儿髭毛儿！"

"那是！髭毛儿！打死他们也不敢了呀……"

五

崔老爷子住辘轳把儿胡同十九号。整条胡同里，十九号是最惨的了。说它"惨",说的是住房,住户们的日子过得倒未必惨到哪儿去。这年头,谁趁钱,谁是穷光蛋,谁也不敢说他就看得那么准。您看大街上穿得衣冠楚楚的,保不齐每月也就挣个三头五百,吃皇粮。顶多了,两袖清风,一肚子油水而已。您看那穿着油渍麻花的老棉袄,缩头缩脑啃烧饼的老农民呢,说不定腰缠万贯,拿出来吓您一跳。对十九号院儿里的住户,也得这么看,不可貌相。譬如院儿里的刘家,最近就发了,刘家的大儿子当上了什么什么公司的董事长,院儿里的两间小房倒还在,董事长的爹妈住着,可董事长已经住到北京饭店的包房里去了。你能以貌取人?

当然,十九号也就出了一个董事长而已,更多的人呢,各有各来钱的路子,各有各的生活水平,也有住得惨,日子也不算殷实的,崔老爷子就是一个。

整条胡同的人都知道,十九号的房子惨,可十九号的院儿最大,因此辘轳把儿胡同的居民们一般不叫它"十九号",而是叫它"大院儿"。您就顺着一人多宽的小夹道儿走进去吧,七绕八绕的,您永远闹不明白这院儿里住着多少户人家。夹道两旁的屋子,很难分得清哪栋是标准的南房北房,大概初建时房子还是有一定规矩的,可现在,规矩的房子已经让见缝插针的自盖房给淹了,因此就形成了七拐八绕的小夹道。夹道两边,是各家各户堆放的大白菜、蜂窝煤,还有花盆、大缸、装冰箱、彩电留下的废纸箱……总之,北京的老百姓们过日子用的,舍不得丢的,组成了这夹道两侧五彩缤纷的仪仗。夹道的地底下,是这院子的渗沟,每走十几步,都能见着一个铁箅子,留意看一下,就能发现铁箅子底下的水槽里,有废水慢慢地流过。您就顺着这一个个铁箅子朝前走吧,过去大约三四十步，就是全院公用的水源了，水龙头像一根孤零零的插在地上的拐棍儿，拐棍儿的把手尾巴对着的地面上，是一个水泥抹成的两尺见方的下水槽。走过这下水槽，夹道分成了两岔，您奔东再走二十几步，就到了崔老爷子的家门口了。

两间小东屋，接出一节饭棚子。什么彩电冰箱的，没有，只有一个老式的双铃闹钟，还有一个红灯牌的小半导体收音机，老爷子靠它听天气预报，好知道出门用不用备雨衣。

煤气罐，让给别人了，他不会使。使煤炉子挺好，再说，得交百十块钱呢。

是的，崔家的房子惨，崔家的日子也惨。

崔老爷子的儿子还在陕西，过去是插队，现在呢，不用脸朝黄土背朝天地干了，识文断字的，到供销社当了小干部。

儿子应该是可以回来的，不是国家不让回来，是儿子的媳妇不让。

怕他回来甩了她，当了陈世美。

她们那个村，嫁给知青的一共仨，回城了两个，被人家甩了两个，只剩她一个。她敢让娃儿他爸回城？回城也行，先交一万块在娘家保上险，真当了秦香莲，回来有饭吃。

崔老爷子在为儿子挣这一万块。

一万够吗？供销社的领导、北京的地面儿……不得打点打点？

在停车场看车，每月能挣三百块，加上退休金里再省点儿，老爷子每月能存三百七十块。为这差事，他挺开心。这差事他为儿子存的那笔钱存到了五千，还不算中间给儿子寄了八百去。他对儿子说，该打点的，就先打点着，别临了儿临了儿现烧香，现拜佛。

……………

现在完啦。深更半夜从停车场回来的时候,脑袋瓜子晕晕乎乎的,还没从一肚子的"二锅头"里钻出来哪。进了家门,连衣服都没脱,倒床上就呼呼大睡。一觉醒来,看着顶棚愣神儿。忽然明白,完啦,用现如今时髦的说法儿,你他娘的让人家炒了鱿鱼啦!

爱他妈炒不炒,我能服软?我知道小梁子你得替人家说话。我天天待在那宾馆的大门边儿上,我没长眼睛?你没少了吃人家喝人家,隔三岔五的,红头涨脸一嘴油光从那宾馆里出来,你不替他们说话那才见了鬼啦。不敢得罪人家你就明说,还遮呀掩呀的干什么?"得啦,老崔头儿,反正您跟这街坊的仇儿也结下了,给您挪挪地方,到自由市场值夜去,仨瓜俩枣儿,葱啊蒜啊的,天天能弄点儿,比这儿还强呢……"我崔宝安跟他妈你似的,见个仨瓜俩枣儿就走不动道儿?甭说仨瓜俩枣儿了,就是天天请我进宏远宾馆去吃,我也得先讲理,我也认得"人"字儿怎么写!怎么样?我老崔头儿答得怎么样?噎人不噎人?就你这号的,不噎你噎谁?……想起夜半三更和小梁子在停车场上吵的那一架,崔老爷子越想越解气。哂吧来,哂吧去,觉得自己特汉子,特戳份儿。"告诉你,小梁子,不就是个治安警察吗?你也不是个好警察!要不然让你来跟我们老头儿老太太一块混?行啊,行!跟我们一块儿,显着您的本事大不是?攥着俩钱儿,拿捏这个拿捏那个,本事不小!告诉你,我还偏不尿你这一壶!你不讲理,我还不伺候了呢!"……哈,卷起小被窝卷儿,往小三轮上一摔,扯下红袖标,往小梁子手上一砸,气他个眼儿绿!

话又得说回来,不管崔老爷子望着那间小屋的顶棚,把夜里的壮举回忆多少遍,好像最终也没有能赶走心里窝着的那一团恶气。有时候,想得得意,想得解气,似乎是已经把那团恶气吐出来了,可不知为什么,转眼工夫,心里又觉得堵了起来。

按下葫芦浮起瓢。今儿这是怎么了?净往痛快事上想了,可还是痛快不了。

最后还是想明白了,不管怎么说,你也不过是图了个嘴皮子痛快而已,归了包齐,你还是让人家把你给欺负了。

这一明白不要紧,气得老爷子足足在床上趴了一天。

傍黑的时候,他起来了。

每天这时候,他吃过了晚饭,趁着天上还有点儿亮儿,早早把小被窝卷儿放到了屋门外的小三轮上,摁摁车带是不是还有气,拿抹布掸一掸车上的土。九点钟一到,他就推上车,叮叮咚咚走过大院的夹道。可今儿,他出了屋门就坐到了小板凳上,地上搁着一壶新沏的茶。他闷闷地啃着一个烧饼。

"嘀,崔大爷,今儿够省的啊!"

"老爷子,吃哪!"

一个院儿的邻居从门前走过去,有话没话来一句。说什么无关紧要,有一句就是个礼。

崔老爷子是个好开心的人,如果是平时,即便是来来往往中的客气话吧,他也好和人家逗两句。

"……省?看着我省,也不知道端点儿好吃的过来!"

"吃!……吃一顿少一顿,不吃对得起谁?"

可今儿,没话。顶多了,"唔"一声。

没有人留心老爷子和平时有什么不同。人人都在忙活自己的事：赶回家吃饭的，到水管子那儿刷碗，惦着快回去看电视的……就连那些平时好吹好侃的，今儿也不出来了。

今儿大概又演什么好电视？

天黑了。北京的夏天天黑得晚，天擦黑儿的时候，就已经是八点以后了。熟悉北京大杂院的人，大概会有这样的体会：光天化日之下，大杂院是杂乱的，破旧的，甚至可以说一片衰败景象。局外人简直难以想象，栖身其中有什么生活的乐趣可言。可是你等天黑以后再来看吧。天黑了，大杂院的凌乱和衰败，已经被夜幕掩盖起来了。你印象最深的，却是一方方亮着橙黄色灯光的窗户，那里传出来谈笑声、乐曲声，当然，哪天也少不了的，是电视的伴音。你顺着大院儿的夹道走一遭儿，你会感到几乎每一方窗子里都有一个温馨的世界。

当然，也有例外。譬如说不定哪一扇窗子里会有家庭纠纷。又譬如身边既没有儿孙做伴，又没有电视解闷儿的崔老爷子。

所以崔老爷子倒爱去值夜。

那儿有一块儿喝酒、下棋、神吹海哨的老哥们儿。

那儿的夜晚属于他。

可今天开始，那夜晚不再属于他了。

他点了一颗烟，依旧坐在小板凳上，默默地抽。

他不光是失去了每月挣三百块钱的机会，还失去了夜里的一乐。敢情自己也不知什么时候传上了老外们的毛病，成了个"夜猫子"啦。这话是他跟大院儿里的老少爷们儿聊天的时候说过的。"这些老外，全他妈夜里欢，整个儿一个夜猫子！不信您听听去，宏远宾馆那儿，舞厅一宿一宿地开着，哪儿他妈这么大的精气神儿！""这叫夜生活，懂吧，这老外们还不乐意哪，中国的旅游为什么没戏？就是缺这个！"大院儿的小青年们给他上过课。这回明白啦，习惯了，没有还真不行！就说看家护院的老哥儿几个夜里那一乐儿，惨点儿，也就抓花生仁儿就酒，嗑葵花子儿聊天儿呗，最了不得了，灶台上颠两勺。可冷丁儿没了，也他妈能熬得人五脊六兽呢！光是没了夜里的一乐儿，倒也罢了。院儿里的街坊们问起，你怎么不去看停车场啦？你说什么？你骂那四个小崽子欺人太甚，你骂管治安的小梁子吃人嘴短？你骂了管什么用？人家可不信你一人的，反正用不了半天儿，全院都得知道，老崔头儿让人家街道管治安的给"炒"啦……

因为能给院儿里的老少爷们儿开眼界找话题的缘故，崔老爷子看停车场的事，还真是院儿里人人皆知的一件大事。这会儿，临九点了，老爷子每天该推着小三轮儿出院儿了，可他还坐在门口抽烟，偶尔从门前走来一位熟识的，你就不难想象，那问话都是什么了。

"大爷，今儿不去值夜啦？"

"您还没走？可九点了！"

不多，从门前走过了这么两位，崔老爷子就不愿意再在门口待着了。

回了屋，八仙桌旁坐了一会儿，又觉得在这桌子边儿上待不住似的，到床上躺了一会儿，随后，又起来坐一会儿，最后，还是出门收拾那辆小三轮去了。

收拾完了，想起了什么，回屋拿了一瓶"二锅头"。过去值夜的时候，净喝人家老季头儿从连锁店拿的酒了，这回，自己拿一瓶去吧。

夜班是不去值了，不干了，可谁他妈拦得住老子去找老哥们儿喝酒？

六

连锁店里黑着灯，崔老爷子摇了几下门，喊了两嗓子，还是不见有什么动静。他估摸着老季头又找谁喝酒去了。他心里暗暗地骂这家伙不够意思，自己刚走了，就他娘的换了酒友。骂完了，又骂自己没劲，怎么跟他妈小孩儿过家家儿似的呀。他觉得自己更没劲的是，他还往马路对面的宏远宾馆和停车场那边瞄了几眼。看宾馆，是想看看那四个小子还在不在哪儿，如果他们不在了，他的心里多少还平衡一点。可那四个小子没事儿似的，还在那儿哪。跟从前有点不一样的是，站得笔管儿溜直了。如果是以前，到了这个点儿，早他娘的稀松了。往停车场那边瞄是什么心思？看看是谁替了他。小梁子小子还没找着人呢，这不，一身白花花的警服在停车场的小屋边儿上晃着，他先替着哪。崔老爷子想，这会儿小梁子要是发现了他，过来跟他说好话，求他仍然在这儿干下去，他干不干？干？谁干谁是孙子！除非了，一个，你小梁子；一个，宾馆的领导，亲自道歉。哦，还有，那四个小子要是不处理了，这事也没门儿。想到这会儿，忽然又开始骂起自己来了。因为人家小梁子压根儿就没往这边瞅。

还是找老季头儿去吧。

老季头儿当然没有走远。左近的几家店铺，崔老爷子还不跟明镜儿似的？他朝西隔过了五家，在蔬菜大棚的门外吆喝了一嗓子，守大棚的老辛出来了。

"嗬,在辘轳儿把胡同都闻见味儿啦!"老辛把崔老爷子迎进去。

老季头儿还真的在这儿哪,菜棚子中间的空地上,倒扣着三个大筐,一左一右是两个人坐的,中间的一个,戳着一瓶"二锅头",还摆着几根黄瓜,几头大蒜。老辛让崔老爷子先在自己的位置上落了座,又搬来了一个大筐,倒扣在地上,也坐了下来。

"怎么茬儿,崔爷,让人家给欺负了?我们这儿正说着您哪。"

老辛的岁数不大,也就是五十岁上下,因为受了工伤,瘸了脚,干不了什么活儿了,所以就被派来守夜。老辛好逗,随遇而安,一天到晚乐乐呵呵。被派来值夜时,不少人为他抱不平,他却只是笑模笑样地去跟领导上说:"您可得在菜棚子门外贴张告示,告诉本菜站只接待瘸偷儿。要不然我可追不上他!"这会儿跟崔老爷子提起"让人家欺负"的事,也是张口就来的,并不怎么当一回事。

"你是没赶上。赶上了,你也得气得上去玩儿命。"崔老爷子说。

"没错儿,欺负谁不成?欺负我们俩老头儿!"老季头儿说。

"不欺负你们欺负谁去?甭说他们了,要我,也得过过瘾。谁见了熊人搂得住火啊?要我是小梁子呢,我也得向着他们。谁不是哪头炕热奔哪头儿啊!"老辛还是乐不滋儿的。

"好嘛,整个儿一个当汉奸的料!"老季头儿对老崔头儿说。

"操,甭美,你这儿也挨那四个小崽子不远,哪天把粪汤子浇你脑袋上,你乐不滋儿地接着吧!"骂归骂,崔老爷子觉得,还真有点怪了,有老辛拿着他那一套歪理这一通瞎掺和,心里的气倒消了不少。

"接!我不接谁接?谁让咱又老又瘸,又没吃上洋饭呢,接点儿粪汤子，还不是该当的？"

三个人嘎嘎地乐。

"老哥哥明白了吧，这年头儿，'做人要做这样的人'！甭老想着当义和团，甭老以为自己刀枪不入。甭较劲儿，较劲儿毁身体……打个比方吧，您也是天桥混过的，您年轻那会儿，万人敌，您敢滚钉板儿，蘸汤锅，可老了老了，您得学'赛活驴'，得学'耍骨头'，咱认熊，咱自己都敢作践自己，你说，你还能把咱怎么样？……"

什么话让老辛一说，听起来就那么开心，解气。当然，许是"二锅头"也起了作用，崔老爷子一边笑，一边从眼睛里往外迸泪花。

从菜棚子出来的时候，大概都有三四点钟了吧。哥儿仨已经喝光了那两瓶"二锅头"，说实在的，都有点儿过量。可哥儿仨都觉得特开心，特别是崔老爷子，脚底下腾云驾雾似的，脑子里什么也不想了，飘飘忽忽的只是觉得特松弛，特舒服。跟那哥儿俩道了"明儿见"，骑上了他的小三轮车，没骑两步，前轱辘就撞到了马路牙子上。那哥俩又跑过来，帮他扳正了车。

"喝多了吧，真臭！……您……您可别半道儿躺那儿！"老辛说。

"不……不行，就天亮再……再说吧……"季老爷子嘴上也不利落了。

"天亮？……哦，我……我陪你们到……到天亮，你们每人都……都一月三……三百多，我……我……镚子儿没有。我……冤……冤不冤……"

老哥儿仨都有点儿上句不接下句，可心里都明白，就扶在一块儿乐。

乐够了，崔老爷子总算是骑上了车，晃晃悠悠地走了。

大马路上空无一人，就连天天在地铁入口的路灯底下打牌的一伙子小青年，也都回家睡觉去了。街上静极了，路面湿漉漉的，远远的，洒水车甩下了"丁零丁零"的声音。崔老爷子觉得好听，真的，好听极了。过去北京的小胡同里，打冰盏卖酸梅汤的声音也是这样，远远地远远地传过来，又远远地远远地飘过去。那些剃头匠拨唤头的声音也是这样，脆脆的一声，又脆脆的一声，且在天上转悠哪……鬼使神差似的，这"丁零丁零"的声响也不知为什么一下子把老爷子的魂儿勾了去了，引着他追在后面，骑呀骑。直到他发现，这声音没了，又远远地看见，那洒水车已经停了下来，在一个水源井旁加水，好像这才突然醒过味儿来：我干吗要跟着它走？这是到哪儿了？

不少北京人都有这样的经验：在晚上，在橘黄色的路灯下，认道儿是太难了。有时候，你明明是在你很熟悉的地方，因为灯光的魔法，也免不了让你晕头转向。何况，我们这位崔老爷子在这之前，已经被"二锅头"灌得晕头转向了。等到连自己在哪儿都糊涂了，就更是彻头彻尾地晕头转向了。

东看看，西看看，忽然想起何不请教一下开洒水车的司机？没等他走过去，洒水车却又一次"丁零丁零"地响起来，像一个摇摇摆摆的胖老娘们儿，往远去了。

你怎么不跟着听去啦？打冰盏儿、拨唤头，远远的、脆脆的。你他妈倒是去接着听呀。崔老爷子瞪着那洒水车的背影，跟自己运气。

洒水车在马路的尽头消失了，马路上越发显得空旷寂寥。老爷子这才又一次打量起自己待的这个地方来。

不行，不认得，一点儿也不认得。马路两旁是一水儿的高楼，高楼底下是一溜儿高高的大叶杨，"哗——哗——"大叶杨随风抖着，夹着马路，一直延伸到尽头。橘黄色的路灯也一直延伸过去，湿漉漉的马路映着路灯的光影，挺晃眼。可马路两边呢，越显得黑森森的了。老爷子把三轮撂到马路边上，有心找找路边的店铺，看看招牌。他认不得几个字，但地名还是认得出的。可走出百十步了，还没找着店铺。他见着了几个机关的牌子，那牌子的边儿上倒是有豆腐大的一块门牌，可黑漆漆的，哪儿看得清啊！

崔老爷子正犯着愁，忽然发现一辆吉普车，车顶上的红灯闪着，却悄没声儿地开了过来，巧巧儿地停在了自己的小三轮边儿上。行啦，救星来啦！老爷子迎过去，没走了几步，觉得不大对劲儿。吉普车上跳下来几个民警，有人手里提溜着警棍，也有人手里攥着对讲机。一伙人站在路边指指点点的时候，又一辆车顶闪着红灯的面包车悄没声儿地开了过来，从上面又跳下了十几个民警，同样面目严肃，手提警棍——明摆着，要抓什么人呀。老崔头儿在大树的阴影下停下了脚步，酒也顿时醒了大半，别说过去问路了，连大气儿也不敢出了。"别他妈把我那三轮儿当了赃物，缴了去就好！"心里暗暗叫苦，却又挺开心地想，"这回可让咱赶上啦，说不定还能看上点儿热闹呢！"

民警们的目标好像是百十步以外的一栋高层公寓。只见他们兵分几路，有几个人从两栋楼间穿过去，绕到了公寓的后身儿，有几位零散地站到那公寓门外的几棵树底下，明摆着是等着堵道儿。等他们都找好了位置，一位手攥对讲机的头头儿挥了挥手，四位民警跟着他，悄悄地走进了那公寓的门口。

崔老爷子仰着脖儿，朝楼上望着，没过一会儿，只听楼上传出来一阵急促的敲门声。好像是五六层上，一个窗户的灯亮了一会儿，却又熄了。突然，"啪""啪"，楼上传出来两声脆响，把老爷子吓得一激灵：不好，打起来啦！枪声没落，楼道里响起嗵嗵的脚步响，只听见有人在楼道里喊："当心！他们有枪！"话音没落，两个大汉已经从公寓的大门里冲了出来，光着脊梁，穿着三角裤衩，一人手里举着一支小撸子，从公寓门口的台阶上往下一跳，跟两只从天上冲下来扑食的鹰似的。"站住！"……堵他们的民警从四面八方冲了出来，没跑几步，只见那两位手里的枪一甩，"啪——啪啪——"两个民警应声倒在了地上。说实在的，崔老爷子也看出来了，这边，没有准备，那边，不光有枪，枪法还特准。几枪过去，撂倒了两个，剩下的人就一愣。就在这一愣的工夫，持枪的匪徒就把小哥儿几个甩在了后面。不过，让崔老爷子吃了一惊的是，那两位居然就朝他这边跑过来了。

　　老爷子对自己的拳脚功夫，还真挺自信的，甚至还巴巴儿地想过，什么时候跟年轻时那样，有个机会露一手。不过，就说他年轻的时候吧，也没遇见过枪打得这么准的对手。顶多了，拿把大片儿刀，从青纱帐里冲出来，要你留下买路钱。那他可不怵。没两下子，敢吃看家护院的饭，敢领押车保镖的赏？……可那都是几十年前的事啦，几十年没经过这阵势，那点胆儿也丢个差不多了。再说，你真的挡了这俩王八蛋的道儿，他送过来的，可是你躲不及跑不过又长了眼的子弹呀！

　　这些，在当时可没容他抽工夫细想。反正见那俩浑蛋直奔自己这儿冲过来了，老爷子心里先是"轰"的一下子，只觉得嗓子眼儿一阵发干。你得承认那几两"二锅头"这会儿起了作用了：就在他们从老爷子身边冲过去的那一刹那，老爷子双手抱住了眼面前的树干，往地下一蹲，伸出一只脚去，给跑在头里的那一位来了个扫堂腿，那小子哪儿想得到这儿还埋着伏兵呀，只"哎呀"了一声，"嗵"地栽到地上。这俩王八蛋一前一后还离得挺近，崔老爷子的扫堂腿便一下管了俩——后面跟过来的一位也"嗵"地和他那伙计栽到了一块儿。不过，后面的一位毕竟不过是被绊倒在那儿的，倒地的时候，手里的枪都没有丢。老爷子扑过去，把他死死压在身子底下，双手攥住了他拿枪的手腕。"啪！——"手腕拧来拧去时枪响了一声，把老爷子吓得一哆嗦。这时候警察们都赶过来了。跑在前面的一个嫩小伙儿慌里慌张地把电警棍伸了过来。"别……"没等老子喊出口，他只觉得浑身一麻，不由自主地向边上一滚，"笨蛋！你他妈电谁啊！"……

平心而论，这年头的民警，功夫差点儿，这世面见得也不多。黑灯瞎火的，电警棍杵错了地方，没什么新鲜的。所以，崔老爷子也就是情急之中骂骂而已，事后他还对那个嫩小伙儿说："多亏了您把我给电开啦，不然等您那些伙计们上来，一通乱棒，把我也砸个脑浆子肆流，我可就玩儿完啦！"

这当然是玩笑。他真的还和那家伙抱在一块儿，倒不至于也挨一通乱棒。不过，小民警们的表现也的确慌了点儿，见老爷子闪开了，冲过来对着那小子就是一顿好打。崔老爷子只觉得"噗"的一下，从边上蹿过来一股黏糊糊热烘烘的东西，封住了他的眼，又往他的脸上身上流着。他扯了嗓子大骂起来："操！别他妈打啦，不想抓活的啦？"

耍叉

……………

增援的警车来了,这回可不是悄没声儿地来的。"呜呜——呜呜——"一辆,两辆,车顶的红灯转着,警笛响遍了一条街。跳下车的民警们个个荷枪实弹,把公寓围个水泄不通。没多一会儿,大马路上又是一片"呜呜"声,来的是白色的急救车,同样,一辆,两辆,车顶的蓝灯转着,嚎得一样瘆人。一辆急救车里推出了一副担架,跳下了几个白大褂,在一个手持对讲机的民警的带领下,把罪犯抬走了。

崔老爷子愣愣地坐在马路牙子上,他的小三轮车的旁边。民警们忙着勘查现场。一个小年轻的过来了一下,客客气气地告诉他,请他别急,更不要走,说是等他们忙完了,还得找他有事。他点点头,斜着身子朝那边看热闹。他光着膀子,身边扔着那条沾满了鲜血的褂子。他把那褂子又抓了过来,翻检着看。其实,他已经把脸上的血擦干净了,可他的心里也不知道为什么这么硌硬,他总算找着了一块没沾血迹的地方,举起它,往脸上蹭着,擦着。擦完了,继续看他的热闹。他发现自己的身边渐渐地聚集了一些人,男的,大多光着膀子,只穿个裤头,女的,也都穿得很随便,一看就知道都是些听见了动静跑出来看热闹的居民。可他们围着他干什么?渐渐地,居然围成了一个圈儿。噢,明白了,他们是看那件沾血的褂子。一件沾血的褂子有什么好看的!崔老爷子把它抓了起来,往人群的前面做了几下要扔的动作,人群立马闪开了一条缝儿。他顺着那缝儿把手一扬,血褂子被扔到了十几步远的地方。你说气人不气人,这帮子看热闹的也不奔那血褂子去,而是把看热闹的圈儿更扩大了,成了长长的一圈儿,仍然把他和那血褂子围在里面。

"那不是我的血。那是那犯人的血。"他说。

可人们还是看他。

"我他妈和这事没关系！我是路过！"他气夯夯地吼了一嗓子。

七

崔老爷子成了个人物。这一天，他连个觉也没睡成。先来了三拨儿报社的记者，又来了两拨儿电视台摄像的，随后又来了公安局的领导。再往后呢，就是这院儿里的老老少少了。

"嘿，老爷子，您可等了一辈子，这回算是把您那功夫露了一手啦！"

"没那么回事儿！……奔七十的人了，有什么功夫啊。实话跟您说，来了那么一下扫堂腿，还是扶着棵树来的呢，要没那棵树搂着，那小子都栽不了，栽的，可就是我了……"

"说是您闻风儿赶去帮忙来着？您可够勇的。"

"哪有那事！我是喝多了，骑车转了向，都不知到哪儿了。糊里糊涂就赶上了……"

"您就这么跟报社的说的？明儿报上能这么登吗？"

"他能不能这么登我可管不着，反正我是这么说的！"

崔老爷子是个争强好胜的人。实话跟您说，北京人没有几个不争强好胜的，脸面就是这争强好胜的根由。因此，说老爷子对自己忽然成了个"人物"没有一点儿自得，那是瞎说。不过，北京人的争强好胜，也各有各的不同。有的人是贼大胆儿，给他个梯子，他敢顺着杆儿爬，给他个总理，他也敢接过来干。辘轳把儿胡同也不是没有这样的人，九号的韩德来就是一个，"文革"时当了个模范，中南海，敢住，国宴，敢吃，回来了，还敢吹，从餐桌儿上的小窝窝头，一直说到叶群的胸脯子。现在韩德来是栽了，不过不出九号院儿，有这胆儿的人还有。譬如那个二臭，太平洋在东边西边都未准知道，"太平洋商贸公司"的老板也愣当上了，甭管贷款还得上还不上，先吃香喝辣是真的。别看这贼大胆儿光九号院儿就占了俩儿，其实在北京人里，这人还是不多的。更多的北京人，争强好胜也就是在街里街坊中间拔拔脯儿而已，要不差事好点儿啦，要不奖金高点儿啦，再不济，见多识广，嘴皮子招人，门口乘凉时让大家伙儿乐乐，也就挺知足。别听他们说："官儿大？有什么呀！官儿越大越好当，认俩儿字就成！我？让我当总理我也敢！"真让他去，别说当官儿了，见官儿，这腿肚子都转筋。

崔老爷子也属于这一类，争强好胜的范围，也就是说说当年如何闪展腾挪，如何口外走镖，传传如今在宏远宾馆门外所见，老哥儿几个一块儿喝酒的神侃而已。真把他说成什么"见义勇为"的老英雄，又上报纸，又上电视，他可就没了这个胆儿。风光归风光，"出头椽子先烂"的老理儿可记着哪。再说，管什么用？管什么用？早几年，闹个英雄模范的当当，兴许还算个事，这会儿，把他这么吹那么吹，还不如给他拎两瓶"二锅头"来喝喝哪。

其实，崔老爷子自己明白，他对当英雄之类的事之所以打不起精神，更主要的原因倒是，停车场上憋的那口气，还没地方撒呢。

公安分局的局长来家慰问他的时候，问过他："退休了在哪儿干呢？"他险些把心里的那口闷气给撒出来。当时，他沉着脸，说："在宏远宾馆那儿干过，现在不干了！"分局长没听出他这话里有气。

也幸好没听出来，因为往下说，崔老爷子才发现，宏远宾馆根本就不是人家这个分局的管片儿。难怪人家不再把话茬儿往下接。

等到公安局的局长来慰问他了，他倒是知道这位官儿大，岂止能管着小梁子，全北京的小梁子都归他管！可他却又好像没了告状的兴趣：有劲没劲？让这么大的官越过好几层，找一个治安民警替你出气？没劲没劲，多他妈小人啊。他老崔头觉得，那还不如自己去找小梁子，揍他一顿呢。

这口气到底也没出来。

就这，还他妈有什么心气儿充大个儿？

就算他崔宝安没这份儿心气儿，他也缩不回去了。晚报上，日报上，电视新闻里，这儿说："老翁七旬身手不凡，枪匪二人倒栽脚下。"那儿说："艺高人胆大老汉临阵无惧色，胆大人艺高毫釐轻擒持枪匪。"电视里玩得更邪，把那俩持枪杀人犯的模样给端上屏幕了，播音员说："出现在屏幕上的这两位持枪杀人犯，他们万万没有想到，自己会栽到一个七十岁老汉的手里。昨天晚上，公安人员在追捕这两位杀人犯时，退休老工人崔宝安正从附近经过……"崔老爷子家没有电视，新闻里播这一段的时候，隔壁的小月子媳妇跑到门外高声大嗓地喊："崔大爷，崔大爷，您还不快过来看看，您上了电视啦……"其实，老爷子在自己的屋里也听见隔壁电视的伴音了，他对上电视倒不那么上心，既然人家电视台来过了，上电视还不是明摆着的吗。可听那口气，那两个小子也被电视拍了上去，崔老爷子倒想看看。说实在的，到这会儿，老爷子也没看清那俩小子长得啥德行呢。可等崔老爷子过了小月子那边儿，那段新闻早就过去了。小月子媳妇儿一劲儿抱怨："您瞧，您瞧,动作快点儿啊!闹得我也没看上。您抓坏人那点儿利索劲儿都哪儿去啦……"小月子说:"让你跑啊,张罗啊,你这回可亏了。你没瞧见那俩小子,好嘛,大洋马似的!……崔大爷,我小月子算是服了您了。街里街坊的,跟你还住成了间壁儿,还真是我们的福分了。往后,咱这儿要来个入室抢劫的,可就全拜托您了!"小月子身子骨儿单薄得像根小毛葱,所以,他说的这玩笑话,就越发显得好笑。崔老爷子忍不住咧了咧瓢:"入室抢劫的我不管,我专治那些在家里打老婆的。"说得小月子媳妇在边儿上直拍巴掌。

说完了,笑过了,回了自己的屋,接着喝那盅喝了一半的"二锅头"。喝着喝着好像又喝出了那天夜里哥儿仨一块儿在蔬菜大棚里喝时品到的那股子苦味儿,苦笑了一声,在心里又闷闷地对自己说:"管什么用?管什么用?"

上电视吧,上晚报吧,还真是屁用不管。岂止是没人给送"二锅头",闹腾得他连自己的"二锅头"也喝不好了——回来没喝两口,东家老哥哥、西家老姐姐的又过来了,跑不了又是夸他服他说他给全院老少爷们儿挣了脸,他也跑不了一时提了气开了心和街里街坊的逗两句。人一走,还是闷闷地看着酒盅怄气。

一个什么什么电视剧要开演的时候,来客才算没了,崔老爷子的屋里好不容易清静下来。老爷子知道,就是有要来的,也得明儿见了。这会儿,都待在了自己的家,看他们的电视哪。行,这会儿的电视剧就跟当年天桥说书的"净街王"似的,您老一出场,我这儿才消停了。他端起酒杯又调了两盅儿,光着脊梁躺到床上,睡眼迷瞪地冲着房子的顶棚,手里拿着那把大蒲扇,有一下没一下地扇着。

老爷子没有想到,"净街王"还是没能让他这边彻底消停。好不容易在"二锅头"的酒劲儿里晕晕乎乎地舒坦了一会儿,什么都不想了,什么都不怨了,心里头憋了两天的气,稍稍顺过来点儿了。忽听门外传来了一个愣头愣脑的声音:"……崔大爷!崔大爷!"

"明儿见吧啊,躺下了!"不用看,也知道是九号院的二臭,贼胆包天的"太平洋商贸公司"总经理。说实在的,在这一条胡同里。谁来了,他崔宝安都得乖乖儿地起来迎客,唯独这二臭,没事。崔老爷子认得二臭的时候,他小子还"放屁崩坑尿尿和泥"呢。眼见着一天天大了,人模狗样儿的了,崔老爷子每回见了,也没少了朝后脑勺上来一巴掌,冲屁股上踹一脚。"总经理"又怎么样?见了他崔宝安,也还是二臭!

这人和人之间的事就是这样,你不拿他当外人,想给一巴掌就一巴掌,想踹一脚就踹一脚,人家也不把你当外人,想进门就进门,想上炕就上炕,管你是躺着还是趴着,是见还是不见。这不,二臭听见老爷子回客的话了,可他就跟没听见一样,门帘儿一掀就进来了,说:"嗬,没多会儿啊,您这英雄的谱儿就摆起来了啊!"

崔老爷子坐起来了,说:"你小子这是骂我。要想来我这儿待着,就别提那俩儿字!少给我心里添堵。"

"我敢骂您吗?您借我点儿胆子!"二臭呵呵地乐,"好嘛,这会儿,您成了什么人物啦!一宿,嘿,九城闻名!……我赶紧着巴结您还巴结不上呢!"

"又来这一套!又来这一套!……我说啦,想不让我轰你,少提什么'英雄'啦,'人物'啦的,说点儿别的!"

"行,那就说别的!……跟您说,我还真得巴结巴结您。今儿听说您这儿公安局的局长处长的来了好几个？"

"怎么样？"

"说句不好听的，明儿个咱要是犯了事，您可得给我到局子里说说去，至少，能让我少挨几警棍……"

"那您可就他妈赔本赚吆喝喽，我呀，告诉他们，往死里揍你！"

"别价别价，"二臭嘻嘻笑着，"好好好，老爷子，咱不提这段儿，行不？……说真格的吧，我呀，新近买了辆'大发'，我们院门口停的那辆就是！不买不知道，一买，我才明白这麻烦大了……"

"怎么了？"

"您说，张得起这份心吗？车就停胡同里，怕人偷，怕人毁，一宿一宿让我惦记着……要不怎么想起巴结巴结您呢，把我那'大发'停您那停车场去得嘞，您呢，也照顾照顾大侄子，优惠优惠，省两张儿，咱爷俩好去喝二两……"

二臭哪儿知道老爷子在停车场上演的那一场啊。进了门，见老爷子烦说什么"英雄""人物"之类，就势换了个话茬儿。本来，说什么"英雄"啦，"人物"啦，也是瞎掰，他说是冲着停车场来的，没承想一句话更戳到老爷子的肺管子上啦。说着说着，眼见着老爷子更黑下了脸，本来贫嘴鸹舌的"哨"得挺欢，一看老爷子的脸色，立马打住，缩了回去。

老爷子不言不语，过了一会儿，斜楞着眼珠子瞟了二臭一眼，从床上下来，走到方桌前，端起把儿缸子，咕咚咕咚地喝了几大口茶，又坐回床上。他又冷冷地坐了一会儿，突然问："你……你到停车场找我去了？"

"没有啊。"

"你小子成心跟我斗心眼儿！明知我跟他们翻了，还他妈成心来挤对我，给我这心里添堵……你小子好不是东西了你！"崔老爷子突然吼了起来。

"您……您急什么啊，怎么了？我实心实意地求您，我跟您斗什么心眼儿啦？"二臭一双牛眼瞪得溜儿圆，委委屈屈地咧着嘴。

"你心里明白！你说，你见着我这两天去了吗？……我他娘的不去了！我不去受那份洋气了……"

"我哪知道您跟那儿怄啥气啦！我还以为人家看您成了英雄，照顾照顾您，让您歇两天呢！……您那么大岁数，我能成心气您来吗？我疯了，没事跟您逗咳嗽？我那买卖事儿多着呢……"

崔老爷子又看了二臭一眼，那急赤白脸的模样，还真不像是装的。难说，兴许是自己给气神经了。他咽了口唾沫，吹出一口气，说："行，算是你崔大爷说错了你啦，反正啊，你说的这事，我也帮不上忙。道理，你也知道了，我……我他娘的不跟那儿伺候兔崽子啦……"

"怎么啦怎么啦，那活茬儿不赖啊。"

"不赖，你小子干去。"崔老爷子不再说什么，低下头，闷闷地抽烟。

二臭知道，老爷子闷头烟儿这么一抽，这事情的究竟，是很难问得明白了。不过，越是这样，他还越是好奇。也是，来的时候，他还是兴冲冲的，打算着和老爷子好好逗逗闷子，趁着他高兴，开口求他，没想到这老爷子心里憋着事。二臭这小子也是鬼得很，他知道怎么把老爷子的话套出来。

"得嘞老爷子，您也甭说了，我算是明白了。敢情您是让人家给'炒'啦……啧，不至于啊，平常那玩笑归玩笑，横您不会真的去冒充个当官儿的司机,上宏远宾馆的门口,领两张儿吧?……"

"扯淡!……"

二臭这家伙还真行,就这么三激两将的,惹得老爷子把几天前在停车场上受的那点委屈,全给他倒了出来。

等老爷子说够了,二臭呵呵地乐起来:"嘿,我当是什么事呢,至于这么气不忿儿的吗?其实呀,依我看,就凭您昨儿那一下子'扫堂腿',您这口气就算是出定了!您别忘了,您现在可是英雄,连公安局的局长都登门看您来了,您还把什么小梁子小李子的当回事?"

崔老爷子没言声。

"您要是把宏远宾馆的几个坏小子当人,更掉价儿啦。我要是您,我更犯不着跟他们生气啦,我他娘的第二天就打一辆'卡迪拉克',至少,也得是'奔驰'。不就是一个看大门的吗?你丫挺的乖乖儿来开门呗!……跟他们生气?我得气气他们!"

崔老爷子知道,如果那事摊到这小子头上,他一准儿得这么干。可您这是给我支招儿哪?您这是过嘴瘾哪!过嘴瘾谁不会啊,真招呼?真招呼得点"替"。你小子倒趁,我哪儿弄这份钱去?!

二臭好像看透了他的心思似的,给他上了一颗烟,凑过身子点烟的工夫,低声问道:"不管怎么说,您这回得'发'了吧?多了不敢说,万儿八千的奖金得拿上了……您别瞪我,放心,我不惦记着,我是替您高兴!"

崔老爷子说:"你替我高兴,我更高兴。可我告诉你,你小子说的,你小子把我的高兴劲儿给勾起来的,要是没有这万儿八千的,我可找你要!"

"您急什么呀!横不能立马给您点票儿吧?不信,我把话给您搁这儿,您等着看,没个万儿八千的点给您,我顶着。现在什么不讲究点票儿?您别忘了,您那是干什么来着?玩儿命!"

崔老爷子没再说什么。其实刚才来串门儿的街坊也有人说起来了。说,前几天报上登了,一个出租司机和持刀劫车的在逃犯干了一场,单位还给了五百块奖金,提了一级工资呢,这回,非重奖您不可。当时他这心里就一动。二臭这么一说,又把他这心思勾起来啦。崔老爷子想,万儿八千的就不敢想啦,哪怕是能提一级工资呢,抱着树干伸那么一脚,值。想是这么想了,脸上还是有一搭没一搭地笑着,嘴里说:"二臭,我要是真得了万儿八千的,第一件事倒是要买下你这张嘴——甭看你叫二臭,这嘴可够香的。可我告诉你,甭管你花说柳说,我也不信……"

"您等着,您等着,快了快了,党的阳光就往您这儿照过来了!"二臭自信地挤着眼睛,这小子小时候害眼落下了毛病,有事没事就眨巴眼儿,越是侃得欢,越眨巴得凶。

说想买下二臭的嘴,那是玩笑。二臭支的那一招儿,倒是让老爷子上了心。

二臭走了,老爷子躺到了床上。

"操,真他妈奖我万儿八千的,非到'宏远'造一回,让兔崽子给我开一回门不可!"

他想。

八

二臭这家伙,在那些安安分分的老北京人眼里,是个不着调的东西。可最近人们渐渐地有点儿明白,这年头,还恰恰就是这"不着调"的东西着了调。小事譬如穿牛仔服、骑摩托车,我在《辘轳把儿胡同九号》那篇里,已经记下了这小子的行状。那会儿,这小子穿着"利瓦伊双X型"牛仔裤,骑一辆"铃木100"招摇过市,全胡同的人谁不恨得努出了眼珠子?可到了今儿个,穿名牌牛仔裤成了时髦,摩托车呢,更是时髦到了"不准时髦"的份儿了——那些才明白过味儿来,想买一辆摩托车兜兜风儿的主儿,已经上不了城区的牌照了。要说大事,二臭更透着圣明。那会儿,谁看得起蹬辆平板三轮儿、夜市上"练摊儿"的他?可随着这日子一天一天地过,人们才明白,日子过得最滋润的是他:一天百儿八十地挣,既不用踩着上班的钟点,也不用看当官儿的脸色。等到了今儿,练摊儿的臭了街,二臭呢,又不跟他们一块儿"臭"啦:早早就把那摊位转手,用高价租给了一位傻小子,自己筹贷款、办公司去了。可怜那傻小子在那人挤人的摊儿上练,挣个仨瓜俩枣,还得月月上供,孝敬"二哥"。说起这些,胡同里老少爷们儿没少了感叹:"不服不行,他娘的一步跟不上,步步跟不上!净跟在这兔崽子的屁股后面闻味儿了!"

这一回,二臭断定崔老爷子交上了"万儿八千"的运,听着像是神侃山哨,其实这一侃一哨,又一次显出了这小子对北京这地界的事透亮、门儿清。用二臭的话来说,在北京这地界混,"地面儿"好挡,"官面儿"难缠。"地面儿"上的事,称兄道弟,勾肩搭背,顶多了,找地方"撮"一顿,齐活。他那点儿聪明,足够用。可"官面儿"上那事,倒难说了。今儿说"治理整顿",就得赶紧,把小尾巴夹起来;明儿又说"步子大一点儿",你要不赶紧搂一耙子,你就是傻小子。就为了这,他不能不看新闻、不读报纸。他给崔老爷子吃的那服开心药,就是从报纸上来的。这些日子,报上没少了骂那些"见死不救""袖手旁观"的人。得,这回正好有一位"见义勇为"的老爷子,要不把老爷子捧上去,那才怪了去了。二臭来找老爷子的时候,老爷子已经被报纸电视的吹出去了。不过,二臭断定,这戏还没演完哪,这年头儿,官面儿上也明白啦,要鼓吹点儿什么,不点"替",那是瞎掰。所以,他坚定不移地相信,崔老爷子是抄上了。

是的,又让这小子说着了。自打二臭那次上门,崔老爷子的命,还真是一步一步奔这小子说的道儿上走着:先是没过了几天,一家什么公司出面赞助,发起了评选"见义勇为英雄市民"活动。然后呢,老爷子当然榜上有名。又过了几天,"英雄市民"接到通知,到一家宾馆集中,开表彰大会。崔老爷子立刻觉乎着,二臭这小子,你不服还真不行,这回,那"万儿八千"的,说不定还真是有那么点儿影儿啦!

只可惜那宾馆不是宏远宾馆。

崔老爷子甚至在噼噼啪啪的闪光灯中,把那"万儿八千"拿到了手里。当然,说是"万儿八千"邪乎了点儿,捏着那个写着奖金的大红信封,他还不至于当场拿出来点——拍电视的、拍照片的,台下一双双眼睛,全盯着你哪。不过,他还是通过手指肚儿,感觉到了信封里厚厚的一沓儿。那是十元的票子?还是百元的大钞?不管怎么说,不会是"万儿八千"。刚才讲话的领导不是都说啦,"微薄的奖金","不值一提"。微薄也不赖,总比没有强不是?不管多少,反正是抄上啦! ……

二臭没有算计到的是：崔老爷子到了手里的奖金，还有"飞"了的可能。如果他算计到这一层，对崔老爷子随后面临的场面有那么一点预感，他也会给崔老爷子支一招儿了，不至于让他事后吃"后悔药"了。

事儿是那位排行老大的"英雄"给造出来的。欢乐的乐曲奏完了，热烈的掌声也落了，胸戴大红花，手拿缎子面证书和大红信封的十个"英雄"，在主席台的左边站了一溜，轮流传着话筒讲几句话。那位"老大"就是带伤和持刀罪犯搏斗的那位出租汽车司机，得过五百块奖金，提升了一级工资的那位。尾随在他的身后走上主席台领奖的时候，崔老爷子还想，这小子更赚，领了一份儿啦，今儿又来一份儿。他可万万没想到这位穿着挺挺儿的西服的小子，整个儿的一个饱汉不知饿汉饥，又整个儿的一个事儿妈，屎壳郎趴驴槽，假充大料豆儿。兔崽子也不知道是早就想好的，还是临时抖机灵，抓过了话筒子说："有了这英雄的称号，党和人民已经给了我太多太多……现在我决定，把我这一点点微薄的奖金，捐献给'希望工程'……""哗……"掌声响得跟炸了油锅似的。这小子是成心，还是没心没肺？您趁钱，您好汉，您该找哪儿就找哪儿去，甭跟这儿练啊，这不是把我老头子搁油锅上烤吗？对自己排在这十个人的第二位，老爷子本来还挺满意：要是把他排在第一个，那不行——得对着那么多的镜头，得第一个发言，他怵；可是要排在后边，也不行——七老八十的人了，丢份儿不丢份儿？现在他可后悔了：要是排得靠后一点儿，也能先看看别人怎么说啊。只要有一个人不接这小子的话茬儿，他也就不接。可这会儿，紧跟小伙子后面发言的，得是他啊！接过话筒的时候，也不知道是因为紧张,还是心里没拿定主意,他嗽了好几下嗓子,也没说出话来。突然间,血"呼"地涌到脑袋上来了。操,不就是俩钱儿吗,你还能在这小子面前栽了?……很难说此刻催动着崔老爷子心里那股子血往上涌的,究竟是什么。他是不是也想到了宏远宾馆看门的四个小伙儿?是不是想到了"胳膊肘向外拐"的小梁子?那四个小伙儿,那位小梁子,他们和眼前这位让崔老爷子作难的小伙儿有什么关系?在别人的眼里,或许是没有任何关系的,实际上,也是没什么关系的,可对于崔老爷子来说,他们却好像是一伙儿的,拉帮结伙儿,成心跳出来跟老爷子作对。老爷子要不跟他们干,那才怪了。

老爷子后来终于对着话筒讲了什么,连他自己都是转脸儿就忘了。说实在的,没什么新鲜的,都是报纸上、电视里天天说的套话。不过,有一件事倒是实打实的:他也和那位出租司机一样,把那"微薄的奖金"给捐了。

当然,他也得到了炸了油锅一般的掌声。

可到了儿,他也没闹明白,那厚厚的一沓儿有多少。

使他最觉得窝火儿的是,愿意捐出那"微薄的奖金"的,到了他这儿也就打住了。在他后面发言的一位,竟不再接他的话茬儿。

从主席台上下来,他斜了那伙计一眼,心说您这脸皮可够厚的。心里又叹了一口气:要是今儿病了,不来呢?要是没紧挨着那兔崽子呢?……那一沓子钱对出租司机算什么?他他妈见的钱海了去了!可我老崔头呢?

闪光灯噼噼啪啪。崔老爷子觉得,从主席台下来以后,冲着自己闪的亮儿见多。他知道这是为什么。

"管什么用?……管什么用?"心里又开始嘟嘟囔囔。连他自

要叉

117

己也纳闷儿,刚才不是特冲特棒特豪迈吗,怎么一下子又蔫了?

…………

开完了表彰会,主办单位又请他们在宾馆的宴会厅里撮了一顿。领导、记者直到餐厅的服务员,都过来轮番敬酒,十位英雄是当然的主角,一老一少自然又是主角中的主角,而按照中国的传统,七十多岁的老爷子比起三十多岁的小伙儿来,谁会更受尊重、崇敬,成为注目的中心?这是不消说的。崔老爷子就在一大伙子人的包围下,喝了个昏天黑地。也不知道是不是是人都这样:到了这时候,什么也不想了,那点儿丧气劲儿也没影儿了,喝!

"佩服您,老爷子!干!"

"您的武艺甭说了,您的为人,我服了!干!"

…………

"别说这个,别说这个,仨瓜俩枣儿的,不值一提!"崔老爷子说的,是那会儿的真情实感。

回了家,酒醒了,另说。

咬碎了牙往肚子里咽。褥子底下还搁着儿子前儿个的来信。

跑不了的老一套:孙子大了,快上学了,能早点回北京,在北京上上学才好。

端起大把儿茶缸,闷闷地喝着酽茶。心里又打蔫儿了。

二臭这小子又来了。他可不是得来吗,"万儿八千"的有戏没有?有戏。甭管多少,反正是让我二臭说着了。钱到了您的手里没有?到了。服不服?服。您又给捐了,那我管不着……他猜得出这小子怎么吹,怎么侃,怎么把自己那点子圣明,那点子远见,翻过来掉过去地咂摸,又怎么拿他老爷子傻呵呵的捐献开心解闷儿。

谁想到，二臭却不骂他傻，不骂他笨，也不拿他开心。先见之明应验后的得意是难免的，人家也该得意，该吹牛。进了门，着着实实地问了好几句"怎么样？"那牛×劲儿谁见了都得气得牙根儿疼。可听说了老爷子捐钱的事，他非但不笑话他，反而把一双牛眼瞪得灯似的，"嘿，老爷子，够意思的！您可不傻啊！您出师啦……"

"滚蛋，别他妈气我！"老爷子说。

"谁气您啦？……跟您说，冲您这一手儿，我服啦！"

"服什么服什么！"

"您知道您这叫什么？您这叫'公关形象'您懂吗？……不懂？刘少奇讲话，吃小亏占大便宜，这回懂了吧？……这么着，您可越来越出名儿喽。老爷子，您就这么大胆地朝前走吧，放长线，钓大鱼，赶明儿啊，我们公司说不定什么时候还得借您的光呢！那您的赚头儿，万儿八千是它，十万八万的也是它了……"

"扯臊！"崔老爷子说，"咱不奔那十万八万的了，连万儿八千都不想了。我只想着，不能听你兔崽子给支招儿了。兴许，这事搁你身上，行，可搁我身上，没戏！再听你的，去开几回这样的会，肚子倒没亏吃，可临了儿临了儿，兴许我他娘的连裤子都得给人家捐那儿……"

二臭忍不住哈哈大笑。老爷子这一通话说得倒也实在。是，这事要摊到他二臭身上，他得美死。他倒不图当什么英雄，可要是能三天两头地上报纸、上电视，逮个机会就把"太平洋商贸公司"的牌子往外亮亮，那他妈可比花钱做广告强百倍。甭说别的，找贷款都省劲儿多了。再认识一大批公安局的头儿，干什么不方便?……可这也分人,老爷子,不是我挤对您,您也就是停车场上收费看摊儿的命。早知道您这么着,我就该提醒您,甭抖机灵,充大个儿,到了那关键时候,装聋作哑,会不会?装傻充愣,会不会?……

二臭把这意思一说,老爷子瘪了瘪嘴,没再说什么。

不说,心里又有股子气儿没地方撒似的,憋了一会儿,瞥了二臭一眼,赌气似的说:"你小子,事后诸葛亮就是了,就算你他妈料事如神,还能算到捐献那一步?甭蹬鼻子上脸,说你胖,就鼓腮帮子。"

"嘿嘿嘿,您以为我这话没用啦?我这是帮您总结总结!"二臭气不忿儿地喊起来,"不信把我这话搁这儿:您哪,这回才是开始!您还得去开会哪,还得去作报告哪,好不容易逮着您这么一位,这回又捐了钱,党和人民能不把您给使足实了?……您放心,还有给您点'替'的地界!您就等着瞧,我今儿这话不能说没用。省得您到时候头脑发热,回来又后悔,拿我砸筏子……"

二臭这回说准了一半。

请老爷子去开会、作报告的,还真的不少。可像表彰大会那样,给点"替"的,却一个也没有了。

车接车送,威风还是挺足的。讲完了课,"便饭"一餐,一肚子油水。可钱,是绝对没有了。

是不是觉得这老头儿思想特纯特正,怕给他钱他也不会要,反倒糟践了人家?反正几乎每回作完了报告,热烈的掌声中送过来的,都是写着"英雄老人""无私无畏"之类的贝雕啦,镶在镜框里的奖状啦。

一个月下来，崔老爷子挤巴巴的小房里，大镜框已经堆了厚厚的一大摞了。

不给这些倒好，给了，占地方不说，老爷子一进屋，看见它们就运气。

"嘿嘿，谁要，拿一块回家挂去！"对来串门儿的街坊的慷慨，已经不是第一次了。

"哟，您可真敢说，这跟拿您一棵葱一块煤可不一样，我们可不敢拿。再说，拿回去，谁敢挂？"

"没事儿，把字擦了，只当工艺品挂……不愿挂，您看谁家结婚，送了人情儿……"

"这会儿结婚谁还送这个呀！再说，崔大爷，您可别拿这不当回事儿，这是您拿命换来的，您好好留着吧！"

街坊走了，崔老爷子看着这东西，心里更觉得添堵。

"合算是送都送不出去啦？得，我也跟捐那钱似的，逮个地方把它们捐出去得了。"心里忍不住一通苦笑。

好几天也没想好该上哪儿逮这么个地方。

星期六那天的傍晚，崔老爷子吃过了饭，站到了街门外，和邻居们闲扯，从他们那儿知道，敢情过去的"小市"最近也兴起来了，这些日子还越办越火。当然啦,过去叫"小市",现在可不这么叫了，叫什么"跳蚤市场"。崔老爷子对小市可太熟了，过去天坛根儿的"鬼市"，红桥的"晓市"，都是他常去的地方。言者无意，听者有心，邻居们那儿大侃"跳蚤市场"如何如何挤，东西如何如何便宜，崔老爷子却往别的地方走了心。他立马想起了床边儿上堆着的那堆"大镜框"，心说："得嘞，正好，明儿啊，咱奔跳蚤市场啦！"

121

一大早,十几个大镜框就被老爷子装到了他那辆小三轮上。当然,镜子上写的字,昨晚就被他给擦个一干二净了。干归干,老爷子还是不愿意人家把这事四处张扬,所以他又从柜子里找了点零七八碎儿,搁在那些大镜框上面。出门的时候,他遇见了出去遛早儿回来的韩德来。

"哟,您这是干吗去?大清早的,卖破烂?"韩德来说。

"嘿……哪儿啊……"崔老爷子都不知道说些什么好,支支吾吾。

"没错儿,是得把这破烂儿给卖了。就您那个家,整个儿,破烂市!……有钱了,可不得收拾收拾!"这人一老,说出上一句,绝对要按自己的思路说下一句,根本不管人家的反应是什么。

"操,谁他妈有钱啦?"崔老爷子只差吼出来了。准是二臭这小子瞎咧咧,他和老韩头一个院儿。

"不瞒您,兄弟,您可算是抄上啦,我们当年当模范那会儿,哪儿给钱啊,大会堂撮一顿,回来得美仨月,摸了一回毛主席的手,好几天舍不得洗。哪儿像今儿似的,还给您发奖金啊……"韩德来还是沿着自己的思路往下说。

看过那篇《轳辘把儿胡同九号》的,对韩德来也不会陌生了。您要是说,崔老爷子是现在的"风云人物",韩德来可就是过去的"风云人物"了。如果说,"文化大革命"刚刚结束那会儿,韩老爷子还劲儿劲儿的,三天两头找事儿,老怕人家忘了他的话,到了现在,他可没多大的劲儿喽。老啦,这精气神儿都不顶劲了。再说,这世道,除了把钱当回事,谁还把谁当回事?就连当年电影院前买票退票那点儿乐,都没处找去:这年头儿谁他妈还看电影啊,全缩家里,看电视了。再说,韩德来当年闷在自家的院儿里唱了几天"我好比笼中鸟有翅难展",那种没人围着就悌悌惶惶的劲儿,慢慢地也就抹平了。不过,今儿遇上了崔老爷子,好像又把那点子不平的劲儿勾起来了,不然,也不会发出这一番感慨来。

崔老爷子两眼直勾勾地望着这位老哥哥,颧骨上的两块肉微微地动了动,那神态也说不上是想哭还是想笑。

他差点儿把小三轮儿上那些零七八碎的给胡噜到一边,把那十几个大镜框给亮出来。

蹬起小三轮儿往胡同外边走的时候,越想自己越冤得慌。饶自己把那钱捐了不说,只落下一堆大镜框不说,满世界的人还都以为自己发了财。早知道这样,我还他娘的捐什么呀。姓崔的,你傻不傻啊,连老韩头儿这样的都上道儿了,你还傻哪!

要不是算计着到了跳蚤市场上,这十几个大镜框兴许还值俩儿钱,他砸了它们的心都有。

九

北京的跳蚤市场最早是在东城开办的,据说是东四十条那儿的一家中学先开了口子,请那些提溜着东西想当"业余小贩"却又没地方练摊儿的市民们到他们学校那篮球场上先来了一下子,这就开始"火"了起来。也是,在这以前,北京的老百姓们真熬得五脊六兽的了。最难熬的,是那些吃"死钱儿"的,譬如崔宝安之类。您想啊,物价说是稳定,可它又蔫蔫儿地长,靠几年前定的退休金来过日子,又怎么受得了,更甭说崔老爷子这样的还有特殊的难处了。同样难熬的,还有那些不景气的工厂的工人们,工厂不景气，厂长也有招儿：不是东西卖不出去吗？每人发点儿产品，算是抵了工资。您看那些天擦黑儿就上街卖袜子的、卖手套的"游击队员"们，不少就是拿本厂发的产品在那儿卖哪。北京人脸皮薄，站街吆喝，摆地摆摊儿，就够臊眉耷眼的了，还得贼眉鼠眼地乱睃巡，生怕被"工商"抓了去。"跳蚤市场"开了张，《北京晚报》再那么一通煸，名正言顺，成了改革的新事物。五脊六兽的北京人，非但不再臊眉耷眼，反而觉乎着是一件挺挣脸的事了，能不疯了似的往那儿奔？这一"奔"不要紧，第二次就把那篮球场差点儿没挤爆，推着小推车的，蹬着三轮车的，自行车后货架上驮大包的……鼓鼓囊囊堵住了学校的大门，塞了一街筒子。被堵得进不去出不来的人用粗话在那儿骂，被挡得走不得退不得的汽车也在那儿用喇叭骂。为了防备不测，学校大门口的广播喇叭不断地劝："市民同志们，学校里摊位已满，请改日再来……"一遍一遍，唇焦舌敝。那哪儿劝得走啊，甭说他了，民警怎么样？出动了好几十，管用了吗？

  崔老爷子的小三轮，幸好来得晚了点儿，虽说也被堵在了街筒子里，却还不算深，说"劳驾"，道"借光"，没用了多一会儿，好歹退了出来。赶巧，广播里又给大伙儿指了条道儿："同志们，同志们，为了满足大家的要求，经研究决定，我们在'红领巾公园'再开一场，请大家把摊位设到那里，请大家把摊位设到那里……""呼啦"，大大小小的车，大包小包的人，就跟逃难似的，穿胡同，走大街，全冲东边的"红领巾公园"去了。崔老爷子算是占了个便宜：广播这消息的时候，他正好退到了人群的外面，闻声把小三轮儿的车把一扭，利利索索地骑了上去。没等"逃难"的大军拥过来，他已经笨鸟先飞,上了路了。进了公园,慌里慌张找了个空地,把那十几个大镜框摆在面前。紧挨着他左边摆上摊的,是一个中年人,从平板三轮上卸下了两个大纸箱,把一块苫布铺在地上,打开纸箱,"哗啦"一倒,花里胡哨的塑料玩具立马堆了一地。崔老爷子的右边,又来了一个小伙子。这小子倒简单:几张报纸一铺,上面摆的是各国的钱币,一边摆,一边就吆喝上了:"美元日元大头袁啊,卢布马克泰国铢啊……"

随着摆摊的进来,逛摊的也来了。左边那卖玩具的透着红火,十好几个人蹲在地上,挑来拣去。崔老爷子和右边这位卖钱币的倒显得冷清。卖钱币的还好点儿,还有一个半个的问问价儿,崔老爷子这儿可真惨点儿了:过往的人顶多瞄一眼,连个价儿也不问。看看没多大的戏,小伙子也不像刚来时那么吆喝了。又过一会儿,冷清的两位:老爷子和小伙儿相互瞄了一眼,搭上了话。

"您瞧,您瞧,丫挺的懂不懂啊,拿那块'袁大头'还吹呢,听呢,事儿事儿的!不就是从电影上学来的吗!这人我见多了,其实,全他妈外行!"小伙儿又送走了一位光看不买的买主儿,气不忿儿地冲老爷子嘟囔。

卖主之间搭话,好多都是从褒贬买主开始的。

老爷子看了看他,同情地摇了摇头,没说什么。

"操,我能卖假银圆吗?这全是我自己攒的。玩够了,没劲了,谁爱要谁要,换俩钱儿交'房改保证金'!"小伙儿看了老爷子一眼,"老爷子,您这些东西,也是自己家里存的吧?"

"没错儿。"

"嗬,您家存的这玩意儿可不少啊!怎么着,儿子结婚人家送的？……操，您说这人多没眼力见儿。还送这玩意儿呢。您是得给卖了，挂又没法挂，搁着又占地方。我瞅啊，您今儿，也悬，能开张吗？谁买这东西呀！除非了，也是奔结婚礼品来的……真有这号的，也忒损点儿了！"

"……"崔老爷子没言声，心说今儿是怎么了，怎么赶上这么一位多嘴的东西。

老爷子没有想到，还有更气人的事情在后头。

"哟，老爷子，我怎么看着您这么面熟啊？"小伙子见老爷子不爱理他，还不知趣，转脸儿打量了几眼，忽然叫了起来。

"没见过您。"崔老爷子脸上虽然还板着，一副毫无表情的样子，心中却已经暗叫不好了。许是这小子从电视上见过我，认出来啦。

崔老爷子家没电视，所以没见过自己上电视是什么样。不过，他上了不少次电视他是知道的。听说有一回电视台还放了他的半个钟头的报告。原以为这报告是没人听的，所以他对有人能在跳蚤市场上认出自己，实在大感意外。

"您是没见过我，可我见过您呀！"卖钱币的小伙儿嘻嘻地笑了起来，"嘿，我听过您在电视上作报告。实话说，不是我愿意听的，我们单位非让我们听，说句不好听的，我一边听心里一边骂您：'这老头儿瞎侃什么！挣多少钱啊！'……要不把您记得这么清楚？"

"您骂得好，我镚子儿不挣！就他妈挣了这么多大镜框，全在这儿哪！"老爷子气夯夯地说。

"我佩服您！要不我能跟您把话说到这个份儿？冲您这么实在，我就更佩服您！……这么得了，今儿啊，您这十几个镜框，包我身上了，我帮您吆喝，我给您卖出去……"

崔老爷子没再说什么，拿起地上的东西，叮哐叮哐往小三轮车里一通乱扔。

"老爷子，别生气啊，我可是一片好心。"

"我知道。我饿了，家吃饭去！"

崔老爷子也真的不是在生小伙子的气，他甚至也知道小伙子是好心。他也不知道自己是在生谁的气，或者是在生自己的气？没错儿，您是好心，可您这好心我受得了吗？他都猜得出来小伙儿可能吆喝什么。那一吆喝，身边肯定能围上密密层层的人。可那一吆喝他也得找个地缝儿钻进去。得，甭废话，在您还没吆喝之前，趁早，走吧。

崔老爷子没有回家。

回家干什么？回去也是清锅冷灶。

进了一家爆肚店，要了一份爆肚，半斤酒。

猫在一个旮旯里，一个人闷闷地喝。

两口"二锅头"下肚，心里腾腾往上蹿的那股子火，好歹压下去了一些。

崔老爷子不知道自己这是怎么了，这日子过的，好像和自己的那点儿念想总是他娘的不对榫。按说这些日子过得挺热闹的呀。就那么晕晕乎乎地伸了一腿，你就成了个人物：登报纸，上电视，人五人六地作报告……没错儿，对你的心思。你老崔头不是服软儿的人。你想挣巴挣巴，你想混出个人样儿争口气，要不，能让二臭那一通山侃就把你给煽乎动了？还甭说，你还真挣巴得不善。可怎么挣巴来挣巴去的，这日子还是越过越没劲！是，挣巴了半天你落下了什么？落下了一堆大镜框！我他娘的人穷志短，马瘦毛长。我不要那一堆大镜框,那跟我不沾边儿,对我不管用!我现在就想着找小梁子评评那个理,想找那四个兔崽子出出那口气!我还缺一个挣补差的差事,缺我过去每月挣的那三百块钱!……想着想着,崔老爷子心里已经平息下去的那股子火,又腾腾地蹿起来。就跟恨不得一下子把那股子火浇灭了似的,一口,把酒盅里的酒全捯了进去。

骑着小三轮儿,回到了辘轳把儿胡同。远远的,看见一个挺熟悉的身影儿戳在一家如意门前,跟门外跳皮筋的小孩儿打听道儿。

"甭打听啦,我在这儿哪。"崔老爷子伸手拉了车闸,小三轮儿稳稳地停在了季老爷子的身旁。

季老爷子来了辘轳把儿,除了找他老崔头儿,还能找谁?

按老哥儿俩的交情,季老爷子是应该知道崔老爷子家的,不过,他的确也只知道个大概。都是值夜的,天一亮,各回各自的家,有什么交情,晚上再叙。因此,临到这回真有点子什么事要找来了,是得到了胡同里现打听。不过,季老爷子知道,这肯定不是难事。知道他住辘轳把儿,他这会儿又是出了名儿的人了,一打听一个准儿。

"您瞧,我就说,打听不着,碰也碰着了!"老季头儿看着有日子没见的伙计,呵呵地乐。

"走,家去!"崔老爷子下了车,陪着季老爷子朝前走。

北京人的礼数,你就是明知人家找你一定有事,也不能张口就问,总得把人家让进门,焖上茶,客套虚礼地来一气。人家要是有张不得口的难事呢,您得给人家抹开面子的机会。

"喝茶还是喝酒?"老哥儿俩一进屋,崔老爷子把酒拎出来了,把茶壶也端上来了。

"您瞧您，您瞧您，还喝呢？"季老爷子用手指头点着崔老爷子的脸，"甭蒙我，您刚喝了！我再让您陪，太不仗义。回头您再出溜桌儿底下去，对不起您！"

"操，兴许我还靠您壮了胆儿，出去再逮俩持枪抢劫的回来，再他妈当一回英雄呢！"崔老爷子脖子一歪，从鼻子里喷出一声笑。

老哥儿俩一定是都想起了那天晚上一块儿喝酒的事，会心地笑了起来。

"明跟您说，小梁子叫我来的。"季老爷子说。

"干吗？"

"实说吧，小子找我去啦，问能不能找着您。他说啦：'崔老爷子这人不错，想想我怪对不住人家……'"

"扯淡！哪儿是他对不住我啊，我对不住他！我是他妈势利眼，我是狗，谁给根骨头就跟谁走……"崔老爷子一本正经地说。

"行啦，伙计，得饶人处且饶人。"季老爷子脸上的皱纹堆成了团儿，咧着豁了牙的嘴，嘿嘿地乐，"您没见小梁子那叫熊哪，那两天，没少了打听您，找我带话儿。您猜怎么着，这小子见报上说了，公安局的领导没少了去看您，心里犯嘀咕啦。"

"我不干那事！我不跟他似的，狗仗人势。"

"所以小子就挺感动的啦，就又找我，求我带话儿谢谢您啦……"

"甭谢。告诉他，多亏他这么提醒，我明儿就找他们头儿去，非告下这个状不可！"

"行啦行啦，老哥哥您就甭紧着上弦啦。您不是说啦，本也没打算跟他小子一般见识不是？您就也让我当一回好人！"

"要是那天晚上没过去找您喝酒，喝了酒没走岔了道儿，走岔了道儿没赶上民警逮坏人，逮了坏人局长不来看我……他他妈小梁子对自己的错儿还认头？我哪儿说理去！"说实在的，崔老爷子的委屈，说得出口的，是这些，说不出口的，多了。甚至可以说，当了"英雄"的这些日子，那说不出口的委屈比这说出了口的还多呢。这回，一股脑儿，也不管是不是人家小梁子的事，把那点子气儿全攒一块儿，冲他撒了过去。

"老哥哥，您只当给我这个面子，给我这面子行不行？我可是大老远的来一趟……"

"行，不就是谢谢我没告他的状吗？看您的面子，我知道了。"崔老爷子端起酒盅，和老季头儿碰了一下杯，然后一仰脖儿，"咕噜"一声，把酒倒进了嗓子眼儿里。

老季头儿把那酒也喝了，抹抹嘴，说："不光是谢谢您，小梁子还想请您回去，还是'宏远'那儿看车。小梁子说啦，他都跟'宏远'的总经理说好了，还得在那儿专门请您撮一顿，给您赔不是哪……"

崔老爷子没言声儿，心说：操，这回嘛，才办了件人事。

"怎么茬儿？小梁子问呢，什么时候去？找个车来接你！"

"甭接，我就骑我的小三轮儿去，看丫挺的宏远宾馆让不让停！"话一出口，崔老爷子自己先乐了。操，耍叉谁不会啊，瞧我给你们耍一回。

"您可真逗，您可真逗。"季老爷子晃着脑袋。

"不骑小三轮儿也行，他得来卡……卡……卡什么来着？"别看崔老爷子是停车场上看车的，二臭说过的"卡迪拉克"，还真没在他那停车场上停过,所以"卡"了半天,就卡在那儿了。顿了顿,嘿嘿一笑,说,"行啊,来什么车都行啊,玩笑归玩笑,我不计较,我计较的是那么个理儿!"

…………

送走了季老爷子,崔老爷子又回到八仙桌边儿上,一个人喝了几盅儿。

"要是连他娘的这么一个结果都没有,这一回'英雄'当的,也他妈太冤啦!"

脑袋里晕晕乎乎,心里嘟嘟囔囔,躺到床上想忍一会儿,等醒过来时,天竟黑了,枕头上湿漉漉的一片,全是哈喇子。

十

当天晚上,崔老爷子已经有点儿后悔了。他觉得自己那念想挺没劲。说出来,真的让人家那么办,更没劲。生气归生气,窝火归窝火,人家服了软儿,递过了话儿,你就得见好就收,那才透着自己有"派"。这可好,跟小孩打架似的了,人家都趴地上叫爷爷了,您还非得晃着膀子转两圈儿。干吗呢这?这大概也叫"派"?年轻时候嘛,兴许要的是这种"派",老了老了,老季头儿讲话,得饶人处且饶人……想是这么想了,又觉得自己全他妈胡想,话都说出来了,你还能再去找老季头儿,反悔不成?

坐到宏远宾馆派来的那辆红色的"桑塔纳"里,崔老爷子昨晚的那点儿后悔劲儿,又翻腾上来了。

"桑塔纳"是临中午时由季老爷子领来的,一块儿来的,当然还有小梁子。小梁子穿着一身崭新的"官衣儿",手里提着满满一大网兜的水果,进门先把水果放到了八仙桌上,然后"崔大爷""老爷子"一通乱叫,就跟没发生任何事似的,看住处、问身体,话里话外透着亲热。这会儿,他坐在司机旁边,时不时就回头和后座儿的老爷子们聊两句。其实,也不用他小梁子挖空心思地找话茬儿,那位季老爷子今儿个就跟打了鸡血似的,聊得比他还欢哪。老季头儿今儿的扮相就够显眼的:一身簇新的蓝"涤卡"解放服,一看就知道,这伙计把逢年过节才穿的衣服都从箱底儿给翻出来了。在崔老爷子的印象中,季老爷子是个平和随和、与世无争之人,可今儿他也不知道是怎么了,话多得都有点儿反常。是因为这趟总算能跟着"老哥哥"去出了那口气了,开心?还是因为今儿也成了个角儿,不管是"老哥哥"还是小梁子,谁也少不了他,得意?反正这一路你就听吧,先是问司机"桑塔纳"的车价,然后是感叹自己这一辈子也挣不了这么多。又问这宏远宾馆得多少钱住一宿,接着又感慨这世界也真有有钱的真有花钱如流水的真有心甘情愿当"冤大头"的……"桑塔纳"从熙熙攘攘的前门大街穿过去,季老爷子更来劲儿啦,就跟坐的是交通民警的巡视车一样,全马路的人和车,他都看着不顺眼。

正是吃午饭的时间,按说这时候不是北京行车的高峰,可在前门大栅栏一带,大马路上的人流车队,就没有松快的时候。

"你说这人,放着好好的人行道不走,跟走他们家菜地似的,净他妈瞎窜,这车,有法儿开吗?"

卧车排在壅塞的车队里,一点一点往前蹭,老季头儿骂了起来。

"没错,就他妈这些人,有时候恨得我,真他妈想轧狗日的!"

司机眼睛望着前方,握着方向盘的手小心翼翼地动着。

"嘿,奔哪儿骑啊,边儿去!"季老爷子来了劲,索性摇下了窗,探出半张脸,对一位不管不顾、紧贴着卧车骑行的人骂道,"这儿是大马路,不是他娘的杂技场!"

"得嘞老爷子,您少说两句吧。您再说,他丫的敢上来把我的车给砸了!"这司机其实也不过是个"耗子扛枪窝里横"而已,他可知道,这年头,北京的老百姓,净是一脑门子官司的主儿,您老爷子这不是给我找事吗。轻的,人家截住了你,跟你逗会儿咳嗽;重的,推着自行车过来,往车身上来一下子。哪样你受得了?

司机到底还是说晚了。话音没落,"吱"一声,踩了一脚刹车。让老季头儿骂了的那主儿,把自行车横在了"桑塔纳"前面。

"谁骂人来着?你他妈出来!"骑车的那位,上身穿件皮夹克,下身穿条牛仔裤,别看瘦得跟小鸡子似的,走过来,低头扒车窗上看,一副拉开场子打架的架势。

车里的几位,哑巴了似的。

"咚!"车顶被擂了一拳。

司机推开车门,冲了出去。

"干什么干什么干什么!"

"干什么?砸了你丫挺的车!……"

"敢!……有事说事,这车可是国家的!"

"国家的?国家让你们他妈骂人来着?……我他妈不跟你说,我找骂人的说!""小鸡子"躲过了司机,又朝后车门冲了过来,"砰砰砰",把车门拍得山响,"孙子!你他妈出来!有尿的,你他妈出来!"

要叉

老季头儿哪有这胆儿啊，表面上没事，心里已经筛了糠了。

幸好车门锁着呢。更幸好这车上还坐了一个警察。

小梁子大概也看出来了，非他出去，这局面是收拾不了了。他从手提包里拿出了大盖儿帽，戴上，打开了车门。

见车里出来了个警察，"小鸡子"一愣。

"怎么茬儿？有话好好说，别挡道，妨碍交通。"小梁子爱搭不理地说着，低头只顾戴他的白线手套。

"……"这回，轮到"小鸡子"心里筛糠，"您……您车里那位，他……他骂人。"

"骂你？我骂的！为什么？你不好好骑你的车，乱他妈拐什么？……把车搬开，甭挡道儿，我还有公务！"

"……"

"快着，告诉你，误了我的事，你担待不起！"

没等"小鸡子"反应，看热闹的人里有胆小的，已经把那自行车给挪开了。

谁没事跟警察叫板？

"砰！"关上了车门，接着朝前走。

老季头儿也不欢了。

谁也不说话。

按说，刚才那阵势，最应该下车的，是崔老爷子。但分占点儿理，他都下去了。别忘了他跟季老爷子的交情，何况，他还是个有功夫的人。

可他觉得挺没意思，他没动窝儿。

后来小梁子给人家来的那一套，他觉得更没意思。

忽然想起，现在，坐车去干的那事，还不是一样？

这会儿您可得了势了，该着您拔拔份儿了，您坐了辆"桑塔纳"，还是那四个小子的顶头上司的"桑塔纳"。您的车进了宏远宾馆的大门口，停在大堂前面，那四个小子乖乖儿地过来开门，看见您得吓一跳。您特美，特得意，屁颠儿屁颠儿的，人五人六的，牛逼烘烘。您他娘的不觉得自己狗仗人势？您别忘了您让人家挤对、让人家不当盘儿菜的那股子滋味儿。老话儿，都是看家护院的命，谁跟谁啊，谁跟谁来狗仗人势的都没劲！……

想到这儿，崔老爷子差点儿叫停车，让司机送自己打道回府。

晚了，宏远宾馆那山一样的身子，已经戳在眼面前了。

"桑塔纳"从崔老爷子看过的停车场门口开过去，到了宏远的门口，向右一拐，开进了大敞着的铁栅栏门，顺着右手的弧形道儿拐了一个圆圆溜溜的弯儿。崔老爷子觉得，这弯儿拐得带着那么一股子味儿，像是擦着宾馆和停车场之间的那个栅栏成心来那么一下，拉着他去和他曾经待过的那地界逗逗闷子。他觉得这闷子逗得也特没劲，可他又没工夫琢磨到底没劲在哪儿，因为说话间车子已经停在大堂门口了。透过车窗，他已经看见了哥儿四个的下半截身子，其中的一位已经朝车边上走过来，明摆着是给他开门来了。这时候崔老爷子更强烈的感觉是，他觉得自己没劲，真的，特没劲，这没劲闹得他都觉得臊眉耷眼的了。"咔"，车门被拉开了，"欢迎您，欢迎来宏远宾馆。"那小子说。

崔老爷子从车里钻了出来，就跟心里有什么鬼似的，不敢正眼看给自己开车门的这位，低着头，只顾往大门里走。大门两边戳着的两位，他也不敢正眼瞧，只听很温柔的一声"叮咚"，自动

耍叉

135

门开了,门边儿的两位几乎同时说:"欢迎您,欢迎来宏远宾馆!"崔老爷子点点头,走了进去。

大堂的值班经理台前,站着一位穿黑西装套裙的中年女人,一个胖胖的男人也站在那儿,正和她说话。那男人穿着笔管儿溜直的西装,衣服的料子和女的一样。他们见崔老爷子们进来了,立即停止了交谈,乐呵呵地迎了上来。

"啊,是咱们的老英雄来啦!电视上见过,电视上见过!"人还没走到,手已经伸过来了,"梁子,介绍一下?"

小梁子指着那男的告诉说,这位是宏远的副总经理,又指着女的告诉说,这是公关部的经理。名字也都说了,可崔老爷子没听清。

副总经理那手,绵绵的、软软的,眉眼间却透着热情。女经理那手,瘦瘦的、凉凉的,可说出话来也特客气。两位还递上了名片,说:"崔师傅是我们的邻居,有什么事,您就来。"来干什么?告状?蹭吃?崔老爷子心里闪过了一点儿疑惑,最后他认定这话指的还是蹭吃。就像小梁子,就是这"有事就来"的主儿,而现在,他在人家的眼里,也成了这么一位。

两位陪着他们三位正要往宴会厅走,那位副总想起了什么似的,回过身来,乐呵呵地说:"哦对了,我还忘了给您介绍一下几位看门的小伙子……崔师傅,别的我就不多说啦,您看看,这位是小陈,这位也是小陈,这位是小李,这位是小丁……"

老爷子这才发现,刚才自己一直没好意思正眼瞧的,根本就不是过去那四个坏小子。

"……这四个小伙儿,都不错。可往后,也得靠您多多监督着。您可是我们宾馆的义务监督员了,您老待在大门外边儿不是?看他们有什么不对，就跟我们直说，行不？"

"行，行，您太客气了！"如果过来跟他握手的，真是过去那四个坏小子，崔老爷子至少也得闹个大红脸。现在，他觉得算是松了一口气。不过，转念一想，有句话到了嘴边儿上，又缩了回去。他还挺惦记着，先前那四位哪儿去啦？惦记归惦记，他还不至于那么缺成儿，打人不打脸，揭人不揭短儿，人家怕你脸上挂不住，都给你换了人了，你还上赶着去问？

小宴会间已经摆好了台，五副碗筷，每个人前面都摆着大中小三个酒杯，啤酒杯里，插放着餐巾，有的叠成个翘脑袋的仙鹤，有的叠成朵兰花。

刚刚在餐桌前坐定，副总经理就被人叫去接电话了，那位女经理呢，这会儿正在门外和服务员交代今天要上的菜。

宴会间只剩下崔老爷子、季老爷子和小梁子。

"刚才，看见啦？"小梁子往崔老爷子面前凑了凑，悄声说："四个看大门儿的，您还认识吗？"

"不认识啊，怎么了？"

"怎么了？您合着还没明白？'炒'啦，您说的那四个'小兔崽子'！……人家老总干吗要介绍您看看那几个生脸儿？您没听见他说：'我也不多说什么了'……"

"该！"季老爷子说。

"……"崔老爷子没说话，憋了一会儿，冒了一句，"操，那我他妈成什么人了！"

"什么人？没错儿？您是什么人？他们敢他妈欺负您，不'炒'他们'炒'谁？"小梁子得意地晃了晃脑袋，"再说，有我小梁子做主，我说'炒',他们经理也不敢不办。"

"吹吧。"崔老爷子冷冷地一笑。

"哼,您又看不起我,您又看不起我!"小梁子点上一颗烟,眯缝起眼睛,朝门外瞥了瞥,悄没声儿地说,"别的时候我不敢吹,这些日子,他们还真的不敢惹我。我逮着他们的短儿哪。"

"什么短儿?"

"那我就甭说啦,您猜都能猜出来了。明说了吧,那事啊,哪儿的宾馆都不少,让咱逮着了,看是谁。够朋友的,提个醒儿,加强管理,别再出这事了,完事。不够朋友的,报上去,停你两天的业,整顿,看你敢髭毛儿?……"

崔老爷子听了半天,也没听明白他说的到底是什么事。是看着有"花事儿",睁一只眼闭一只眼来着?还是有伴酒的伴舞的,违反了规定?也是,甭细问了,小梁子说的,你得信,不然,他小子能把人家的老总搬出来陪你吃饭?可你跟着来这儿干什么来了?讹诈?绑票?砸明火?……

如果没有小梁子在宴会开始前的这一段儿,兴许崔老爷子都忍了。他会和主人一块儿,客客气气地碰几杯,客客气气地吃完这顿饭。虽说从昨儿晚上到今儿来的这一路,他没少了骂自己没劲,后悔归后悔,既然说出了口,他总不会让主人、让小梁子脸上挂不住。可现在,他可管不着那么多了。他觉得自己往这事上掺和,岂止是没劲,简直没有人味儿!是,您没事了,您这儿吃上了,您的气出了,仇报了,可您不觉得您这一手儿忒恶吗?我崔宝安一辈子行得端走得正,不能让人欺负了,可也不能欺负人,更没想着砸人家的饭碗呀!……崔老爷子越想越不是滋味儿,看看老季头儿，又看了看小梁子，他站了起来。

"怎么，方便方便？……我领您去，我领您去！"小梁子说。

"不用，不用！……我认得。"他把小梁子拦下，一个人出去了。

房门外，他遇上了正要进门的老总和经理。

"找厕所？前面，奔西拐。"经理说。

"谢谢，谢谢。"

他按照经理说的，往西拐了过去。他没有上厕所，往南一拐，到了大堂。他走到门口，对老总刚刚介绍过的四个小伙儿中的一个说："麻烦您，到……吃饭那地方说一声，就说我……我先走了。"

"哎，您不是刚进去吗？怎么就……"

"是，您甭管了，您就去说吧。一说，他们就明白了。"不等小伙子再问，他像干了什么亏心事似的，脚底下紧走着，朝宾馆外边去了。

离远了，回头看看宏远宾馆的大门，四个小伙儿笔管儿溜直地戳在那儿。

"想着，别狂，都一样，都是他娘的看家护院的命！"他突然高声大嗓地喊。这话是对这四位说的，还是对那四位说的，他也不知道。

1992 年 12 月 14 日

放　生

一

读者，我应该老老实实地告诉你们，我碰上了一个难题。

按说我也是写过一些东西的人了，可在我的写作中，还没有过这样的事情。

刚刚，就是在刚刚，我已经把为《绿叶》写的小说《放生》写完了。按照过去的习惯，我所剩下的事是：把它装进信封，给编辑部寄去。然后呢，踏踏实实去睡我的觉。可是，我没事找事，大概也是因为有些自鸣得意？我把这小说读了一遍。问题就出在这时候：在读完了这一遍之后，我的心里突然冒出了一个古怪的念头。我问自己，这个故事比起你为这故事准备的那些素材来，比起你由那些素材而引发的那些想象来，究竟哪一些更为有趣？

我为这疑惑而怦然心动。

我是不是站在了一种新的文体抉择的十字路口？

是的，我为你们编过了不少的故事。或许你们还能记得《盖棺》和《丹凤眼》，记得《找乐》和《鬃毛》，可我实话告诉你，我编得有点腻了。你是不是也有这感觉：听得有点腻了？那么，我还有必要再为你拿出一个《放生》吗？

你们试着不再读一个故事，而是去观赏一个写家编一个故事时，那心灵的隐衷，思绪的飞升，如何？

而我，不再给你们说一个故事，只是把自己面对着素材时的胡思乱想和盘托出，那又会怎么样呢？

面对着抉择，我知道自己的麻烦来了。

我得放弃三天的写作成果。那个编得圆满周全的故事，即使不作废，也得打个乱七八糟。

要命的是，发稿在即，编辑部会不会给我更多的时间？

更要命的是，天知道，你们会不会喜欢。

然而，一个写家，当他突然发现了一种有可能独具魅力的叙事角度，他是可能放弃的吗？

那么，就让我们试试？

二

本想讲的，是一个北京的老爷子的故事。

我也不知道自己是从什么时候开始对老爷子们发生兴趣的。

有一位批评家谈到我的作品时，说出了一个使我意外的看法。他说我写得稍好一点的形象，多是老人。

他举出《盖棺》里的魏石头，《辘轳把儿胡同九号》里的韩德来。专以老人为主角的《找乐》就无须说了，即便是以年轻人为主角的《鬈毛》吧，他说，那位"盖儿爷"的爷爷——一位在发廊林立的都市里越发孤独悲怆的老剃头匠——也许比之于"鬈毛"

更为成功。

我实在难以接受这种说法。大概是敝帚自珍的缘故，自觉着笔底下的年轻人也写得不错。不过，我也得承认，我的确更愿意到公园里，到护城河畔，到老年活动站，久久端详那一张张爬满网纹的脸，那一双双浑浊的、焦点渺渺的眼睛。你盯住了他看吧，盯住他，你会突然觉得从幽深旷远的心灵深处，缓缓地流过来一条河，一条宽宽坦坦、默默无言的河。

我一直不明白，为什么会产生这样的感觉。

有一天我忽然发现了，这感觉原来来自老爷子们身上一种最基本的气质，这气质只四个字便可概括，"从容不迫"是也。

我们北京的老爷子们，就在这从容不迫里，活得有滋有味儿。

听过那首古老的北京儿歌吗？

一更鼓里天儿耶，猫儿拿耗子。

天长嘞，夜短嘞，耗子大爷起晚嘞。

耗子大爷在家没？耗子大爷还没起哪！

二更鼓里天儿耶，猫儿拿耗子。

天长嘞，夜短嘞，耗子大爷起晚嘞。

耗子大爷在家没？耗子大爷穿衣服哪！

三更鼓里天儿耶，猫儿拿耗子。

天长嘞，夜短嘞，耗子大爷起晚嘞。

耗子大爷在家没？耗子大爷漱口哪！

四更鼓里天儿耶，猫儿拿耗子。

天长嘞，夜短嘞，耗子大爷起晚嘞。

耗子大爷在家没？耗子大爷洗脸哪！

五更鼓里天儿耶，猫儿拿耗子。

天长嘞，夜短嘞，耗子大爷起晚嘞。

耗子大爷在家没？耗子大爷喝茶哪！

六更鼓里天儿耶，猫儿拿耗子。

天长嘞，夜短嘞，耗子大爷起晚嘞。

耗子大爷在家没？耗子大爷吃点心哪！

七更鼓里天儿耶，猫儿拿耗子。

天长嘞，夜短嘞，耗子大爷起晚嘞。

耗子大爷在家没？耗子大爷吃饭哪！

八更鼓里天儿耶，猫儿拿耗子。

天长嘞，夜短嘞，耗子大爷起晚嘞。

耗子大爷在家没？耗子大爷剔牙哪！

九更鼓里天儿耶，猫儿拿耗子。

天长嘞，夜短嘞，耗子大爷起晚嘞。

耗子大爷在家没？耗子大爷抽烟哪！

十更鼓里天儿耶，猫儿拿耗子。

天长嘞，夜短嘞，耗子大爷起晚嘞。

耗子大爷在家没？耗子大爷上街绕弯儿去啦……

这哪儿是"耗子大爷"，这活脱就是我们从容不迫的北京老爷子呀。您要是再把"上街绕弯儿"改成个"上街遛鸟儿"，那就更像。不信您这就上街看看去，走不出两站路去，你保证能看见一位提着鸟笼子、优哉游哉地走过的老爷子。有的只提一个，晃着悠着，透着那么潇洒随意；有的左提右携，迈着四方步，一人占了半条便道，透着那么有主心骨。也有的骑着自行车或是小三轮，身前身后让鸟笼子围着，招摇过市。开个不雅的玩笑，真有那么点偎香倚玉的自得。

话还得往深里说，我们北京的老爷子的这份从容不迫，也不是是人就能学来的。首先，您得明白，这叫什么？这叫"派"！这"派"就不是装得出来的了。也是，当孙子重孙子的年月，住的是四合院里的倒座儿；熬着熬着，老爷子过去了，他爸成了老爷子了，他就熬到了东西厢房。现在，他自己成了老爷子，住进了大北房，就跟一个人熬到坐了金銮殿似的。您熬不到这个份儿上，你拿得出这个"派"？其次，您还得明白，还是毛主席他老人家的那句话："世界观的问题，是一个根本的问题。"我们北京老爷子的从容、踏实，关键还是人家心里从容、踏实。不知道您听没听过他们过去唱的那首《太平歌词》：

人要到了十岁，父母月儿过；

人要到了二十，花开了枝；

人要到了三十，花儿正旺；

人要到了四十，花儿谢了枝；

人要到了五十，容颜改；

人到六十，白了须；

那七十八十争了来的寿，要九十一百古又稀；

阎王爷好比打鱼的汉，不定来早与来迟。

今天脱去您的鞋和袜，不知明晨提不提。

那花棺彩木量人的斗,死后哪怕半领席。

空见那孝子灵前奠了三杯酒,哪见那,死后的亡人,把酒吃?

您空着手儿来,就得空着手儿去,纵剩下,万贯家财,拿不的。

若是趁着胸前有口气儿在,您就吃点儿喝点儿乐点儿行点儿好积点儿德为点儿人那是赚下的……

有了这境界,也甭管天下"太平"不"太平",这心里就先太平了。这天下不太平的根儿,全在这心里不太平上哪。咱们的老爷子们倒好,知足,七老八十了,已经活得够本儿,赚了,乐不乐?趁着胸前有口气儿,再遛遛鸟儿,拿拿弯儿,甭管能蹦跶几天,全是赚的。有这境界,才有那从容不迫的风度,知足常乐的雍容。

我真说不清楚,对老爷子们了解到这一层,于我来说,是好还是不好。

没少了喟叹:你呀,想活到人家那境界,且哪。

三

要说咱中国是比美国强。至少,这活法儿就比他们强。

我去过美国,而且,还去过美国的老人院。我去的那家老人院,在华盛顿的威斯康星大道上。所以,咱见过中国首都的老爷子,也见过美国首都的老爷子。

美国的老爷子们(连老太太们也算上),那道行差远了。他们闹腾啊。

其实，美国的老爷子们、老嬷嬷们的闹腾劲儿，您就是不去美国也能知道，您看过没看过北京人艺演出的《洋麻将》？那出戏编得挺绝：两个钟头的戏，只有俩演员。场景只有一个。于是之演那老爷子，朱琳演那老太太。去看戏之前我就犯嘀咕：您说，这戏怎么演？谁想到那戏挺棒，让人看着忍不住乐，品着又忍不住心里发酸。那戏说的就是，美国的老头儿老太太们，那心里是怎么闹腾的。

我没有想到，我沿着威斯康星大道老人院那长长的、蛋青色的走廊小心翼翼地往前走的时候，这"闹腾"会落到我的头上。

如果没有这一次遭遇，我对这家老人院的参观，真的不过是一次"参观"而已——老人院的负责人，一位彬彬有礼的黑人妇女，坐在她宽大的写字台前，周详地向我介绍了这家老人院的情况，耐心地回答了我的每一项询问。随后，她召来了护士长，领着我沿长长的走廊一路看过去。我被轻声细语地告知，这儿是单人房间，那儿是双人房间；这儿是护理台，那儿是娱乐室。护士长还特意在一扇门前停下脚步，告诉我这门上有防止病人出走的装置，当那些精神恍惚的老人们企图开门外出的时候，护理台会立刻得到报告……主人的周到是无可挑剔的，他们做到了为一个来访者所能做的一切。我当然也中国式地频频点头，又中国式地把听到的一切一一记到采访本上。不过，我得承认，我心不在焉。我似乎预感到要发生一些什么。要发生什么事？我不知道。这时候，他出现了——个子矮矮，脸部瘦削，象牙色的脸上挂着褐色的老人斑。薄薄的鼻翼近乎透明，这让我想起了蜡像馆里的蜡像。他那轮椅突然出现在我面前的时候，我简直闹不清他是什么地方冒出来的。

他盯住我的脸，不错眼珠地看着，瞳仁里闪着蓝幽幽的光，这让我心里有些发毛。他看了好一会儿，眼皮耷拉了一下，很快又撑了开来。

"年轻人，你唱歌吗？昨天夜里，是你唱着歌，从这儿走过的吗？"

他终于开口了。

心里一动。我明白，果然，是有件事要发生了。

可是，你怎么回答他？

昨天夜里，唱着歌，从他门外走过的，是你吗？

"我……我……"一时间，竟然不知怎么回答才好。我侧过脸，朝护士长投去求援的一瞥。

护士长微笑着走上前来，朝老爷子叽里呱啦地说了一些什么。猜得出，她在替我解释。

可是，老爷子眯起眼睛，在护士长的叽里呱啦中摇头，一下，一下。

这神气让我想起了北京那些任性的孩子。

"不听不听，小狗念经。"他们说。

"年轻人，你昨天唱得真好！请为我再唱一个吧！"他说。

我结结巴巴地告诉他，他一定是搞错了，我从中国来，来这里参观，今天是第一次到这里，昨晚上，我住在乔治镇。再说，我也很少唱歌，更不会唱英文歌。

"不不不，是你，一定是你！"他迫不及待地打断我的话，朝我仰起了脸，抑扬顿挫的英语倒有点儿唱歌的味道了。随着这一抑一扬的节奏，他的头又开始一左一右地画着弧："昨天夜里，你

放生

147

从走廊走过，你高声唱着，真好听啊。你再为我唱一个吧！请求你，真心地请求你！"

我敢说，我这一辈子再也不会忘记这渐渐浸入泪水的蓝色的瞳仁。

您说，我怎么就那么笨。我当时就知道傻笑，向他表示歉意。我拉起他那干瘦干瘦的右手，另一只手又凑上去，往他那手背上深情地拍了拍。我到底没给他唱歌。就这么着，让他眼睁睁看着我，离开了他。

实话跟您说，一眨眼那工夫，我还真的把平生会的那几首歌往脑子里过了一遍。可惜的是，我就会唱几首毛主席语录歌，再就是《东方红》《大海航行靠舵手》了。

我到底还是没有唱。我唱不出来。

很快就后悔了——哪怕给他唱两句《大海航行靠舵手》呢！

不过，这后悔更快地被心中闪过的另一个念头冲淡了：美国的老爷子们，您这是干吗？八层大楼住着，一人一屋，好吃好喝。有电视看，有电话打。您这儿多安静，多清闲，多舒坦，多自在。舒坦得让我进了门，大气儿都不敢出，李白讲话"不敢高声语，恐惊天上人"。不说您是天上人吧，在这地界养老，也和天上人差不多了。您还闹腾什么？您真该跟我们北京的老爷子们学学，知足，知命，不说全世界、全中国吧，至少，全北京，就我老头子得意，美气，活得开心，过得踏实。那才真叫会活呢！

想是想到了，我可没给他们上这一课。说有什么用？中国多少年了？美国才多少年？他听得明白听不明白且不说，就算他明白了，他学得来吗？

四

扯远了。其实也不远,因为我得告诉您,我是怎么想起讲一个北京老爷子的故事的。

是的,都说北京的老爷子们活得舒坦、自在,从容不迫。假若有这么一天,有那么一个北京的老爷子,和你在美国老人院里遇上的那位一样,也那么恓恓惶惶地站在你的面前,虽说他没要求你为他唱一曲儿,可他要求你帮他去趟鸟市,为他的画眉买几条虫子,他还朝你要你家的电话号码,他说保不齐哪天还要去电话"打搅"——还是遛鸟儿、买虫子之类……你会有何感想?

要说我为招来的这"麻烦"后悔,那倒不是。说实在的,立即想到的,却是美国那一幕。北京的老爷子到底还是属于北京,他的请求是那样漫不经心,一种无可无不可的样子。您要是不留意,还真不会当回事儿。您绝对感受不到面对美国老头儿时的那种惶恐和尴尬。然而,我却看出来了,那深藏在心灵深处的一双眼睛,和大洋彼岸渴待地盯着你的那一双,一模一样。

这篇小说,就由这儿拿定了主意。

这位老爷子跟我关系不坏。说句不客气的,我在他眼里,大概可以说得上是"忘年交"。为了说着方便,姑且叫他沈天骢。其实我先认识的,是老爷子的儿子,当然也就先成了朋友,为了我们还能接着做朋友,也得给他起个名儿,且叫他沈晓钟。

下面说的,除了姓名以外,全是真的。

沈晓钟不是文学圈里的人。我和他既非老同学,也不是在京西一起挖过煤的"黑哥们儿"。我们认识得很晚，不过，说是"晚"，至今大约也有十年了。

八十年代初的时候，我的小说颇为风光了一阵。后来我很快就沉默了。沉默的原因，有人说是江郎才尽，有人说是厚积待发，也有人说我违反了毛主席《在延安文艺座谈会上的讲话》的教导，应该派我去深入生活……谁说得对，且不用管他了。一个写家沉默的时候也有人对他指指点点，说说道道，光凭这一条，他就应该觉得很幸福，觉得自己的身上洒满了阳光。特别是想到，沉默了，给文艺界的领导人物们，给批评家们提供的，还不仅仅是话题，还给了他们深刻的机会、雄辩的机会和稿费收入的机会。我自己更是觉得幸福，真觉得有那么点儿"牺牲我一个，幸福千万人"的崇高感。

现在，指指点点、说说道道大概也差不多了吧？那么，或许现在我可以说说，我到底是怎么了。

说实在的吧，那阵子，我忽然觉得文学挺无聊。

文学这玩意儿，雕虫小技而已。古人所说，辞赋小道，壮夫不为是也。所以，所谓"文学"，也就是拿了别人的故事，说给别人听，还要跟别人要钱的勾当。认可了这一条，踏踏实实地，每天描那么几千字，糊弄老百姓，老百姓又买你的账，那就算不错。可写家们个个要成就"经国之大业，不朽之盛事"，非但如此，还要"冲出亚洲，走向世界"，奔诺贝尔去，结果，反倒把老百姓们给吓跑了。也罢，那我们就糊弄文学青年。文学青年却做买卖去了。也罢，不开眼的东西们！那我们就糊弄文学女青年去也。岂有此理，文学女青年又嫁了"大款"和"大鼻子"。罢罢罢，我们自己糊弄自己行不行？

或许也能坚持些日子？可管着诺贝尔那笔钱的那帮家伙们，老他娘的不把余光扫过来，你还能坚持多久？于是便没精打采。

一个肃杀的冬日的清晨，拿定了主意，不再往诺贝尔大军里掺和，奔天坛公园去了。

森森的古柏中飘游着紫蒙蒙的雾气，一株古柏的树干赫然挂着一面暗红色的锦旗。这气氛让我觉得自己好像不是参加气功训练班来了，倒更像入伙水泊梁山。我到那旗下交了三十块钱，往那张表格上填了姓名地址身体状况，心中已经开始动摇。这种寻觅独特感觉的职业习惯仍然在伴随着我，我疑心自己是否真的能在这林子里意守丹田。

我们这一期"鹤翔桩"的学员一共有十八位，七位老爷子，五位老太太，一位身体羸弱的姑娘，三位患了癌症的中年妇女，再就是我们俩——我和沈晓钟了。当然，他的名字是后来才知道的。开始我们互不相识，好像也没有结识的愿望。我们每天围成一圈儿，跟着那位气功老师——其实，他也不过是上一期的学员——意守丹田，澄心静虑。舒展双臂，做翱翔状；仰脖儿振翅，做长啸科。沈晓钟站的位置，正好在我的对面，我当然注意到了他：一位和我年龄相仿的精壮汉子，看他那胳膊、手腕，是铸工？钳工？他那动作哪是"鹤翔"啊，整个儿一个"忠字舞"。我想我和他一定是五十步笑百步的事，不然他也不会时不时地朝我这儿看。两周以后，"十八罗汉"中的十六位都修到了"正果"，一个个迷迷瞪瞪，在古柏林里东扑西撞，撒欢儿打滚儿。凄凉的是我们两个：望着比我们老的，比我们弱的，全都喜气洋洋，心满意足，而我们，压根儿还没明白，怎么还能找出股子气儿来，让它在你身上转来转去……更悲惨的是，那些"得了道"的糟老头子们，没牙老太太们，一个个俨然成了大气功师，还要热心地辅导你，指点你，到你身上寻找自我。更更悲惨的是，又过了一周，老师觉得我们是"孺子不可教也"，请我们到另一个班去了——那班上也有一位"不可教"的"孺子"在等我们去就伴儿。那是一位正巴不得找人说说当年"过五关、斩六将"的老爷子。见了他，我倒稍稍感到了一点宽慰。因为据我观察，就他这闹腾劲儿，他会永远和我们做伴下去，啥时我们都得了道，他也还得赶一阵子。

"这树，比曲阜孔林的差远了！"由天坛公园的古柏，又扯到了淮海战役，"打淮海那会儿，我们的指挥部就安在孔林里。那会儿，我还不到三十呢，我都当了团长了！"

"你们年轻轻儿的，正是抓挠的时候！到老了，退了，谁理你？说卸磨杀驴吧，过了，可至少也是卸磨撒驴……"

气功老师没来的时候，全听他的。

气功老师忙完了别人，会过来关心关心我们："今儿练得怎么样？"

"挺好，挺好。"我们说。

"再练几天，就得气了。别忘了要领。"老师说。

"是，是。"我们说。

气功老师走了，又全听他的了。说湘西剿匪说金门海战说仁川登陆说干休所发鸡鸭鱼肉大米白面。

"咱哥儿俩这哪儿是练气功来了，咱这是上党课来啦！"有一次趁着老爷子去撒尿的工夫，我们算是搭上了话。

"没错儿，咱哥儿俩本来就不是材料，再上上党课，这心里更闹腾啦。"

惺惺惜惺惺。不过，好像主要不是因为这个，借着这话茬儿，认识认识，都挺高兴。

"您治什么病？"我问。

"没病。"他说。

他笑了笑，递我一支烟。我说我不抽烟。他一人点上了。

"您治什么病？"他问我。

"没病。"我说。

"那好，那咱就甭说什么治病防病的了，我看，咱哥儿俩都是没病找病。"

两人一起笑了起来。

就这么认识了这位沈晓钟。

交深了，互相都明白了，为什么独独我们哥儿俩不能跟别人似的，在古柏林子里撒欢儿打滚儿。

"您甭说您最近懒得动笔，您也是六根不净。我一看就看出来了，看您那眼睛，一边做着动作，一边往老头儿老太太们脸上乱踅摸。您能得'气'？您能，我早能啦！"

"您倒没踅摸，可心里闹腾啊。想着您的老爷子，想着您怎么能辞了职，发财去，咱哥儿俩谁比谁强多少！"

后来，这一段儿，常常成为我们互相开玩笑的笑料。

和我一样，沈晓钟给气功班交上三十块钱，也有很大的随意性。我们搭上话的当天我就明白了，他原来是陪他们家老爷子遛早儿来了。老爷子刚刚做完了膀胱癌的手术，出了院，又要延续多少年的老习惯，提着他的鸟笼子，到林子里待上两个钟头。沈晓钟是个孝子，是不能不跟着来的。也该着他们家老爷子有福，儿子干活的那工厂还不景气，发百分之七十五的工资，上半天班，因此沈晓钟才能踏踏实实地完成他的使命。

于是，每天，把老爷子送进了那片遛鸟的人们聚齐儿的林子，他也就忙里偷闲，在天坛公园四处转悠。有那么一天，也被这面雾气沼沼中的锦旗所吸引，来领教领教这让人吹得昏天黑地的鹤翔桩。

既然都不是意守丹田的材料，还有一位更不是材料的老同志天天在这儿给你上党课，咱就更该彻底绝了望，甭在这儿守啦。

我们都为对方能成为自己失败的伙伴而高兴。

一起宣告失败的那天，我认识了沈晓钟的老爷子沈天骢。

老爷子提着两个大大的画眉笼子，一晃一晃地从古柏林子里走出来。这时候，已是日上三竿时分了，冬天的阳光舒舒坦坦地洒在老爷子的身上，这身影让他身后那墨绿色的古柏林子一衬，透着那么洒脱、闲适，显得我们——看着这老爷子走过来的两位晚辈，一身全沾满了暴土扬烟的滚滚红尘。

北京老爷子的从容不迫，真的是文化，是哲学，是历史，是我辈永远也修炼不出的道行。

那会儿，我真的想不出更好的词儿来概括我的自卑和惭愧了。

沈晓钟迎过去，从老爷子的腰间掏出一个暖水袋似的物件来。他们一起走到一株树下，把水袋里的黄水放了出来。我这才明白，这是老爷子膀胱的代用物。儿子帮老爷子把那物件塞回腰间。老爷子又提起了他的鸟笼子，优哉游哉地往前走。

"爸，这是我新交的朋友陈……陈老师。"沈晓钟还没来得及问我的名字，不过，他倒问了我的职业，我说我是"写文章的"，所以，他对老爷子说："陈老师是……是记者。"

"噢，您是干大事的人。"老爷子冲我微微一笑，算是打了招呼。

我知道，如果没有沈晓钟这一句介绍，我和老爷子说不定相熟得倒快些。现在可好，老爷子客气过了，大家反倒有几分拘谨了。

老爷子的两张鸟笼子上面，都罩着深蓝色的笼罩。不过，从那鸟笼的大小、形制，还是能估得出里面养的是什么鸟的。一般来说，靛颏笼、红子笼小些，百灵笼稍大，而画眉则更大。画眉笼里，当然有养八哥儿、鹩哥儿的；不过，在北京的老者中，养得最多的还是画眉。北京人无人不知的是，养画眉最讲究"遛"，所以，一见老爷子拎着鸟笼子晃之不已，你也能认定这是画眉无疑。

"您这画眉哨得怎么样？早押上音儿啦？"跟这老爷子最好的话题，莫过于他的鸟儿了。

"嘿，没啥，瞎玩儿呗。"

"您可不是瞎玩儿，不是。"我也够坏的，其实我对鸟经知之甚少，不过，既然知道一点皮毛，焉能放过唬唬老爷子的机会？这大概也是职业使然，您没见写家借着丁点儿的素材，写一部小说吗。当然，这会儿，拿出一点行家的自信，是为了哄得老爷子高兴。您想啊，老爷子的宝物，让一个外行夸，是什么劲头儿，让一个内行夸，又是什么劲头儿！

其实，我卖的这个关子，真的是皮毛而已，不久前去参观旧京风俗展览，才知道养鸟者光鸟笼一节，就有那么多讲究。内行人不用开笼罩，只要看一看那笼子的笼抓，便能知晓主人的品位。一个大抓钩，下面再张开四个抓腿儿，把个鸟笼牢牢抓起。这鸟笼的神气，全在这抓钩上哪。我看这老爷子的鸟笼的笼抓，也分不清是铜抓、铁抓还是钢抓，反正是觉出了那么一股子气韵。管他！夸他，没错儿！

"大爷，我是外行，真的，外行。"我说，"不过，光看您这'抓'，我就服了。您说什么？您瞎玩？那全北京还有不瞎玩的人没有？"

我要是说"笼抓"，那就明摆着是外行了，可我说"抓"，我敢说，我把老爷子唬住了。

"您要是外行，全北京也没内行了。"老爷子呵呵笑了起来，"就冲您说的这两句，我就听出来啦，着调，陈老师！……我这两张笼子，前清傅三儿的紫漆，您知道，傅三儿的靛颏笼子出名儿不是？这画眉笼子倒稀罕啦。说句不好听的，您这眼可够刁的：这'抓'，也还真不是大路货——真正的前清内务府造办处的活儿……"

就这么，又认识了沈家的老爷子沈天驄。

沈家住在宣武门内的一座大杂院里。这儿离天坛可够远的，怪不得老爷子到天坛遛鸟，得由儿子陪着：儿子得蹬上小三轮车，拉上他，再拉上他的鸟笼啊。沈家住的那院子，过去可不是大杂院。那院子，光看那门，气派就不小：这是标准的广亮大门，筒瓦，起脊，脊上一对"蝎子尾"翘然昂然。门洞上方，横槛上四块六角形的门簪，"平安吉祥"四个字还依稀可辨。敞开的大门已经斑驳了，可是能看得出过去是朱红色的大门。也就是说，这大院过去起码住着位公侯。如今，这院子当然由老百姓们当家做主了：头进院子住了三家，二进院子住了四家。沈家住在里院一明两暗的三间东厢房。

说实在的，自从这爷儿俩请我来了一次，我就成了沈家的常客。

按说，先认识了沈晓钟，又和他的年龄相仿，应该和他走得更勤才是。可是，后来倒和老爷子混到了一块儿。

也是，沈晓钟每天完成了自己的"护送"任务，再也不沾家。百分之七十五的工资给谁，谁都得忙活着另找活路。沈晓钟见了我就念叨，是另找合资厂子干，还是辞了差事，自己干。倒是我，有一阵子没少了往老爷子这儿跑。后来我是越来越看明白了，老爷子算得上我们的老北京的一个人物。这大宅门，就是他祖上传下来的。打他爷爷那辈儿开始不争气，一点一点地卖祖产，卖到了最后，只剩下这座院子。老爷子年轻时也是"吃瓦片"为生，吃到最后，更惨，只剩下这三间厢房了。即便到了这会儿，您听听老爷子话里话外那口气，还是那么不急不躁、不紧不慢的呢。

"心里就是搁不住事。"有一天，他提起自己的儿子，"老话说得好，人家骑马我骑驴，后面还有赶脚的呢，你着什么急？到你饿肚子那会儿，全中国的老百姓就得饿死一半儿啦。他呢，就不听我的。起急。急坏了身子是谁的？是你自己的！"

说真的，就这一套，不要说那些"一万年太久，只争朝夕"的改革家了，就是他儿子都不能容忍。

"您是不急。您有急的事吗！说古，您是得慢慢悠悠；遛鸟，急了行吗？"我见过他儿子当面抢白他，"可我……我把这辈子也交待在这儿，行吗？"

"不行不行，你可别学我，儿子。你这一辈子可不能交待在这儿。你是出将入相的料，耽误了咱家事小，百分之七十五工资，算啥？耽误了国家就麻烦啦。你好好的，奔去！……我可不敢拦你。"如果说，老爷子也有急赤白脸的时候的话，那就是他幽默的时候。

放生

我想，或许是老爷子这从容不迫的哲学给我的印象太深了，所以，当他以另一种面貌出现在我面前的时候，我才感到那么震撼吧。

是的，一个月前，再见到沈老爷子的时候，我发现的，的确是另一番景象了。

五

在那之前我已经有半年没有到那"大宅门"去了。这半年里和赵大年一起忙那部三十集的室内剧《皇城根儿》，紧接着又把这玩意儿改了部长篇，整个儿成了一架写作机器。半年前我可是沈家的常客。沈老爷子对旧京掌故的博闻强记，简直让人看得眼晕。说句直的，我要是不从他那儿多淘换点儿东西，我就是傻瓜。那时，我应台湾民俗刊物《汉声》之约，撰写旧京三百六十行采访录。动笔时才发现，有不少材料属道听途说，原有的几位可采访者，大数已为故人，这让我上哪儿去核实？情急之中，登沈家门，向老爷子请教。他非但帮了我这大忙，还为我提供了不少新资料。《皇城根儿》里用的不少素材，也来源于此。不过，我忙活完了，也就是一个月前吧，再到那宅门找老爷子续这段交情的时候，我可傻眼了，那宅门哪儿还有啊！甭说宅门了，整条胡同都平了！

想查找沈家的去向并不是难事，走进那间跟着打桩机一块儿"咣当咣当"地哆嗦的搬迁办公室，很快就知道，我到哪儿能找到他们。

北京是越来越大了。像翠华小区，都摆到南三环路以外去了。这地方我是知道的，过去是一片黄土坑。旧京百姓烧煤，必须以黄土掺和，而这儿，就是出黄土的地方。不过，很早，这儿就只留下一个地名了。如今，连这地名好像也要被人忘记，大多数人们只是知道翠华小区了。我站在小区的家群前面，不知为什么，觉得自己就跟站在黄土高原的塬底似的。又想起了美国的科罗拉多大峡谷，我现在是站在了谷底。都市的规划者们好像恨不得建成几栋无比高耸巨大的大厦，把全北京无房户、特困户、搬迁户、危房改造户的问题终其一役，所以就有了这如水库大坝一般的高楼。一幢幢米黄色的楼体壁立于面前，壁立于身后，你当然就到了黄土高坡的塬底，科罗拉多的谷底。

沈家所在的那栋楼，紧挨着大马路，找倒是好找。可进了楼门，我当即傻了眼：电梯坏了。开电梯的小姐坐在电梯间的门口打毛衣。她说，她已经织好了一件毛衣了，修理工还没来。"三天了吧！"她说。抬头瞟了我一眼，大概是估摸我的体力："您哪，爬吧。"

不爬又怎么着？甭说是十六层了，二十六层也得爬呀。运运气，歇了三次，想到了自己过去住过没有电梯的六层顶楼，不也是每天都爬吗，这回，权当那会儿回三次家。又想到《读者文摘》上登过的一则外国趣事：一位住在高层公寓里的住户碰上了电梯故障，也是下了很大的决心，费了很大的气力爬将上去。一摸兜儿，天哪，家门钥匙没带，它还在汽车里……这种自我找辙宽心以及想想别人如何比自己更倒霉，自己就更宽心的办法大概是挺灵的。不再抱怨，不再生气，不再想打听这事情归哪儿管，好去告他一状。踏踏实实、一心一意爬楼梯，就跟北京人看苏联东欧乱了套，就踏踏实实、一心一意干四化一样。

快爬到十六层的时候，就听见了上面的楼道里有唰唰的脚步声。上了楼梯一看,我乐了:行啦,我也别找门牌号码啦,这脚步声是沈家老爷子的——他老人家手提着一张鸟笼子,正在这十六层高的楼道里遛他的画眉哪!

北京人把老爷子这模样叫"走溜儿"——其中的"溜"字,要读作"柳"。要说在这地界走溜儿,也真够难为老爷子的:楼道里哪儿够宽啊。怕碰着他的宝贝,老爷子就不能跟走在天坛的便道上似的,左右开弓,抡起鸟笼子一前一后晃荡着如入无人之境了。这会儿他是委委屈屈地拎着一张鸟笼子,小心翼翼地在楼道里溜达。另一张鸟笼子呢,可怜巴巴地在一边儿候着。听内行人说过,若论养鸟儿,最耗人力气的,就数这画眉。主要是遛起来不胜其苦。每天走多少步,甩多少下,都有讲究,还不能三天打鱼两天晒网。甩的作用,是为了让鸟儿在晃动中紧抓鸟杠,练其"臂力",所谓"生命在于运动"是也。这说法或许有些道理,可是不是真的有人把鸟儿伺候到这个份儿上,我从来就有些疑惑。今天算是领教了。不过,老爷子这举动越是认真,就越让人觉着有无尽的悲剧意味。和半年前相比,老爷子好像老了许多。跟他交往八九年,每次见他倒没什么大变化。谁承想,半年不见,腰也弯了,背也驼了,当年提着鸟笼优哉游哉的神采,都不知哪儿去了。我喊了他一声,他像一辆掉不过头来的老车,先是脚底下停了下来,然后原地艰难地挪动着步子。待两只脚掉过了头,身子才转了过来。看着他那哆哆嗦嗦战战兢兢的样子,我真想自己绕到他的身前去,可又担心吓着他。他看见我了,呆滞的眼神一闪,嘴唇翕动了几下,过了一会儿才发出声来:"噢……陈老师……您来了……"我有些陌生地看着他,强笑着说:"您……挺好的?""好……好……让您惦记着……"一句客情儿话,才让我从记忆里找回了过去的他。

看得出,我的到来,让老爷子挺开心。他把我让进屋,又张罗着给我沏茶倒水,这当然被我拦了。我去给自己沏上了茶。就在这一会儿工夫,老爷子却也没闲着:他拖着那双脚,一蹭一蹭地走过去,把被我放到阳台的两张鸟笼子拿回屋来,又一蹭一蹭,送到另一间屋里去了。

我进屋的时候,帮他把鸟笼子拿了进来。我被让进的,是朝南的房间,里面铺着地毯,摆着沙发,一看便知,是沈家的客厅。客厅连着的,是被封闭好的阳台。凭直觉,我断定老爷子的画眉要放在那里。没想到,还是放错了地方。

一会儿,老爷子放好了他的宝贝,又一蹭一蹭地从朝北的那间屋里回来了。"这阳台临街。"老爷子说,"您没留神听听?您可不知道,好嘛,从早到晚,车子撒了欢儿开,就没拾闲儿。轰隆隆,轰隆隆,跟过坦克似的。您没见我们刚搬过来那几天哪,那鸟儿吓得整天扑扑棱棱撞笼子。这不,挪了间屋子,才好了点儿……"

我笑了:"半年不见,您还是那样,对您的鸟儿最上心。"

"您也别说上心不上心的了。唉,过去,关的是它们哥儿俩。现在,我也跟进了笼儿一样。这倒好,我跟它们,大笼套小笼,大眼儿瞪小眼儿……"

说完了,呵呵地笑。一阵猛咳随着笑声喷了出来,咳完了,还接着说:"……有时候,闷了,我就跟它们聊天儿,我说,兄弟,跟着我,算是跟着了!这会儿,我也算是明白关在笼子里的滋味儿啦。您说,我放不放您?不放您吧,我不落忍;把您关在笼子里,让您给我哨儿,这不够意思,是不?唉,从前,我再不是东

放生

161

西,再对不住您,好歹,隔三岔五的,能弄顿面包虫儿给您吃哪,这会儿,连面包虫儿都没地儿找去啦……那就把您给放了?可真的放了你们,你们就落忍飞走?撂下我老头儿一个人,落忍?……得嘞,咱哥儿几个没商量,你们也别走了,全留下,跟我就个伴儿吧……"

说够了,喘喘气儿,喝口水,用手掌胡噜自己满是皱纹的脑门儿,又胡噜自己的脸颊,继续在笑。

我当然陪他笑着,不过,我知道,自己笑得很勉强。老爷子总算不再笑了,抬起头,看看我,似乎是想起自己是不是说多了,他打算留出时间来让我说。可我,能说什么呢?

莫泊桑写过一篇小说,那名儿,大概叫《曼律舞》:一对前朝的宫廷舞师,每天都到公园的一个角落,跳一段"曼律舞",回味他们失去的辉煌。这故事看了大约有二十几年了吧?可我就是忘不了。是啊,那够凄凉的了。可那凄凉比起我们的老爷子来,又算得了什么?我们的老爷子每天到天坛去,还没有那辉煌可供回味呢,他所为的,只能说是老来找的一个乐儿,人生一个渺小的念想。可现在,连这乐儿也没了,只剩下被关在高高的十六层楼上,和他的鸟儿说啊,侃啊。要不,就步子一蹭一蹭的,拎着他的鸟笼在狭小的楼道里走啊,晃啊。走够了,晃够了,再换上另一只鸟笼,走啊,晃啊……就算老爷子是在笑吧,我能跟着他笑得出来吗?说,我又能跟他说点什么?

我这人是受不了冷场的。不管和谁坐在一块儿,不能不找点话说。没话,就找个由头逃了。而现在,逃,似乎又太残忍。于是就硬着头皮坐在一旁,有一搭没一搭地东拉西扯:房子啦,装修啦，搬家公司啦，又装作兴致勃勃地参观他家的新房。忽然间才想起问老爷子，沈晓钟这家伙忙什么去了？半年了，也没他的信儿。他们那厂子又忙活起来了？老爷子告诉我，他们那厂子可没戏，晓钟朝前走了一步啦。这说法有点像说寡妇改嫁，弄得我忍不住笑了起来。"您别乐，可不就跟寡妇改嫁似的！"老爷子告诉我，晓钟已经辞了厂子里的差事，和哥儿几个搭伙做服装买卖去了。今儿广州，明儿大连的，忙着哪。

话说到这儿，老爷子困在楼里的原因又让我猜出了几成。楼高，电梯又不争气，老爷子不像在四合院里似的，想出门，拔脚就走，固然是个原因；他儿子也不像从前，舍得搭工夫陪他拿弯儿遛鸟儿，大概这是更要命的吧？我可太知道北京人了，特别是北京的老爷子。我要是接上他的话茬儿，骂他儿子为什么把当爹的给撂了，那等于给老爷子心里添堵。我还不至于傻成这样。老北京爱脸面到了什么份儿上，我是知道的。就说民国那时候吧，一个"子弟"穷到了家里揭不开锅，到书馆唱"子弟书"为生，他那架子也得端着。唱完了，器宇轩昂，从前门出场，打道回府，那意思是：不过是子弟玩玩而已，名利无干，茶水不扰。书馆的老板得在事后把酬劳给送家去。你要是当面给他塞钱，那是骂他。给他送钱还这么多脸面上的事呢，别说你不能抖搂人家家里那本难念的经了。想到这儿，乐呵呵地对老爷子说："晓钟越忙活，可越是您的福气！他忙了，为的是谁？为的是您过好日子！那是给谁奔去啦？给老爷子您奔去啦！"

"对对对！"老爷子连连点头，"甭说人家是为前程奔去啦，就是不奔，我也不能老让儿子陪着我遛鸟儿不是？"

我反倒越发明白，老爷子的心里闹腾着什么。

要我帮他去买蜘蛛和面包虫的事，是在这以后提出来的。老爷子到底还是一位爱面子的北京老爷子。即便到了这个份儿上，那架子还是端着的。我找了个由头儿，刚要起身告辞，他苦苦挽留我，他说一会儿晓钟就回来了，留下来，一块儿吃晚饭不好？我说我还有事。他说，那你先去办事，回来吃晚饭。我说，我哪儿敢再回来打搅。老爷子想了想，说："那我派你个差，你去办事，顺便帮我买点蜘蛛，买点面包虫儿来，这你得回来了吧！"

我不能不答应他。

我相信，他留我吃晚饭是真心实意的。我更知道，他那好像不经意说出的请求，其实早已在他的肚子里转悠了不知多少遍。面包虫是为了他的画眉哨起来更有底气。蜘蛛呢，是为了他的画眉需要败一败火。他一定是从画眉屎里看出了名堂。这几天，他肯定没少了为这事揪心扯肺。

我甚至为他找到了启齿的机会而高兴。

不过，要完成老爷子这神圣的使命，"顺便"是万万不可能的。平时，倒也见过一两位会做买卖的汉子，推着自行车，后货架上驮着一个木格子，到河边柳下，到那遛鸟儿的老人们中间，问他们是不是为鸟儿买一把面包虫，买一纸筒蜘蛛。可现在，想买，就没那么巧儿的事等着你啦。从老爷子那高高的十六层上走下来，到了附近一座名叫"安乐林"的小公园里看了看，又在行人的指点下，找到了一处遛鸟人集中的小树林。遛鸟的老头儿倒见了不少，卖鸟虫儿的汉子却没看到。人家说，干那行当的人，十天半月也未准来一回。要买，趁早，奔官园吧。

说实在的，我领我闺女去儿童医院看病都没这么奢侈过。这下倒好，打了个"的"，从北京的东南角到了西北城。到了官园鸟市，已经是收市时分了。好歹给老爷子买下了那宝贝，没有勇气再扔给出租汽车司机三十来块钱，坐地铁，奔崇文门，又换了一趟公共汽车。再到沈家，天已麻麻黑了。

沈晓钟和他的妻子、女儿都回来了。晓钟和老爷子坐在饭桌前，等我吃饭。妻子邱莉，在厨房里忙活。他们的女儿晨晨，趴在饭桌的一角赶功课。

不辱使命的我把一纸筒儿蜘蛛和一大包面包虫儿交到老爷子手中。我特意留心了一下他的反应。他很平静地说了声"受累啊"，并没见喜形于色，当然又是他的矜持。不过，他一刻也没耽误，立刻拿了那虫儿，进屋找他的鸟儿去了。

沈晓钟斜眼瞟了我一下，又撇嘴一笑。

您还真有闲心。我看得出，他想说的，是这句话。

当然，他没说，因为还没等他开口，他腰间的 BP 机响了。他进屋打电话，好像是为一桩什么买卖。这桩买卖还没谈完，BP 机又响了起来，于是又打了第二个。等他全办完了，老爷子也喂完了他的鸟儿，回到餐桌上来了。

我有闲心？是啊，光有闲心就成了？我还"烧包"呢。买那鸟虫花了几毛钱，坐那出租花了三十八。您没有陪您家老爷子"练"的工夫，我也不是有陪他老人家"练"的瘾。可让我赶上了，又有什么办法？

"嘿，陈老师，您受这趟累，算是帮了我一把。您要是不帮我，明儿我就得把这哥儿俩给放了生，我横不能让人家陪着我在这儿沤死不是？"老爷子完成了一件大事似的，两手相互拍打着，在饭桌旁坐下来，心满意足地端起了酒盅儿。

"这没什么，捎带手的事……往后，您要用得着我，打个电话到家就成。晓钟那儿有我的号码。"我这人经不住人家说好话。

"那，您就手儿把号码给我写下来吧。他？"老爷子瞪了儿子一眼，虽然没说什么，眼神里却是把要说的说出来了，"……我呀，往后还是指望您吧！"

一边给老爷子摸名片，一边想到的是，脸面这东西，真真是惹祸的根苗。

如果再不能把老爷子这点事编成小说骗钱，我今儿就赔大发了。

想到自己还有这么一条道儿，算是踏实了点儿。

我也端起了酒盅儿。

六

出了门就想，中国的老爷子们，特别是北京的老爷子们，别看他们还是不动声色，其实他们这已经闹开心了。

几年前的一个冬日，和一位朋友走在立交桥上。一位提着鸟笼的老者也正在立交桥上徘徊。

"看见没有，北京的老爷子们，快找不到挂鸟笼的地方了。"那朋友说。

我的心里一颤。我想，对老爷子们来说，比这更悲惨的或许是，过去的那一套活法儿，就跟这鸟笼儿似的，找不到一根可以挂一挂的树枝子了。

就说沈晓钟吧,他的老父亲就没少了跟我抱怨——

"卖吧,卖吧,哪天说不定得把他爹当猪头肉两块五一斤给卖了!……不可能?没那个!现如今谁不跟红了眼的狼似的?您别宽我的心,我早想开了。甭说当猪头肉,剁了卖肉包子都行。别管我啦,您先富起来要紧不是?"

其实,我这朋友是个本分的"倒儿爷"。岂止本分,在我看来,还是个典型的孝子。他老爷子跟我抱怨以后,我问过他,到底为了什么把老爷子给得罪了。

"没有啊……每月,没少往'柜上'交钱,也没少了给老爷子拎酒买烟。您说,咱们能亏待了老家儿吗?为了我们家的安定团结,谁不知道得哄住了老爷子呀!……"这朋友还真对这事感到意外。

后来他告诉我说,他明白了,有一次他从广州倒回了一批衣服。有一位老街坊到家里来挑了几件,又留下了钱。他把这钱接下了。

"我不接?受得了吗?我得靠这过呢!他倒好,嫌我不顾街里街坊的,丢了他的面子啦。我说,保您的面子,我还做什么买卖,我开施粥棚去算啦……"

要让我说,比起老外们,咱中国还真是孝子多。

就说我吧,不是老爷子的儿子,我都得花上三十八块钱,专门打了一趟"的",到官园花鸟市场,为这老爷子买回了八毛钱的虫儿呢。这事儿要摊到沈晓钟身上,他能含糊了?

可这就能把老爷子给哄住了?这就能当上孝子了?甭管是我,还是沈晓钟。

老爷子早晚得把那鸟儿放了生。早晚。

放生

编一篇小说，先让他放了吧。

出了沈家住的那栋楼，我一边沿着喧嚣的马路漫无目的地朝前走，一边想，怎么能把老爷子逼到这一步。

中国的晚辈儿们，哄住了老爷子的，一时；把老爷子逼到了这一步的，早晚。

就说我，打"的"买鸟虫儿的事，干得出。您瞧，我够上心哄着老爷子的了。那也不行，对不起类似沈天骢这样的老爷子的事，也干过。

跟我的关系不知要比沈天骢密切多少倍的一位老爷子——我的一位亲戚，他就肯定觉得我很不够意思，很对不起他。

这位亲戚已经八十有一，退休前是一家研究院的总工程师。东北贫寒的农家子弟出身，靠个人的勤学奋斗，留了洋，解放后成了化工界很有些权威的人物。这老爷子的学问、人品都是无可挑剔的，只是人情世故、社会经验实在不敢恭维。对这老爷子来说，是好事还是坏事，那就难说了。说是好事，当然说不过去。比如，老爷子耗了多少年心血凑成的一本《英汉日橡胶辞典》，因为没有关系，一直找不着地方出版。有一天，来了几位中青年，说他们有关系，要和老先生合作。"合作"的结果，是老爷子积攒的辞条全被掠了去，最后出版的辞典上没有他的名字。又比如，老爷子退休前为他们的单位引进了一套美国的设备，作为总工程师，他是技术上的总管，也是谈判桌上的主要角色。谈成了，单位里要组团出国考察设备。无论从哪一方面来说，似乎也不能少了这老头儿。可老爷子混得就是这么惨——这时候，他被撇到一边儿去了。没有怨言，更不骂街，只是忧心忡忡地皱起了眉，说："他们去干什么？他们都不懂啊！"……可要说这书生气全是坏事，也不尽然。有一天读报，忽然读到一条消息：某位混迹科技界的骗子被揪了出来。老爷子告诉我说，这骗子他是很熟的，就是他们那个研究室的主任。"他当我们领导的时候，就有人跟我说过，这家伙哪儿懂化工啊，整个儿一个蒙事儿！""那他怎么就当上主任了？""人家是党员嘛，哈，现在才知道，连这党员也是假的。"我还是难以置信，一个对化工一窍不通的家伙，怎么就能当了一批留洋回来的化工专家的研究室主任。老爷子告诉我，多少年了，那家伙从来就是给他派活，课题完成了，和他一起署名。"……有一回，我们一起去科学会堂听一位外国专家的讲演，他让我记录，事后又领着我去向院长汇报，那会儿，我还觉得他挺尊重我，挺注意发挥我的积极性。你看看报，今儿我才明白，原来他压根儿不懂英语呀！……这我就全明白啦，一九五七年，我们那研究室的所有工程师，除了我和他，全给打成了右派。他说他给我保了，我还挺感激他。他不保我行吗？我再成了右派，还有谁给他去科学会堂当耳朵？"……您瞧，老爷子这点儿呆劲儿倒还救了他啦。

老爷子退休在家，干他那老本行的兴致不减。书呆子的傻劲儿也不见长进。应聘去某化工厂当了一段"高价老头儿"，帮人家完成了一项重大的设备改造。活儿干完了，"高价"却不再兑现。找当地法院打官司，法院的回答倒也实在："您这是在我们的地皮上打官司哪，您费这路劲儿干什么？"这么着，又回北京来了。回了家，难得的还是兴致勃勃。今儿在墙根儿底下放一包药面，上书："试验用品，注意勿动！"明儿在厨房里藏一瓶药水，上书："留神剧毒！"找个机会就开始做他的实验。气得他的老伴儿没少了跟我念叨:"……您说,就这巴掌大的地方,孙子孙女的,四下里乱钻,万一出了点事,谁担待得起!"

我劝过老太太,您得想开点儿,不就是在厨房里搞点实验吗,您能看住了他不能?您知足吧!老爷子要是跑深圳炒开了股票,您又有什么法子?

谁想得到,一个多月以前,老爷子问我,《解放日报》是不是有认识的人。

"有啊。"我说。

原来,是从报上看到了消息,知道上海开放了股票市场,外地人可以去上海倒腾。老爷子忽然想开了,也要开放开放了。想让我替他问问,那得用些什么手续。

我能把这事给他办了吗?就算他留过洋,见过旧社会,我也认定,他最好还是别"练"什么股票。老爷子可是八十一啦,就凭他那点儿人情世故,哪儿有本事到股市上去磕碰!

郑重其事地委我以重任之后的三五天里,老爷子还真上心,问了我好几次。我支支吾吾地告诉他,托人打听去啦,还没信儿哪。我寻思着,再过他三五天,老爷子还不把这事给忘了?

这事已经过了一个月了,倒是我早已经把它给忘了。可几天前,老爷子托人带话给我说:那事,不用打听了。他已经打听到了。

你淡漠了一个八十一岁的老爷子如此郑重其事的嘱托,是不是有点残忍?可我怎么办?我告诉老爷子,上海的股市向一切有志者张开了臂膀?我给这八十一岁的老爷子买张火车票,让这位一辈子净让人坑,却永远也不懂得什么是险恶的老头儿到大上海人头攒动的交易所去,"炒"个昏天黑地,人仰马翻?

老人家呀，不是你不明白，是这世界变化快。

坦率地面对自己的心灵，我也不是没想糊弄糊弄沈天骢。

安乐林的小公园看过了，遛鸟人集中的小树林也看过了，都见不着卖虫儿的汉子的影子。说实在的，那时候便有了几分烦躁。我不是没事可干，而为了两只鸟儿，好像大可不必这么劳神。于是就想打一个电话，向老爷子报告，说改天买到那鸟虫儿，一定给他送去。犹豫了一下，想起了十六层楼上那一蹭一蹭地走着的脚步，想起了他和那鸟儿面面相觑，喃喃自语的模样，恰好又见着一辆出租车过来，这才做出了另一个抉择。

如果我没有做出这样的抉择，而是去办了自己的事，临近晚饭的时候，回到了老爷子那儿，告诉他，鸟虫儿没有买到，只好改天再说。那会怎么样？

如果我做得更有过之而无不及，我甚至没去安乐林的小公园，也没去小树林，早把买鸟虫儿的事忘个一干二净，甚至连打个电话过去搪塞一下都没有，那又会怎么样？

如果老爷子求的不是我，把这一切忘得一干二净的也不是我，而是他的儿子沈晓钟，那个过去天天陪他到天坛遛鸟，而如今，已经被BP机的叫声闹得晕头转向的沈晓钟，那又会怎么样？

"爸，我……我找遍啦，没见着卖面包虫儿的，也没见着卖蜘蛛的呀！"沈晓钟定了定神，对老爷子说，"您可不知道，这地界，要伺候您那画眉天天吃面包虫儿，那可不容易了。卖面包虫儿的在哪儿哪？官园哪。合着咱家不能派一位什么人，隔三岔五给您奔官园，买面包虫儿吧。"

矫情！要不是看着我的画眉这两天有点上火，我敢劳您大驾？

沈天骢心里冷冷一笑。他老了，可他心里明镜儿似的。他甚至从儿子的神色里猜到，儿子是不是真的为他的鸟虫儿上了心，真的去找了、买了，都大可怀疑。当然，他是不会往深里挑破这一层的，夫妻相亲是"顺气丸"，妯娌互让是"打不散"，兄弟和睦是"百补膏"，父子同心是"万寿丹"。他沈天骢老了老了，还不至于连居家过日必备的"丸散膏丹"全扔了。所以，心里虽说是一阵一阵运气，脸上却是一丝愠色也未曾流露。他没事儿似的，从容不迫地吃了饭，回到自己的屋里去了。

天色还早，最后那点太阳光从高层建筑的缝隙里钻过来，照到对面一栋高楼的顶子上。老爷子撩开鸟笼的笼罩看了看，画眉们通人性似的，乖乖地站在鸟杆儿上，不言不语。儿子今天难得早回来一次，孙女在厅里娇声娇气地央求爸爸妈妈领她去散步。"电梯都没有，散什么步？"儿子有点烦。孙女动员妈妈站在自己一边。"瞧你烦的，人家晨晨盼了多少日子了！你倒好，不回来，从早到晚不沾家；回来了，一脑门子官司！"儿媳的声音。BP机又响起来了，儿子又在打电话。"砰"的一声，母女俩出去了。儿子的电话打完了。又听见"砰"的一声，是儿子出去了。

没过多一会儿，老爷子看到了十六层楼下，通向楼群深处的小马路上，远去的三个人的身影。

画眉已经三天没出屋了。如果是平常，他能让这小子就这么舒舒坦坦地溜达去了？怎么也得把小子叫住，让他把鸟笼子带下去。替当爹的拎个鸟笼儿走一段，甩一程，该当吧？累不着吧？可有了儿子刚才那话茬儿，他可就什么话也没了。再说，就算你有这意思，那小子过来问了你一声吗？"砰"，走了。你跟谁说去？

跟谁说去？

老爷子歪头看了看自己的鸟笼。

伙计，我也看明白啦，早晚的事。不能让您二位跟我这儿憋死，是不？

放生。早晚。我早该积这份儿德啦。老爷子想。

七

北京人对这花啊，草啊，虫啊，鸟啊，是真爱。

也不知道从哪朝哪代开始的，爱得狠了，把这花草鸟虫的全关进了自家的院儿，拴在了自家的身边。

四合院就是干这用的。天棚鱼缸石榴树，先生肥狗胖丫头，全在这院儿里了，不出家门，可闻鸟语花香，可观春夏秋冬，这日子谁比得了？当然这说的是富贵人家。平头百姓，穷。穷也有穷的爱法儿，不信您到胡同里到大杂院儿里看去，哪怕小胡同里暴土扬烟，大杂院儿里横七竖八，那犄角旮旯里也少不了藏着几盆花，游着几条鱼。

鸟笼子也是干这用的。有了鸟笼子，北京人就把莺歌燕舞全给带身上了。倒退回几十年去，您就看北京人带着一鸟笼子的得意满街转悠吧："京师人多养雀，街上闲行，有臂鹰者，有笼百舌者，又有持小杆系一小鸟，使栖其上者，游手无事，出入必携。每一茶坊，定有数杆插于栏外……"这场面要是传到了今儿，说不定还得找些老太太，开个"存鸟处"，就跟如今大街上随处可见的存车处一样。

老北京人还有一绝，如今的年轻人已经不知道了。他们还不光要带着"莺歌燕舞"四下里转悠,他们还得在数九隆冬,听金钟儿、油葫芦、蝈蝈儿、蛐蛐儿"说与春消息"。所以他们打秋天就开始忙活:养雌虫甩籽,生火炕孵化,养幼虫脱壳……七七四十九天脱七壳完毕,算是把那振翅发声的宝贝蛐蛐儿给侍弄成了。雪花纷飞时节,把它老人家请入葫芦中,又小心翼翼地塞到棉袍里,夹在胳肢窝下,奔哪儿?大茶馆儿。三五同好,围聚一桌。茗香袅袅,细语啁哳。这时把葫芦拿到桌上,将它老人家请将出来。只见那蛐蛐儿脖子一梗,油棕色的纱翅颤颤着,"嚁嚁……嚁嚁……"您瞧他们,一双双眼睛瞪得跟灯似的,那入神,那痴迷,恨不能自己也变了蛐蛐儿。

现如今,北京人还有这一口儿吗?天棚鱼缸石榴树就甭说了。养秋虫也甭说了。提笼遛鸟的倒还有,可还有多少?

何况,沈天骢老爷子这样的,都要放生了。

悲惨的是,这时候,老爷子一定会突然发现,面对着这个水泥铸成的喧嚣的大都会,放生并不是一件容易的事。老爷子说不定会糊涂了。

怎么着才是"放生"?把他的画眉放出去是放生呢,还是收回来才是放生?

在一瞬间冒出这念头的,其实是我。说实在的,多少年来,我一直对北京人把鸟儿关在笼子里把玩的爱好嗤之以鼻。是,您喜欢它,您爱它,您把它伺候得不错。可您这是把鸟儿当鸟儿吗!谁要是不把人当人,您一定得翻儿了。可您天天都不把鸟儿当鸟儿。

有位朋友曾经给我送过一只十分名贵的百灵,别看那东西其貌平平,哨起来还真是叫人听得着迷。当然,我是不懂得什么"百灵套子"的:"家雀噪林"啦,"钻天儿燕"啦……据说有十三套之多。我是一边听百灵哨,一边听我那朋友哨,这才听出了点门道。

朋友要出国,百灵要送我。

我正色道,送我可以,明天我就放了生。我说我得把鸟儿当鸟儿。我被他讥为"鸟"道主义者。

"您放生,它飞哪儿去呀?可北京有它落脚的地方吗?"朋友说。

鸟儿,我没要。可这话,我记住了。

那一天的清晨,陷入这尴尬的,应该是老爷子。老爷子几乎一宿没睡着,不过,他还是六点钟时就起床了。电梯六点开,如果它被修好的话。他走出家门,一蹭一蹭地沿着楼道走过去。电梯的指示灯是黑的。他愣愣地看了一会儿,又一蹭一蹭地走回来了。

起床时他给自己留了最后一次机会:或许今天那电梯就修好了?也就是说,他今天还有可能下楼去。如果那样,他就可以拎着他的鸟笼,回到遛鸟的老哥儿几个中间了。刚搬家过来那几天,他去过附近的一块绿地。说是"附近",其实不近,得穿过这一片楼群,到住宅区的另一端去。远也没什么了,可那地方好歹是个遛鸟的地方啊。不管那位驮着木格儿卖蜘蛛卖面包虫的汉子来不来,只要到了那儿,办法总是有的。他为给自己找着一个辙感到高兴。不过,这高兴没坚持了多一回儿。看着电梯毫无反应的按键,他的心算是彻底凉了。

别废话了,放了生吧。回到自己的屋里,他喘着,坐到椅子上。穿过门厅的时候,儿子、儿媳和孙女正围着餐桌用早餐。面包,牛奶,还有黄油。他不爱吃,所以他永远等儿子他们走了以后,再吃他

放生

175

的早餐：一杯茶，两块桃酥。儿子他们也都知道，所以他们没有邀请他坐到他们中间来。

"爸，我走了。"儿子和往常一样，推开他的房门，探了探头。

"爷爷，我走了。"接着的，是孙女。

"爸，我走了。"最后，是儿媳。

沈天骢都"唔"一声，都没更多的话。

都走了，清静了。撩起笼罩又看了他的画眉一眼，早把他的桃酥忘一边儿去了。撑着桌角站了起来，到墙角搁鸟食的地方，抓过一把鸡子拌小米，用一把小勺送进去，给画眉放进了它秧歌鼓形的食罐儿里，又掰了一小截黄瓜，往那笼里塞进去。其实，食罐儿里小米还有，笼底黄瓜也不缺，老爷子所为，自我安慰而已。没想到那鸟儿的心情大概也不佳，一点儿也不作脸，并不往食罐儿里伸嘴儿。沈天骢瘪瘪的两腮上，皱纹哆嗦了几下。他不再看他的鸟儿，把鸟笼提了起来，走出了房间，穿过客厅，来到阳台上。

他打开窗户，这时候他大概得立即面对我曾经面对过的问题。

"您放生？它飞哪儿呀？可北京有它落脚的地方吗？"

甚至他有可能想得更直截：他这是"放生"吗？还是放他的画眉去送死？

从十六层的阳台上朝对面看去，对面同样是峭壁一样立在马路旁的高楼，楼间是峡谷一般的马路，汽车自行车水似的在那中间流。高楼是灰色的，马路也是灰色的。他知道，高楼的后面还是高楼，马路绕过去还是马路。要说没有树，没有草，那不公平。可那可怜的一点点绿，哪儿藏得住他的鸟儿啊。他的鸟儿不得让这些嚎啊叫的轿车卡车摩托车吓得屁滚尿流？哪儿找吃的？土里刨食，哪儿有土啊；林子里奔食，先说说上哪儿找林子去吧！……沈天骢耷拉下眼皮，眼皮裹着眼珠，在深凹的眼眶里凸起一个包，那个包在轻轻地颤着。喉结也在皱巴巴的皮肤下滚动了几下。他睁开眼，把鸟笼挪到窗口，掀开了笼罩，又打开笼门。那可怜的画眉非但不破笼而出，反而被一阵撕心扯肺的声浪吓得往笼里缩。老爷子又垂下眼皮，想了想，他把鸟笼关好，把笼罩罩好，关上了阳台门，回自己的屋去了。

总不能让他把那鸟儿从笼子里抓出来，扔到阳台外边去吧。

他倒没有打消放弃这鸟儿的念头，不过，他想等小孙女下午放学回来，问问她。明天是星期天，或许她能把这鸟儿送到绿地上那老哥儿几个中间，让他们替他养活着？……不行，不行，老哥儿几个得说，这位有病还是怎么着，多好的画眉，就这么舍得！他可记得，当初绿地上结交哥儿几个，一打开笼罩，老哥儿几个全傻了眼：这画眉扬着脖儿，撒了欢儿地哨。老哥儿几个那几只，赶紧又罩上笼罩，听着去了。功夫不到，它不听着，行？它不听着，就得把它憋回去，一憋就是几个月开不了口。为这，老哥儿几个全服了。现如今，不养了？白送了？他们敢接？至少，有心的那位得跟着晨晨回来，问个明白。真是那样，让他说些什么好？……还是让晨晨把它们送到一个清静点儿的公园去吧。天坛？地坛？行啊，哪儿都行啊，只要那儿不是办着展销会。

孙女是傍晚时回来的，她照例比她妈早回来一个小时。

孙女回来时，他正坐在阳台上往楼下看。孙女穿着一件米黄色的连衣裙，他看见米黄色的一点从灰色的马路移到了灰色的高楼底下，好像被这高耸的怪物一吸，吸到了自己的肚皮里去了。

门口传来了钥匙开门的声音。孙女开开门了。"爷爷！"孙女在叫他。他"唔"了一声，还没等他的声音出来，已经传过来"砰"的一声门响，他知道孙女已经回自己的房里去了。他脸上的皱纹堆起来了一些。他在笑。孙女已经快小学毕业了，不再是那个每天坐在手推车里，求他推着去看"大汽车"的孙女了。日子过得真快呀。那是十年前的事了。那时候他才七十出头，日子过得还是挺快的，不像现在，一天老长老长的，没人说话。现在该着他求孙女了，不是看汽车，求她帮他去放生。

他蹭进晨晨的小房间时，孙女正趴在桌上写作业。她写得专心，飞快。他知道，她要赶在一个恐龙的动画片之前写完它们。她听见他进来了，可她顾不上回头，她正用橡皮往嘴里蘸唾沫，又往作业本上擦呀擦。

他坐在晨晨的床上，等了一会儿。

"爷爷，您干吗呢？"孙女还是没有回头。

"爷爷得求你个事。"老爷子说。

孙女回过头来，瞪大了双眼，惊异地朝他望着。

"晨晨，你……你这会儿，敢一个人出门儿了吗？"

"出门儿？……上哪儿？"

"比方说，天坛啊，地坛啊……反正，公园就行啊。"

"我……我没去过。"孙女为难地嘟起嘴。她好奇地看着爷爷，问："您要我去那儿干吗？……您不是要我替您遛鸟儿去吧？"

好聪明的姑娘。老爷子乐了。

"哈，我猜对了吧？我猜对了吧？"孙女得意地喊起来，作业也顾不得做了，转过身子，砰地蹿到了弹簧床上。

老爷子还在呵呵地笑着。这丫头这么一蹿,虽说吓了他一跳,他还是觉得挺开心的。孙女已经有日子没和他这么闹了。以前他们是没少了闹的:孙女拉他一块儿打牌,玩"拉大车";拉他玩翻绳,他那双硬僵僵的手惹得孙女笑瘫在地……什么时候开始孙女不再跟他闹了?是因为她妈妈骂了她一次,不许她没大没小,跟爷爷疯?是因为她被她妈领去参加了什么奥林学校,打那儿再也没了闹的工夫?他当然不能拦着人家当妈的管孩子,可当妈的并不知道,孩子的爷爷倒愿意有一个没大没小的疯丫头在眼面前闹。

"爷爷,我可帮不了您,您还是让我爸去吧。要是同学看见我提着鸟笼子遛鸟儿,还不得笑死我!"孙女说。

老爷子告诉孙女,并不是让她去遛鸟儿,而是让她去放生。

"干吗要把它给放了?……它叫得多好听啊!……您可真是的,前些日子,不是宝贝得要命吗,干吗……"

"帮我把它给放了吧。"老爷子叹了一口气,半天没说话。想了想,又说:"你是不知道,我被这电梯困在这楼上,才三天,我就知道滋味儿啦。可这鸟儿呢,倒关了有年头儿啦……"

孙女咯咯笑了起来,"爷爷,您可真逗!"又笑了一会儿,她不笑了,想起了什么,说,"爷爷,您别急,不就是三天吗,我这儿有小人书,您看呗……哼,我还羡慕您呢,我要是有您这么多工夫,我能看多少小人书啊……"

老爷子点点头,站了起来。他摸了摸孙女的脑袋,笑了笑:"行,咱爷俩换换。"他一边往房间外走,一边说,"快做功课吧。爷爷跟你逗着玩儿哪,别当真……"

回了自己的房间,老爷子闷闷地坐到床上。

他跟自己怄气。他不知道自己是怎么了，干吗要找孙女说了这一通。

儿媳没过多一会儿就到家了。和她闺女一个样，一进门就喊了一声"爸"，也是没等他"唔"出来，就听见厨房里传过来了水声，锅碗瓢盆的碰撞声。她的女儿过去，和她在厨房里高声大嗓地说着什么，她们老师的事，她们班的事……接着就是问她的爸爸今儿回不回来吃饭。没过多一会儿，厨房里的声音忽然变成低低的了，好像是孙女在向当妈的密报什么。

他还是闷闷地坐在床上。

晨晨这鬼丫头！他不用猜就知道，她在那儿跟她妈说什么呢。有一次他跟这丫头说起来虎坊桥有一家卖白水羊头的摊贩，年轻的时候没少了在那儿吃。第二天儿媳妇就给他买回了虎坊桥的白水羊头。向儿媳妇报告的还能是谁？今儿你跟孙女说的那一套，还想保得了密？

这人说不定到了老时全是这样？其实不过是丁点儿的事，他在心里憋着、怄着。说实在的，现如今的儿女们，有那闲工夫琢磨您的，少。就算是有工夫，也变不了您肚里的虫儿，未准掏得出您的心思。您要是不明说，您就把心里那点子事窝在肚儿里做病去吧。人老了，更怪的是，儿女们真的把他那心思琢磨出来了，他也不高兴。比如这会儿，晨晨她妈就绝对不可去问，去说。

晨晨她妈这点儿眼力还是有的，她好像什么也不知道似的，做好了晚饭，摆好了桌，笑吟吟地过来请老爷子去吃饭。

餐桌上什么事也没有，大概连孙女也被嘱咐过了。母女俩净找些能哄爷爷高兴的话题。可儿媳妇那眼神儿里的东西，瞒得过他吗？

儿子回来得挺晚，老爷子已经黑灯躺下了。当然他没睡着，有特异功能似的，他听见了儿媳和儿子在他们的屋里低声细语。

第二天吃早饭的时候，儿子像宣布一件特大新闻似的说，昨晚他回来时，听家属委员会的老太太们说，今儿修电梯的就来了。他又说，今儿礼拜天，他没事，一点儿事也没有，所以，今儿全家出去玩儿。孙女欢呼起来，问去哪儿？她建议陪爷爷去遛鸟儿。她说，爷爷憋了三天了，鸟儿也憋了三天了，所以，爸爸应该背爷爷下一趟楼，反正回来时，电梯也会修好了。

"瞧您孙女，多跟您一心！……"儿子朝他笑嘻嘻地说，"行不？咱们今儿就遛鸟儿去吧。我也有日子没陪您了。"

老爷子微微一笑。

我们的老爷子现在面对着儿孙们为他设计好的一片温馨。

他当然不会这样概括，他的心里只是别别扭扭的。

你能说不好吗？不，不，儿子好，儿媳也好，还有孙女，他们全是一片真心。可这是怎么了？他对这一套怀着一种莫名其妙的敌意。是因为这里带有太多的安排的痕迹？是的，是安排的。既然是真心，用得着安排吗？可这安排，你能说它不好？它也的的确确是打心底里关心你啊……

我们的老爷子会作何反应？

我敢说，在北京，那些老爷子老太太们，他们和他们的儿女之间，即使有着最自然、最亲密的关系，他们所面对的温馨，也几乎无不带着某种安排的痕迹。可你见过他们中间哪一位犯浑了？不讲理了？哪一位把心里那点别扭、那点敌意挑破了？"……天为宝盖地为池，人生在世浑水的鱼。那父母养儿，鱼拴着子；有孝子贤孙，水养鱼。您要生了一个孝顺的子，你叫他往东，他不往西；你要生了一个忤逆儿，你叫他打狗，他去追鸡……"你知足吧，你的儿子能做到这个份儿上，容易吗！哄着你，抬着你。你还想怎么样，你还要怎么样？

和大多数北京老爷子一样，大概我们的这位老爷子也会在微微一笑之后，把那点别扭扔到一边，越发知足常乐了吧？

"算啦，算啦，都挺忙，何必？你们的孝心，我都知道啦。还是等电梯修好了，我一人儿去吧……"

沈天骢老爷子如果有这修养，有这道行，他是应该这么说的。

百分之九十九的北京的老爷子，都会这么说。

可沈老爷子有气。沈老爷子憋了三天了。第四天上儿子才把阳光雨露洒过来。而且，这还因为是小孙女给报了信儿……沈老爷子不能就这么乐了。

如果说，他没给他们那微微一笑，这也很自然。

他跟儿子说，他哪敢劳他大驾啊。他这么忙，忙的都是正事。为了俩破鸟儿，犯不着。再说了，腰里别着 BP 机，蹬着小三轮儿，拉个糟老头子去遛鸟儿，也丢份儿啊。再再说了，万一那东西叫唤起来，他可没地方给他去找电话打呀……总之，儿子，甭费这路劲儿啦，你爹就跟那原毛儿的百灵似的，你给它喂多少好东西，在它边儿上哨多少好听的，白搭，怎么也调理不好啦！……

早餐桌上的气氛，就不那么自在了。

他要是给儿子来这么一段儿，儿子也得乖乖儿听着。

不过，要说哄顺一个老爷子，北京的儿子们和儿媳们还是有足够的聪明的。

"得嘞,老爷子,街上带 BP 机的多了,都不要爸爸了?甭说带 BP 机了,就是挎上'大哥大',您也是老爷子!"儿子说着,顺手就把腰间的 BP 机给摘下来了,说不定还得搁老爷子眼面前去,"今儿啊,我背您这趟,拉您这趟,还背定了,拉定了。就跟猪八背媳妇似的,我乐意!……"

"浑蛋,这叫人话吗?"骂归骂,老爷子还是得乐了。

不管老爷子最初的反应是平和的,还是激烈的,早餐桌上对话的结果,肯定就变成了一次皆大欢喜的"遛鸟儿"——儿子背着老爷子,下了十六层楼。儿子又骑上那辆小三轮车,把老爷子和他那两张鸟笼驮在后面。三轮车后面保驾的,是骑着自行车的儿媳妇,是骑着儿童车的小孙女。

车队穿过楼群,到了这附近唯一的一块绿地前。有的老爷子蹲在绿地边儿上,有的坐在自带的小马扎上,仰脖儿看着小树上挂着的、他们各自的画眉笼、百灵笼。他们听见了动静,一起扭过脸来,好奇地看着这位久违的伙计。

"怎么茬儿啊?全家都陪着您遛鸟儿来了?"

"嘿,您说,怎么说他们好!死乞白赖。我说我这哪是遛鸟哪,我这成了慈禧太后出巡了!"

"福分,这是福分!……搁我们老哥儿几个,谁比得了?谁?"

…………

在这样的一片感叹声中,沈老爷子自然得把那三天的委屈搁下了,顺理成章地幸福起来。

北京的老爷子们,大概谁也跑不了这路子。

八

小说写到这儿，可以打住了，也可以接着写。

打住呢，老爷子的结局就不那么让人揪心。不就是北京老爷子的那点子从容不迫受了点儿委屈吗？孝顺的儿孙又给找补回来啦。

可要是接着写，老爷子就惨了。

接着写，我得写老爷子们遛鸟儿的那块绿地，让人给平了。

推土机不知道是什么时候推过去的，绿地没了，绿地上的小树更没了。那些小树大约两米来高的枝杈上，还有老头儿们挂的不少"S"形的铁钩子呢。每天他们或早或晚地来了，就手儿把鸟笼儿挂到铁钩儿上。靠东的一头儿挂画眉，靠西的一头儿挂百灵。把笼罩儿一掀你就听吧，画眉百灵全是神哨大师，你哨红子，我就哨群鸡；你哨钻天燕，我就哨靛颏芯儿……现在可好，没啦！

绿地成了工地，挖出了一溜一溜的沟。沟的两边是钢管子搭成的脚手架。脚手架上挂鸟笼子，倒是比铁钩子更方便，可人家让挂吗？有人敢挂吗？"轰隆隆""轰隆隆"，脚手架边儿上，一台搅拌机在嚎。"咣咣咣""咣咣咣"，脚手板上，运洋灰的两轮车在颠……都说北京已经找不着遛鸟儿的清静去处了，这话有些绝对，其实清静的地界还是有的，故宫两侧的筒子河啦，天坛公园的古柏林啦，您要给鸟儿押口，让它学唱，您就得去那儿。可那儿太远。大家伙儿好不容易在家门口谋上了这么一块地界儿，也就为了鸟儿每天能看一看绿色，唱得欢实一点儿，舒心一点儿。这下你们还欢实，舒心？糟心去吧。

这附近还净是工地，要想再找个和过去差不多的地界，难。

沈天骢老爷子大概是这些遛鸟儿的老爷子中间最惨的一个。一星期之前他的腰疼病犯了，在家歇了几天。谁承想，再来时绿地就成了这模样。他估摸着老哥儿几个比他可强多了，至少，推土机来了，搅拌机来了，脚手架来了，得有几天折腾哪。心里能有个准备，大伙儿也有个商量。现在，地界没了不说，连老哥儿几个也没影儿了，哪儿找去？

这回病好了以后，他的身子骨又毁了一道。这他明白。过去走到这儿得歇多少气儿，现在走到这儿得费多大劲儿，他心里有数。他提着鸟笼子，在脚手架边上愣愣地看了一会儿，又走开几步，往远处看了看，好像没什么新鲜的。他知道，他没别的招儿，只一条道儿：回家。

我也够损的，老爷子混得这么惨，全是我瞎编的。

想到了这一层，才能引出下面的故事。

其实，自从那次打"的"去官园花鸟市场，为老爷子买蜘蛛以后，我就再也没有去过沈家。不是怕老爷子抓我的"差"，而是实在腾不出工夫。好在后来认识了一位民警朋友，是一位文学青年，恰好就管着沈家住的那一片。"这任务重千斤派谁最好？杨子荣有条件把这担子挑。"我就把这重担委托给了他。据说，我这位"高足"还真是恪尽职守，没少了给老爷子送面包虫，送蜘蛛。更让人高兴的是，"杨子荣"深知电梯对老爷子意味着什么，好几次电梯一坏，他立刻通过关系，叫房管部门来修理。全楼的居民，都跟着老爷子沾光啦……这些，是沈晓钟来电话告诉我的。

"哥们儿，你那学生可真够意思！冲这，我们家老爷子得多活几年！"沈晓钟说。

"亏你还好意思说出口！人家到你家学雷锋，你到外边猛点'替'！""替"，钱也。我用了他们时兴的江湖口，直言不讳地骂他。

"革命分工不同嘛……"在电话里嘻嘻地笑。

也是"革命分工"的不同，所以我也不能让沈家的老爷子过舒坦了。你别忘了，我是编小说的。

沈晓钟你小子就别埋怨我往下干吗要把你家老爷子写得这么惨啦。

玩笑归玩笑，其实，早在沈晓钟来电话逗贫之前，有一个场面早就勾出了我的坏水，使我把沈家老爷子的结局给设计好了。

这场面原本与沈家的老爷子无涉，倒是我自己经历的一次铭心刻骨的虚惊：推土机、搅拌机、脚手架险些摧毁的，是我家楼下的一块绿地。

你没生活在市中心，就不会理解绿地对这里的居民的意义。

我家所住的高层建筑的楼下，恰恰有这样一块绿地。我刚搬进这栋崭新的十层高楼的那天，似乎忽略了它的存在。我注意到的，是二环路上日日夜夜川流不息呼啸不已的汽车，特别是时近黎明，载重卡车像匆匆躲避阳光的老鼠，呼呼地向都市外逃窜。那尖厉的刹车声、轰轰的引擎声，有如大坝下的洪水，顺着高楼的墙体涌将上来，无休无止、没头没脑地往你的窗口里灌，往你的床头上扑。

我住在九层，可我觉得我是躺在马路边上的阴沟里。嗡嗡颤动的窗玻璃，就是那阴沟的盖板儿。

全家人出谷迁乔的喜悦，好像也全被扔到阴沟里了。

把我们全家从沮丧中救出来的，是绿地，是清晨时从楼下传过来的鸟叫声。最先听到这鸟叫声的是我的妻子。那是在第二天的清晨，卡车的喧嚣渐渐隐退了之后，她叫醒了我。我听出来了，那是画眉和百灵的叫声。我走到阳台，开窗俯瞰，这才发现，就在我们的楼下有一片绿地，绿地的中央，是一株株小树，一个个鸟笼子挂在其间。鸟儿的主人——老爷子们，或蹲或坐，稀稀落落围在草地的四周。我从来不知道，鸟的叫声居然能传得这么高。而且，这叫声似乎还有一种过滤噪声的能力，本来惹得人心烦意乱的车喧笛响，这时也不知为什么，退到远远的地方去了。

于是，每天清晨都躺在床上听鸟儿叫。

于是，引擎声、刹车声涌进窗户的时候，不再被惊醒。醒来时，鸟儿叫得正欢。

日子开始过得踏踏实实。

然而，某一天，出门归来，意外地发现来了一辆卡车，工人们正往草地边上卸电缆、钢管，还有铁锹、十字镐……一应俱全的让人看着眼晕的家什。

他们要干吗？

又过了一天，电缆被推走了，钢管被扛走了，让人眼晕的东西全弄走了。送到楼后的那条胡同里去了。

算是大出了一口气。一场虚惊。

每天仍然能听鸟儿叫。

心满意足之余，想起若把这倒霉事给沈家的老爷子安上，那氛围一定更是凄凉吧？

是的，那老爷子提着鸟笼，面对着那片已经变成了工地的过去的绿地。

那会是一种什么感觉？会不会像一个垂暮老人面对着变成了焦土的家园。

会的，会的，他会觉得，自己的命的一半都让他妈的这推土机给推了。

推土机推走的，是他的鸟儿撒欢儿神哨的天地。

推土机推走的，更是他们老哥儿几个撒了欢儿神侃的世界。

初搬到这翠华小区，被那坏电梯困在楼上待了三天，着急上火为的是他这鸟儿，现在，他觉得更可怜的是他自己。

老哥儿几个一定认准了他是"弯回去"了。也是，一礼拜没来，都活到八十一的人了，阎王爷不请，说不定自己一迷瞪，就找去了。您放心，我沈天骢还且活哪。轮不着你们那几只破画眉叫份儿，拔头份儿的画眉还在这儿呢。沈老爷子想到这儿，不知不觉着就把手里的画眉笼子抢了两下。老哥儿几个在一块儿，每天是少不了逗一阵闷子的。逗闷子的话题，又跑不了由鸟儿说起。最让沈老爷子解气的是，老哥儿几个掐来掐去，说自己的画眉怎么怎么好，争的都是亚军，在他沈天骢跟前，谁也没脾气。现在他们美啦，拔头份儿的"弯回去"啦，听孙福山和李伯义瞎争竞吧。孙福山过去是区里京剧团演猴戏的，大概也小七十了吧，精瘦，欢实，身板儿也利索，上次见了，还在草地上翻了俩毛跟头呢。这回可真是"山中没老虎，猴子称大王"啦。沈老爷子越往这儿想，就越不甘心，就冲这，他也非找着那老哥儿几个不可。

可他们都他妈滚哪儿去啦？

沈老爷子解开裤腰，从腰间把那装尿的塑料口袋掏了出来，口袋里已经盛了满满的一下子了。他拧开了塑料袋屁股上的螺丝，黄澄澄的一股朝工地的方向滋了过去。还多亏大夫给他切了尿泡以后，给换了这么个盛尿的物件，算是为老爷子装备了一件撒气的武器。

沈老爷子猜得就算沾边儿。和他一块儿在草地上遛鸟儿的老哥儿几个，还真的以为他钻了烟囱胡同了。可要说老哥儿几个把他给忘了，那不公平。老爷子撒完了气，收好了他那特制的武器，一抬眼，看见一块儿遛鸟儿的老伙计——就是那位老猴孙福山，骑着那辆28加重飞鸽，车把一左一右，吊着俩鸟笼子，后架子一左一右，也是俩鸟笼子，一晃一晃就过来了。

"嗬，老哥哥，老没见啦，好嘛，我就一直留心着您哪！"孙福山一歪身子，把一条腿从车大梁上掏了过来。飞鸽车溜到了沈老爷子面前，孙福山推车那模样，活像过去庙会上卖的"季鸟猴"。

沈老爷子见了老伙计，心中当然也高兴。

"都跑哪儿去啦？我这儿正转腰子呢！"

"我跟您说啊，您可甭嫌远。龙潭湖哪！……老哥儿几个直叮嘱我，每天打这儿路过，可留神着老沈头儿。嘿嘿，还真让他们给说着了……"

沈天骢一听说遛鸟儿的伙计们都搬龙潭湖去了，立马泄了气。那地方离这儿至少十里地哪。是啊，那哥儿几个行啊，孙福山似的，骑自行车的，也有蹬小三轮的，一骗腿就过去了。可他哪儿还行啊！就这，从家里那十六层上下来，一蹭一蹭地到了这儿，这就跟他妈两万五千里长征似的，还奔龙潭湖哪，奔太平间去吧！

还有那个心，可没了那个力，想到这儿，沈老爷子的气就不打一处来。

"我说，你们是成心躲着我是怎么着？……得了，我把我这画眉摔了，任你们谁拔头份儿都行！你们就回来，给哥哥我就个伴儿，行不行？"

"哎呀，哥哥您这是想哪儿去啦！……我们老哥儿几个让人家从这儿给挤对走，可没少了在这街南街北地转悠，为的啥？就是为了哥哥您的方便！不信您也转悠转悠去，您要是能找出个合适的地界儿，我立马招老哥儿几个回来！"孙福山受了天大的委屈，又是晃脑袋，又是吧唧嘴。

沈老爷子没再说什么。玩笑归玩笑，斗嘴归斗嘴，老哥儿几个的确还不至于为了吹呼自己的鸟儿，就算计着把他给撇下。可现在是怎么茌儿？没别的道儿啦，回家，等死？

老哥儿俩默默地站了一会儿，都没什么好说的。

"兄弟，您可别把我那话当真，我那是将您哪。"沈天骢瞟了孙福山一眼，那意思显然是对刚才的急赤白脸做点找补。又沉默了好一会儿，他说："我还不知道，这附近也是没什么合适的地方啦。你们哥儿几个只管去吧，能走得动的，就走，玩一天赚一天……这么着，反正我也去不了啦，您就把我这鸟儿，给哥儿几个带过去。您甭不落忍，您这是帮我。您拿着……"

孙福山哪能接这鸟儿啊。他知道，沈老爷子这举动，是因为一时离了群儿，伤了心，也因为刚才那话里显得有点外道。其实，老哥哥您还用得着这样吗，谁敢保险自己没个心烦的时候？再说了，您越是去不了，您就越得有个伴儿不是？让我们拿了去，不得让您闷死？

沈天骢见孙福山不肯接，只得作罢。两个人又扯了会儿龙潭湖那边遛鸟儿的事，说着说着，孙福山忽然一拍大腿，呵呵地乐了起来。

"唉，您瞧我，糊涂不糊涂，咱们没那么多事啊！……"

"您说什么呢？"

"我是说，太好办啦，您家有一辆小三轮呀，上次您儿子拉您用的那辆！您让您儿子给收拾收拾，明儿我蹬着送您上龙潭湖不就齐啦……"

这还真是个好主意。家里那辆小三轮，闲着也是闲着。不过让孙福山给自己当车夫，也太难点儿啦。一个八十一，一个七十，就算他比你小十岁，也是七十啦。

"您……您……哈哈……哈哈……"沈老爷子用手指着孙福山，笑着，半天说不出话来，"要说真这么办，还真成了北京的一景儿啦：七十的拉八十的，干啥去？遛鸟儿去！……这叫什么？叫'金台夕照'？哈哈哈……"

"您别光乐啊，您说，行不行？"

"行？我说行，您说行，我还怕您家的儿子孙子的找我算账呢！……怎么茬儿？合着我们家老爷子老了老了，还让您拉去做了车夫……"

沈老爷子不跟孙老爷子提他那儿孙也罢，一提，倒把他心里那点火儿勾起来啦。

"他们？他们别扯鸡巴淡了！算账？找谁算账？我他妈还没找他们算账呢……我当车夫，我乐意，他们管得着吗！"

沈老爷子心里"哟"了一声，后悔不该冒冒失失，捅到这位老弟的痛处。是啊，一家一本难念的经，保不齐那儿子还不如自己的这位呢。沈老爷子忙找话茬儿岔开，说自己没别的，就是不好意思。没这样办事的，老胳膊老腿儿的了，能自己找点乐子就不易，再给他找事儿，不落忍，真的不落忍。

"老哥哥您小瞧我了。'老胳膊老腿儿'？您瞧瞧我这'老胳膊老腿儿'……"孙老爷子有一好，就是得个机会就想表演表演他的武功。这回一边说着，一边就支起了车子。他往远处挪了挪，先拉出个弓步，又把身子向上一欠，向下一颤，这弓步就劈开了。只见他的身子又一上一下地颤了两下，两条腿就劈开个大叉，平平整整地落到了地上，"您说，我这身子骨还能干两年不？您就赏我个脸，赏我个脸行不？"

"行，行……好说，好说，您快起来，您快起来！"

沈老爷子颤颤巍巍地伸过一只手去，那意思是要拉他一把。孙老爷子当然不会用他，摆摆手，说："别价别价，回头倒把您给拽倒了。"言罢扬起两只胳膊，向下一抖，那身子就往上一耸，再一抖，又一耸，三下两下，身子就从地面升了起来。孙老爷子拍打着身上的浮土，推上自行车，对沈老爷子说："老哥哥您这回也算是看见啦，我还行不？……行？那您这意思可就是说，肯赏我这个脸啦！咱们明儿就开始，奔龙潭湖，没的说了吧？……"

"没的说，没的说！"话都说到这儿了，还容你拒绝吗？沈老爷子也只能呵呵笑着，就算是答应了。

"怎么着，这就到府上去认认门儿，看看那车，省得明儿抓瞎？"
孙老爷子也真是急茬儿的，好像生怕个美差被人抢了似的。

"行，走着。"沈老爷子领着他，一蹭一蹭地往家走。

九

实话跟您说，小说写到这儿，连我自己也有几分感动。

两个老头儿，一个瘦高瘦高的，已是老态龙钟了，一蹭一蹭地朝前走着；另一个矮矮的，精瘦，推着辆自行车，言谈话语，眉飞色舞，却又很耐心地陪着他走。自行车上，一前一后，一共四张鸟笼。瘦高的老者，一左一右，提着两张鸟笼。他们简直就像是拥着一堆鸟笼向前移动的。更加意味深长的是，这一堆鸟笼在耸立的高楼大厦夹成的峡谷间移动，显得那么渺小，那么柔弱，像黄河峡谷里漂移的牛皮筏，不过比牛皮筏移动得更慢更慢……最初感动我的，就是这个画面，我想，我早晚得把它写进我的小说里去。

现在，我就这么把它合理化了。

面对这画面，也曾有过别的胡思乱想。

两个"鸟儿友"，找另一位几天不见的"鸟儿友"来了？他们连地址都不知道。他们在楼群间转悠。这么个岁数了，有几天不露面，意味着什么？找的结果，可能是什么？

他们中的一位，到另一位的家去？也许。一个是退休的部长，一个是退休的门房儿。人生的起点和归宿对每一个人都毫无二致。那么，当他们一起面对共同归宿的时候，遗憾的是谁？是门房儿，还是部长？

…………

还是让那眉飞色舞的陪那老态龙钟的去他的家吧，附近那遛鸟儿的绿草地没了，他们得去看看那辆车，明儿好去龙潭湖。

两位老爷子进家的时候，沈晓钟正在家，家里还有两位客人。沈晓钟见老爷子带一位回来，过来客气了一番。正打算回客厅继续和自己的客人谈买卖，沈老爷子把他叫住了。

"晓钟啊，我跟你说个事儿。"

"您说。"

"明儿啊，我得到龙潭湖遛鸟儿去啦。"

"哟，去那么远干吗？这附近……"

"没啦，那地界儿让推土机给推啦！"

"那您……"

"这不，这位孙老弟跟我来啦，打明儿起，由他，拉我去……"

"噢，那……您……您可受累啦……"沈晓钟朝孙老爷子连连点头。

"您就放心，老哥哥交给我啦！"孙老爷子一副大包大揽的神气。

仔细分析起来，往下这事儿，也怨沈老爷子。不就是让儿子给你预备车吗？你们刚刚上楼之前不是看过啦，那车就在楼底下，等儿子送走了客人，让他给您推去打打气，齐了。你跟他说这么多干什么？北京人讲话，"话又说回来"，沈老爷子也是好意，北京人嘛，得个机会就念人的好儿，既然孙老弟有这义举，又跟到了家，见了自己的儿子，他当然想掰开揉碎地把人家的好儿给儿子念叨念叨。沈晓钟呢，却正在谈买卖，脑瓜子里转的，全是钱。瞧当爹的一副郑重其事的模样，以为是要留他跟来人说说"价儿"哪。也搭着孙老爷子那模样太活泛了。别看是七十的人了，那劲头儿，活像个夜里到永定门火车站口拉黑车的"板儿爷"。沈晓钟就真以为当爹的找来个"拉包月儿"的哪。说实在的，要倒退回几年，他沈晓钟是不会出这纰漏的。可这些日子，有点发了，口气也大了，前不久刚刚跟老爷子说过，您用钱，您就说，哪怕咱请个男保姆来伺候您。您舒坦了，我也放心。有这么个前茬儿搁在这儿，儿子就更以为老爷子是留他下来砍价儿啦。这价儿还用砍吗，顶多了，二百，三百，行了不？这年头儿，为桩买卖，请一回客得花多少？这一个月下来，又得请多少回客？能把老爷子哄服帖了，花个三头五百的，算得了什么？

"行啦，爸，我那儿正忙着哪，您跟这位师傅说说就成了。您二位商量个数，多少钱，我都出。"说完了，沈晓钟还跟孙老爷子点点头，笑了笑，过客厅那边去了。

冲这句话，沈老爷子就得背过气去。

北京人，舍命都不舍脸。你这是抽我们这位老兄弟的脸子呀！人家是干吗的？人家干吗来了？……钱？那俩臭钱儿烧得你都不会说人话了？

"浑蛋！"沈老爷子嘴唇哆嗦了好一阵子，算是把这句话吼了出来。

沈晓钟已经回到客厅了，听见这边吼了一嗓子，不知发生了什么事，又回来看。

老爷子见儿子回来了，还是说不出话，煞白了脸，用手指着他，一劲儿捯气。

倒是孙老爷子不急不恼，态度平和得多，脸上堆着笑，告诉沈晓钟，老爷子生了气，是因为他闹了个误会。

放生

"哎呀，不就是个误会吗，我给大叔赔个不是，行不？……大叔，我这儿正忙着哪，您甭往心里去，没别的意思，我就是看走了眼啦……"

孙老爷子当然是一派无所谓的样子，摆摆手，算是过去了。

"那……您帮着劝劝我爸？我正忙着哪。"沈晓钟又出去了。

要说呢，的确是一场误会。可这误会也就是搁在如今这年头儿，好像才多起来了。

我也碰上过。

半年前，为了写作的需要，我从一家公司买了一台电脑，因此得以发现，原来，优质的售后服务，非洋人所得专也。感动之余，随手写了一篇《居京琐记》，交给《北京晚报》发表。没有想到，文章发表后，类似的误会就来了——没少接到朋友的电话，问曰：电脑公司给了你多少钱？我说：哪儿的事，我怎么能要电脑公司的钱！又曰：别蒙我，做了这么大的一篇广告，能不要他们出血？至少，那台电脑得白送你吧。我说我抗议我冤枉我一分钱也没拿。这以后，收场的就常常是一句玩笑了：放心，我又不是纪检委的。或者说：我知道，这年头，谁赚了钱也得说没赚。

身边没挨着黄河，挨着的话，管他洗得清洗不清，会先跳下去再说。

这事以后我一直在想，这是怎么了？

大概是因为，这年头，人们都"狼"了许多，见到你披着张灰皮，自然是同类无疑，你要是披了张白皮呢，也会认定，这日子口儿哪儿找羊去？这一定是只披着羊皮的"狼"。

说不定原本真是一只羊的，让人这么一点拨，那张羊皮底下，倒长出点狼毛来了。

再说得多一点，羊说不定真的变成披着羊皮的狼啦。

几周前去崇文区文化馆听一位潘先生讲旧京掌故，真是精彩得很，又听说这讲座要延续很久，欣喜之余，不免为崇文区文化馆的经费担心，问曰："每一讲得给老先生多少钱？"文化馆的朋友笑了起来："问的可不止您一个了。老先生一分钱也不要。而且说了，要给钱，就不讲了！"

您看，我这就"狼"了许多不是？

"狼"都哪儿来的？全是这么互相点拨着、调教着出来的。

话题是不是远了点儿？沈老爷子正待在屋里生儿子的气。孙老爷子呢，走也不是，不走也不是，劝也不是，不劝也不是。

其实我的话题一点儿也不远。您就这么想吧，就我这号的，除了仨瓜俩枣儿的稿费、讲课费，还没见过多少钱呢，都自觉着这羊皮底下有点儿狼心狗肺了，那沈晓钟，成天腰挎 BP 机，手持"大哥大"，今儿"抛"吧，明儿"进"吧，在狼群里混，能不整个儿完全彻底地狼心狗肺了？

当然我这是开玩笑，或者说，我这是学老爷子的口气。其实我倒拥护沈晓钟，不拥护老爷子。用老爷子那一套，干不成"四化"，顶多了，多活几年。不过，您沈晓钟"狼心狗肺"，您得到该使的地方使去，您不能哪儿都使，特别是不该当着这俩老爷子使。您这一使，在您呢，没什么大不了的，可您没想到，您这一手儿，轻了，给老爷子闹个臊眉耷眼；重了，得把老爷子气回去。

沈晓钟的"罪过"还没完。按他那一套活法儿，这非但不算罪过，还是很自然很合理的事。他还觉着，回来说这么一句，是对刚才

放生

那误会找补了一下，谁承想，又给本来已经气头上的老爷子添了一把火。

这一回，连一直随和、忍让的孙老爷子也觉得没多大意思了。

沈晓钟从老爷子的屋里回到客厅以后，大概跟他的客人们解释了一下。客人中的一位，不知是因为买卖上有求于他呢，还是因为真的热心，当即说："那又何必？我每天都从您家门口过，用我的车，把老爷子捎上不就成啦？……回来？您让老爷子说个时间，我包了！"

要说沈晓钟也没错儿，有方便的汽车，谁坐三轮啊。再说，老爷子领来的那位，如果不是专门拉三轮儿的，纯粹是为了交情，来尽义务，他也是觉得不落忍了。您想啊，也是老头子了，一分钱不挣，每天来拉着你们家的老头子去遛鸟儿，您心里说得过去，街坊邻居也得戳你脊梁骨呀。

沈晓钟一点儿也没犹豫，又推门进了老爷子的屋，和颜悦色地对孙老爷子说："大叔，您不生我的气了吧？"

孙老爷子当然又端了一回大家风度。

"大叔，我还真谢谢您，您这么有心。"沈晓钟说，"不过呢，刚才那边有位朋友说啦，这事儿，就不用劳您大驾啦，他有汽车，从我们家门口过，把我爸捎去就成啦……"

"嗬，有汽车啊……"孙老爷子强笑着，扭头看了看沈老爷子，"敢情！……有汽车当然不用坐我的三轮啦……好，好，那……老哥哥，明儿……您……就坐汽车……坐汽车去啦？……"

沈老爷子恨不能把个脑袋扎裤裆里去。

第二天，孙老爷子当然不会来。

接沈老爷子的汽车倒来了,至少,那老板和沈晓钟的买卖进行着的这几个月,大概会天天来的。

沈老爷子能坐吗?甭说坐汽车了,就是腿儿着,他也没脸去见孙老爷子,见他那些老哥儿们了呀。

放生

十

我想我可以写这小说的最后一节了。

老爷子这鸟儿是养不下去了。

是推土机给逼的?是儿子给造的?还是什么给闹的?

他弄不明白。好像也不光因为没了遛鸟儿的地界儿。地界儿要找,也还有。要脸要皮,想躲开那老哥儿几个,也成。北京城大了,遛鸟儿的老头儿们多了,提着鸟笼,哪儿去都成。可他还觉得没多大意思了。还是当初有过的那念想,放生吧。

沈老爷子在家里闷了三天。第四天清早,儿子、儿媳和孙女都没在家,他往兜儿里揣了二百块钱,下楼去了。

一左一右,两张画眉笼子,一蹭一蹭,到了大马路的边儿上。

这附近没法儿撒他的画眉,他是知道的。上次想放生的时候,好歹还想着楼群外边有一片绿地呢,现在可好,连那最后一片绿地,也平啦。去龙潭湖?闹不好就得碰上老哥儿几个。老哥儿几个大概早从老孙头儿那儿听说什么啦,他见他们?有那么厚的脸皮吗!

去哪儿?汽车一辆一辆从眼前冲过去,沈老爷子直到这会儿,还是拿不定主意。他只是觉得,他应该去个远的地方,那儿有山,有林子,好让他的画眉出了笼子,有个藏身的地方啊。说真的,这哥儿俩早让他给娇惯坏了，每天鸡蛋拌小米，时不时来一顿面包虫儿，上火了，还得四处给它找蜘蛛……回了林子，它们还会不会自己找食儿？不管怎么说，还是给它们找座大点儿的山，找片密点儿的林子吧。

老爷子是坐过出租车的，当然，是和儿子一起坐的。儿子好像是站到马路边儿上，把手扬了一扬，那出租车就停下来了。他把鸟笼子放到地上，也把手扬了起来。可那车顶上有出租灯的小卧车，就是不给他停下。他有点儿生气，觉得出租司机一定是势利眼，是不是以为我老头儿出不起车钱？他索性把那四张五十块的大票拿了出来，捻开，攥在手里，一见着出租车开过来，就朝他们挥着。可还是不见有车给他停下。

"老大爷，您这干吗呢？"一个民警走了过来。

"对，您来得正好，您帮我截一辆！"沈老爷子气呼呼地对民警说。

"您在这儿可截不着车。这是路口，根本不让停车。谁停了车，谁得跟我这儿交钱。"民警拍了拍手上的罚款本。

原来如此。沈老爷子只好又提起了他的鸟笼子。

"那您说，我哪儿截去？"

民警打量了他一眼，觉得这老头儿还真够"谱儿"——好嘛，打"的"去遛鸟儿，他戳了这么多年大岗，还是头一回见识呢。也是，让这老爷子走到二百米以外去截车，还不得半个钟头出去了？再给我在大马路上摔一跤，更麻烦啦。抬眼，一辆出租车开过来了，还巧了，是辆空车。扬扬手，又用手指往身边点了点，那出租车乖乖儿地停在了身前。

"师傅，师傅，"出租司机从驾驶室里钻出来，一边往民警跟前跑，一边从兜里往外掏烟，"我错啦，我错啦……"

"你错什么啦？"民警瞥了他一眼，微微一笑，说，"拉上这老爷子，该去哪儿去哪儿！"

"好，好，一定，一定！"出租司机这才明白不过是"官差"，麻利儿地开了车门，又是搀胳膊，又是递鸟笼，伺候着老爷子坐进了他的车。

"您去哪儿？"车子慢慢向前滑行，在警察的注视下开了过去。

"呃……"老爷子这才想起，自己净顾着琢磨这司机跟警察了，还忘了跟人家交代去处，"您啊，……拉我……拉我去香山吧。"

司机掉转车头。

"哎哟，老爷子，您这一锤子可苦了我喽。我这半天儿全得给您搭上啦！我说，您儿子也够……够黑的，就这么着，天天为您截辆车，让您去香山遛鸟儿？"

沈老爷子一乐，没做解释

"我给您钱。"过了一会儿，老爷子说。

"哎哟，我没别的意思，真的，没别的意思。我哪能收您的钱啊。能拉上您，是我的荣幸……您可别跟您那儿子说去，别。躲过了初一躲不过十五，回头找个茬儿，把本子给我扣了，那我可亏大发了！"

老爷子不再说话。错到了这份儿上，您是让我说破还是不说破？这可是您自找，谁说那民警是我儿子啦？谁说我不打算给钱啦？你们年轻的就是这样，老是在我们老家伙面前抖机灵儿。他想起了自己的儿子。一样，全他妈这号东西！行，让你们抖机灵儿，

放生

让你们抖，有你们气我们的时候，也有我们开心的时候！

想到这儿，老爷子把腰板儿陷到了沙发座儿里，又扬起了脸儿，把脑袋靠到了靠背上，真的有点儿警察他老爷子的神气啦。

话是这么说，到了香山，也还是把五十块的一张扔到了前排座儿的垫子上。

"您……您这是为难我，大爷，您……您……别这样，这让我……"司机追着他，把钱往回塞。

他不理他，不接钱，提着他的鸟笼，径直奔前走。

到了静宜园门口，他看见那司机还傻傻地站在停车场上。

买了票，慢腾腾地挪进了公园。

不是星期天，香山公园里还算清静。他多少年没来了？忘了。他已经忘了最后一次来香山是哪一年了。只是记得那时候还没有通车，他是骑着毛驴来的。哦，对了，是个春天，旧历四月初几来着？他是到妙峰山进了香，从北安河那边下的山，回北京的时候，拐到香山来了。那时候的香山哪有这水泥道儿啊，一山一山的林子，树根儿底下全是暄乎乎的树叶了，鸟儿那叫多呀。也怪，多少年的事了，好像早忘了，可说不定是印在心里了，要不然你怎么张口就说要到香山呢？您是想着这儿鸟儿多，好叫你的画眉有个就伴儿的吧？

老爷子不会忘记自己是干什么来的。不过，走着走着，抬眼四望，他忽然发现，提着鸟笼子的，并不只是他一个人。就在他前面不远处，一位老者也提着鸟笼走着。这时候，连他自己也不明白，到底是因为什么，好像被什么所吸引，跟着那老者，转过了一个土坡，看见一片小树林。那儿已经有几位老者了，他们的鸟笼已然挂到了树枝上,哪一种鸟笼里养的什么鸟儿,内行人是不难看出来的,所以,稍有经验的人,一到了遛鸟儿的地方,不难明白自己应该到哪儿去挂鸟笼。沈老爷子一点也没含糊,直奔画眉笼子集中的地界儿就去了。

更内行的人不仅能看出自己的位置,而且能看出自己的鸟儿的地位。沈老爷子往树上的笼子扫了一眼,若无其事似的把自己的鸟笼挂上去。先来的鸟迷们也都不是"白帽子",瞄了一眼老爷子那张笼,就已经了然,待到老爷子揭开了笼罩,有的人就开始"啧啧"感叹,更有一些人拿笼罩罩起了自己的笼子,免得新来的"武林高手"露一手以后,自己的鸟儿被羞得忘了曲儿。

沈老爷子的画眉开始哨。

北京人养鸟儿,各有所好。有好漂亮的,那您就养鹦哥儿:虎皮啦,葵花啦。有好玩意儿的,那您就养打弹的花红,叼旗的黄鸟儿。更多的人则好听鸟儿"哨"。这鸟儿的"哨",其实就是相声演员们老说的"说、学、逗、唱"里的"学"。不过,您要是个相声演员,"学"这一门功夫讲究的,除了"真"以外,还讲究多多益善。您要是能把刘欢韦唯杭天琪毛阿敏学个遍,您就算得上入流。您要是再能把李扬的唐老鸭、赵忠祥的动物世界学得乱了真,您就算得上够品。您要是能把天上飞的、地上跑的、草里蹦的、大马路上欢的,全学了来,您就了不得了。而鸟儿"哨",却有一定的规矩,多了固然好,可也不能犯了规矩。犯了规矩,就叫脏了口。这规矩大概既不是升平署,也不是文化部规定的。蓝靛颏以学"伏天儿"为一绝,若能把过去北京大街上卖酸梅汤的冰盏儿声学了来,就更是了得。可它就不许学蛤蟆叫蝲蝲蛄叫,叫了,

放生

它就一钱不值。百灵套子十三套,以"胡伯劳交尾"为高潮乐章,这大概属"黄色歌曲",类乎"床上迪斯科"之类,已然"自由化"得可以。可不知为什么,它若学了乌鸦叫,学了"磨剪子来戗菜刀"的"哗啦哗啦"的铁板声,却不见容于世,那就玩儿完,非禁了不可。我对这事一直是气不忿儿的,一直想写篇东西为学乌鸦叫的百灵们鸣不平,凭什么"胡伯劳交尾儿"就好,"乌鸦叫"就不成?当然那是后话了。北京人对鸟儿,有点像我们有些政策,分亲的后的,各有倾斜。说到这儿,就说到了画眉。画眉的运气不错,鸟儿迷们给它的政策挺宽松,就算学来了蛤蟆叫,也都能容忍。当然,您不能太过分,若是学到猫头鹰叫,那就得"炒"你的"鱿鱼"了。

沈老爷子的两只画眉哨得真欢,是不是知道要离开老爷子了,报答报答?它们就像两位举办个人音乐会的演员,你哨南路红子的"衣滴水儿",我就哨东路红子的"滴滴动儿";你哨"油葫芦音儿",我就哨苇柞子的"挂挂机儿挂挂机儿"……哨了一会儿,哥儿俩在鸟杠上一上一下地欢实,欢实够了,又开始新的一幕。

沈老爷子不动声色地坐在小树林边的草地上,一边竖起耳朵听鸟儿哨,一边有一搭没一搭地和遛鸟的老头儿们说着话。话题当然是从夸他的鸟儿开始的,他既不热情,也不冷淡。有问是必答的,别人不问,他也没更多的话。两只画眉哨得差不多了,最后,哨出了小孩儿的哭声。鸟迷们无人不知,这已经是画眉中最难得的了。如果是平时,老爷子一定面露得色,微笑着,像在欣赏一曲动人的音乐。可今天,这哭声勾起了他的心事。他从草地上站起来,摘下鸟笼子,向周围的人点了点头,走了。

他今天干什么来了?

沈老爷子又沿着石板路走了一会儿,拐了几个弯儿,走到一处没人的地方。路旁的山坡上,林木葱茏,青草萋萋,他探着身子,先把鸟笼放到山坡上,又手脚并用,爬了上去。就这样,挪一下鸟笼,爬几步,总算进了林子。他坐在树丛里喘了好一会儿,定住了神,掀开鸟笼的笼罩,又打开了笼门,这下,两只画眉分别从各自的笼子里跳了出来。鸟儿在他的身边跳了一会儿,叫了一会儿,并不飞走,又回到了笼子里。老爷子苦笑了。他拍了拍笼子,画眉们又出来了。他关起了笼门,罩好了笼罩,起身,从山坡上挪了下来。

站在石板路上愣了愣神,那鸟儿就在那林子里叫。

他的眼皮又耷拉下来了,眼窝里凸起了两个鼓包。他睁开了眼睛,慢慢地往回走。走了一会儿,他又下意识地一边走,一边晃起鸟笼来,忽而想起,那里面已经没有鸟儿了。他不再晃了。

那鸟儿好像还在林子里叫。

出了香山公园的大门,远远就看见,来时坐的那辆出租车,还等在那里。

"您别这么哆嗦啦,我跟您实说了吧,我不是那警察的老爷子,不是……等把我送回了家,您再算算,我得补您多少钱,一分也不少您的。"

沈老爷子对身边开车的司机说。

这时候,小汽车正沿着窄窄的石板道,弯弯曲曲地向坡下溜。

司机侧过头,将信将疑地瞟了老爷子一眼。

"怎么着,您还不信?您要我怎么着,您才能信?"

放生

"……要是那么着，您可够邪门儿的了。"司机说，"您自己花钱打'的'去遛鸟儿？这一趟还不近。说真的，大款咱们也见过，还没见过您这么大的谱儿哪……"

"遛鸟儿？我可不是遛鸟儿去了。"老爷子把膝盖上鸟笼的笼罩给打开了，"您看，这鸟儿还有吗？"

司机又扭头看了一眼，没再说什么。

"您这可更让人奇怪啦。好好的鸟儿，您干吗给放了？您不想玩儿了，送到官园儿，花鸟市场上，能卖个好价儿哪……您倒好，还自己往里搭钱，打'的'，放生？"司机冷不丁又来了一句。

老爷子不再说什么。您爱奇怪不奇怪，反正，该多少车钱，一分不少你的就是啦。

不过，要说这事儿跟小伙子全白说，全是瞎耽误工夫，也不是。至少，这让沈老爷子忽然间拿定了主意，这事儿也不能跟儿子说去。保不齐他，还有儿媳妇，甚至那个孙女，他们心里想的也全是这一套。

他还不愿意别人看他像个老怪物。

1992 年 6 月 15 日

毛 毛

一

这个小妞儿骑着一辆橘红色的小轱辘自行车，飞快地从我的右边超过去，连个手势也不打，猛地向左一拐，后轱辘一下子横在我的车前。我可没料到这一手，慌忙把车把往左一闪，"吭"，前轱辘狠狠地撞在马路当中的隔离墩上。这一下撞得够狠，我都觉出了后轱辘掀了一下，大概跟他娘的马失前蹄的感觉差不多。幸亏我还算利索，稳稳站到了地上。不过，车子还是歪倒在两腿中间了。放在车把前杂物筐里的那个微型放音机，被甩到了几米以外的地方。

我拎起了车子，立体声耳机的引线和插头在下巴底下甩打着。那小妞儿回头看了一眼，停车下来了。她挺漂亮，说不定是演电影的，身材也倍儿棒。穿着一条地道的牛仔裤，奶白色的西服敞着扣儿，里面是印着洋文的蓝色套头衫。她尴尬地微笑着，一手扶着车把，另一只手扬起来，道歉似的挥了挥，推着车走回来。

我他娘的当时也不知怎么了，大概在这么一副脸蛋儿面前想显一显老爷们儿的大方，什么事也没发生似的，向她摆摆手，让她走了。

别以为往下该讲我的什么"桃花运"了。是不是我又在哪个舞会上碰到了她，要不就在什么夜大学里与她重逢。我才没心思扯这个淡呢。直到今天我也没再见她一面。之所以要从这儿说起，是因为这一下子太坑人啦，她倒好，脸一红，眼一闪，扬扬手，龇龇牙，骑上车，走了。说不定一路上还为有那么个小痞子向她献了殷勤而洋洋得意。我呢，往下你就知道了，活得那叫窝囊，全他娘的从这儿开始的。

我没想到那架放音机会被摔得那么惨。尽管它被甩得挺远，可它好像是顺着地面出溜过去的。我戴的耳机的引线还拽了它一下。它落地的声音也不大。外面还套着皮套。等我把它捡回来打开一看，傻眼了：机器失灵了还不算，外壳上裂开了好几个大口子。看来，即便送进修理部，也很难恢复原状了。

这玩意儿是我从都都那儿借来的。

"你真土得掉渣儿了！就会听邓丽君、苏小明。听过格什温吗？"这兔崽子考上大学才三个月，居然也要在我面前充"高等华人"了。

我说，为了领教被他吹得天花乱坠的格什温，也为了领教同样使他得意洋洋的微型放音机，我得把它们一块儿借走。

"这是我爸爸刚刚送我的。"他显然为自己得意忘形招来的麻烦感到懊悔。

"放心！弄坏了，赔你！"我在他可怜巴巴的目光下戴上了耳机，又故意把他的宝贝放音机搁在自行车前的杂物筐里。格什温响起来了。"咣咣……咣咣……"破自行车在胡同小路上颤着，铁丝筐哆哆嗦嗦。回头看看这小子忍着心疼，还在装出一副满不在乎的样子，真他妈开心。

现在倒好，离我折腾他的时间也不过十几分钟，格什温的"美国人"还没在巴黎定下神儿来哪。别他妈"开心"啦，想办法，弄八十块钱，赔吧！

我推起车子，这才发现前轱辘的瓦圈被撞拧了，转起来七扭八歪的像个醉汉。我把它靠在隔离墩上，身子站到远一点的地方，平伸过一只手去攥着车把，屁股一拧，踹了它一脚。大概这姿势太像芭蕾演员扶着把杆儿练功了，在停车线后面等绿灯的人都笑起来。我看也没看他们，把前轱辘扭过来，打量了一眼，"咣"，又是一脚。这回总算可以推着走了。不过，要想骑上它，还是没门儿。好在离家不远了，就让它这么醉醺醺地在大马路上逛荡逛荡得了，这也算他娘的一个乐子呢。

瘸腿老马一样的自行车，在人行道上一扭，一扭。西斜的阳光，把人和车的影子推成长长的一条，投到身前的路面上，一耸一耸，一摇一摆，"吱吱……吱吱……"前轱辘蹭在闸皮上，发出耗子似的尖叫。身旁人来车往，急急匆匆。正是下班的时间，北京的马路上，就跟他娘的临下雨之前蚂蚁出洞的架势差不多。

"……就你妈？就你妈？……"自行车的队伍里，一个娘们儿在训她的爷们。蹬辆破车，赔着小心，和她保持着两尺距离的，是一个脸像苦瓜似的男人。

"噢——"等公共汽车的人们兔子一样东奔西窜，在汽车的门口挤成了大疙瘩。售票员故意把车门关关开开，嗞嗞放气，人们越发伸长了胳膊，拥来挤去，好像都淹在了河里，拼命争抢一根即将漂走的木头。

"嘿,瞧一瞧,看一看……"稍稍宽敞点儿的人行道上,"倒儿爷"们开始拿着竹竿,挑起连衣裙,招蜻蜓一样挥舞起来,"瞧一瞧,看一看,坦桑尼亚式鲁梅尼格式大岛茂菲利普娜塔莎玛利亚花色繁多款式新颖您没到过坦桑尼亚您穿上这坦桑尼亚式您就到了坦桑尼亚啦您当不了大岛茂菲利普玛利亚您穿上这大岛茂菲利普玛利亚式您就盖了大岛茂菲利普玛利亚娜塔什卡安东尼斯啦——"

你要是真的相信我在这中间逛荡能有点儿什么"乐儿"的话,那才叫冒傻气呢。

实话说吧,我和我们家老爷子干架已经有年头儿了。现在,我们之间简直就是"两伊战争",停停打打,打打停停。

当然,这不挡吃,也不挡喝。即使一个小时之前我们吵得天昏地暗,一个小时之后,我也照样理直气壮地坐到饭桌前,吃他娘,喝他娘。说不定还更得拿出一副大碗筛酒、大块儿吃肉的神气。是你把我带到这个世界上来的,不管饭行吗!可是,要让我向他开口要八十块钱,那可有点儿丢份儿啦。

唉,这一路我就没断了发这个愁,我怎么能弄出八十块钱来。

"下个月,你想着上电视台报到去。"

中午的时候,我已经"栽"了一回了。

老太太正在厨房里指挥煎炒烹炸,客厅里只有我和老爷子两个人。这突如其来的一句,显然是对我说的。可他既没叫我的小名儿,也不叫我的大名儿,甚至连看都没看我一眼。他弓着背,探着身子,坐在沙发的前沿儿,十指交叉,胳膊支在大腿上,脚下那双做工精细的轻便布鞋的前掌一掀、一掀。他脸上什么表情也没有,目光始终停在劈开的双腿中间,好像他盼咐的不是我,而是他裤裆里的那个玩意儿。

我正倒在沙发里哗啦哗啦地翻报纸。我才不上赶着搭理他呢。磨磨蹭蹭看完了一段球讯,这才隔着报纸问他:"干吗?"

"去当剧务。先算临时的,以后再转正。"

说真的,没考上大学,真他妈待腻了。我已经考了两次,看来,和那张文凭也绝了缘分。这时候要说这差事不招人动心,那是装孙子哪。大概就因为这个原因,我没像往常那样找茬儿噎他。我没说话,算是认可了。

可紧接着他就来劲儿了:"不过,得管管自己那张嘴。电视台的人都认识我。别给我丢脸。"

我差点儿没跳起来,把这个"临时工"给他扔回去。可我还是忍了。细想起来,我也不能算个"爷们儿"。有种——玩蛋去!别说一个破"临时工"了,给个"总统"也不能受这个!

我不应该把老爷子想得太坏。他再不喜欢我,也是我爸爸。我得相信他是为我着想的。不过,我敢说,他更为了他给我的"恩德"而得意洋洋。在他的眼里,我不过是一条等着他"落实政策"的可怜虫。

"爸,给我八十块钱。"我要是再求他这么一句,我可真成了不折不扣的可怜虫啦!

瘸马似的自行车,一拐,一拐。

太阳已经西沉了,天色还挺亮。今天也不知道是什么日子,路边的小妞儿净跟她们的相好撒娇使性儿。我已经看见他娘的不下三对儿了。拉她她不走,推她她晃悠,傻小子们一个个束手无策。

我也不明白为什么心里偏偏要生出这种管闲事的念头——我几乎想走过去，给她们一人一个耳刮子，把兔崽子扇到马路对面去。

过人行横道的时候，我又捅了个娄子。你说我怎么就这么倒霉！当然，我敢肯定，这是我的过错，因为我太一门儿心思算计着和老爷子之间的事情了。可是直到现在，我也没明白自己犯的是"交通管理条例"的哪一款、哪一条。

顺着人行横道的斑马线，都快走到马路中心的"安全岛"了，忽听一个懒洋洋的声音从交通岗楼顶上的大喇叭里传过来：

"那——辆——破——车——……"

"那——辆——破——车——……"

在北京的十字路口上，你听去吧，岗楼里发出的这种半睡半醒似的声音多啦，我哪儿知道是喊我哪！我又走了几步，那声音突然机关炮一样炸响了：

"说你哪说你哪说你哪……"

我站住了，抬头向四周望去。岂止是我，恐怕这远近百十米的司机、行人都吓了一跳，疑心喊的是自己。我和那些被吓坏的左顾右盼的人一样，愣头愣脑看了半天，总算明白了，他喊的原来是我。

"你活腻歪了！"他骂了一句，算是总结。那口气像在他们家厨房里训儿子。不过，有这么一句，别人总算踏实了。冤有头，债有主。没冤没仇的各奔前程。

"你才活腻歪了呢！"我都不知道哪儿来的这么大的火儿，梗起脖子回敬了一句。

我敢说，他不会听见我嘟囔了些什么，我们隔着几十米哪。

事情大概坏在我的脖子上了——用警察的说法儿，这叫"犯滋拧"。我还没走到人行横道的那一头，他已经站在马路牙子上等着我了。

"姓名。"黑色的拉锁夹子被打开了。这小子比我大不了多少，不过那模样可真威风，穿着新换装的警服，戴着美式大檐儿帽。关键是颧骨上有不少壮疙瘩。

"姓名。"又问了一遍。

"卢森。"

"哪个lú？"

"哦——"还挺伤脑筋，"卢俊义的'卢'。"

"哪个'卢俊义'？"

"水泊梁山的卢俊义呀。"

他翻了我一眼，写上去了。他写成了"炉子"的"炉"。

"在哪儿上班呢？"

"在家。"

"嗬，你这班儿上得够舒坦啊。"他的嘴角撇了撇，"我看你也像在家'上班'的。"

身后已经围过人来了，呵呵笑着，看耍猴一样。

"家庭住址。"

"柳家铺小区。报社大院。"

"噢——"他打量着我，微微点头，"还是个书、香、门、第。"他一定很为找到了这么个词儿而得意，所以要高声大嗓、一字一顿的，演讲一般。他很帅地把夹子合上了，双手捏着，捂在裤裆上，腆起肚子，前后摇晃：："知道犯了什么错误吗？"

"不知道。"我不由自主地扭脸看了看刚刚走过的斑马线，苦笑着说,"我……我好像没惹什么事吧。"

"照你的意思,是民警叫你叫错了?是吗?我们吃饱了撑的,没事找事,是吗?……"义正词严。

"没有没有没有。我没那意思。绝对。没那意思。您……叫得很对。"

"那就说说吧,对在哪儿啊。"

这不拿我开涮呢吗!我默默地愣了一会儿,咽了口唾沫,说:"我不该跟您梗那下脖子。"

"嚯——"周围的人都笑了。

本来,我才不愿意跟民警废话呢,该认尿的认尿,能过关就得了,废话多了有你的好吗?!谁想到他跟我这儿来劲了,我也只好跟他贫一贫啦。还挺管用,这小子不再逼我回答那个混账问题了。他踮起脚后跟,朝人群外看了一眼,好像是想看看马路上是不是还有人应该拉来"陪绑"。然后,他沉住了气,又捂着裤裆,腆着肚子摇晃起来。

"知道咱们国家什么形势吗?"

"形势大好。"我说。

"北京呢——""呢"字,一、二、三,拖得足有三拍长。

"形势大好。"我说。

"唔,你还挺明白。"他歪着脑袋,把围观的人扫了一圈,左脚一伸,稍息,"说说吧,你是什么行为?"

"害群之马。"我说。

"啧啧,到底是书、香、门、第!"他又高声大嗓地宣布了一遍。

"我爸在报社大院烧锅炉。"

"是吗？"他微笑了，"怪不得。我看你也像个烧锅炉的儿子。"

周围的人又笑起来。说实在的，我要是告诉他我是副总编的儿子，他得再高八度把他娘的"书、香、门、第"说上八遍。不过，我认一个"烧锅炉"的爸爸也没认出个好来。他算是找着个人把那点儿学问好好抖搂抖搂啦。他由"改革"扯到"打击刑事犯罪"，由"中日青年大联欢"扯到"清除精神污染"。"你他娘的总不会扯到越南进攻柬埔寨吧！"我一边点头，一边在心里暗暗骂起来。

"你笑什么？"

"您挺忙。"我说，"我们报社大院儿里净是报纸。别耽误您的工夫，让我回去自己学学得啦。"

"知道自己需要学习就好。"他大概也累了，"那你就说说吧，认罚不认罚？"

"认罚。"我说，"您辛苦，收入也不高，罚点儿是应该的。"

"我一分也落不着！全上缴国库！"他火了，"就你这种态度，还得给你上一课！"

"噢，误会了误会了，那，也好，支援四化。"

"行啦，别贫嘴啦！"看得出来，他有点儿想笑，可还在故意板着脸，"掏钱吧，两块。"

"两块？不瞒您说，一块也没有哇。"我把衣兜裤兜翻给他看，愁眉苦脸地说，"得嘞师傅，我这辆车破点儿，您要不嫌弃，先扣下得啦。"

"得啦得啦，我下了岗还想早点儿回家呢！"他看着我那拧了"麻花"的前轱辘，忍不住笑了。他这一笑我就明白：两块钱省了。

"走吧走吧，下次再有胆儿犯横，想着带钱！"

鬈毛

"您圣明！"昨天晚上我刚在电视里看了《茶馆》，我觉得这句台词挺棒。

他瞪了我一眼，分开众人，爬回交通岗楼里去了。

我跟在他后面，探着脖子看了看岗楼里的电钟，把车子又支起来。我骗腿坐在后货架上，噘起嘴吹了几句"啊朋友再见"。我吹得不响，长这么大了永远也吹不响，这可真让人垂头丧气。

"喂，怎么还不走？""壮疙瘩"从岗楼里探出脑袋来，"不是让你走了吗？"

我故意看了看人行横道，苦起脸说："受了您这半天儿教育，咱们也得长进不是？您得让我在这儿好好总结总结，看看自己到底错在哪儿啦。"

"嗬，倒是没白费我的唾沫啊。"他心满意足地把脑袋缩了回去。

我他娘的倒真有这个瘾！

其实，我是成心要在这儿磨蹭磨蹭。

今天晚上，老爷子好像要去参加一个什么宴会。这会儿，说不定还没有走。

二

碰上了我在柳家铺中学时的语文老师"馄饨侯"，我才忽然明白，这个时候，待在这个路口，实在是一件蠢事。

从这儿往东，五百米，就是柳家铺中学。我在那儿上了两年高中，接着又上了一年高考补习班。我的同学全住在附近。沿学校的围墙向南拐，八百米左右，就是报社大院了。大院里的人，低头不见抬头见，熟人就更多了。正是下班时间，在这儿站着，没个清静。说不定什么时候对面就过来一位，你再腻烦这一套，也得跟他对着龇牙。

"卢森，怎么站在这儿？你爸爸好吗？"

"馄饨侯"骑着车从学校的方向过来，大概是刚刚下班。还是穿着那件皱巴巴的绸衬衣，哆里哆嗦的凡尔丁长裤。"弱不胜衣。什么叫'弱不胜衣'呢？"我一辈子也忘不了他站在讲台上，用瘦嶙嶙的手指揪起衬衣第三颗纽扣的样子。衬衣里面，仿佛只戳着一根竹竿。"这就叫'弱不胜衣'，明白了？也可以说'骨瘦如柴''憔悴枯槁''病骨支离'，再老点儿，就可以说'鹤骨鸡肤'啦。当然喽，好听的也有——'仙风道骨'……"

他还是那个毛病，老远的，第一句话就是"你爸爸好吗"，或者是"你爸爸挺好的吧"。我真替他难过。

三年前，我从城里转学到柳家铺中学。他教我们班语文。当着那么多同学，老远走过来，他的第一句话老是这个。好像他跟我爸爸不是哥们儿，也是师生。巴结我们家老爷子的嘴脸我见多啦，还没见过这么傻的，我真替他害臊。可是后来，当我爸爸写了那篇混账文章以后，一听他提起老爷子，我只有替他难过的份儿啦。

"你们呀，一点儿也不知道争气，学好。大米白面吃着，读书呢？一肚子臭大粪！……我读书那会儿怎么读的？我告诉你们——"他从黑板的下槽里抓出一把粉笔末，唰啦唰啦地翻开书，每隔几页往页缝儿里撒上一溜，"六一年那会儿，我在师院。饿得我呀，一天到晚恓恓惶惶的。弄了点炒面，就这么撒在书缝儿里，看几页，举起书，对着嘴，磕嗒磕嗒吃一口。有点儿好吃的，都得就着学问吃下去！……"

只要他来上课，课堂上就有笑声。这一段一段的"单口相声"，乐得我们一个个都要抽筋儿。

有一次上作文课。

"九十分钟。照这个题目写吧！我也写。明告诉你们。我搞点儿自搂。给人家写小人书的脚本。你们不少人也知道，当老师的嘛，家庭不富裕。有的下了班，老婆孩子齐上阵，糊火柴盒！我不用。作文学好了，至少有这点好处。写这一页，一碗馄饨。不是我瞧不起你们。就你们中间，比我出息的嘛，当然有。可能吃上这碗馄饨的嘛，也不多。争口气，写吧！"

他姓侯。"馄饨侯"的外号，就是这么来的。我们班同学里，能人多啦。报社大院儿里的孩子，只有三个，都是报社迁来柳家铺以后，转学来的。其余的净是家住柳家铺北里的扛大个儿的、蹬三轮儿的后代。他们学习不行，嘎七杂八的事可懂得不少。我也就是这一次才知道王府井八面槽那儿有那么一个卖馄饨的老字号叫"馄饨侯"，这帮王八蛋给我们的老师安上啦！

我长这么大干的顶浑蛋顶浑蛋的事，就是把"馄饨侯"之类的事情告诉了老爷子。那会儿，我还是个少见多怪的"小傻帽儿"，回到家里，没完没了地学舌。

"格调太低了。你们的老师，格调可太低了！"听了这些事情，老爷子非但没露过一次笑脸，反而总是沉着脸，皱着眉，说这一类庄严而伟大的废话。

我从来也不认为我们这位侯老师能当上什么李燕杰。他不过就是一个爱说点实话，爱开点玩笑，还有点可怜巴巴的"馄饨侯"。

所以，老爷子根本犯不着这么认真，把这件事写进他的文章。

那篇文章的题目好像叫他娘的什么《"师道"小议》，登在他们报纸的第二版右上角，还用花边儿给框了起来。开头就由"某位老师"的"馄饨故事"说起，然后就"由此想到我们的老师应该……"然后又"由此想到"古代的一个什么鸟人的一句什么"经师人师"的鸟话。然后就"教育事业是关系到育人育材的百年大计"。然后就"是不是值得每一位老师深思呢"。

这篇浑蛋文章整个儿把我给气晕了。老爷子的笔名叫"宋为"，班里的同学没有不知道的。本来，班里那些小痞子们背地里没少了拿我们的"馄饨侯"开心，这会儿，倒全他娘的骂上我啦！

"鬏毛儿！"他们给我起了这么个外号，因为我的头发天生有点儿卷，"你丫怎么这么不地道！你们老爷子装他妈什么孙子啊！"

"要是把你平常的胡扯八道整理整理送公安局，也够你狗日的一个反革命了！"

"假模假式的，还'深思'呢，没劲！"

我敢说，这帮兔崽子可逮着一个"臭"我的机会啦。活该，谁让你在大伙儿的眼里一直是个牛气哄哄的总编的儿子呢。搬运工的儿子们、抹灰匠的儿子们也该挤对挤对你，撒撒气啦。再说，我们老爷子也是真他娘的没劲！没劲透了！

最让我受不了的是，那天下午我又见到了"馄饨侯"。那是个星期一，算算我们倒是有两天没见面了，可我恨不能把脑袋扎裤裆里溜过去。可气的是，他老远就看见了我，还是那么和颜悦色，满面春风："卢森，星期天上哪儿玩去啦？你爸爸挺好的吧！"

唉，可怜的"馄饨侯"，您饶了我行不？

"卢森，我还挺想你哪！"这会儿，我的"馄饨侯"老师从自行车上下来了，很费劲儿似的把自行车搬上了人行道。他大概有点感冒，瓮声瓮气的，让人觉得充满了悲痛："听说这次又没考取？"

他教的是毕业班。我上的是补习班。高考以后，我们没见过面。

"怎么搞的，是哪门儿没考好？"

他可真婆婆妈妈。这会儿还提出这个被一千个人提过两千次的问题。不过，我还是听得出来，这第两千零一次的提问是真诚的，不像好多人那样假惺惺。

"哪门儿都没考好。"

我懒得告诉他，考"政治"的那天早晨，我怎样和老爷子吵得一塌糊涂。一怒之下，我根本就没进考场。

"怎么能说是'敲门砖'？这是你一辈子受用不尽的东西！"

"是吗？我只知道我背了八个大要点，八十个小要点，八百个小小要点。还'一辈子'呢，出了考场就忘掉一半。"

"就你这态度，政治就不能及格！"

"那好那好。那我还去费这个劲儿干吗？"

…………

"好好温温书，再考一年吧。""馄饨侯"伸过瘦嶙嶙的手，帮我按了按翘起的衣领。他的每一个动作都让我想起老爷子那篇鸟文章，让人觉得心里真不落忍。他又想起了什么似的说："哦，对了，你们班的李国强，在闹市口卖牛羊肉哪。你们家缺羊肉，只管找他，挺仗义的。那个金喜儿，就在学校门口卖瓜。每回看见他，我都忘不了叮嘱两句：你可别学那伙小流氓，拿把刀子截人家老农的瓜车去……"顿了顿，他看着我，笑着叹了一口气，说，"你要是他们，也就罢了。现在虽说不讲'子承父业'了，可总不能让你也去卖牛羊肉吧。不能给你爸爸丢脸不是……"

"您还别跟我提他。"我受不了了，要不是看在他的面子上，听见这种"子承父业"之类的陈词滥调，我早他娘的掉屁股走了，"他有我哥那么一个儿子就足够了。知足吧他。"

"怎么，你们爷儿俩还别扭着？"

"他有他的活法儿。我有我的活法儿。"说完，我找了个借口，推起我的车，走了。说真的，我真怕听他没完没了地说下去，跑不了又是那一套大大良民的处世之道，我早就听腻了。

要是"子承父业"就是让我去学他那种活法儿，我还真不如去卖牛羊肉或者去卖瓜哪。

自打"馄饨侯"事件以后，老爷子的那套活法儿就已经让我给总结了。两个字——没劲！

就不用说他写的那些文章、作的那些报告了。说得倒挺冠冕堂皇。净是"共产主义"啦，"不计报酬"啦，我可知道，要是稿费开低了，讲课费给少了，他是个什么德性。

我要是再把那天偶然看到的，老爷子和那位年轻的女记者谈话时发生的事说出来，你就会知道我们老爷子多没起色了。

那天他们坐在临窗那对紧靠着的小沙发上。那个小姐郑重其事地向他汇报工作，一只手搭在靠他一侧的沙发扶手上。当时我正在客厅里接电话，一眼瞥见了那只手。不知怎么，我的心里升起一种不祥的预感。我真怕老爷子干出一些可笑的事来。你说怎么就这么灵。我的电话还没有打完，老爷子果然把他那又肥又厚的大手放在人家那又细又白的小手上去啦！还往人家的手上一下一下地拍着，笑吟吟地说："不错，不错！小秦哪，干得不错。再努努力，革命工作很需要业务尖子脱颖而出嘛……"我几乎气挺了。没劲，连他妈沾点儿骚都这么没劲！有胆儿你另找个地方，搂着，抱着，亲嘴儿，上床，谁管你啦？干这种没劲的事，还他娘的忘不了嘴里念叨"革命"，更他妈没劲！

前天晚上，宣传部长来了，和老爷子研究什么"宣传要点"，研究了两个小时。宣传部长走了，老爷子和老太太也接着"研究"开啦，不少于两个小时！研究什么？研究部长的脸子：对什么提法感兴趣啦，对什么栏目很冷淡啦，还真他娘的上瘾。

"我一辈子也不当官。"我站在客厅门口向他们宣布。

"你说什么？"他们莫名其妙地盯着我。

"当你们这号官儿也太难点儿啦。"我说。

"唉，森森，看看你！真不该让你转学来柳家铺。看你学出了一副什么鬼样子！"每到这时候，老太太就这样抱怨，照她的意思，她的儿子是让柳家铺中学里那些野小子们拐带坏了。

"怨不着人家。这是他们这一代人的时代病！"老爷子总是冷冷地反驳她。他对我早就彻底失望了，好像我只是他一个可悲的研究对象。他总要居高临下，高深莫测地总结个一二三。

我才不巴望着他对我抱什么希望呢。不过，我得承认，我这满不在乎，动不动就想寻开心的"鬼样子"，确实至少有五十次险些把他气得背过气去。在他对我彻底失望之前，有一次，他偏要拉我一起去看什么"青年演讲比赛"。"青年导师"嘛，他也想给他的儿子"上一课"。可这叫他娘的什么"演讲"呀，"啊青春""啊理想""啊人生""啊幸福"……一色儿让人起鸡皮疙瘩的陈词滥调，叫"背报纸"差不多,叫"朗诵"也凑合。有什么话你就说,有什么屁你就放,磕磕绊绊都不要紧,演讲嘛。你他娘的一个劲儿"啊"什么呀!"你跟谁学的这么玩世不恭?"他对我在台下撇嘴大为不满。你不满,我心里也不那么痛快。我受的罪过大了。你不明白我为什么"玩世不恭",我还不明白你干吗要为这些傻里傻气的"演讲"鼓掌、龇牙、磕头虫似的点头呢!……

每当到了这个时候,老爷子就几乎"背过气"去了。他开始一言不发,板着脸,眼睛直看前方,眼镜片上闪着冷光,胸脯却像皮老虎似的一掀一掀。说实在的,这时候我可真觉得过意不去了。甭管怎么说,老爷子养我一场不容易,年近花甲,又有冠心病,生起气来呼哧呼哧的,真"弯回去"了,可不是好玩的。不过,我得声明,我可没成心气他。这简直好像没什么办法。越在家里待着,不顺心的事越多,看着老爷子活得越没劲。憋不住的时候,你总得让我说两句,开开心吧?连开开心的权利都没有,还有活头儿吗?

三

回到报社大院,天有点儿黑了。

大院门口的东侧,是报社的车队。从汽车库前面走过的时候,我特别留神了一下老爷子常坐的那辆奶白色的"皇冠"车。它已经开出去了。不过,老爷子离开的时间也不长,因为回到家属楼门口我发现,老太太还待在那里和别人闲聊。

老爷子离开报社去参加什么活动,老太太总是要亲自送出门来的。当然,我们家住在一层,说两句话就跟着出来了。可我知道,这要不是老太太过去当演员当出的"毛病"才怪呢。看着老爷子钻进那辆奶白色的"皇冠"车，要是这会儿能碰上个熟人，她更来劲儿啦。她会没完没了地跟人家瞎扯：老头儿下个月要去北欧访问了，可什么东西都没置办哪。老头子呀，血压又高了，人家说吃老玉米须子能降压，他死活不信。怎么说他好！……好像全中国的人都巴不得知道她的老头儿怎么吃，怎么喝，怎么拉，怎么撒。

我他娘的简直见不得我们家老太太和那些老娘儿们站到一块儿胡咧咧。就跟自从看见老爷子摸人家手以后，一见有小妞儿和老爷子坐在一块儿，立马心率过速一样。不过，今天我可一点儿没脾气——全他妈是那八十块钱闹的。憋了一路了，我也没憋出个更有味儿的屁来。看来，也只有趁老爷子不在，跟老太太伸手这一条道儿啦。

八十块钱对于我们家来说，是算不了什么的。老爷子和老太太的工资加起来就有三百多。老爷子发表的那些破文章，三天两头儿来钱。不定什么时候他又把它们剪剪贴贴，凑那么一本《和青年朋友谈人生》什么的，虽说在书店里搁臭了也没人买，千儿八百的稿费还是照拿的。再说，老太太也正巴不得有个机会为我掏腰包呢。和老爷子吵翻的时候，我老爱说："在这个家待着可真他妈没劲，没劲，没劲透了！"大概为了让我收回这念头，她今天塞给我两张内部电影票，明天又塞给我几盒"蜂乳"。只要我能感到自己是老太太的"幸福家庭"的"幸福儿子"。别说掏八十块，掏八百也行。

"哎呀森森，你这是去哪儿啦？车子怎么摔成这个样子？"

老太太的眼睛还真尖,老远就看见我了,撇开一块儿闲扯的人们,嚷嚷着迎过来。这一惊一乍的架势可真让人受不了。

"人摔着没有?……"

"年轻人哪,可得当心!"

"现在街上的交通也真成问题。"

"我过十字路口,从来是下车推着走……"

真的假的呀?那帮老娘儿们也凑过来七嘴八舌地添乱。

我没理她们,推车进了楼门。老太太也紧跟着回来了。

"唉,别管车摔成什么样儿,没伤着你算便宜啦!"她帮我扶着自行车,好让我从横七竖八的自行车中间腾出地方来,"儿子,什么时候才能让妈妈省点心呀……"

听听,我都觉得,要是不张口跟她要这份钱,倒怪对不起她的啦。可谁又敢保证,她不会借着这事,再把老爷子和我往一块儿扯?

…………

"爸爸儿子喝点儿啤酒吧。"

今天中午,老爷子刚刚把电视台那个破差使"赏"给了我,她就举着炒勺,从厨房里跑出来。她腰间围着蓝色的蜡染围裙,站在客厅门口,笑眯眯地看着我们。

"爸爸"和"儿子"谁也没搭腔。

午饭端上来了:豆豉鲮鱼、烧排骨、西红柿汤。老太太简直和当年在舞台上跳芭蕾一样起劲儿:她不再问我们,拿过玻璃杯,倒好了啤酒,一杯、两杯,放在我们面前。连平常只会怯生生低头上菜的安徽小保姆,都抬起了眼皮,奇怪她怎么这么欢势。

"来,为森森到电视台好好干,干杯!"

我他娘的几乎顶不住她这死乞白赖的生拉硬拽啦。可"爸爸"和"儿子"看着眼前的杯子，还是连摸都没摸。

　　在我和老爷子中间，老太太好像永远在扮演一个费力不讨好的角色。有时候，我真有点可怜她。别看在整个报社大院的人眼里，老太太永远是个活得滋润、性情随和的总编夫人，在我看来，她活得才叫窝囊呢。她心里怎么想的，我可不知道。不过，我知道老太太当年可是个露过脸的人物。在她认识老爷子之前，已经在好几出舞剧里演过主要角色了。她还去莫斯科学习过。当年当记者部主任的老爷子怎么擒住她的，那又不是我能知道的事啦，反正老太太因此就急急忙忙结了婚，生了我哥，改了行，心甘情愿地当"夫人"了。细想起来，她现在的活法儿也自有她的道理，当年和她一块儿的那些姐妹儿们，后来不是成了大明星，就是当了舞蹈学院的副教授。老太太要是连个体面舒坦的日子都混不上，这辈子整个儿白活啦！

　　想到这一层，我也觉得自己好像是有点儿"不是东西"了。——给电影票，照看；给蜂乳，照喝；八十块钱，照要。可我能规规矩矩地给老太太当他娘的"幸福家庭"的"幸福儿子"吗？扯淡！

　　"她有她的活法儿，我有我的活法儿！"

　　最后能让我心里踏踏实实的，又他妈是这句哪儿都用的废话！

　　跟老太太一起进了家门，我暗暗庆幸，幸好没在楼道里急急忙忙把要钱的事对她说出来——我哥回来了。他大概也就比我早回来一步，正在客厅里一边吃饭，一边看电视。茶几上摆着他吃了半截儿的饭菜。对面的电视机屏幕里，正在跳芭蕾舞，大白萝卜似的大腿抡来抡去。

"森森,留点儿神,别把鸡骨头弄到地毯上。"

老太太和小惠端着给我留的饭菜,送到客厅里来。走过电视机前面的时候,"啪",她随手把频道换了。

"……老程,改革需要你,四化需要你呀!"特写:一个大老爷们儿在嚎,鼻涕眼泪抹了一脸。

"啪",又一下。

"马克思主义哲学最鲜明的两个特点是什么呢?……"又是那个穿中山装戴眼镜的副教授,面有菜色,听声音总让人觉得他只有半边肺。"看看,看看,党的知识分子政策不落实怎么行?!"我曾经指着他跟老爷子说。

"还是看芭蕾舞吧。"我哥说。

"啪",频道又换回去,"大白萝卜"又抢起来。老太太回自己的卧室去了。

"妈要找什么节目?"

"不知道。"

其实,我太知道啦。老太太才不找什么节目呢。她就见不得芭蕾舞。不要说上剧场看演出了,就是电视上的,她也受不了。这大概跟我考大学落榜那几天差不多,简直听不得人提起关于大学的事。哪怕电视上有一个镜头,心脏都"呼"的一下,跟他娘的被什么东西咬了一口似的。

唉,妈妈,我又开始替你难受啦。

"怎么着,买卖亏了还是赚了?"我接过小惠送来的碗筷,和我哥坐到一条长沙发上。

"有亏有赚。"他在龇着牙抻鸡腿上的一根筋。

"别蒙我啦。别人有亏有赚,我信。区委组织部办的公司能亏了?再说,那些顾问伯伯都是干什么吃的?"

"嗨,我还以为你就会跟老爷子骂骂咧咧呢,看来,你还挺门儿清啊!"他瞥了我一眼,龇牙一乐,"你还别生这份气。这年头,靠老爷子赚钱的人多啦,我算什么。"

他总算说了句实话。要说有时候我还能和他聊两句的话,也就因为他在我这儿还时不时有几句实话。

"见着老爷子了吗?"我问他。

"没有。我没事。"

"光蹭饭?"

"也不是。"他的下巴往酒柜那边一挑。我这才看见,那上面放着一盒新侨饭店定制的生日蛋糕。

我哥回来,跑不了就是两件事。要么就是买卖上有什么难处了,得求老爷子给办办。要么就是误了饭,回来"蹭"一顿。反正家里搁着一位任劳任怨的小保姆,比回他自己那套小单元房里,让老婆忙活强多了。这可不是我说的,这是他自己说的,他的脸皮厚了去啦。不过他今天还算例外,给老爷子送生日蛋糕来了。要说也不例外,他就这么会"来事儿"。老爷子放个屁,他都三孙子似的接着,时不时还来块生日蛋糕什么的,把老爷子哄得团团转。

"想干点什么事,不把老爷子哄转了行吗!中国还是老爷子们的天下。"这也是他对我说的。

我得承认,这又是实话。可惜我不想"干点什么事"。更没那个瘾在老爷子面前装王八蛋。不然,从我哥这儿倒能学到不少糊弄老爷子们的诀窍。

"用现今时髦点儿的说法吧,这么着,老爷子更得把你'扶上马,送一程'啦。"我又朝那盒花蛋糕看了一眼,笑着。

"我知道我在你的眼里不是个东西。"我哥满不在乎地嘻嘻笑起来,"可你这一套也算不得什么英雄。中国人要是都像你,也早亡国啦。"

"没错儿。咱们俩都不是东西。"我说。

我们两你看看我,我看看你,突然都笑了。我不知道他在笑的时候想到了什么,我只是觉得他笑得开心透了,只有厚颜无耻的人才能在这么一句话面前发出这样的笑。我虽然也在笑着,在他的笑声面前却感到了一种自卑。因为一边笑着,一边觉得自己的鼻子里、嗓子眼儿里有一股热烘烘的、酸酸的东西漾上来。

他吃完饭就走了,我也正盼着他走。他一出门,我就到卧室找老太太要钱去了。

"啧啧啧,你呀你呀!"老太太的反应是预料之中的。她当然少不了拿出责怪的口气叨唠几句,可更多的却是有点儿兴奋。不过,让人心里起急的是,接下来她开始东一句、西一句和我闲扯,就是不开抽屉给我拿钱。我真疑心她是不是故意耗时间,等老爷子回来。

"妈,要是方便,快点把钱给我。我还打算今晚给都都送去哪。"我实在忍不住了,好在又找着了一个借口。

"瞧你!"她看了一眼挂钟,"再急,也得等明天早上上银行取吧?"

我没词儿了。明天?八个明天都行!可我他娘的早看出她要算计我什么啦。

"好吧。"想了想,我说,"那,把存折给我,明天,我自己去取算啦。"

老太太犹豫了一下,把存折找出来,递给了我。我回自己的房间去了。

老爷子是十点多钟回来的。皮鞋踩在地板上,"吱吱"响着。他接了个电话,又到卫生间去洗澡。洗澡出来,老太太和他在客厅里嘀嘀咕咕。

本来,回到房间里,把存折放在桌上,这心里已经踏实了,说实在的,甚至还有点得意。靠在被子垛上,看《风流女皇》看得挺上劲儿。这时候外面就传来老太太和老爷子嘀咕的声音。我简直不知道从哪儿冒出来了一种不妙的预感,飞快地把书扔到桌上,脱衣,铺被,关灯。

我的手拽着灯绳正要拉的时候,老爷子来了。我把手松开了。

老爷子穿着白底蓝条的睡衣睡裤,脚下趿拉着拖鞋,身子几乎把房间的门堵严了。他面无表情,手里捏着一沓钞票。

"森森,爸爸这儿正好有现钱!"在他的身后,传过来老太太的声音。

"够吗?"

"够了。"

这回他倒没废话,趿拉着拖鞋,沙沙沙,走了。

"森森,这么晚了,就别给都都送啦,明天再说吧!"

老太太笑眯眯地走进来,帮我抻了抻床单,拿起《风流女皇》翻了翻,又帮我把灯绳拉了。临关门的时候,她又冲我说:"好好睡吧。"

睡个屁!我到底让你给算计啦!

这倒还在其次。要命的是,我又一次在老爷子面前"栽"了。"栽"得可真他妈惨。

鬈毛

四

"森森,起床!吃饭啦!"老太太在门外叫。

我早醒了。我睡的房间窗户朝东。现在,白色的窗帘一扑一掀,太阳光噼里啪啦地跳进来。窗外的脚步声、说话声玻璃碴儿一样脆生生的。躺在床上,突然有一种躺在大马路边上的感觉。

我正蜷在毛巾被里胡思乱想。我要是把想的什么都说出来,那可太流氓啦。当然,这也没什么了不起,二十岁啦。"年轻人嘛",老爷子爱说的半句话。啊前途。啊理想。啊四化。啊人生。你也得容忍一个小光棍儿望着对面阳台上晾挂的乳罩想入非非。

总的来说,我还是个"好孩子"。可这决不是因为我见了小妞儿不动心。在我们那个高考补习班里,至少有三个小妞儿给我递过飞眼儿。我他娘的哪儿招她们喜欢啦?其说不一。有的说,喜欢我有"幽默感"。有的说,喜欢我这鬈毛儿。也有一位,简直什么都喜欢。"卢森,你的作文写得可真好。我……我都有点儿崇拜你了!"杜小曦就这么说过。她是一个挺有味儿的小妞儿。两条长腿又直又匀,爱穿宽宽松松的红色套头衫,苗实的小乳房在里面时隐时现。为了她这么一句,我几乎晕在她面前啦。可事情就坏在她"什么都喜欢"上面。"你爸爸这篇文章写得可真好!卢森,你准能当他的接班人。"这就开始让我反胃了。"卢森,你这一瘸一拐的架势都那么潇洒!"活见鬼,那几天,我正为扭伤了右脚

231

龇牙咧嘴。高考的前一天晚上，上完辅导课回家，她好像特意藏在路边等我。她穿上一件淡黄色的套头衫，精致的小乳罩清晰地从里面显现出来。"卢森，亲我一下吧！把你的灵感给我一点吧！"走到一片阴影下面，她的声音绵软得让人腿杆子打晃。更是活见鬼了，我有什么"灵感"呀，"馄饨侯"叫起来当场读作文的不是我，是她杜小曦！再说，想玩玩就玩玩，这和他娘的"灵感"有什么关系？本来我还有点儿情绪，全让她这么一个"灵感"给搅没啦。"哟！"我愁眉苦脸地说，"那我可不亲你了，我的灵感就那么点儿，挺少的。再给你点儿，我怎么办？""真傻假傻呀！"最后她哭着跑了。如今想起那情景，又怪让人遗憾的。我推着她的背往前走时，触着了她乳罩的挂钩，现在右手食指上好像还留着这感觉呢。不过我要是真的"啃"了她再和她扯上什么"灵感"之类的混账话，那罪过说不定就受大啦。"我怎么能够把你比作夏天？你不单比他可爱，也比他温婉。"她会这样对我说。"你的甜爱，就是珍宝。我不屑把处境，和帝王对调。"我得这样对她说。我就什么也甭干，整天揉着胸脯子，捏着嗓门子，跟她对着背莎士比亚吧。

唉，这些小妞们中间，哪怕有一个不像杜小曦这样，我也早就不是"好孩子"啦。

"森森！"老太太又叫了。

"听见啦听见啦！"我懒洋洋地爬起来。

我们家吃饭都在过厅里。这过厅有一间房子那么大。除了饭桌以外，还可以摆下冰箱、食品柜和碗橱。小惠正站在食品柜前，往配餐面包上抹果酱，烤三明治。老爷子已经坐在饭桌前了。还是穿着那身白底蓝条的睡衣裤，一边看"大参考"，一边呷着牛奶。

厨房里传出来鸡蛋下油锅的"嗞啦"声。炸荷包蛋，老太太从来是要亲自动手的，她嫌小惠掌握不好火候。

我刚在饭桌前坐下，老太太就把一小碟一小碟的荷包蛋端出来了。

"一人两个，爸爸儿子别打架。"

咯咯的笑声。小碟子推到每一个人面前。我却觉得这一点儿也不幽默。

"老头儿，今天总算没事儿吧？"

"嗯……"

"嗯什么？今天你是寿星佬儿，午饭时淼淼和肖雁还回来呢。"肖雁是我哥的老婆。

"不会耽误午饭的。只是……团委有个同志上午来谈点工作。"

"淼淼，你今天也……"

"我还得给都都买放音机去呢。"

"那还用得了多长时间啊。回来的时候，上自由市场给我带捆葱回来。你可别像昨晚似的。我还等着葱使呢！"

老太太的心情好极了。当然，家里的气氛不坏嘛。"幸福的生活幸福的生活比呀比蜜甜喽。"

吃完早饭，我就骑着老太太那辆旧女车上百货大楼去了。花七十五块钱买下了那个混账的放音机，送到了都都家。都都这小子还一个劲儿装王八蛋——"哎呀这是何苦坏了就坏了何必这么认真这可真不够哥们儿啦我真想骂你兔崽子啦干吗把这当回事呀……"

"那好那好。也是。哥们儿一场，就别让你不好意思啦！"我故意把放音机装回书包里。

兔崽子嘴角倒还咧着，颧骨上的肉已经他娘的冻住啦。

"别装了，看你丫这份难受劲儿！"我又把放音机拿了出来。

他骂了我一句，给我拿苹果去了。

"我得跟你打听个人。"放下苹果，他又跑去关上了通往堂屋的门。他们家老爷子正在那儿给一个小柜上油漆。

我已经猜到他要打听的是谁了。说实在的，我时不时到都都这儿来臭聊一会儿，好像也有从这儿听到点儿她的消息的愿望。她和他都考上了师范学院走读班，一个在中文系，一个在历史系。我就这么贱！谁让我的右手食指上，还留着她脊梁背儿上那个小挂钩的感觉呢。

"你们班的杜小曦，怎么样？"

"挺好。瞧你小子削苹果的这个笨劲儿！"我说。

"你来你来。其实我在咱们学校就知道她啦，只是没说过话，这回我俩上了一个大学。再说，我不是在作文比赛里得了个二等奖吗。她也得了个奖，表彰奖……"

"她就噘起嘴巴给你伸过去啦——啊都都，我可真崇拜你。亲亲我，给我点灵感吧！"

"你是听谁说的？"都都的眼睛瞪圆了，"李伟这小子真不是东西，我只告诉了他一个人，不许他传的！"

"根本不是李伟说的。我猜的。"我嘻嘻笑着，"你作文二等奖，她表彰奖，再往下……这不是明摆的事吗！"

这傻小子想了想，说："是得服你。"

"你小子艳福不浅。"我说，"拿着你的苹果。"

他接过苹果,一边嚼,一边想着什么。

"嘿,不瞒你说,我还是第一次啃一个小妞儿的脸蛋儿哪。我的牙关都磕磕绊绊地打冷战。"

"啊都都,我……我晕……——她一准儿瘫在你怀里啦。"

"哎呀,你怎么说得这么准!好像你小子也干过这事一样。"

"她要是不晕,就是早被人啃过啦。"

都都的眼珠子都他娘的放出亮儿来了!

"走啦。"我把给自己削好的苹果塞到嘴里啃了一口,"我还得上自由市场给我妈买大葱去哪。"

"森森,森森,你再坐会儿,再坐会儿,我还得请教请教你。哪怕你吃完了苹果再走呢。"

我又坐了下来。

"你说,我们之间,我们之间还会怎么样?我……我怎么,怎么和她……"

"这他妈还用问。她说:'啊,你的眼睛像星星!'你就说'啊,你的嘴唇像月亮!'你干这一套还不跟玩儿似的?再不行,预备一本《莎士比亚十四行诗选》,够使的啦。"

他眯着眼睛,一下一下地晃着脑袋,跟他娘的晕在了一支曲子里一样。

这小子还没听够。送我出门的时候,也张罗着换鞋,找车钥匙。他一定要跟着我去买那捆大葱。

这一路就全是他娘的没完没了的"杜小曦"啦。我要是把杜小曦跟我来过的那一套告诉他,他准保得连人带车翻在马路上。可我才没这心思呢。"啊,我晕!"杜小曦就是跟一百个老爷们儿玩一百遍这一套，我管得着吗？不过，有时候我也觉得自己是有点儿怪。当年杜小曦求我啃她之前，我可挺迷过她一阵儿的。我的座位就在她后面，我甚至时不时斜眼偷看她后脖颈上那淡淡的茸毛。可到了关键时刻，我他娘的一点儿情绪都没啦。现在呢，想到她倒在了别人的怀里，心里又有点儿不是滋味儿。

"……瞧一瞧，看一看，这小葱儿长得多聪明啊！""您哪儿找去？哪儿找去？这么便宜的大白萝卜，哪儿找去？……""这是青口菜！您嫌老？您找嫩的去吧！""别掐！别掐！您一个一个给我掐了，我还怎么卖？"……听听自由市场里的吆喝声、讨价声、骂街声，都比听他娘的一口一个"杜小曦"中听多啦。

"听说她爸爸在报社当记者？"

"唔。"

"我老有点儿自卑。我爸是工人。我们家，底儿太潮。"都都提着那捆大葱，追着我，在人群里挤着。

"全看你自己能不能唬住她啦！"没法子，有时候还得没精打采地应付他一句。

"猪头肉！猪头肉！一块九一斤的猪头肉！不好吃不要钱的猪头肉！"

"口条，口条，酱口条！誉满全球的酱口条……"

"你说她够多少分，九十。有吗？……"

"敢情！你看她那两条腿！"

"嗨——嫩黄瓜，嫩黄瓜，一掐一股水儿的嫩黄瓜！"

"嗨——一把抓的小笋鸡儿啊，一把抓，一把抓，一块钱一只的小笋鸡儿！"

我们好不容易才挤到了一个松快地方。

"行啦,今儿一上午,整个儿给你兔崽子的'杜小曦'搭进去啦!"我把他手里的那捆大葱接过来。

"把你当成哥们儿,聊点儿私事嘛,"他看了我一眼,"瞧你这不耐烦劲儿。你他娘的一点儿也不替我高兴。"

我说:"谁他妈替我生气呀?我的'杜小曦'还不知道在哪个丈母娘肚子里揣着呢。"

他一愣,看了我一眼,嘿嘿笑起来:"别装可怜相。我可知道,不光你们班,就连我们班那些小妞儿们,都公认你是一个真正的男子汉。"

"你别他妈骂我啦!"我可一会儿也没忘了昨天晚上在老爷子面前的那个厌德性,这会儿跟我提什么"男子汉",可不跟他娘的骂我差不多。

"也是。"他想了想,叹了一口气,这假惺惺的样子可真让人讨厌,"你在事业上是得解决呀。男儿当立志。只要事业有了着落,就不愁没妞儿追你。"

瞧兔崽子这份德性!好像考上个破大学再加上那个二等奖,也算成了什么"事业"了,丫挺的就成了有一万个美人儿追着跑的英雄似的。

不过,如今我也确实就这么整个儿地完蛋啦,谁他娘的都有资格在我面前摆谱儿,跟郜都这小子还生不起这份气。不信把杜小曦叫来试试,别看当年她上赶着求我"啃"一口,现在,她用眼皮子夹我一下就不错!

自由市场的围墙外面还像是市场。马路两边摆满了卖金鱼的、卖鱼虫儿的、卖马掌花肥的、卖耳挖勺的、卖竹衣架的……各式各样的小摊。蹬着平板三轮送货的"倒儿爷"们横冲直撞。"老农"们推着后货架上挎有两只大荆条筐的自行车,俯下身子,在马路当中晃荡荡。我和都都一起,顺着人流朝外走着。

"嘿,朝那边走,顺便看看倒腾摩托车的,怎么样?"

我知道那边有个摩托车交易市场,可不知道倒腾摩托车有什么好看的。不过,顺这条路拐上大街,好像倒清静一点。

"你可不知道。倒腾车倒是次要的。那儿成了老爷们儿抖威风的地方啦!"

都都说的不假。马路边的那片草坪上,早已不是两年前的景象了。那时候上面稀稀落落地停了几辆"嘉陵""铃木50""铃木80",每辆车前围着三三两两看热闹的人。现在倒好,一过来我就看出名堂了,这他娘的哪儿是买车卖车呀,这是比谁的车子棒,再比车子后面驮的那个妞儿哪!

草坪上横七竖八地停了一片红红绿绿的摩托车。男男女女们,除了我和都都这号看热闹的,也除了那些可怜巴巴地开着"幸福"啦、"嘉陵"啦,这会儿缩在一边没脸臭显的傻小子们,一个个的神气不是像王子,就是像公主。"突突突突……""川崎125"开来了。"突突突突……""铃木AX100"开走了。搂着老爷们儿腰身,像风一样飘来飘去的,是一个个身材苗条、充满了弹性的小妞儿。

"嘿,这哥们儿又来啦,真够狂的!"

"'本田400'!小妞儿也镇啦!"

人群中卷过一片赞叹声。一辆黑亮亮的"本田400"轰轰地开过来。戴着雪白"飞翔"头盔的爷们儿把右脚往地上一支,穿着牛仔裤、天蓝色绸衫的小妞儿一撅屁股,来了一个体操动作:修长的双腿向后一甩,双脚一并,跳下车来。她戴着一副蝴蝶形茶镜,一条浅灰色的皮带活像美国大兵的子弹带,松松垮垮地耷拉在胯上,双手拇指扣在裤腰里,野味儿十足。看热闹的、玩摩托车的,狼似的盯着这辆"本田400"和这位小妞儿,眼珠子都他妈绿啦!

"听听,听听人家那辆的声音,轰轰的!您这辆可好,哪哪的。趁早,换一辆。我跟您这么说吧,非'250'以上的不行!"看热闹的人中间,一位三十岁上下的瘪脸儿好像特别在行。拍着一辆"铃木100",递一根烟给它的主人。

"哥们儿,怎么自己不弄一辆玩玩?"

"谁不想呢,这就是老爷们儿的玩意儿嘛!……您给我钱?"

"哈——"大伙儿全乐了。

"完了完了,那您老在这儿干看干说可太没劲了。"一个十五六岁的孩子不知好歹。

"兄弟,那你可错了。其实,你不也这儿干看着呢?"

看来,瘪脸儿爷们儿是想给这位"小兄弟"上一课了。

"看不看足球?"

"看呀。"

"完了。你怎么不进国家队踢呀?"

"……"

"爱不爱看……大草原上骑马?"

"凑合。"

"完了。你哪儿弄马去?"

"……"

239

"看的是一种活法儿！爷们儿的活法儿！"他一伸手，"啪"的一声，打火机蹿起了火苗，他给"铃木100"递过去了。点上烟，斜楞了小孩儿一眼，拿着腔调说："兄弟，你见过的世界还小！"

这回轮到大伙儿给小孩儿"一大哄"了。

"听过车间主任训话没有？"瘪脸儿更来劲了。

"瞧您说的，我是学生。"小孩子吧唧了一下嘴，摇头。

"每月月底，从会计那儿领四百二十大毛的滋味儿您就更没尝过啦。"

"……"

"要问你怎么跟老婆打埋伏，省出烟钱，您还是整个儿一个'傻乎乎'吧？！"

"废话。"

"完了完了，说你见过的世界还小不是？……活吧！"

"活吧"，不知道是冲谁说的，好像是冲小孩儿，又好像是冲他自己，因为那以后他长出了一口气，那眼神里满是悲哀。

其实我不喜欢摩托车，要是真有辆特棒的摩托车，我也没这个瘾——驮个小妞儿来臭显。不过，瘪脸儿感觉是一点儿没错的。这些骑士们的活法儿可太刺激人啦，这比都都那神气活现的模样更令人垂头丧气。

"怎么样，带劲吧？"都都说。

"没什么带劲的。"

"再看一会儿。"

"再看，我更觉得自己白活啦！"

我拍了拍都都的后背，一个人走了。

我还得回家去送大葱。

在五颜六色的摩托车群里，推着一辆旧女车，车后驮着一捆大葱，算是把我的德性全散出来了。

当然，我的伤心才不在于这捆大葱呢。

要命的是，我忽然间发现，我的活法儿也不过是我给老爷子总结的那两个字——"没劲！"

五

客厅里有客人。老太太正在过厅里给老爷子的生日蛋糕插蜡烛。

"谁来了？"

"轻点儿。报社新调来的团委书记。"

"研究什么？五讲四美三热爱？三学二批一端正？"

"轻点儿不行？你呀，要是跟你爸说这些，又该把他惹火啦！"

通往客厅的门是那种对开的大玻璃门。在过厅里就可以看得见客厅里的一切。

老爷子坐在迎门的长沙发上，短而粗的手指夹着一支香烟。新来的团委书记是个二十五六岁的大妞儿，穿着一身深灰色的西服套装，双腿并拢，身板儿笔直，稍稍向老爷子的方向扭着身子，坐在东侧一只单人沙发的前沿儿上。沙发扶手上搁着打开的笔记本。

"卢书记，除了不准留披肩发外出采访这一条以外，您还有什么指示吗？"

这声音好熟悉。我又朝玻璃门里看了一眼。哟，怪不得，这不是上个月在人民大会堂的晚会上跟我跳过舞的那一位吗!

"你多大了?"

那天她那模样儿可真浪,穿着一条紫红色的金丝绒长裙,领口开得很低,脖子上还挂着金项链。那天她梳的就是披肩发,好像是怕跳舞时弄乱了头发,所以又用一条暗红的发带在头顶拢住。跳舞的时候,她的头发上散着玉兰花香。后来我发现,那是那条发带上散出来的。

其实,我顶不喜欢这种慢悠悠的交谊舞了,它老使我觉得那么装模作样。要不是和我同去的几个小子"将"我,和我打赌,我他娘的才不去请她跳舞呢。一边跳着,我还一边跟那帮小子们使眼色。不管怎么说,这支曲子完了,他们就得到冷饮室请我的客啦。

我们使眼色的时候,她一定发现了,不然她不会提出这么一个不太礼貌的问题。

"我?二十岁。"我说。

"哦,那你还是个孩子哪。"她咯咯笑着,腰肢一颤一颤。不过她很快就看出我有点儿恼火,说:"可你舞跳得这么好,真少见。"

她怎么找补也没用。这句混账话简直让我恨不能扔下她就跑。至少当时我难受了老半天,玩的兴致全没了。我不记住她才怪!

现在,她那点儿浪劲儿都不知上哪儿去啦,扎着暗红发带的披肩发梳成了盘头辫儿,正正经经地坐在我们家客厅里,和党组书记讨论"不准留披肩发外出采访"的问题。当个屁大的官儿也得有这一"功",你不服还不行。

我也不知道从哪儿冒出了一股"恶作剧"的念头。推开客厅的门,大模大样地进去了。我还故意冲着她,客客气气地点了点头,坐到屋子西侧的角落里,"咔咔咔"地拨电话。

老爷子瞪了我一眼,不过,他大概正好想去"方便方便",起身出去了。

"在讨论'披肩发'的问题,是吗?"我把话筒挂了回去。

"是呀。"她看着我,那眼神似乎是努力在记忆中寻找什么。

"干脆,连舞会上的'披肩发'也给禁了算啦!"

"噢,是你呀!"她想起来了,脸也渐渐红起来,"真没想到!真没想到!"

"您这身衣服,比那天晚上的可差多啦,像个妇联的女干部。"我故意粗声大嗓地说,"发式也是。还是披肩发好看。"

"去去去!"她的脸更红了。

厕所的水箱响了。

"你的头发,也快成'披肩发'啦。"她看了看我,突然咯咯地笑起来。

老爷子推门回来了。

"你这种精神面貌可差点劲儿。"她瞟了他一眼,对我说,"你别腻烦我。其实,大人都是为了你好!"

天哪,她笃定是我们家老爷子最理想的接班人啦!

临近午饭的时候,老爷子送走了他的"接班人",回到客厅里来。他又摆出了我早已熟悉的那副模样:弓着背,探着身子,两肘戳在大腿上,胸脯一起一伏。他打量着我,半天没言语。我在削苹果。看了他一眼,我猜到了他会干什么。

"如果你以为自己那个脑袋还挺美的话,以后最好回自己的房里美去。"

还是既不叫我的小名儿,也不称我的大名儿,连看也不看我一眼。还是什么表情也没有,盼咐着他的裤裆。

我他娘的早料到会有今天啦。当然,我倒没想到他的废话来得这么快,刚过了一宿,他就来劲儿啦。这还只是赏了我一个破临时工再加上八十块钱呢,再多点儿,你说,我还有活头儿吗?

这回我可没屁着。不过,我要是粗了脖子红了筋跟他嚷嚷,那才丢份儿呢。

"我这脑袋怎么了?"我胡噜了一下长发,从沙发上欠起身来,也弓起背,探着身子,也把两肘戳到大腿上,把拖鞋的前掌一掀一掀。我同样不看他,同样面无表情地说:"我怎么长了这么个德性脑袋,我还得问您哪。"

"我说的不是你那鬃儿。我说的是你头发的长度!"

"长度?长度怎么了?多长是革命的?多长就成了反革命了?你们报纸上发过社论吗?"

他"呼"地站起身,出去了。

他走到客厅的门口,正赶上我哥和肖雁进门。

"爸爸,万寿无疆!万寿无疆!"肖雁和我哥真是天生一对儿,她一进门,管保能叫老爷子老太太眉开眼笑。当然,这一切都是在嘻嘻哈哈中进行的,决不会让人感到肉麻。

可今天肖雁算是撞上啦,老爷子正在气头儿上,整个儿白干!老爷子理都没理她,一扭身,回他的书房去了。

"爸爸怎么了?"

"不知道。"

她撂下挎包,立刻到厨房拜老太太去了。

"哼，要不是你又气老爷子了，砍我的脑袋。"我哥把西服挂到衣架上。

"没有没有没有。"我瞥了他一眼，慢吞吞地告诉他，"他嫌我的头发长，我向他请示，让他给个尺寸。"

我哥看着我，长长地吹出一口气。他在我对面的沙发上坐下来。

"妈妈，熟了。您尝尝……"厨房里，传过来肖雁和老太太嘻嘻哈哈的声音。

"大生日的，你把老爷子气死了，对你有什么好处？"我哥点上了一支烟。

"我根本没想气他。他自找。"

他还是默默地抽着烟。

"我不跟你废话。我知道，废话对你早他妈没用啦。"

要说我哥比老爷子可聪明多了。他承认现实，所以我们永远不会急眼。和他谈话，我甚至时不时会想起在月坛公园见过的两个拳师。他们才不像《少林寺》的傻小子们那样，喊得乌烟瘴气，打得天昏地暗呢。他们不言不语，站得很近，你推过来一把，我揉过去一下，有时还面露微笑。我知道他们俩谁都摸谁的底，可又谁也不服谁。所以在这推来揉去中渐渐地都有点儿乐在其中的味道了。

"你说得可太对了。"我说，"所以，咱们家全指望你啦。你就好好伺候着老爷子万寿无疆吧，有搂钱的机会就搂钱，有搂官儿的机会就搂官儿。放心。我不眼馋，也不生气。"

"唔，你这话倒像个爷们儿说的。不过，你干的事就未准有这份志气啦。"他有点儿得意，"真有种，你什么也别靠老爷子呀。

弄不好，咱们哥儿俩也就是五十步笑百步。"

"没错儿。"我笑了。我知道他会用这一套来嘲笑我的，"谁让爹妈给了我这么一副骨头呢。不过，明说吧，就那个破临时工，就那八十块钱，我后悔死啦。要是不'栽'这么一回，我也不知道自己活得这么没劲。不过，你放心，我这就换一种活法儿啦。"

他不再说了，靠到沙发背儿上，又抬起眼皮瞟了我一眼，那眼神里的轻蔑劲儿真让人受不了。

"你说得倒挺好。看来，还想再发奋一年，考个大学？"他把烟头儿拧进烟缸里。

"说不定。"我说。

"哼，你是读书的材料吗？"

"没准儿。"我说。

他又重新点上一支烟，抽了几口。

"说不定你还想当个满街嚷嚷'瞧一瞧，看一看'的倒儿爷吧？"

"你别以为不可能。"我还是微微笑着。

"你拉得下那个脸皮吗？"

"看吧。"我说。

如果不是他的轻蔑拱得我心里一阵一阵冒火，我也不至于在老爷子的生日喜宴上翻脸。白斩鸡、香酥鸭、红烧鲤鱼、东坡肉；双沟大曲、标着Ｖ·Ｓ·Ｏ·Ｐ的法国白兰地、五星啤酒……我还没那么浑蛋。

可是现在，我心里真他娘的受不了了。到了这个份儿上，我要是不找个正儿八经的地方把老爷子的"赏"扔回去，在他们面前，就永远甭想扬眉吐气地当个爷们儿。

"来,爸爸万寿无疆!"肖雁总算又找到一个机会发挥她的才华了。

"万——寿——无——疆!万——寿——无——疆!"我哥那两片红红的厚嘴唇无耻地咧着。

"妈妈永远健康!"甜甜的,再加上一点儿不知是真是假的胆怯。地道的中国儿媳妇给婆婆的媚眼儿。

"永——远——健——康!永——远——健——康!"哥哥的喊声和老太太的笑。

"爸爸。"我站起来,满盛着白酒的酒杯递过去。

老爷子一怔,看了我一眼,迟迟疑疑地把面前的酒杯举起来。

"您的儿子要有点儿出息啦!"我说,"您把电视台的那个差事拿回去,还人家吧。哦,还有,昨儿晚上那八十块钱,我也还您……"

"森森,你胡说什么!"老太太截住了我的话头。

我没理她,一仰脖儿,把酒杯里的酒全灌到嗓子眼儿里,"可您也别再没完没了地把我当可怜虫,一会儿嫌我嘴臭,一会儿嫌我的头发长啦……"

说完了,我转身回到了自己房里。"咣",撞上门,"咚",倒到床上。这回,浑身上下真他娘的舒坦透了!

六

那家小饭馆到底是在哪儿呢?想得人脑仁儿疼。

它肯定不在我常走的几条路线上。比如从我家到都都家,或是到游泳场,这一路上有几家饭馆,我是闭着眼睛也说得上来的。

我找到了一张《北京交通图》。对着它，使劲儿回忆半个月以来走过的路线。我坐103路无轨电车到美术馆看过展览，不过那天可是个大晴天，根本不是那种阴沉沉的、随时要下雨的天气。我也坐过108路到和平里的二姨家玩，可顺着和平里、兴化路、蒋宅口……一站一站地想下来，也不觉得这条路上有我找的饭馆。我还到过哪儿呢？我没有记日记的习惯，要一次不落地把半个月走过的地方都想起来，也太难点儿了。

于是，我又换了一招儿，大概还能回想起那饭馆的名字吧？那个招牌挺唬人，本色的大匾额，墨绿色的字。什么字来着？到了嘴边，说不出来了。反正当时一看那字我就乐了：门脸儿不大，口气不小。可到底是哪三个字呢？完蛋。死活也想不起来了。幸好家里又有一本全市的《电话号码簿》，查到了"饭馆"一栏："一条龙羊肉馆""二龙路包子铺""三源里小吃店""四道口饭庄"……查了半天才恍然大悟。既然招牌挺新，又在招"工作人员"，肯定才开张不久，就算是安了电话，也来不及上《电话号码簿》呀。

我他娘的这辈子还没费过这份劲呢。

我已经先把家里存的报纸翻个底儿掉了——当然，都是趁他们午饭后到院子里照相时搬过来的。广告栏上，隔十天半个月的，才能查着一份"招聘启事"。不是招翻译，就是招记者；不是要"大专文凭"，就是要"本科学历"。这简直故意寒碜我哪。

我也想过是不是找人先借点钱。找谁？找亲戚，老爷子是不可能不知道的。再说，人家大概也不愿意掺和这种事，弄不好还他妈给我"上一课"。找同学？都都这号穷鬼就甭想了。"馄饨侯"告诉过我的那几位——卖肉的李国强啦，卖瓜的金喜啦，我跟人家也没这交情。

最后，我才想到了这家饭馆。

说来也荒唐。那家饭馆的"招聘启事"，是我在电车上看见的。我还没读完，电车开了，它就被甩到后面去了。它好像贴在饭馆的一扇门上。大意是说，本饭馆招聘工作人员，有愿应聘者，前来洽谈，条件面议。当时，我可没想到有那么一天，去给一家个体户当"店小二"。当然，就算现在我找到那家饭馆了，我也没打算这辈子吃这碗饭。干个十天二十天，弄到八十块钱，理直气壮地往老爷子面前一拍，出了这口气，拍屁股走人。

"招聘启事"已经是半个月前的事了。我也实在没当回事。现在，早把那地点忘得一干二净。我他娘的上哪儿，找谁"面议"去？

第二天起床的时候，迷迷瞪瞪听见窗外的新闻广播，说一九八四年国际马拉松赛，今天上午在北京工人体育场举行。我这才想起两周前去体育场看过一场球。噢——想起来啦，那家浑蛋饭馆，就在体育场东路！人的脑袋可真怪，不开窍的时候，能把你憋死。开了窍，什么都想起来啦。我立刻又想起它的名字叫"冠北楼"，没错儿，挺狂的一个名字，再说也实在不是什么"楼"，所以我当时才忍不住笑了起来。

我着实为我的发现傻乎乎地高兴了一会儿，胡乱抹了把脸，跑到了110路无轨电车站。今天等车的人还特多，都是去看"马拉松"的。挤上车，没多一会儿就出了一身臭汗。幸好下车没走多远，果然看见了"冠北楼"那威风十足的匾额。可走近一看，那张贴在门前的"启事"呢，早他娘的让"新添涮羊肉"五个大字盖上啦！

我在门前站了一会儿，不知道是再进去问问好呢，还是干脆一走了之。

"要问我爱你有多深，我爱你有几分……"棕色的对开门儿，门框上高挂着两个大音箱，嗲声嗲气地唱着。唱歌的妞儿大概让她爷们搂着唱哪，不然干吗老像是喘不上气来。初秋的阳光，晃得人睁不开眼睛。身后乒乒乓乓从电车上蹦下来的一群小哥们儿，吆三喝四地朝工人体育场那边走。"……我的情也纯，我的爱也真，月亮代表我的心……"曲子拖着哭腔，和那令人麻酥酥的声音一道儿，驴似的嚎。

我得承认，现在我想起肖雁的话来啦。

"唉弟弟，你可真是个傻弟弟！"肖雁大概是我们老太太心中最合适的"说客"了。她永远让你觉得她是为你着想，"我要是你呀，老爷子的便宜，照占。他爱啰唆几句，从这个耳朵进去，那个耳朵出去不就行了？"

她探着脖子，闪着眼睛，两手的食指分别指着两侧的耳朵，这使我忽然想起幼儿园里哄过我的阿姨。

"老爷子的便宜可不是白占的。"我说，"至少，他得认为他到底还是我的老爷子。"

"他本来就是你的'老爷子'呀！"肖雁咯咯地笑起来。

"我就受不了他那'老爷子'劲儿！"

我吼得太凶了。她不笑了，半天没吭声儿。

"至少，你没必要把话说得那么绝。"临走的时候，她说，"工作啦，钱啦。除非你能捡个钱包，不然，弄八十块钱对于你来说，比开开心、逗逗乐、昏天黑地骂一通可难多啦！"

"我不会后悔的。"我说。

现在，我当然没有后悔。不过心里确实有点儿发毛。这个混账的"冠北楼"，也确实是我能想到的最后一招儿啦。

我正犹犹豫豫，胡思乱想的时候，马路上过来一辆平板三轮车，车上放着三个鼓鼓囊囊的大麻袋。蹬车的是个穿着棕色枪手服的黑脸汉子，乱蓬蓬的寸头，络腮胡子也挺重。特别引人注目的是那大腮帮子，好像能嚼得动铁。他在离我不远的地方下了车，想把三轮车推上人行道。车的前轱辘倒是上去了，后轱辘却卡在马路牙子上，他怎么也推不动。

"哥们儿，帮帮忙！"

我走了过去。"一、二、三！"在车后帮他搁了一把。

"谢谢您嘞！"

他把三轮车停在"冠北楼"的门口。

"哥们儿，买卖是你的？"

"唔。"他把麻袋挪到板车的沿儿上。那里面装的都是木炭，黑末子漏了出来。

"听说你这儿要找个帮忙的？"

"是啊。"他从头到脚打量了我一通，"那可是八百年前的事了。"

"别逗了。顶多半个月。"我说。

"哥们儿是头一回出来弄钱花吧？"他递我一支烟，我摆摆手，他叼到了自己的嘴上，"你可不知道，这是什么年头？为了一个差事，能打出活人脑子来。再说，别看到我这儿干累点儿，挣的不比高干少。谁他妈能把这便宜留到半个月以后，等你来捡？实话跟你说，没出半天，我就找着主儿啦。"

他扛起了麻袋，朝门口走去。一个挺漂亮的妞儿出来替他开门。

过了一会儿,他又回来了,挪第二个麻袋,拿起刚才塞在车把钢管里的半截香烟,抽了几口。"看见没有?就是那个妞儿。不过,每月二百块钱可不好挣噢。没白天没黑夜地干。"他故意把"干"字说得很重,说完,又吸了一口烟,眯起眼睛,突然嘿嘿嘿笑起来,整个脑袋变成了一只七窍喷烟的香炉。

看着这紫茄子似的大腮帮子,我他娘的一个巴掌扇过去的心思都有。

"哥们儿,实在抱歉啦您哪,这儿可真没您的饭辙。"扛完了麻袋,他出来收拾三轮车,见我还没走,大概以为我还指望着他开恩,"其实,赚钱的路子野了去了,您可别在我这一棵树上吊死。"

"放心。现在,您请我,我也不干啦。您那'活儿',老爷们儿干不了。"我微微一笑。

"没错儿!"他嘎嘎笑起来,"老爷们儿都得干大买卖,黄的、白的、黑的。"

"我还想好好活哪。"我还是笑着。这小子唬不了我。"黄的"是黄金,"白的"是银圆,"黑的"是烟土。我早从我们班同学那儿知道些"倒儿爷"的黑话了。

"没胆儿?""紫茄子"又咧开了。想起了什么似的,他从裤袋里摸出一张纸片来,"哥们儿,你要是真的没胆儿,也就配玩玩这个啦!"

这是一张印得很像邮票小型张的票子,我认得出来,这就是这场马拉松比赛的彩票。这两天,北京人为了能买到这么张玩意儿,差点儿出了人命。

"拿着,别不好意思!你帮我掮了车,不报答报答你也不落忍不是？"他朝工人体育场那边看了一眼。那边，人们像蓄洪坝前的洪水，被拦在栅栏门前，人头乱拱。"跟你说，这半年来我的手气可不赖，这回，看看你有没有这个运气啦！"

"谢谢您嘞！"我接过了彩票，学着他刚才谢我的腔调还了他一句。然后，走到几步外的一个果皮箱前，"嘶啦嘶啦"，把它撕个粉碎，"啪"，朝果皮箱里一摔，头也不回就走了。

我的身后一点儿声音都没有。让兔崽子自己琢磨去吧。我知道他不是故意寒碜我的，不然我早把彩票的碎片儿摔他娘的脸上啦。不过，他这个德性已经够他妈流氓的了。你阔，你买得起婊子，跟你那婊子狂去。我要是个觍着脸求人家赏的玩意儿，犯得着跑这儿来？躺在我们家沙发上，早他娘的就有人赏我啦！

我躲闪着那些直奔体育场去的人们，横穿过马路，到了110路电车站牌下面。这可真逗：过来一个瓦刀脸的小哥们儿，问我要不要彩票。

"多少钱一张？"我还咂吧着刚才在果皮箱前来的那一手，看着这小子手里也举着彩票，忽然觉得挺开心。

"四块。"他把价码儿抬高了三倍。

"你可真敢开牙！宰人宰得太狠啦！"

"您知道咱玩了多大命吗？"他装出一副委委屈屈的样子，撇了撇嘴，"说了也不怕您笑话，排了一宿的队，还挨了两警棍，现在想起来还哆嗦哪。要不是多了一张，四块？四十我也不卖。弄不好，还就您这张，换了个大冰箱回去呢！"

"得了得了，我送你一张——那边，果皮箱那儿，我刚撕了一张。你捡回来，拼巴拼巴。能换回冰箱的，说不定是那一张！"我笑起来。

253

"嗬，真看不出，您还有这份谱儿哪。""瓦刀脸"沉了下来，他根本不顺着我指的方向往果皮箱那边看，架起两只胳膊，抱在胸前，上下打量着我，"您要是掏不起四块钱，您就明说，咱哥俩儿各奔东西，谁也碍不着谁。犯不着跟我这儿穷狂——没劲！"

这可把我"将"在这儿了。就跟"紫茄子"赏我彩票时的架势一样。我要是不掏这四块钱，不真的让人看成"穷狂"了？说真的我有点儿后悔，干吗偏跟这小子开这个心。我的口袋里倒是有四块八毛五——这是昨天买放音机剩下的钱。刚才买车票花了一毛五——让这小子再坑走四块，我可就剩几毛钱啦。不过再一想，倒也没什么可心疼的了。"大数"弄不来，算计这四块钱管蛋用。更何况今天是星期天，老爷子正在家，我刚才还发愁这么早回去干什么呢。

"你就甭费这心思算计我啦，不就是四块钱吗？"我从裤兜里把剩下的钱抓出来，又是票子又是钢镚儿，抓在手里还显得挺"派"。我从中间拣出四张"壹圆"的，递给了"瓦刀脸"。

"哥们儿，您这才算个爷们儿哪！"他把彩票递给我，晃头晃脑地走了。

"哥们儿真的过去瞧瞧去！我撕的那张，就在果皮箱那儿哪，骗你是孙子！"我可没忘了冲着他的背影喊一嗓子。

七

我的座位是2号看台12排22号。我的兑奖号是008325。

要说我花这四块钱是奔着冰箱彩电去的，那可太冤枉人了。咱们不是被逼到那一步了,非拔这个"份儿"不可吗!不是也为了找个地方,把这半天耗过去吗!可是现在,当看清了自己的兑奖号,又掺和在人流中间,往工人体育场走的时候,我倒是有点儿巴望着自己能蒙上那么一下子了。我甚至想到了,真中了个冰箱彩电的,能不能当场出手换成钱。甭管怎么说,我的彩票比别人多掏了三块钱呢。再说,整个工人体育场,指望着中彩折钱急用的,大概也就他娘的我这么一位啦。

  工人体育场我可太熟悉了。我可以算个足球迷。当然,我不算最高级的球迷。混到那份儿上,得知道国家队直到北京队每一个队员的老爹老妈兄弟姐妹家庭住址女友相貌。看球的时候你就听吧:"祥福,走着!""尚斌,给呀!"听听,那关系至少都是迟尚斌、沈祥福的表弟。我也就算个凑凑合合的球迷——看球决不在电视旁,非体育场不可。所以,一看看台号,我就知道我从东门入场正好。可是我到门口的时候,栅栏门已经关上了。组织马拉松赛这帮家伙可真会算计——比赛开始前半小时关了大门,只能从西门入场。比赛开始后,干脆就不让入场了。要是不用这招儿,我敢说,得有一大半人等到开彩的时候才露面哪。可这招儿害苦了我了,我得从东门绕到西门,足足有三站远。入了西门,又到了体育场东边。走到看台上一看,观众果然都满满当当、规规矩矩地坐好了。

  "我操!哥们儿真沉得住气啊。"我的座位左边,一个小哥们儿在吃蛋卷。单眼皮绷着一对小眼珠子,怎么也掰扯不开似的。"地包天"的下兜齿。好像老是龇着牙、瞪着眼惊讶一切。他爱说"我操"。这是北京的小痞子们大惊小怪时的惯用语。"我",说成长长的一声"沃——",惊讶程度的大小,可以从"沃"的长短听出来。

"我——操！您大概是全场最后一位啦。"

"哪儿呀！"我指了指身边还空着的一个位子。

"这是我媳妇的位子。她不来了。"我的右边，坐的是胖乎乎的三十出头儿的老爷们儿，他从怀里拿出两张彩票来一晃，"我一人代表就成啦。"

"您看看人家，谁不是两口子一块儿来。您说，您要是真中了个大冰箱，一个人怎么抬回去？"后排有人跟他逗乐子。

"哥们儿，您这可错啦。我早打听好了，冰箱、彩电的，人家包给送上家门儿。"看来胖爷们儿也是个爱开心的人，"跟您说实话，我们家住的，窄巴点儿。所以我跟我媳妇儿说了，你别去，你就在家里，把搁冰箱的地方腾出来吧！"

大伙儿哈哈笑起来。和看球时一样，找个话茬儿，哈哈一笑，顿时都成了老熟人，接下来就可以凑一块儿"穷侃"了——四川人大概叫"摆龙门阵"，贵州人大概叫"吹牛"，北京人叫"穷侃"。"十亿人民九亿'侃'。"我也忘了是我们班哪个坏小子说的了。

"我——操！您还真盼着中个大冰箱哪？我他妈能中一双球鞋就知足！买彩票的时候，我新买的盖儿皮鞋都让人踩掉了一只，回头再找，您猜怎么着，好嘛，踩成鱼干儿啦！"

"你在哪儿买的？红桥吧？是乱！那罪过受大了！那帮小流氓真可气，乱挤！你没听见警察拿着警棍骂：'你们他妈的这么没起色，一张彩票把你们折腾成这个德性！'"

"我买彩票的时候，还见着俩瞎子去买哪。警察把他们领前边去了。"

"您别说，体委这招儿还真灵，连瞎子都来看'马拉松'啦！"

"可那帮小子们也不知道玩不玩'猫儿腻'。受这么大罪过倒另说,别把咱们给'涮'了。"

"未准敢吧。"

"那可没准儿。这年头儿谁管谁呀,我们家那边有个商店,也卖彩票。开了彩您猜怎么着?他娘的净他们自己中。"

"得了得了,您又外行了。我早打听好了,这回,由法律顾问处、各界代表,还有国际友人当众抽彩。"

"我——操!还有'国际友人'?不就是'老外'吗?中国人都不信中国人了嘿!"

听这帮家伙这么"穷侃",真是一件挺够味儿的事。他们说的全是实话,绝不假模假式地装孙子。不过,看这一张彩票闹腾得他们这疯魔劲儿,也太惨点儿啦。

工人体育场是这次马拉松比赛的起点和终点。看着那些五颜六色的运动衣在草坪上凑成一片,又像一群扑扇着翅膀的蝴蝶,一耸一耸地从绿色的草坪上飞起来,从体育场的东门飞出去,倒是把人们的注意力吸引过去了好一会儿。不过,接下来就是辽宁队和意大利队上场踢足球了,这可完蛋了。这日子口,谁还有心思看足球呀,再说还是女子足球。

"这帮小子,怎么还他妈不跑回来?""地包天"最先沉不住气了。

"真这会儿跑回来,那可太邪门儿啦。才出去个把钟头。你知道马拉松世界纪录是多少?我打听了,两小时八分五秒⋯⋯"

"行,哥们儿这回露一手。我以为您只会打听电冰箱怎么往家运呢。"

"我——操！还得熬一个钟头哪！"

"美得你！等最后一名跑完了，再加上一个钟头也不行！"

"唉，这罪过，一点儿也不比买彩票受得少！"

我敢说，这会儿要是有人敢宣布说抽彩停止了，这帮小子就敢把工人体育场给拆了。

两个小时以后，运动员们终于跑回来了，几乎全场观众——包括我身边的这帮哥们儿——全站了起来，有的还嗷嗷叫着，鼓了一通掌。要说他们全是憋得难受，等得心焦，为马上能开彩而鼓掌，也太损点儿了。因为当人们看清了跑在第三名的是个中国人以后，那掌声越发欢势起来。

"中国，加油！"

"曾朝学，加油！"

"我操！真他妈不易，咱们中国的哥们儿还跑了个第三名。""地包天"说。

"瞧你丫挺的这个志气！十亿中国人，就出了个第三名，还有什么牛的？"

"那也不易，人家吃什么长大的？牛奶面包巧克力。咱们吃什么长大的？窝头咸菜棒楂儿粥。"

"倒也是。看来，希望全搁咱儿子一辈儿身上啦。他们倒是从小牛奶面包巧克力填着哪！"

"去去去，别外行了，根本不是这么回事！人家非洲那儿也出赛跑冠军。那地界，连棒楂儿粥都没有！"

接下来，就是争论非洲吃得上吃不上"棒楂儿粥"了，再接下来，也不知道怎么又扯到赞助比赛的"三得利公司"上来。然后呢，又他娘的拉回到彩票上来啦。

"快抽彩呗,肚子饿嘞!"看台的最高处,不知是谁在那儿吆喝。

"哥们儿,我要是中不了彩,帮助抬我一把啊!"前排一个小哥们儿高声大嗓地吩咐他的同伴。

这可把大伙儿全逗乐了。他们前面坐着的一个妞儿,笑着回头瞟了一眼。

"啧啧啧,瞧你这点儿出息!"他的同伴也故意高声大嗓地回答他,"幸亏这儿没妞儿,有妞儿,人家可就不跟你啦!……"

那个妞儿这回可不敢回头了。不过我可太知道她们了。她一准儿在偷偷抿嘴儿乐呢。

"观众同志们请注意,观众同志们请注意,'发展体育奖'马上就要开始抽奖了。现在广播注意事项,现在广播注意事项……"

本来闹闹哄哄的看台突然静了下来。

说真的,我是从来听不得什么"注意事项"的。特别是看球的时候,一会儿教给你"发展友谊是我们的愿望,讲究文明是首都人民应有的美德",一会儿号召你"观众同志们,让我们为某某队的精彩表演鼓掌"。好像我们都是一群没妈的孩子,至少也是没妈跟来,她得替一会儿。不过今天的"注意事项"也不知是哪位高人写的,绝了!

"……同志们,同志们,您中奖以后,千万要沉着,不要激动,也不要声张,以免发生意外……"

"……每个看台上都有民警和工作人员随时帮助你们,你们可以找他们,求得他们的帮助……"

播音员念得庄严、认真,像是读《人民日报》的社论。越是这样,越显得那么滑稽。跟他娘的第三次世界大战要在这儿爆发似的。

抽奖也不知道是不是在主席台上进行的。远远看见一群人在那里走来走去。过了一会儿,终于宣布中奖号码了:"19904。"

体育场南面的灯光显示牌上,"19904"立即被打了出来。

几万人在一秒钟之内大概全他娘的昏过去啦。除了报号码的声音,除了民警走来走去的脚步声,什么声儿都没有。这会儿不管谁在哪个旮旯打个喷嚏放个屁,大概都会响彻二十四个看台。

"哥们儿,您还别这么大模大样的,就不怕人家给你抢了?""地包天"轻声轻气地捅了我一下。

"我对号码哪。"

"您看看,谁像您?"他往四周一指。

还真没人像我这么大大咧咧:双手抱着膝盖,彩票摊在腿上。人们都不看自己的彩票,瞪着眼睛只往灯光显示牌上看。原来一个个早把自己的彩票号码背得烂熟了。有几个年岁大点儿的呢,撩开衣襟,往内衣的胸兜儿里看,恨不能把脑袋扎进胳肢窝儿里去。我忍不住笑起来。

"63156。"

电光显示牌又是一闪。

"我——操!""地包天"这冷丁儿的一嗓子,差点儿没吓死谁。

"中了?"

"唉,差一点儿,差一点儿,它……它怎么是'56'!我的是'65!'"

"兄弟,您别这么一惊一乍地吓人玩儿行不行?"胖爷们儿喘出了一口粗气,探过脑袋对"地包天"说,"我这儿够堵心的啦,别再让您给吓出病来。"

"堵心？堵去吧，您看看那个女的，人家可真的中啦！""地包天"往前一指，那边果然有个女的站了起来。"我——操！没跑儿，她中了嘿！"

"真的！有一位中的！"后边有人跟着嚷嚷。

"哥们儿，向她祝贺祝贺去呀！"不知是谁成心捣乱。

"谁？谁中了？""那个女的！""哪一个？""那个那个！"……看台上，"呼啦"一声站起来了一大片。再他娘的没人管，过不了一分钟，那女的说不定还真得让起哄的人给劈啦。

"坐下！都坐下！……"民警们提着警棍，"腾腾腾"地冲过来。

"我没有！真的没中！"那个女的满脸通红，一边嚷嚷着，一边夹着一个孩子，跟着警察，分开众人，过街老鼠一样顺着台阶向上跑，"这死孩子！这死孩子！他……他非要撒尿！……"

疯了，都疯了，而且，一直疯到散场。

这回，谁也别看着人家警察有气啦，要没警察拎着电警棍镇唬着，还不得出人命？

"噢——"当灯光显示牌上把"五等奖"的中彩号显示出来以后，整个体育场看台上一片"噢"声。远远近近的，扬起了一团一团的碎纸片儿，没中彩的，撕了彩票解气哪。"唰——唰——"下雪一样。

"我操！它怎么就愣是'56'？真他妈冤！""地包天"还在为他的"65"难受。

"行啦行啦，知足吧你，你还沾点儿边儿哪。我这还两张——连点儿毛儿都不沾！"

夹在人群里，朝看台外挤着。"唰——""唰——"，一团一团的碎纸片儿，还是没完没了地向天上扬。

"我他娘的再花这冤钱，都不是人！"

"生这份气干吗？只当逛窑子啦。"

"别这么损嘿！大丈夫能伸能屈，能亏能赚！"

"现在要是立刻再开一场，还得爆满。我就得再买他十张八张的！"

我这四块钱花得值当不值当，连他娘的我自己都不知道，要说带劲，这一上午过得是够开心的。除了这儿，哪儿找这热闹看去？要说没劲，也真他妈没劲，倒不是因为没这份运气，我一想起自己在看台上的模样就垂头丧气。我还不至于把脑袋扎进胳肢窝里去看兑奖号，可就这副德性——把彩票捂在手心儿里，时不时往里瞄两眼，巴望着能和显示牌上的数码撞上一个，这也够他娘的恶心的啦！

老爷子、我哥他们要是知道那八十块钱闹腾得我走到这一步，非得笑折了裤腰带不可。

走出看台的大门，门前的空场上，停着一排排蓝白色相间的三轮摩托警车。不少人围在四周看热闹。

"让开！让开！……"三四个民警拥着一个老头儿走过来，让他坐进挎斗里。

"突突……突突……"摩托车发动了，警笛"呜呜"叫起来，车子从人们闪避开的通路中间冲出去。

"让开！让开……"又有一个爷们儿被警察们拥了过来。

"哥们儿，都犯了什么事儿了？"我拍了拍一个看热闹的小哥们儿的肩膀。

"哪儿的话!这是中奖的。护送着领奖去!"

"哦——上哪儿?"

"不知道。"

"突突……突突……"摩托车又发动了。警灯又"呜呜"地转起来。

你没见着这辆警车里坐的这位哪,眼睛都有点儿发直了。哪像是去领奖呀,说是去蹲大狱也有人信。

八

在体育场的栅栏墙外面,我捡了一本书。这书大概挺有意思,《希特勒和爱娃》。这是很偶然地往那边看了一眼,发现在一株株塔松的后面,栅栏墙的水刷石基座上,摆着这本书的。和这本书并排放着的,是一张报纸。看来,它们分别给两个人垫了屁股。翻开《希特勒和爱娃》的第一页,书的主人庄严地写着:"我扑在书上,就像饥饿的人扑在面包上一样——高尔基"。兔崽子这辈子大概也没吃过几个"面包",不然干吗对这块"面包"这么认真。不过,我猜后来他扑在他的小妞儿身上,又"像饥饿的人扑在面包上一样"了,结果,这块"面包"就顾不得了。

我站在塔松的树荫里翻了翻这本书,写得确实有点儿意思。我忽然觉得丢书的傻小子把那句话写在扉页上也挺好。小光棍儿们翻几页,弄不好还真得像"饥饿的人扑在面包上"一样呢。除了高尔基会把鼻子气歪了以外,一切都挺合适。

我把书夹在胳肢窝里,到停在体育场外的一辆平板三轮车前,从那个穿着脏大褂的老娘们儿那儿买了四两肉包子。说来也真他妈惨,开始我还没敢买,站在旁边看。看好几个人先买了,算计出这玩意儿是一块八一斤,这才从剩下的八毛五分钱里拿出了七毛二。老娘儿们见我没粮票,又加收了我八分钱。现在我他娘的可就剩五分钱啦。

我一边往前溜达,一边吃着带有一股烂大葱味儿的肉包子。这叫什么"猪肉包子"呀,那老娘儿们不知从哪儿捡了点烂葱叶儿,剁巴剁巴就给包进去了。不过这倒给了我一个主意。我们柳家铺菜站外面,烂大葱、蔫菠菜的多啦,我要是还想折腾折腾老爷子,办法倒有的是。扛两筐回家,剁吧!总编的儿子这回可要给老爷子争气啦,"第三产业"嘛,"广开就业门路"嘛。我会不会真的这么干得再说了,想到我还能有好多这样的招儿,想让我们家客厅里四散着烂葱味儿,它就肯定有烂葱味儿,想让它散鱼腥味儿,它也肯定有鱼腥味儿,这又让我开心起来。

走到体育场南侧的栅栏墙边上,我发现这地方不错,树荫挺密挺浓,行道树外的马路上,来往的车辆也不多,还真是个看书的舒坦地方。我在栅栏墙的基座上坐下来。不是还想找个地方打发这一下午吗?就这儿得嘞!

东翻西翻,看完了这本《希特勒和爱娃》,太阳已经西沉了。我只好回家。

我拿最后的五分钱钢镚儿买了一张车票。上车前我还犹豫了一下,因为我知道靠五分钱的车票顶多也就能坐到东单,我想这还不如干脆不买。过去我们班那些小子们净跟我吹,说他们都是"百日蹭车无事故"的"标兵"。我从来也没敢试一回,真他娘的让人逮住，那可太现眼啦。这回，没辙了，咱们也尝尝蹭车的滋味儿吧。可是一上车，我还是乖乖儿地把最后一枚钢镚儿掏了出来。这辆110路无轨大概是从东大桥发的车，我上车的时候，车上只有稀稀落落的几个人，漂亮的售票小妞儿还看了我几眼，不知为什么，这不仅使我打消了蹭车的念头，而且我都有点儿遗憾没有足够的一毛五分钱递到她的面前啦。接过她递来的车票，我甚至还沉下了嗓子，假模假式地说了一声"谢谢"。我猜这大概都是那本书《希特勒和爱娃》闹的。车到东单，我又规规矩矩地下了车，一站也没敢多"蹭"，尽管这儿离柳家铺还他娘的远着哪!

如果不是遇上了李薇，说不定我会一路溜溜达达，看着街景走回家去了，也说不定我会等一趟挤满人的车，"蹭"回去。可就当我在站牌下转悠，拿不定主意的时候，李薇来了。

"卢森!"她拎着黑色的琴盒，从一辆刚刚进站的电车上跳下来，"我可有半年没见着你啦。"

李薇比我大四岁，她爸爸过去是我们家老爷子的顶头上司。听说最近她结婚了。

"你忙啊。"我说。

"我真的忙。"

"我也没说你假忙啊。"

"你真贫。"她笑起来，"结婚能花几天呀，前前后后，也就是一个星期。我天天晚上得去演出，一散场就半夜啦。"

我挺爱看李薇的笑，她笑起来主要是眼睛好看。她一笑，眼睛就亮，她还特爱在我面前笑。"卢森，我可真爱听你胡说八道。"她笑出眼泪以后，总爱说这么一句。她考上音乐学院之前，老到我们家来玩。我妈妈有一把特棒的意大利小提琴，是我外公传给她的。"阿姨，拉您这把琴可真过瘾。"她也总爱说这么一句。老太太说过，几乎想认她做干女儿了，还想把小提琴送给她。可后来怕我姨和我舅舅不高兴，只好算了。每次到我家，她肯定要求老太太拿出那把提琴给她拉一拉。我才不管什么梅纽因不梅纽因呢，我只是觉得她拉得好，拉得挺棒，好几回听得我莫名其妙地流下了泪水，那时候我才十五六岁。我挺盼着老太太认她做干女儿，甚至觉得我哥要是和她结婚才合适呢。当然这都是傻小子的想法，现在才明白，这真是个混账念头，她要是嫁给我哥，算是把她给糟蹋啦。

"怎么，又是去演出吗？"我指了指她手里的提琴盒。如果在以前，我应该叫她"李薇姐姐"的。不知为什么，半年不见，有点儿叫不出口了。

"演出。"她点了点头。

"在哪儿？"

"那边。"

"青艺剧场？"

她摇头。

"哦，儿童剧场。"

她又摇头，微微笑了。

那边不再有什么剧场了呀。

"东、单、菜、市、场！"一字一字地说完，她还是微微笑着看我，像是等着听我说些什么。

"别瞎说了。"我举手揉了揉鼻子，"我倒听说过对牛弹琴能让它们长膘，可我还没听说过给冻鱼冻肉来一段儿也长膘呢。"

"你还是那么逗。"她"扑哧"乐了，"人家菜市场办的音乐茶座。"

音乐茶座我知道，这一夏天，北京的音乐茶座都他妈臭街了。可菜市场也开起茶座来，这还是头一回听说。

"卖多少钱一张票？"

"五块吧。"

"疯了，真他娘的疯了。"我说，"不知道火葬场、骨灰堂办不办音乐茶座。"

"你就胡说八道吧！"

"嘿，那也保不齐，这年头什么邪事没有哇。就说火葬场吧，前几天我从八宝山路过，你知道往火葬场去的路口上立着一块什么标语牌？……"

"什么？"

"'有计划地控制人口'。"

李薇一边弯着腰笑，一边掏手绢。大概又笑出眼泪来了。

"唉，我怎么也想象不出来，和一扇一扇的冻牛冻羊冻猪，一个一个大猪头一块儿听《多瑙河之波》是什么滋味儿。再说，那地面上黑乎乎、油腻腻的，跳舞，脚板儿下面还不得拉黏儿呀？"

"没你说得这么惨啊。不信你也去看看。我带你进去，反正不用花钱。"

其实我已经饿了。肚子里装的净是烂葱，换谁也受不了。可我还真想跟着去见识见识，那乐子比起在体育场看抽彩来，说不定也不相上下呢。

一起朝前走的时候，我心里忽然觉得有点不是滋味儿。

267

"我可没想到你会来这儿演出。"我扭脸儿瞟了李薇一眼,她那扬头挺胸走路的姿态,吸引了不少来往行人的注意,"我一直以为,给茶座儿演出的,都是那些'玩票'的家伙。"

"可我们,堂堂的大乐团,失身份,是吗?"

"……有点儿。"

"算了算了,我们有什么身份?演员,也就是听起来唬人。要不,就是这身衣服,这个琴盒,走大街上挺招人。我们那五六十块钱工资,还不够个体户们一天挣的。"

"别哭穷啦,我不跟你借钱。"我知道她爸爸挣得一点儿不比我们家老爷子少。再说,她那位公公还是个将军。"至少,你还没惨到这一步,为了东单菜市场的几块钱'外快',每天熬到半夜。"

她看了我一眼,笑了笑,没再说什么。

"我要是跟你细说,也没意思。你们男子汉才没心思听那些家长里短呢。"又往前走了一会儿,她突然站住了,"这么跟你说吧,有钱人的家里,不见得人人都有钱。更不见得人人都乐意去花那份钱,明白了?"

我没话说了。

看来,活得窝囊的,绝不仅仅是我一个。

东单菜市场里,已经够热闹的了。

我来这儿的次数不多,只记得春节时被派来买过一次笋干。大概是那时候在脚板子底下留下了一个黏糊糊的印象。这次却发现,在这儿办音乐茶座并不像我想象的那么糟。至少猪头猪脚都老老实实地缩到一块大苫布底下去了。脚底下的感觉当然跟人民大会堂没法儿比,倒也不"拉黏儿"。头顶上挂着一串串彩灯,音箱里还放着基蒂尔比的那支《在波斯市场上》。"这曲子搁这儿放还真他娘的正合适。"我想。围着菜市场中央那个卖鱼卖虾的"回"字形瓷砖池子,摆了一圈一圈的圆桌。圆桌上还铺了塑料台布。不少桌子已经坐满人了,大多是一对儿一对儿的,也有哥儿几个、姐儿几个一起来的。来这儿的人可真敢花钱,他们比赛似的往自己的桌上端啤酒、汽水、"可口可乐"和冷盘。奇怪的是,麦克风前面的一溜桌子,按说是最好的位置了,现在却只是稀稀落落地坐了一两个人,有的桌子干脆空着。这让人想起有时候剧场里留出的"首长席"。

"这是包座儿。"李薇说,"你就在这儿随便坐吧,他们不会每天都来的。"

我走到一张没人的桌子前,拉出椅子坐了下来。不知怎么了,周围的男男女女好像挨着个儿扭过脸来看我。过了一会儿我终于明白,原来他娘的把我也当成"包座儿"的"阔主儿"啦。

"包一个月至少得一百多。"一个小妞儿在悄悄嘀咕。

"哪儿打得住啊!你算吧,一天五块,三十天就得一百五。"另一个小妞儿的声音。

"得了得了,别外行了。包座儿就便宜多啦!"陪她们来的一个小哥们儿显然腻烦这个话题。

"烧包!再便宜管蛋用!能天天来吗?包子有馅儿不在褶儿上!"另一个小哥儿们简直有点儿怒气冲冲了。

"那劲头儿就是不一样。甭管早晚,来了就得有人家的座儿,还得是正儿八经的好座儿。看,又来了一对儿。看人家!看人家!"……

"就是！人家可不像咱们这么受罪：头没梳完，脸没洗完，就催得你像是火上房了——'快他妈走哇，去晚了可没座儿啦！'……"

像是成心要拱那两个小哥们儿的火儿，两个小妞儿你一言，我一语，最后搂到一块儿，哧哧地笑起来。

你要是以为我还挺乐意坐在这儿充"大料豆"，那可错了。口袋里有个十块八块的嘛，倒还差不多。到小卖部那边端个冷盘，拎瓶啤酒过来，也可以人五人六地装装洋蒜。可我他娘的锄子儿没有哇！更让人受不了的是，没过一会儿，我的桌前来了一个小妞儿。这小妞儿长得倒一般，不过，她的发型得把全场的妞儿们都给镇了一溜跟头。我也说不出这叫什么发型，只见那乌黑油亮的头发打着旋儿，一耸一耸就上去了，到了顶儿上，又像无数曲曲弯弯的溪水，"哗"地流下来。如果她穿的不是兔毛套裙，而是露膀子的晚礼服的话，我敢说，那模样和普希金的老婆差不离。我家有本《普希金传》，书我没看过，普希金老婆的照片，我可仔细琢磨过。我倒不觉得她美在哪儿，不过，是她那头发闹得人糊里糊涂的。这位小妞儿走到桌前，看了我一眼，就在我的对面拉出了两把椅子。然后她又到小卖部，来来回回好几趟，烧鸡、酱牛肉、松花蛋、啤酒、汽水……摆了一桌。她坐下来，把小挎包"啪"地甩到另一张椅子上，像是完成了一件多么艰巨的任务。她倒了一杯"可口可乐"，慢慢地喝起来。看那样子是在等她的爷们。

这简直是到我鼻子底下寒碜我来啦。

我扭过身子，把臂弯儿搭在桌沿儿上，手指头随着音箱里正放的《轻骑兵序曲》一弹一弹。我故意不看她，可他娘的肚子和腮帮子不争气呀。肚子咕噜咕噜地叫起来，腮帮子也开始流口水。越是怕它叫，它还越叫，越是想着别咽口水，口水还越是往外流。我后悔透了，干吗偏听了李薇的，坐在这么个倒霉地方。早知这样，缩到哪个旮旯待着不好？

"卢森！"李薇一手提着她的提琴，一手端了杯橘子水，兴冲冲地给我送了过来，"喝吧，这是给演员预备的。喝完了自己去打，就是那个白搪瓷桶。"

她倒大大方方，没事儿似的。我知道自己的脸肯定红了。接过橘子水，偷偷瞥了对面那个小妞儿一眼。她也正斜着眼睛瞟我，抿嘴儿乐着。我他娘的就差没晕过去了。

九

乐队奏起轻松的小曲子。《小夜曲》啦，《睡美人》啦，包座儿的人三三两两地来了。

人哪，有钱的和没钱的就是不一样。钱多的和钱少的又不一个样儿。这帮包座儿的小子们都跟成心要抖这份威风似的，磨磨蹭蹭到这时候才露脸。看他们那派头，说他们"气焰嚣张"一点儿也不冤枉。穿西服的，穿猎装的，旁若无人，目不斜视，胳膊上挎的小妞儿一个比一个水灵。一进场，跟那些早到的"包座儿"们"哥们儿姐们儿"地招呼一通，嘻嘻哈哈，逗闷子起哄。这儿好像成了为他们开的专场晚会。

"噢——"他们突然异口同声地欢呼起来。

原来是一个穿着雪白拖地纱裙的小妞儿出来演唱了。

"来个甜的!"

"来个香的!"

"来个软的!"

"来个嫩的!"

"包座儿"们较着劲儿地吆喝。临时买票入场的人们也跟着"嗷嗷"、鼓掌、吹口哨。不跟着折腾折腾,大概觉得对不起那五块钱。

我要是那个唱歌的,早他娘的把麦克风当手榴弹扔出去啦。

"抽疯!"旁边的桌上,刚才怒气冲冲骂"烧包"的小哥们儿,又赌起气来。

"要的就是这个劲儿!你还戳不住这个份儿呢!"看来他的小妞儿今晚成心跟他过不去。

"有什么用啊!有什么用啊!"另一个小哥们儿替老爷们儿帮腔。

"图个痛快!平常老是'瞧一瞧,看一看',这三孙子还没当够啊?有钱了,就得拔个'头份儿'!像你们?"

"像我们怎么了?"

"顶没起色的就是你们啦!"

两个小妞儿又搂到一块儿,哧哧笑了个够。

"……"两个小哥们儿屁也没再放一个,又蔫头耷脑地喝他们的去了。

"《美酒加咖啡》!唱《美酒加咖啡》!"

"《橄榄树》!《橄榄树》!"

"包座儿"们吆喝得更上劲了。

我真为这个唱歌的小妞儿难受。当然也包括了坐在那儿"锯"着小提琴的李薇。在他娘的这么讨厌的吆喝声、口哨声里,还得强作笑脸——"谢谢，谢谢。"这跟卖唱也差不了多少。那个小妞把话筒摘了下来，攥在手里，故作潇洒地迈着碎步，娇声娇气地唱起了那支顶顶没劲的《美酒加咖啡》。我没想到，她怎么还能装出一副自得其乐的样子。她把麦克风凑到嘴边，唱得寻死觅活。我却觉得她更像是一边溜溜达达，一边啃着一块烤白薯。

不过，我比他们也强不到哪儿去。我为他们难受，还不知道谁为我难受哪。

你想吧，咱们好歹也算个爷们儿，端着一杯"蹭"来的橘子水，一点儿一点儿地在同桌那个小妞儿的眼皮子底下抿着。不端起杯子抿两口吧，总觉得自己像个木头木脑的"傻帽儿"，可还不敢动真的，真喝光了它，再跑到那个白搪瓷桶前接，没完没了地白喝，让她看见了，我的"出息"就更大啦。

不知怎么了，越是不愿意在这小妞儿面前出丑，就越是不由自主地想端起杯子来抿。抿得再少，也架不住一次接一次。没多长时间，杯子就见底儿了。我还不能拔腿就走——李薇正在那儿伴奏，我倒不讲究打招呼告别这一套，可我得从她那儿拿几毛钱。现在，乘公共汽车的"高峰"已经过去了，连"蹭"车的机会都耽误了。

"您不喝点儿别的吗？""普希金的老婆"看着我，微微笑着，漫不经心地挪了挪面前的啤酒瓶。

"我只爱喝橘子水。"我翻了翻眼皮，又向她龇了龇牙，"再说，我也该走了。"

我为自己直到这会儿还充"大料豆"感到好笑。其实，我猜这小妞儿早把我的尴尬样儿看够了！想来也真惨，甭管怎么说，今天上午我还能在"紫茄子""瓦刀脸"面前镇唬一气呢，现在，连他娘的一个小妞儿都可以出来可怜我啦!

"噢——"不知为了什么,"包座儿"们又哄了起来。

这帮小子这股子臭狂劲儿,从一开始就拱得我心头一阵一阵冒火。我得承认,这多半是因为他们叫我越发觉得自己活得太惨了点儿的缘故。你想吧,今天这一整天,为了去弄那八十块钱,我可就差没吐血了。也不知道这帮小子那钱都怎么挣的,好像全他娘的捡来的一样。八十块钱,还不够他们在这儿订一个座儿的哪,搁谁身上也得憋一肚子气。不过,好像我也生不起这份气。人家有钱。人家愿花。人家拿去打水漂儿。你管得着吗?再说,隔桌那个小妞儿说的倒是这么回事儿,这帮"倒儿爷""板儿爷"们活得也不易,就甭说今儿得哈着工商检查员,明儿得拍着卫生警察了,对哪个买主儿不得龇龇牙呀?也就剩这么个地方能耗耗财、拔拔"份儿"啦。他们需要这么一溜"包座儿",我呢,需要八十块钱,往老爷子面前一拍。说实在的,这心劲儿大概还都差不多呢。

可他们到底还是有这份钱,订得起这个座儿,到底还是有这么个地方显显他们活得那么带劲儿。我呢,比起他们,确实惨了去啦!

李薇仍然坐在乐队席上,扛着她的提琴,没完没了地"锯"着。

这时候,对面小妞儿等了好半天的爷们儿来了。

我可万万没想到,来的是他娘的"盖儿爷"!

"卢森!"

"蔡新宝!"

他没叫我"髦毛儿",我也没叫他"盖儿爷",要是在两年前,我们早一个比一个上劲儿地叫起外号了。不过,人家现在也确实不能说是"盖儿爷"了。他穿着一身深灰色的西装,领带嘛,俗一点儿，屎黄色的，上面还绣着一条花里胡哨的龙。可他的脑袋是真争气了——一丝不乱的偏分头。

"这可太巧啦！""盖儿爷"惊讶地看了看他的小妞儿，又看了看我。他还是老毛病——一说话就挤眼睛，"陆小梅，这就是我老跟你提的，我们班的小文豪卢森啊！他爸爸是报社的副总编，就是那个叫……叫宋为的。前天报上还登了他爸爸的名字了哪！"

他的嗓门儿可真大，像是恨不能让全场都知道。

"哦——"小妞儿抿嘴儿笑着，跟我点头。一看那神情我就知道，"盖儿爷"这小子没少在人家面前瞎吹。从我吹到我们家老爷子。

其实，我们家老爷子那些文章，他大概一篇也没看过。甚至连那篇拿"馄饨侯"开刀，几乎惹翻了全班同学的《"师道"小议》，他也没看过。当然，即使他看了，也跟着一块儿把我"臭"个够，也碍不着他跟人家继续吹牛，说他跟报社总编宋为的儿子在一个班，混得还挺哥们儿。

有他这种毛病的人，在我们班还有好几个。这倒都不愧是"馄饨侯"的学生。不过，即便是今天，我也不觉得他们惹人讨厌。并不是因为我还拿他娘的这个"儿子"当回事儿，而是因为我知道，他们吹吹牛，也就是为了在别人面前挺挺腰杆儿就是啦。

比如这位"盖儿爷"蔡新宝，听人说，他老爹犯过什么事，给发配到大西北去了。他妈跟他爸离了婚，又改了嫁，很小就把他扔给了他爷爷。他爷爷是个老剃头匠。蔡新宝的脑袋当然是从来不进大理发店的。他的发型就永远是老剃头匠给剃的"盖儿头"了。直到高中二年级，蔡新宝圆溜溜的脑瓜子上，还像是扣着一个黑漆漆的锅盖。光这个脑袋就不知招来那些女生多少嘀嘀咕咕、嘻嘻哈哈了。蔡新宝还整个儿一个傻乎乎,有一回他甚至不自量力,给班里的一个妞儿写了情书。那个妞儿挨了奸似的把情书撕得粉粉碎。"瞧丫挺的那个'盖儿'!"听说她还对别的妞儿骂了起来。大概蔡新宝这才发现,自己整个儿让这个"盖儿"给糟蹋啦。从这以后,他留起了分头。可"盖儿爷"的外号,是无论如何也抹不掉了。

在同学们眼里,特别是在那些妞儿们的眼里,我的运道和"盖儿爷"正相反。原因嘛,不说谁都知道。倒也不光因为我的鬈毛。说实话,能让小妞儿们多瞥两眼,倒是挺开心的事。可有时候我能凭直觉感到,她们净他娘的故意把我和"盖儿爷"摆一块儿,拿人家穷开心。有一次我和"盖儿爷"一起打乒乓球,那帮妞儿们不知咬着耳朵说了些什么,看看我,看看他,捂着肚子,笑个没完。这可太他妈不把人当人啦。我就是打这儿开始,死看不上我们班那些妞儿了。大概这也是我和"盖儿爷"后来混得确实挺"哥们儿"的原因。

"嘿,别干看着,给我哥们儿拿双筷子去呀!"

看得出来,"盖儿爷"见了我格外高兴,一会儿又吩咐他的小妞儿去添酒菜,一会儿又让她给点烟,支使得她团团转。

"哥们儿,没想到能在这儿碰上你。真有缘啊!""盖儿爷"举起了啤酒杯。

"你是不是搬家了?怎么在柳家铺北里总没见着你?"

"唔。搬东单这儿来了。三间换两间。"

"铺面房?噢,你开买卖了?发财了吧?"

"发什么财呀!"他点着一支烟,笑了笑,"喝呀,喝完了自己倒。

先当了一年'倒儿爷',弄点儿钱开了个理发铺子。凭手艺吃饭呗。丽美发廊。不远。出门奔南,再向西拐。"

"哦——"我怎么就忘了,这是人家的家传。难怪他那个妞儿往这儿一坐,那发型就镇了一片。"行。有你爷爷给你坐镇,你就干吧,现在这比他娘的'倒儿爷'还来钱哪!"

他瞥了我一眼,一下一下地点头。他好像有点儿什么事想告诉我,话到了嘴边,却又咽回去。拿过一只空碗扣在桌上,专心地把烟灰往碗底上蹭着。

"嘿,瞧我,刚才就想问你,一打岔儿,就忘啦。"他忽然抬起头,看着我,眼睛又开始挤上了,"一见你,我差点儿以为自己看错了人了。说实在的,我这心里还纳闷着哪。你跑这儿干什么来了?这儿,不是你来的地方啊。"

"哪儿是我去的地方?"

"你要想玩玩,哪儿不能去啊。人民大会堂,民族饭店。让老爷子给弄张票,还不是一个电话的事?那才是你们去的地界儿哪。可你……明跟你说吧,来这儿找找乐子的,全是咱这号的。但凡有点儿权、有点儿势的人就不来这儿,人都嫌这儿丢份儿!你可是邪门儿的一个!"

"盖儿爷"到底还是"盖儿爷"。直到现在,他还死心塌地在我面前认屎。我没理他,不言不语地在一边儿剥茶鸡蛋,闷头闷脑地喝酒。这时候,他的小妞儿被另外一桌上的熟人叫走了。

"既然问到这儿了,我也正好有件事,不知你能不能帮上忙。"我说。

"求我?"他的眼睛挤得更凶了。

"是啊。"

"什么事?"

"帮咱找个路子。咱也想挣点儿钱。"

"你……该不是,该不是成心骂我吧?"他疑惑地盯着我,老半天没言声,终于忍不住嘿嘿笑起来,"你用得着求我找路子?你们家老爷子什么路子没有哇!……再说,你挣什么钱!老爷子还养不活你?再吃一年闲饭,明年考上个大学,一辈子都齐啦!你还要出来挣钱?求我?别逗啦!……"

"我可是正正经经跟你说的。"

他不笑了。

"这么跟你说吧,"我咽了咽唾沫,抬头看了看还在那儿"锯"琴的李薇,"老爷子有钱,不见得我也有钱,更不见得我乐意去花那份钱。老爷子有路子,也不见得我乐意去走那条路子。明白了?"

"什么什么什么?"

我又说了一遍。

"不明白。"他挤了好几下眼睛,想了半天,还是苦笑着摇头,"老爷子有钱,你干吗不花?有路子,你干吗不走?我这一辈子,还就恨没赶上你那么一个老爷子哪。"

要跟这小子说通这件事可真他娘的费劲!

"再说明白点儿,我跟老爷子闹翻啦。"

"嗐,再闹翻,他也是你老爷子不是?""盖儿爷"满不在乎地摆手,"来来来,喝酒喝酒。这下我倒明白点儿了。是不是跟老爷子闹翻了,又等着钱花?"

"差不离儿。"

"这好办。"他撩开西服,从里面的胸兜里摸出一沓票子来,拍在桌上,"这一百,拿着!够不够?要不再来一百?不管怎么说,咱哥们儿也不能让你到店里当伙计呀。那可太不地道了。再说,你也不是干活儿的材料啊。"

"你还是把钱收起来吧。"我说,"白花你的钱,我可不干。"

"我说'鬈毛儿',你他娘的怎么这么'轴'啊?这不就是互相帮忙的事吗!你还能跟老爷子掰一辈子了?指不定哪天,我还得求着你,指望你们老爷子给咱们撑撑腰呢!"

"那你还甭指望。这么说,你更该把这钱收回去啦。"

"盖儿爷"挺起腰,靠到椅背上,举起交叉的双掌,向上画了一个弧,把双掌扣在后脑勺上。臂弯儿像两只三角形的翅膀,随着音乐声一扇一扇。

"我就缺八十块钱。你能帮忙找点活儿,我自己挣。没活儿,就算了。"

"你过去不这样。"他迷迷瞪瞪地看着我,像看一个怪物。

他又点着了一支烟,一言不发地抽着。他拱起嘴,舌尖在嘴唇中间像蛇信子似的一闪一闪,青烟一缕一缕地飘出来。他还时不时抬起眼皮瞟我一眼。这小子还真挺仗义。他一定在想着能让我干点儿什么,好让我收下他的钱。

"你的头发可真不赖。"冷不丁儿的,他来了这么一句。

"怎么,要我给你那个发廊当模特儿去?"这倒也他娘的算个活儿。不过,话一出口,我心里已经有点儿不是滋味儿了。

"哪能让你受这委屈呀!"他笑了起来,又想了想,说,"这么得了,一百块钱,你先拿去,算我帮了你个忙。你呢,也不白要,也帮我一点儿忙，行不？"

"明天就开始吗？"

"行啊。"

"什么活儿？"

"有个地方，还非得找个人替我去一趟不可。你要是能去，那可太好了。"

"什么地方？"

"正好，你的头发也该理理了。明儿就去我爷爷那个剃头铺理一回吧。回来跟我说说老头儿怎么样了。别让他知道是我让你去的就成。"

"怎么……你爷爷的剃头铺？"

"老头儿没跟我在一块儿。落实私房，辘轳把儿胡同口上的那间小破房还他了。他回那儿开他的铺子去了。"

"这干吗？爷儿俩还开了两个店？"

"没法儿说！""盖儿爷"苦笑着摇摇头，"按说老爷子这一辈子也不容易，我把他养起来不就齐了？可他非要干呀。让他跟我一块儿干吧，也不行，老得听他的。他就会剃三毛钱一位的大秃瓢，四毛钱一位的小平头儿，女活儿一点儿不会，还充内行。这还赚钱哪？连粥都喝不上！"

没想到这小子跟他爷爷也闹得这么僵，各开各的店不说，连去照一面的胆儿都没有。不过，他是得找个人去看看。他是他爷爷带大的。

"好吧，我去。"我说，"光干这点活儿可赚不来一百块，还要干点什么？"

"你回来再说吧。"他不以为然地摆摆手。

"你爷爷不会把我也推成个'盖儿爷'吧?"我胡噜胡噜自己的脑袋,嘻嘻笑起来。

"那倒不至于,你又不是小孩儿。""盖儿爷"也乐了,"老头子手艺还是挺棒的。再说,哪儿不满意了,我的'丽美发廊'还给你'保修'哪。"

"你刚才说的,那剃头铺子在哪儿?"

他告诉我,在辘轳把儿胡同一号。

"你顺着老头子点儿。夸夸他的手艺。用好话填他几句。""盖儿爷"一边使劲儿挤着眼睛,一边想着还有什么可叮嘱的。看得出,他有点儿不放心,可又不太好意思吩咐得过多,"记着,千万别把我'卖'出去就行啦!"

十

说真的,我挺感激这位"盖儿爷"。

也就是遇见了他,我才张得开口求他帮这个忙。要是他也和别的"包座儿"们一样,吆三喝四的臭狂,我才不能跌这个份儿呢。话又说回来,也就是他,才又掏钱又装孙地哄着我,换个别人,就我这副"大爷"劲儿,还想找挣钱的门道哪,玩蛋去吧。我得承认,"盖儿爷"哄得我挺舒坦,接下他这一百块钱,还不让人觉得丢份儿。"你跑这儿干什么来了?这儿,不是你来的地方啊。""求我?你该……该不是骂我吧?""哪能让你受这委屈呀!"……回家的路上,我不止一次想到他那可怜巴巴的模样,常常忍不住想笑。

可是，我仍然觉得心里的什么地方总有点别扭，好像丢了件什么重要的东西，却又想不起来，没着没落的。其实什么也没丢。一百块钱揣得好好的，就连那本捡来的《希特勒和爱娃》，也还装在裤兜儿里。渐渐地我才明白，这别扭劲儿说不定也正是"盖儿爷"那副尿头耷脑、可怜巴巴的模样招来的。这模样一下子使我想起他在柳家铺中学时的倒霉样儿。有一次，我给他一张人民大会堂春节联欢晚会的票，他足足美了一天。而如今，不管他怎么继续在我面前认尿，不管他怎么用"互相帮忙"来哄我，我他娘的也明摆着成了这小子花一百块钱雇来的"小厮"啦。

我一点儿也不怀疑"盖儿爷"对我的真诚，他连半点盛气凌人、志得意满的神色都没露。可事情就是这么一回事。我还没傻到连这个火候都看不出来。还真的让我哥说着了，从小爹妈给了这么一张脸皮，想到自己怎么就成了个"打短工"的，而且还是给"盖儿爷"打"短工"，心里还真他娘的不是味儿呢。

这把我弄到了钱以后心里升起的那一点点得意冲得一干二净。回到了家，老爷子正在客厅里看报纸，这倒是把八十块钱拍还他的机会。可我哪儿还有这份心思。我一声没吭，进了自己的房间。我把钱扔进了抽屉里。

第二天早上，我还是到辘轳把儿胡同去了。

不知是昨天夜里还是今天清晨下过了一场雨，现在天空还是灰蒙蒙的，太阳被融化成惨白惨白的一片，路面湿漉漉。行道树下，落着薄薄一层枯黄的叶子。

那家剃头铺子就在珠市口大街拐进辘轳把儿胡同的把角儿处。按照"盖儿爷"说的路线，坐20路汽车在珠市口下车,沿大街照直走，果然一眼就可以看见胡同口上那两间窗玻璃、门玻璃上写满了"理发"红漆大字的小破房了。窗台下，戳着一只孤零零的煤球炉子，半死不活的样子，看不出是不是还生着。暗红色的小门歪歪扭扭，我琢磨着它一开一关时，整间屋子都得颤悠。门把手周围黑乎乎一层油垢，刮下来称称，不够二两，我死去。要是以前，让我钻进这儿来理发，您宰了我得啦！

走到门口，我犹豫了一下。因为我听见里面怎么还有人唱戏。

…………
将酒宴摆置在聚义厅上，
我一同众贤弟叙一叙衷肠。
窦尔敦在绿林谁不尊仰？
河间府为寨主除暴安良。
黄三太老匹夫自夸智量，
指金镖借银两压豪强……

我对京戏一窍不通。不过，我们家老爷子爱听。所以我也还能听懂几句。特别是听他唱"窦尔敦""黄三太"什么的，跑不了是《连环套》《盗御马》呗。从半敞的小门往里看去，屋里很暗，中间摆着一把也不知哪朝代的理发椅子。这椅子全是木料，敦敦实实，大概使到驴年马月也还是这副样子。椅子旁站着一个驼了背的老头儿。这老头儿又矮又瘦，眼睛眍䁖了，腮帮子也瘪了，身上挂着一条皱巴巴油腻腻的白围裙。没错儿，这肯定就是"盖儿爷"他爷爷啦。戏不是他唱的。他拿了块抹布，没完没了地在理发椅子的前前后后擦来抹去。唱戏的人在窗户底下坐着,从外面只能看见一个剃得油光光的大秃瓢在得意洋洋地晃着。屋里不定哪个旮旯里还坐着另一位,因为当"秃瓢儿"唱完了以后,另外还有一个声音和剃头匠你一言我一语地捧起场来。

"够味儿啊。"剃头匠的瘪腮帮子吧唧了两下,跟真的把这点"味儿"咂吧进去了似的。

"老喽!没底气喽!""秃瓢儿"还挺谦虚。

"您客气!"声音里夹着咕噜咕噜的痰声。就凭这,那一位恐怕也是七十岁都打不住的主儿。"谁不知道你们辘轳把儿胡同的'双绝'呀,一是蔡大哥的剃头手艺,一是您忠祥大哥的二黄。今儿我算没白来。头也剃了,唱也听了,'双绝',全了……"

"您可别这么说。我这两嗓子,跟蔡师傅可没法儿比。我这是玩儿票,人家是正经的手艺!"

"手艺?"剃头匠"哼"了一声。他继续拎着抹布,找他的椅子缝儿,"您就别提什么'手艺'啦。也就是你们老哥儿几个拿我当回事儿。去别处,没人给你们掏耳朵底子、剪鼻毛呀。"

老头儿们一起"呵儿呵儿"地笑了。

我拉开门。剃头匠上下打量了我一眼,说了声"来啦",又打量了我一通。他不再看我,和老头儿们交换了一道疑惑的目光,他们又接着聊起来。

"我看,您就别为您的手艺生气啦。"那位叫"忠祥大哥"的红脸老头儿一副乐呵呵的开通样儿,"再说,我可听文化站的人说了,明年正月,要在地坛开庙会了。白塔寺的'茶汤李'都预备好他的大铜壶啦。您就预备着您的剃头挑子吧,说不定还请您出山哪！……"

"别逗了。没人请我！茶汤有人喝，大串儿的糖葫芦有人吃。这年头儿，谁还上庙会剃头去？"

"不管怎么说，您还时不时有个仨亲的、俩近的，就认您这一路手艺，非得求您给剃剃不可呢。我的手艺呢？我的手艺哪儿使去？这会儿，北京还有抬棺材出殡的吗？"

敢情这位"忠祥大哥"是抬棺材的！

"实话，实话。"一说话就痰喘的老头儿坐在一个小板凳儿上，背靠着一根立柱，立柱上挂着两条油亮油亮的荡刀布。他脸上的肉耷拉着，脑袋呢，一样的亮铮铮，"您不是够花了吗？孙子也给钱不是？您就拿您的手艺当个玩意儿得啦。有老哥们儿来了，剃一个。剃完了，扯扯淡，听一段儿，乐和乐和，还落个闲在呢！"

"对对对，闲在我可不怕。待着谁还有个够呀？"剃头匠无可奈何地点头。他悄没声儿地收拾了一会儿推子剪子，又看了我一眼，嘟嘟囔囔地说："可有的事也真让人看着有气。您说，我那孙子，弄了个门面，摆上两瓶冷烫水儿，贴上一张美人头，就开上什么'发廊'了。他那两下子，别人不知道，我还不知道吗？也邪了门儿了，这人还上赶着奔他那儿去。烫个脑袋您猜他要多少？十二块！好嘛，我剃了一辈子头了，打死我也不敢这么干呀！"

老头儿们又"呵儿呵儿"地笑起来。

在一旁听听他们闲扯，倒也挺开心。所以，我才不打断他们呢。不过"盖儿爷"说得不假，要是每天跟着这位剃头匠当好孙子，给老头儿们掏耳朵、剪鼻毛、剃大秃瓢，听他们唱"窦尔敦""黄三太"，那是让人受不了。看来，我要是不来，今天这一上午也就是这俩主顾啦。大概平常是没什么年轻人来坐那把敦敦实实的椅子的,不然,他们怎么根本不拿我当回事,也不问问我是不是要推头。他们一准儿把我当成路过这儿看热闹的啦!想到这些,老头儿们的笑声里,倒好像更透着一种冷清凄凉的味道了。

我还是不跟他们搭腔,在一旁等着,听着。

"小伙子,不是来剃头的吧?""盖儿爷"他爷爷终于发现我有点儿怪了。

"可不是来剃头的!"

"您?"

"我怎么了?"

"哟,慢待了,慢待了!"他慌里慌张地拿过一条白单子,往理发椅子上"啪啪"地抽着。一边把我往椅子上让,一边还是像看什么怪物似的打量我。

"您看我面熟?"

"不不不。来,您往下坐点儿,再往下坐点儿。"他把单子围在我的身前,"您推分头?大点儿小点儿?……像您这辈儿人,到这儿剃头的,可有日子没见啦。嘿嘿,少见就多怪不是?"

我说:"萝卜青菜,各有所爱。您还别老自觉着冷清了。手艺搁在这儿哪。要不,大老远的,怎么就知道了您的铺子?怎么就奔您来了?"

反正"盖儿爷"也嘱咐了,咱挣着那份钱哪,就拣他娘的好听的,足给他招呼吧!

"您听听,您听听!我骗没骗您?"抬棺材出身的那位"忠祥大哥"先来劲了,"艺不压身。有认主儿!"

"实话，实话。"那口痰还在另一位的嗓子眼里咕噜着。

"盖儿爷"他爷爷没言语，脸上也没反应。可你得看他捏小梳子的那只手。手背上虽说爬满了青筋，这会，手指却像个花旦一样张成了兰花形。右手呢，袖口捋得高高的，胳膊弯儿也举得高高的，悬着腕子捏着那把推子。"嚓嚓嚓嚓嚓……嚓嚓嚓嚓嚓……"他探着脖子，不错眼珠地盯着我的头发梢儿。这姿态就像个大书法家在那儿运腕行笔，擘窠大书。

"啧啧啧，您瞧，从这镜子里看您这姿势，比看电影还带劲！"我也够坏的，越是这时候，越想成心跟老头儿开逗。

"您过奖。我能多活十年。"老头儿终于绷不住劲儿了，晃了晃脑袋，吧唧了几下嘴，又咧开来，露出一个黑洞，发出呵儿呵儿的笑声。

"盖儿爷"算是没找错人，哄哄这老头儿我还不跟玩儿似的？几句话就把他揉搓得像只脱骨扒鸡了。对我来说，这事嘛，干着也还有点儿意思——解闷儿呀。把老头儿逗开了牙，坐这儿就听吧。他从民国三十年怎么从宝坻老家进京当学徒说起，"学来这点手艺可不易。我住的那地界儿，虱子多得能把人抬起来！"说到他的"剃头挑子"，他索性撇下我，回到里屋捣腾了好一会儿，真的把他的剃头挑子给我捣腾出来啦，"不容易呀小伙子，不信您挑挑看，这么沉的一挑儿家伙儿，寒冬天儿，三伏天儿，走街串巷……"我越是时不时给他一句"敢情！""没错儿！"哼哼哈哈地顺杆儿爬，他就越上劲。他还一点儿也听不出来我在跟他逗。其实，他这手艺呀，怎么说呢，味儿事儿！至少现在，让他理这个发我罪过受大啦。也不知道是因为他眼神儿不济了呢，还是因为这次总算逮着一个毛儿多点儿的脑袋了,有心理得好一点,露一手,反正他抱着我的脑袋,跟他娘的抱着一个象牙球在那儿刻差不多。"嚓嚓嚓",剪了一茬儿,"嚓嚓嚓",又剪了一茬儿,东找补一剪子,西找补一剪子,剪得我满头头发渣子。他还有支气管哮喘,呼哧呼哧,我觉得自己的耳朵就跟贴在一个大风箱上似的。

要说我多么腻烦他,那倒没有。我只是觉得好笑。再说,跟老头儿这一通穷逗,我还真长了不少嘎七杂八的见识呢。我算是明白为什么老说"剃头挑子一头热"了,原来这"一头",是个烧洗头水的小炉子。我又知道了戳在炉子边上的木棍叫"将军杆",是清兵入关时,"留头不留发,留发不留头",挂脑袋用的!我还知道过去来剃头的人都得端那个小笸箩,接着剃下来的头发,免得让人踩了,给自己找倒霉……

你还别说,我这个脑袋还真他娘的挺值钱。老头儿抱着它,足足摩挲了半个钟头。他总算把剪子放下来了,又把它按在一盆温水里涮了涮,拿过那只铝壳的大吹风机给我吹风。要说老头儿全是老剃头匠那一套,倒也不对,人家到底有这么一个吹风机呢。"呼——呼——"他那只手在我的头发上捋来捋去,这手刚刚在水里泡了一会儿,所以手指头像一根根鼓胀的胡萝卜。这使我忽然间想起了在自由市场上见过的那个捏面人儿的老头儿。经他这么三捋两捋,我真的像一个"面人儿"似的被"捏"出来啦。"行嘞,您还是少劳这个神吧!"我心里暗暗发笑。他还没罢手,我已经发誓,一出门就得把这脑袋给胡噜了。不然,这也太他娘的像个"傻青儿"啦。

老头儿关上吹风机,解开我胸前的布单子,"啪啪"一抖,歪着脑袋朝镜子里左右端详。看那眼神儿,我还真成了他这辈子捏得最漂亮的一个面人儿。

"怎么样?"他像只缩脖鹦鹉似的把脑袋一抖。

"那还用说吗?您的手艺——誉满全球!"

我可没想到,逗他这么一句,又把麻烦招来啦。

"取取耳吗?"

这意思好像是问我是不是挖挖"耳底子"。这可挺悬——就他那哆哆嗦嗦的样儿,要是往我的耳膜上捅那么一下子,我可完了。

"朝阳取耳!"嗓子眼儿里老转着一口痰的老头儿先替他吹了,"小伙子,这还不取?我可是奔着蔡师傅这一手来的。"

"不够交情,我可不敢给您取。您要是上卫生局奏我一本呢?"剃头匠眯起眼睛,笑着对他的老主顾说。

照这意思,老头儿这还算是给我面子呢。得啦,您不就是高兴了,想在我这儿露一手吗?也该着我倒霉,谁让我把你那点儿得意劲儿煽起来了呢。取吧。

老头儿把理发椅子挪到窗边,让我坐好,然后,揪着我的耳朵找窗户外面透过来的亮光。敢情就他娘的这么"朝阳取耳"啊!他拿过一把三棱刮刀似的玩意儿,探在我的耳朵眼儿里转来转去。

"哎哟,您这干吗,镟耳朵?"

"傻小子!我得先用铰刀把耳朵里的毛铰净!嘿嘿……"他那黑洞洞的嘴巴里扑出一团热气,喷在我的脸上。

先是铰,再是掏,最后用一把毛茸茸的"耳洗子"把耳朵眼儿刷干净。我这耳朵也真他娘的给他作脸,让他掏出了一大堆。两个捧臭脚的老家伙又像欣赏珍珠玛瑙一样,盯着这堆耳屎,"啧啧了半天。

"瞧你刚才犹犹豫豫的，还不想掏呢。"剃头匠背着手，弓着背，在屋里来回走着。不知这是休息，还是成心等着我们把他的"战果"欣赏个够。

"蔡师傅，有句话不知该问不该问。"那位"忠祥大哥"说，"您年轻那会儿，当然是没有拿不起来的活计了。可这会儿，不知有的活计还干得了干不了……"

"您说的是'放睡'？那是咱的饭辙。"蔡老头儿不当回事地笑了笑，"有什么干不了的。您没看我每天都揉搓那两个保定铁球？"

"嘿，那可真够意思了啊！"

"够意思！我也早想问您啦，可看您也呼哧带喘的了，就没敢开口……"

这回的麻烦可不是我招的了。我他娘的连"放睡"是什么都不知道呢。可这麻烦还是落我身上了。其实，拿这俩老头儿中间的任何一位练一练，他都得美得屁颠儿屁颠儿的。瞧他们那个巴望劲儿。可这蔡老头儿大概对我的光临格外高兴，所以他特别问我乐意不乐意"放放睡"。

"敢情！"我也豁出去了，跟他逗闷子逗到底了。我装得和真的一样，"您没问问，我奔什么来了呀！"

"哦？你哪儿疼？"他的眼皮子耷拉下来。

"哪儿都疼。"

他扯过一把小板凳，让我坐了下来。又搬过来一只高点儿的方凳，坐到了我的背后。抬起一只脚蹬在我坐的小板凳上。"靠过来！"话音没落，他已经拉着我靠在他的腿上了。这叫他娘的什么"放睡"

呀，就是晃胳膊捏膀子！哎哟哎哟哎哟，这老头儿手劲儿还真大。

"不使点劲儿，病能好吗？"老头儿得意地一笑，眯起眼睛，像在专心听着我的骨节儿的声音。他一会儿揪着我的胳膊没完没了地抡圈儿，一会儿又把这胳膊抓起来，一屈一弹。"小伙子，放心！闪腰岔气，落枕抻筋，包好！"

"家伙！我还以为您没这气力了哪！"

"现今的大理发馆里，可见不着您这一手喽！"

"年轻的干不了哇，您不信问问蔡师傅，他孙子干得了吗？"

"他？他见都没见过！"

"怎么样？松快了没有？"

把我浑身上下捏捏捶捶了一大通，他总算松开我，站了起来，长长出了一口气。

"松快了！松快了！松快多啦！"

我赶快站了起来，咧着嘴向他点头。我出的那口气一点儿也不比他短。

"谢谢您啦，真是太谢谢您啦！"

"您还别客气！今儿我是高兴了。不是我夸你，这年头，遇上个知好知歹的年轻人还真难得哪……"

没错儿，全北京也没第二个人像我这么"知好知歹"了，心甘情愿把您这点儿"绝活"全领教一遍。理了个"傻青儿"脑袋还不说，本来我他娘的哪儿也不疼，让您这么一通捶打，骨头架子都差不离酥了。不"难得"怎么着！

"你笑什么？"

我真该向他宣布：要不是你们家"盖儿爷"让我来哄哄你，

我才不受这份洋罪呢！——假如真的来这么一下子，那可太逗了，老头子还不得当场"弯"回去！

当然，我不会真的这么干。甚至连老头儿左瞄右瞄理出的"傻青儿"脑袋，我也没按原来想的给胡噜了。因为我脑子里突然冒出了一个念头——我得留着它，让"盖儿爷"看看，他爷爷把咱哥们儿糟蹋成了什么模样。

我立刻坐上20路汽车，奔东单去了。

十一

"盖儿爷"那家"丽美发廊"在东单是很显眼的。在遇见"盖儿爷"之前，我对它已经有很深的印象了。它在东单路口的西北侧。不知为什么，这一侧的地势比长安街的路面高出一截，所以，常从长安街过的人很容易就发现，这儿昨天刚变出个什么"江苏商店"，今天又多出了一个"金房子"服务中心。"丽美发廊"也属于这突然"多"出的花样儿中的一个。"发廊"的门面倒不大，顶多也就四五米宽，可装修得还挺洋——门窗框架是一色儿银灰色的铝合金。茶色的大玻璃门两边，是直落地面的玻璃窗。一边，高高低低地摆着粉红色、浅黄色、乳白色……各色各样的冷烫精、护发素、乌发乳、定型油；一边，是使着飞眼儿的、露着膀子的、拧着脖子的……一个比一个"浪"的小妞儿们留着各种发型的照片。透过橱窗和玻璃门，可以发现发廊里面的墙上全是镜子，这使它更添了几分豪华。柔和的灯光。音箱里发出的迷迷瞪瞪的歌声。进进出出的，因为漂亮而傲气十足的小妞儿们。时不时飘过来的香味儿……你还别说,我不止一次从这儿走过,有时候想起了西苑饭店新楼的酒吧;有时候想到了电视广告里飘飘悠悠、哆哆嗦嗦地占满画面的披肩发;有时候还勾起了一点儿挺流氓的想入非非。比如它为什么偏叫"发廊"?名称本身似乎就有那么一种莫名其妙的挑逗味儿,就甭说那些小妞儿们的大照片了。就说那些粉红的、浅黄的、奶白的"蜜"们、"霜"们、"露"们,看一眼,好像也和见了妇女用品商店橱窗里那些越做越招人胡思乱想的乳罩们、连裤袜们一样,心里有一种难以形容的感觉呢。不过,我可一次也没想到,这样一家"发廊",会和"盖儿爷"——总是可怜巴巴地挤眼睛的剃头匠的孙子——有什么关系。

临近"丽美发廊"时,我的心情变得很坏,刚才在辘轳把儿胡同和蔡老头儿逗闷子落下的那一点点开心劲儿,早没影儿了。倒不是因为刚才在公共汽车上,这个"傻青儿"脑袋招得好几个小妞儿偷偷地抿嘴儿掉转脸儿。尽管这也挺让人恼火,可这就跟浑身上下让老头儿捏得骨酥肉麻后的感觉一样,品品这种哭笑不得的滋味儿,也挺有意思。有时候,人是很难解释得清楚自己为什么烦躁起来的。这回我却知道,和昨天晚上回家时一样,全是因为当了"盖儿爷"的"短工"的缘故。比起昨天来,今天是真的给人家干上了。干的结果,是真的当上了名副其实的"傻青儿"——比当年的"盖儿爷"强不了多少的"傻青儿"。所以,比起昨天来,更他娘的觉出了一种实实在在的耻辱啦。

我推开发廊的茶色玻璃门,"盖儿爷"正在里面忙着。昨天在"音乐茶座"上见到的那个小妞儿,也穿着一件白大褂,走来走去帮忙。我用手指在玻璃门上弹了几下,他扭过脸,朝我扬了扬手,随后走了出来。

"去过了?"他看着我的脑袋,嘻嘻笑起来,然后有点后悔地摇摇头,说,"忘了叮嘱你一句:让老头儿少推点儿,留大点儿呀……现在,底下推得太干净,想找补都难了。"

我说:"行了行了老板,用不着您可怜我。不是让我去哄哄老头儿吗?哄完啦,老头儿活得挺好,您就放心吧!"

"卢森,你可真够哥们儿!"他没听出来我的话里有气,还在嘻嘻笑着,"老头儿提起我了没有?气儿还挺大吧?"

"没气儿啦。我他娘的一个劲儿给他上好听的。他觉得自己的手艺誉满全球,美着哪。"

"对!就是这路子!老头儿我可太清楚了。鬈毛儿,真有你的!"

"行了行了老板,"我苦笑了一声,"您还别夸。我倒要谢谢您呢,什么'朝阳取耳''剃头放睡'的,老头子搂着我的脑袋,像是搂着个宝贝蛋,把那点儿绝活儿全给我用上啦,他还只要我三毛钱,多给他死活不收。咱落个省了钱,还享了福,他娘的福分不浅呢!您哪,还有什么活儿,快吩咐得了。"

"盖儿爷"的眼睛又开始一挤一挤的了。

"哥们儿,你今天是怎么了?左一声'老板',右一声'老板',叫得人怪难受的。"他迟迟疑疑地看着我,"咱哥们儿可没有花一百块钱雇你干活儿的意思。你要是这么说,可就见外了。"

他说的倒也是。可我他娘的这点火儿都不知道找谁撒去!

"您是没这意思,没这意思。"我说。

好半天,我们俩谁也没说话。

"昨天晚上我就说了。缺钱花,拿去。哥们儿不趁人之危。再说,你也不是干活的材料。你不干呀，非拿个要自己挣这份钱的架势。说实在的，老同学了，你放得下架子，我还拉不下这张脸呢，哪能真把你当雇来的小工儿使唤！""盖儿爷"把一包"万宝路"凑到嘴边，从里面叼出一支来，眯着眼睛，慢慢地抽着，"咱哥们儿没对不住你的地方呀，可你倒好……"

他越说，我也越觉得自己是有点儿不算个东西了。白送你钱吧，你不干。给你找点儿活儿吧，你又干不来。也真够难为这兔崽子的了。这哪是我给人家干活哪，纯粹是人家伺候着我哪。

想到这些，心里的火儿倒好像压下去点儿了。

"你他娘的怎么这么多心！我刚才说啦，你没那意思，我也没什么不痛快的。"我一扬手把他嘴里叼的烟摘下来，叼到自己的嘴里，"别废话了，派活儿派活儿！"

"你他妈的回家待着去吧，没活儿！"他又嘻嘻地把嘴咧开了。

"那你说，今儿这一趟，值多少吧。剩下的钱，还你！"

"值一百！回家待着去吧！"

"哦，变着法儿'赏'我啊。"我冷笑了，"等着，我回家拿去，钱还没动哪，全还你！"

"我操你姥姥！你丫挺的怎么还这么'轴'啊！""盖儿爷"一副哭不得、笑不得的模样儿，眉头皱着，眼睛挤着，嘴巴咧着，"我还没受过这份罪哪。都说挣钱不容易，谁想到往外扔钱也这么难。比他娘的养活孩子都难！"

他长长地呼出了一口气，又从那包"万宝路"里叼出了一支。

"你要是偏要较真儿，那也行。"他看着我，想了想，说，"活儿嘛，还是这个。每月帮我拿一百块钱，上邮局去，寄给老头子。然后，去辘轳把儿胡同理一回发,哄哄他。报酬嘛,每月二十块吧,你再去四次,行不?说定了,你他妈也别老觉得我是成心'赏'你啦!"

我看着他,没说什么。那个小妞儿从发廊里出来,催他回去。他弹了弹烟灰,朝我点点头,把手向天上一场,做了个告别的手势,匆匆忙忙钻回那间玻璃房子里去了。

我站在"丽美"发廊的门口,老半天没运过气来。逗了半天强,却落下了这么一个结果——合算我成了兔崽子每月给他爷爷送去的那盒点心啦!他还觉得挺照顾了我的自尊心了呢!

这盒"点心"当的,我还他娘的一点儿没脾气——再拽着"盖儿爷",说我干不了吧,他非得以为我得了精神病不可。真的每月就这么去挣"二十块钱"?今天去这么一回,我还只是因为当了"盖儿爷"的"短工",脸上有点儿挂不住,别的我还没怎么多想。要是真的每月专职就是赔着笑脸,去哄老头子,这就跟"盖儿爷"他们家养的婊子差不了哪儿去啦。

我顺着脚下的水泥路,朝公共汽车站的方向走着。

我是一个命里注定的可怜虫。

今天是星期一,街上的人还是这么多。这儿靠近王府井。谁都他妈比我活得滋润。

一个小妞儿,穿着高筒小马靴,挎着个亮晶晶的小皮包,小屁股一扭,一扭。一对老夫老妻,一人一根拐棍儿,四只脚板子,在路面上一蹭,一蹭。枯落的杨叶,还夹杂着几片冰棍纸,可怜巴巴地蜷在马路牙子下面,挤在树根窝窝儿里,窸窸窣窣地响着。

我助跑了两步,摆出马拉多纳罚点球的姿势,甩开右脚,"啪",朝一块冰棍纸踢去。膝盖押得生疼,我却只是蹭着了它小小的一个角。"金房子"服务中心门口那个推冰棍车的老太太,咧着鲇鱼一样的嘴巴,无声地笑起来。

"你这玩世不恭的态度真让人讨厌!"老爷子如果在边上,他又得这么说了。

"森森,你什么时候才能学学你爸爸,认认真真地做人啊!"老太太也少不了当应声虫。

这年头儿,不管活得是不是真的那么庄严,那么伟大,那么认真,大概都得拿出那么一点子认认真真的神气。

其实,依我看,像我们老爷子这样的,倒未必活得认真。别看我这副德性,我比他们活得可认真多啦。他娘的甚至太认真了,不然我也不会闹得这么惨。但凡有那么一点儿不认真,我也早他娘的像我哥似的,在老爷子面前装王八蛋啦。至少,我犯不着为八十块钱拍这个胸脯。犯不着拍了胸脯还真的要去争这口气。犯不着非得撕了那张彩票,也犯不着非得买下那张彩票。犯不着在人家"盖儿爷"面前充好汉。当然,也犯不着觉得每月去一次辘轳把儿胡同哄哄老头子有什么不好……

我得承认,顺着这路子想下来,有那么一小会儿,我算是他娘的想开了。折腾了好几天,原来全是我自己跟自己过不去!其实,除了昨天中午在体育场外面吃的那顿烂葱包子以外,我哪天在家里也没少吃。我倒真拿拍了胸脯当回事儿呢,那八十块钱,不给了又怎么着?不要说老爷子不可能追着我要,就假使他借着这事开口笑话我,我给他龇龇牙,他又有什么办法!不是说我"玩世不恭"吗?来真的,就这个!"盖儿爷"那一百块钱呢,照拿。不拿白不拿。这小子发的财还少啊?有便宜不占,王八蛋!让我给他爷爷当"点心匣子"？玩蛋去！我才不伺候呢！……不是嫌我活得"不认真"吗，这回，我可真的要当一个彻头彻尾、彻里彻外、死皮赖脸的浑蛋啦！

这念头让我舒坦透了，松快透了。我发现我这几天整个儿在干傻事。我甚至奇怪自己干吗要没完没了地算计，那笔钱是拍给老爷子，还是扔还"盖儿爷"。最妙不过的法子是：替我自己也买个放音机呀。想到这些，我有点儿庆幸昨晚没把其中的八十块拍还老爷子了。

回到家，打开我的抽屉，取出了那一百块钱，揣在兜儿里。去王府井！我还非买那种放音机不可！哪怕出了百货大楼的门儿就摔成八瓣儿了呢，也出了这几天憋在我心头这口窝囊气啦。

这可真巧，出楼门的时候，看见了我们家老爷子。

"砰"，他甩上了那辆"皇冠"车的车门，抱着一堆文件、材料，朝我这边走来。

想躲开，已经来不及了。

一抬头，他看见了我。

"森森，你妈在家吗？"

这可少见，真是太少见啦。他居然叫起了我的小名儿——"森森"，他的眼神不再像以往那样，斜愣愣的懒得瞥我，反而温柔得像一只老山羊，还没完没了地盯着我。

"森森，别走别走，先回来一下，先回来一下。"他用空出的那只手扳我的肩膀，简直是搂着我回到家里的。

他把我按在同一条长沙发上，微笑着从皮包里拿出一小听"雀巢咖啡"，他说这是外宾刚送他的，我要是爱喝，尽管拿去。这可真他娘的让人奇怪透了。他这股子热乎劲儿，总不会只是为了送我一听咖啡吧？想变一变"思想工作"的方法了，怀柔怀柔？我爱搭不理地任他在那儿跟我套近乎。我拿起那听咖啡，看那上面的说明。

"你的头发是在哪儿理的？不错。这精神状态就对头啦。"

噢，怪不得他这么热乎，怪不得他老盯着我看，原来是为了我的头发。他以为我这头发是为了他剃的哪。

"其实，你们这一代人本质是好的。"他开始发表"社论"，"……火气嘛，大一点。我也是从年轻的时候过来的，谁没有一点火气？没有火气了，还叫年轻人吗？……"

我翻了他一眼，突然想笑。我绷起嘴唇，磕头虫似的点头。我想起了他在演讲比赛的主席台上点头的样子，我想试试学得像不像，他点头不像一般人那样，是"点"头，他点头不如说是探着脖子在"扬下巴"，一下一下的，显得那么"深思熟虑"。

我这一"点头"，他更来劲儿啦。

"就说你的头发吧。前天批评了你，你还不通嘛。当然，我也有缺点，态度急躁。不过，火气一下去，你还是能分清是非美丑的嘛，这就证明……"

本来，我只是觉得好笑，这乐趣大概和上午哄那位蔡老头儿时的感觉差不多。可是，看着他这神气活现的劲头儿，我可笑不出来了。这些日子憋在心里的那股火儿，又"呼"地冒起来。

"行啦行啦行啦，您别这儿没完没了了……"我站起来，到他对面的一个小沙发上坐下，从兜儿里摸出那沓钞票，一张一张地数着。我把八张十元的票子捻成一个扇形，按在茶几上，"我可真纳闷儿，您干吗老跟我这头发过不去？您瞧，这是八十块钱，给您搁这儿啦。前天我已经说过了，往后，脑袋，是我的脑袋，头发，是我的头发，我是梳大辫儿还是剃秃瓢儿，您都免开尊口吧……"

他一声没吭，坐在那儿发呆。

"您呀，整个儿的，'猴吃麻花'——满拧！"我胡噜了几下脑袋，笑嘻嘻地说，"我要是一五一十地告诉您，我怎么就剃了这么个脑袋，那得另找工夫，得等我高兴了。反正这么跟您说吧，至少，这和您那些废话没有一点儿关系！"

说完，我就走了。看来，我还是当不了彻头彻尾、彻里彻外、死皮赖脸的浑蛋。

我还是活得太认真。尽管这个世界上说不定只有我一个人这么看。

唉，那么，"盖儿爷"那儿呢？下个月还去不去辘轳把儿胡同一号剃脑袋了？

明儿再说吧。

1985 年 12 月 1 日

找　乐

第　一

"找乐子",是北京的俗话,也是北京人的"雅好"。北京人爱找乐子,善找乐子。这"乐子"也实在好找得很。养只靛颏儿是个"乐子"。放放风筝是个"乐子"。一碗酒加一头蒜也是个"乐子"。即便讲到死吧,他们不说"死",喜欢说"去听蛐蛐儿叫去啦",好像还能找出点儿乐儿来呢。

过去天桥有"八大怪",其中之一叫"大兵黄"。据说当过张勋的"辫子兵",也算是"英雄末路"吧,每天到天桥撂地开骂。三皇五帝他爹,当朝总统他妈,达官显贵他姐,芸芸众生他妹。合辙押韵,句句铿锵,口角流沫,指天画地。当是时也,里三层,外三层,喝彩之声迭起,道路为之阻绝。骂者俨然已成富贵骄人,阔步高视,自不待言。听者仿佛也穷儿暴富,登泰山而小天下了。戳在天桥开"骂"和听"骂",是为一"乐儿"。

自打乾隆五十五年"四大徽班"进京以后,北京人很少有不会两段"二黄"的了。蹬三轮儿的,卖煎灌肠儿的,把车子担子往马路边上一搁,扯开嗓子就来一段。这辈子想当诸葛亮是没指望了,时不时"站在城楼观山景",看一看"司马发来的兵",倒也威风呢。要不,就"击鼓骂曹":"平生志气运未通,似蛟龙困在浅水中。有朝一日春雷动,得会风云上九重。"撒一撒胸中的闷气也好。就连那些押去二道坛门吃"黑枣儿",吐"山里红汤儿"的犯人们,背上插着招子,被五花大绑地扔在驴车上,也要唱一嗓子,招来一片喊"好"声呢。唱这一嗓子和听这一嗓子,也是个"乐子"。

我们北京的百姓,素有讲个脸面的传统。"耗财买脸儿"更是个"乐子"啦。口袋里镚子儿没有呢。别着急,只管往"大酒缸"里泡就是了。别看不过都是扛窝脖儿的,打执事的,引车卖浆者流,那大爷的派头也足着哪。围在酒缸沿儿上,二两烧刀子下肚,哥儿几个便对着拔起脯儿来啦。这位只管说自己如何过五关、斩六将,那位尽管说他的长坂坡。如果素昧平生,刚刚相识,更来劲儿了,反正都是两眼一抹黑,加上一个个喝得红头涨脸,迷迷瞪瞪,只顾沉醉在自己的文韬武略之中,你就是说自己上过月亮,别人也会哼哈哼哈地应和。酒足饭饱之后,气宇轩昂地站起来,即便囊中羞涩,也要端出一副腰缠万贯的神气,吩咐一声"抄",伙计们赶忙清账,写水牌儿,道一声"记上"。言犹未落,人已经高掌远跖,雍容雅步,踱将出去。这不又是一"乐儿"吗?

这些,都是老事儿了。世道变了,北京人的日子过得顺心顺气儿了。可又不能说人人顺心,个个顺气儿不是?所以,"找乐子"的"雅好"还是继续下来了。就说街上那些往蛤蟆镜上贴外国商标,往劳动布裤子的屁股后面钉洋文铜牌儿的伙计们吧,那也是一种"找乐子"的法儿,"此时无声胜有声"罢了。我认识的一位小伙子呢,正相反,整天提个录音机在街上晃,哇喇哇喇招人。问他这干吗呢,他说:"没这个录音机,更没人拿正眼儿瞅咱们啦!"这又算一种"乐子"吧?

不过,老事儿也好,新事儿也罢,在高雅之人眼里,都是可笑的。人家也自有人家的道理。本来嘛,你是缝穷的,你就是缝穷的命,唱段"王宝钏",就成"相门之后"啦?扯淡!你是蹬三轮儿的,你就得认头。你说你拉过杨小楼,你还跟他怄了气,把他给摔阴沟里了,治了——人家还是杨小楼,出殡时六十四杠。你呢,还是蹬三轮儿的,那会儿你要是也出殡,不闹个"穿心杠"就便宜!甭说把商标贴眼镜儿上,就是贴脑门儿上,你也是"城根儿"的儿子,你也到不了国外!混得不怎么样吧,还老想找点什么"乐子"找找齐,这不瞎掰吗?大概因为这个原因,"找乐儿"者流就难免不被人引为笑柄了。

其实,你再往深里想想,这有什么可笑的呢?混得不怎么样,再连这么点儿乐呵劲儿也没有,还有活头儿吗?据奥地利心理学家阿德勒的说法,拿破仑因为个儿矮且有牛皮癣,不顺气儿,所以才有了振长策而驱宇内,君临天下之举。北京的平头百姓们还没想着往拿破仑那份儿上奔呢,只求哥儿几个凑到一块儿,或位卑言高,称快一时,或击节而歌,乐天知命,又算得了什么呢?

由此看来,出辘轳把儿胡同南口向西不远,豌豆街办事处文化活动站那里,每天晚上聚集了一帮老头儿(也间有几个老太太来看热闹,或有几个中年、青年人来凑热闹),一会儿来一折《逍遥津》,一会儿唱一段《打登州》。唱累了,又杂以神吹海聊,他说他是高庆奎的徒弟,他说他和马连良一块儿坐科……这不仅有民俗的渊源,而且还有心理学上的根据哪。

第 二

豌豆街办事处管着周围的十几条胡同，辘轳把儿胡同也在其中。这儿的文化活动站也没有什么更多的活动，就是唱。活动站的"排演场"是过去的仓库，自然是很简陋的，连顶棚也没有，抬头就能看见房顶的椽子像肋条骨似的一根一根码着。水泥地面已经坑洼不平了。顺着四周的墙根儿，一圈一圈地摆着条凳，不管唱的还是听的，杂坐其间。房子中间留着一块巴掌大的空场，又让个火炉占去了一块儿。剩下的地方，只能站下仨俩人儿了。所以，清唱还可以。"起霸"，一个人也凑合，如果是"双起霸"，两个人就得撞一块儿去。要是"趟马"，你得留神炉子。好在来"找乐子"的人大多是老头儿，身段就不能讲究啦，满脸的褶子，扮相也罢了。因此，这里从来就没有彩唱过。顶多了，来个"清音桌"，角色多了，有的人还得在座位上唱。别看条件差，你要是往这儿一坐，闭上眼睛听一听，有板有眼的，唱得真有那么点味儿哪。

老头儿们有点儿爱神吹，这不假。可他们的神吹毕竟还是沾点儿谱的。比如他说他跟马连良一块儿坐过科，那是得一块儿混过几天，至于后来嗓子倒了仓，他唱不了了，卖大碗茶去了，那就得再说了。他说他是高庆奎的弟子，说不定也确实。至于以后抽上了大烟，玩物丧志，另当别论。正因为如此，大多数都是对"梨园行"门儿清的主儿。听一耳朵，便知道这是"梅老板"，那是"麒麟童"。没吃过猪肉还没见过猪跑吗？因此还不能小看他们。你看这位裹了件大棉袄，双手揣在袖筒儿里，灰头土脑不是？一张嘴，正工青衣，音宽嗓亮，落落大方，地道，梅老板！你看这位鹤骨鸡肤，腰弯背驼，其貌不扬吧，那唱的可是正经的"杨派"，行腔柔稳，清雅脱俗。还真有些老戏迷们听不惯时下剧团里青年演员那两嗓子，总觉不够味儿，专程跑到这儿来过瘾的。褒贬是买主，不服气不行。

按理说，能把这伙儿"戏篓子""戏包袱"们玩转了的人可不是凡人，你得下过几天"海"，至少，也得"票"过几场。要不然，人家不服你，你能镇唬得住吗？不过，在豌豆街的文化站里却是一个例外——在这儿"统领群芳"的，竟是七十出头的老杠夫李忠祥！

李忠祥住在辘轳把儿胡同十号院儿，方头阔脸，声洪如钟，走起路来步子不大，挺胸腆肚收臀，有点儿"外八字"，一看便知是当过杠夫的主儿。他毕竟老了，眼角耷拉了，可脸色还是通红的。没错儿，喝大酒喝的，已是杖国之年，可还是像年轻时一样，性喜自鸣得意。其实，在这帮唱戏的人中，比李忠祥能唱能演的人有的是。这里有在正经的科班里学过的，在名师门下调理过的，甚至还有正在剧团里当演员的呢。李忠祥呢，当过杠夫，拉过洋车，跑过堂儿，事儿倒干过不少，可没有一件是和唱戏沾边儿的，退休前倒是在剧团当门房来着，可那是话剧团。他倒张口"长华"，闭口"长华"的，听那口气，好像他跟那位名丑萧长华不是连襟也是师兄弟。唉，他跟人家萧长华也就是"馄饨交情"罢了。那会儿他在馄饨铺当伙计，想看戏，又没钱，心里痒痒得猫挠似的，便拎着个食盒儿，里面搁碗馄饨，到戏园子门口，生往里闯。"干什么去？""给角儿送馄饨！"看门儿的竟然信以为真了。常来常

找乐

往的，人家居然认定萧老板演戏时，每每要吃这家铺子的馄饨，只要见他拎着食盒过来，问也不问啦。其实，这馄饨哪回也没进了萧长华的肚子。进了戏园子就不见这位伙计了——他找一个旮旯，一边吃了这碗馄饨，一边听戏。用这一招儿，他可听了萧老板不少好戏，连梅老板的戏也听过。这么听，傻子也能喊两口了。他甚至能把萧先生演蒋干时说的那几句苏北话学得惟妙惟肖，让人喊好。所以，现在他也有资格说："嗐，当年咱们不是穷吗？不是买不起行头吗？要不，咱们早下'海'啦，今儿个，也'新艳秋'啦！"他说归他说，内行人一看便知，如果说，那位新艳秋天天在戏园子里偷艺，学程先生学得不赖，可比起程砚秋来总还差那么一尺半寸的话，李忠祥比起萧长华来，可差着十万八千里还得出去了。

不过，李忠祥这性子挺投戏迷"票友"们的脾气，大伙儿也就跟他逗乐子，称他为"新长华"了，还随带着封给他萧长华在"喜连成"班的职称，称为"总教习"。他本来就喜欢大包大揽，"总教习"尊号既得，更端起一副当仁不让的架子，真的正儿八经地主起事儿来啦。

豌豆街，特别是辘轳把儿胡同的老住户们对李忠祥是太熟悉了。他当杠夫的时候还年轻，天麻麻亮，就穿上那件绿色的褂子，戴上那顶插着鸡毛的毡帽儿，坐在永安杠房门口的条凳上等差事，路过杠房的人常在那儿和他聊天儿。后来，他又在裕昌馄饨馆当伙计。可没一年，就因为老端着馄饨去"蹭戏"，丢了差事，只好每天早起泡野茶馆，等零活儿干，奔饭辙。后来他搬到了辘轳把儿胡同十号院，更是低头不见抬头见了。

不过，老人们记得最清楚的是：民国二十四年的春天里，一直破衣烂褂的李忠祥忽然"发了"。其实，说"发了"，是过分之词，捡破烂、缝穷的人们眼浅而已。可那些日子，李忠祥确实不像以往那样饥一顿，饱一顿的了，也穿起补丁少点儿的裤褂来了。据李忠祥说，他在野茶馆认识了一位江先生，江先生三天两头要扯着他聊天，聊完了，给他一天干活儿的工钱。这对辘轳把儿胡同的百姓们来说，不是让人眼馋的事吗？好烟抽着，好茶喝着，神吹海哨谁不会呀，一天的饭辙就有着落了！人们都说他一定遇上"贵人"了，今后必"发"不可。李忠祥倒不认为江先生是什么"贵人"，因为他很偶然地发现江先生穿的那棉袍的里子也是碎布拼的。可他还是逢人便说自己的纳闷儿："这位江先生可真怪，又不是钱多了'烧'的，干吗要花钱找人聊天儿！"……

江先生的确不是什么"贵人"，李忠祥也没"发"起来。卢沟桥的炮一响，江先生没影儿了。李忠祥还得去蹲野茶馆等差事；今儿去给人修修门脸儿呀，明儿给人往城外坟岗子抱抱死孩子呀。李忠祥的"奇遇"，也渐渐让人淡忘了。

可解放以后，江先生是"贵人"的预言倒真的应验啦。那时候李忠祥已经蹬三轮儿去了。那一天在剧场门口等客，天上下了雨，没人坐车，他把车停在剧院的广告牌檐子底下，闲得挺无聊，听见人来人往进场的人说，今儿演的戏说的是杠房的事，他心里一动，反正待着也待着，进去开开洋荤吧！买了张票，进去看看这场话剧，看了半截儿他就愣啦：这儿演的不全是他跟江先生说的事儿吗？赶快一打听，编戏的可不就是江铁涯江先生，敢情人家现在是剧院的院长啦。散了戏，他推着三轮儿直奔后台，找江

找乐

307

先生去了。江先生还记得他，自然又是好烟好茶招待。李忠祥说："江先生，我不想蹬三轮儿啦。您不是在这儿当官吗？我跟您这儿干得啦！"江先生说："您干点儿什么？""我跟长华那儿偷过两手儿，上台也不怵。"江先生笑了："那是京戏。我这是话剧。"他说："甭管什么戏，反正我是喜欢上您这戏班子啦，替咱老百姓讲话。让我来看门房也行。"就这么着，李忠祥真的当上了这家赫赫有名的剧院的门房。这在辘轳把儿胡同可成了了不得的新闻，据在剧院门口看见过他的人说，他这回是真的"发"了：开演之前，穿一身笔管溜直的中山装，在剧院门口张罗，让人，和那些从小卧车里钻出来的人物握手，混得可神气极啦！

嘿，还是别哪壶不开提哪壶吧。李忠祥爱说、爱吹，可你听他讲过剧院的事吗？他是置了一身笔管溜直的中山装，每逢新戏初演的几场，必穿上它在剧院的大门口张罗，让人，和那些从小卧车里出来的人物握手——"欢迎欢迎！""多多指导！""您往里请！"……以至于不少人误以为他是剧院的院长或是本剧的编导，这都是确实的。他觉得这有什么？他是江先生介绍来的，他是给江先生当"门脸儿"来了。所以，他和以前干他喜欢干的事一样，欢欢势势地忙活起来。可后来他发现，不对啦，剧团里的人拿一种什么眼神儿看着他啊，小青年们拿他"开涮"，叫他"李导演""李院长"。这倒也罢了，就连江先生好像也嫌他站的不是地方了。每次首演日，当他兴冲冲地换上那身中山装，到剧院门口准备张罗时，江先生总找个话茬儿把他从身边支开。让他去端花盆啦，去看看贵宾室安排得如何啦，一来二去的，他明白啦：穿着中山装，在门口握手、寒暄，那是高雅之人干的事，那不是自己欢势的地方！

可他又有几分伤心，莫不是因为自己到那儿站着了，你们就该翻白眼珠儿，在话音儿里掺粉子味儿吗？人哪，得将心比心，替人设身处地。他喜欢剧院。他为它得意。他想起自己是剧院的人，就觉得挺提气。站得不是地方，你们就不能明说吗？别人不知道我，江先生您应该知道我的呀！

知道你？你不能老找着机会把心窝子掏给别人吧？你就是真掏了，人家知道你了，又怎么样？

他四十岁出头时才娶了个"二锅头"，没两年，老婆生下德志，得了产后风，死了。老婆死了几年没续上，说老实的，谁能不动点儿凡人之念呢？更何况每天看着那些如花似玉的女演员。有一天他从楼下走过，听见二楼上水声哗哗，女人的笑声话声传来，他想起这是女浴室，女演员们刚下戏，在洗澡。他也不知道自己那是怎么了，走不动了，放慢了脚步，仰起脸儿，看着那扇打开的窗户，好像巴望着从那上面看出点儿什么来。其实，什么也看不见。可这成毛病啦，每回路过那楼下，他都忍不住放慢了脚步，仰脖儿看两眼。没想到不知被谁反映上去了。大概因为他最服江先生，所以，还是江先生找他谈的话。说真的，江先生也知道那看不见什么。他要是一口咬定没看，这事便过去了。可他说："我错啦。我是想看来着。可看不见。"他觉得这有什么，谁能没有点儿邪念？咱不再存这心思就是啦。唉，这回人家倒是知道你了，结果呢，整个屎盆子给你自己扣上了，反倒给人当笑料儿啦。那些漂漂亮亮的女演员们本来"李大叔""李师傅"的，叫得甜着啦，脆着哪，这一下倒好，全撒嘴啦。小伙子们那话就更损了："老李头，玻璃店里卖镜子啦！"……他们还都是识文断字之人，都是

找乐

文雅高贵之人呢，他们要是真像人家柳下惠，坐怀不乱，倒也罢了。可他们有的人一边取笑他李忠祥，一边又搞"破鞋"，这不装孙子吗？

李忠祥蔫儿了，再也不像以前，今儿"萧长华"，明儿"杨宝森"了，从这以后，有人给他介绍过几个后老伴，如果是以前，很可能是一句话的事儿，"成"或者"不成"。可现在，他也不知道为什么给自己立下了一个规矩，非把那事儿告诉人家不可，纯粹是为了考考人家似的。有几个就因此吹了。吹就吹吧，正好。找个娘们儿回家，天天当着你的面，假模假式地装孙子，谁受得了！

"文化大革命"临开始那年，他和剧场卖票的鲁桂英好上了。那年他五十五岁了。鲁桂英五十岁，是个寡妇。别的心思没有，老了老了，找个伴儿，有个说话的人儿，也互相有个照应。两个人平常关系不错，可真把这事儿摊开的时候，李忠祥立刻说："我得明告诉你，我在剧院里名声不好。有一档子事……""别说啦别说啦，"鲁桂英打断了他，"八百年前的事啦，我知道。再说呢，都从那个岁数过来的，谁还能没点儿上不得台盘儿的心思！"在这之前，因为鲁桂英有仨孩子，李忠祥还有点犹豫，可听了这一句话，心里一热，齐了！这么多年，没人跟他说过这么一句话，好像人人都是正人君子，就他是他妈小人！其实，躺被窝儿里摸着自己的心窝子想想，真的就没有一点儿上不得台盘儿的心思？……咳，还生这份气干什么？这不有一个鲁桂英吗？真能找着这么一个能说上话的人当老伴儿，也就不错啦。可是，他和鲁桂英的事到底还是没成。鲁桂英的婆家挑着孙子孙女跟他们的妈妈闹，自然少不了关于他的很难听的话。桂英怕伤他，只是说，孩子们都长大了，也快熬出来了，就算啦。其实他已经从别处听到了。

李忠祥老了，"文化大革命"结束那年，已经六十五了，他该退休了。可临到眼前，他又有点儿舍不得了，特别是舍不得那出写杠夫的戏。那是剧院的保留剧目。一听人提起这出戏，他就心动。虽然他再也不会鲜衣华服，凑到江先生身边，在剧院门口迎宾了，也决不会提一句民国二十四年江先生如何在野茶馆找他聊天的事。剧院伤了他的心。可如果不是因为后来他又忍不住干了一次蠢事，又伤了一次心的话，他还想在剧院多待几年，多看几遍那出戏哪。

"文化大革命"中，他是"救"了江先生一命的。江先生不知道就是了。那时候江先生挨整，报纸上点名，广播里批判，看来是要不得了。有一天他路过康乐酒家（那会儿改名儿了），在大玻璃窗外看见江先生一人在里面闷头闷脑地喝酒，桌上摆了好几样菜。他心说不好，跑回剧院，偷偷写了个字条，大意是说：我们爱您的戏，您想开点儿。扫盲班的文化，多了，他也不会写了。名字他可没敢落上，只写了"革命群众"。写完了，回到饭馆门口，托一个进门的人捎进去了。"文化大革命"后，江先生又上台了，在重排《杠夫》的动员大会上说，因为一个观众的那么一张条子，使他决定活下来了，他说得老泪直流。散会以后，李忠祥特意和江先生握了握手。当然，他是不会说出那字条的根梢的。又过了些日子，《杠夫》重演了。那天，他忍不住从箱底里找出那身中山装，穿着上剧院了。他早就学会了该往哪儿站啦。他还可能和江院长站一块儿欢势去吗？可江先生啊，他见到了他，打量了他一眼，立刻说："李大爷，后台那儿缺人。您到后台去照应照应好不？"……

唉，他要退休了。这回，他是一定要求退休了。

现在,他家的墙上,还端端正正地挂着那张红底烫金的"光荣退休"证书。他还记得剧院为他召开的"欢送大会",还记得江先生如何用自己坐的那辆"上海"卧车,把他送回了辘轳把儿胡同十号。江先生和剧院的其他领导到他的小屋里坐下的时候,他觉得湿漉漉的泪水顺着脸上的褶子沟儿流下来了,流到了嘴角上,咸津津的。他不好意思,赶紧给擦了。他开始后悔了。人哪,怎么经不起一点儿委屈呢?解放前,拉洋车,抬棺材,多少委屈,你都得受!可现在,他觉得自己是太金贵了,好日子催的!饱暖生闲事!江先生忙啊,能什么都照应得那么周到吗?能整天琢磨着怎么对你的心思吗?再说了,你站在不该你欢势的地方瞎欢势,就对吗?你存着看人家女澡堂子的心思,就对吗?

…………

这些,都是旧事了。那次送走了江先生他们,李忠祥觉着自己这辈子算是快到头了。待着吧,吃点儿好的,喝点儿好的,这就算个乐子啦,还有什么?他可没想到,豌豆街那儿竟然有一伙子老哥们儿在那儿吹拉弹唱,在那儿神吹海聊!

都是扛大个儿的,蹬三轮儿的,卖煎鸡蛋的出身,没什么上得了席面儿的人物,可都讲实理儿,不装孙子。他到了这儿,没三天,又"活"啦!在剧院的时候,他老得留神着,别带出脏字儿来,让人家笑话。说话得留一手,别让人家以为你吹。再往后呢,处处认尿,蔫头耷脑。再说了,人家一张口,都是这个"斯",那个"基"的,他也不能插嘴啊。敢情该着他欢势的地方在这儿哪!他开始唱,开始聊,开始忙活。唱得挺开心,忙活得也挺开心,好像四十年前那个爱吹爱聊、爱逗爱唱的杠夫又回来啦。他知道这伙子老哥儿们里可有的是能人高手。高手怕什么，都是找乐子来了，谁还能挑谁的理儿不成？这不，他们说他是"新长华""总教习"。"总教习"就"总教习"，不就是张罗张罗吗？也该着，谁让他是扮"丑儿"的呢，您看过去那些戏班子里，不都是扮"丑儿"的张罗呀！

第　　三

李忠祥因为来到了文化站，和这一帮子"戏迷""票友"们一块儿混，"活"了。这帮子"戏迷""票友"们呢，也因为李忠祥的到来，"欢"了。李忠祥大马金刀地忙乎，昨儿宣布了排演的"时辰"，今儿开始分派角色。明儿，他领来个"须生"，后儿呢，说不定又领来两位"花脸"。找办事处议定是不是应该挂个什么剧团的名目啦，是不是再添置两件"家伙"啦。因为他屁颠儿屁颠儿地交涉，文化站至少由每月的逢单日开门，改为天天大门洞开了。文武场面的"家伙"也齐全了。过去这伙子人里缺个小生，像《穆柯寨》啦，《群英会》啦，老得找个人反串，不那么带劲。辘轳把儿胡同二十六号的郭森林，那是在正经的京剧团里演小生的，戏校毕业，大伙儿早就托人带话去请他过来玩玩。别看郭森林在剧团里扮过的最牛气的"角儿"，也不过是当过"十八棵青松"里的"一棵"而已，他还不给面子，不甘与这帮"糟老头子"为伍。李忠祥说："我豁出去啦，撕破脸皮了！"三顾茅庐，花说柳说，诱以"挂头牌""挑大梁"之类，愣给拉来了。还有现在这位琴师老李先生，人家可正经是棣兰沅的弟子，买了张月票，天天坐一小时的汽车往返，给大伙儿拉弦儿吊嗓儿，这也是李忠祥与他在天桥汽车站萍水相逢,一见如故请来的……所以,尽管这位李忠祥大哥也时不时在排戏时瞎指挥,摆摆"总教习"的威风,招得大伙儿时常要和他抬抬杠,开开心,说他"假花脖子"。实际上,在大家的心里,他的功劳不小呢!

不过,最近,大伙儿嘴上不说,心里却在嘀咕:这位李大哥有时也未免热情得过度。开始的时候还不错,往唱戏的伙计们中间拉俩能人,大伙儿一块儿唱着也开心。可后来,也不知怎么了,不光在辘轳把儿胡同,就是走在大街上,他也总想往那些蹲在商店门口晒太阳,坐在酒铺里喝闷酒的老哥们儿身边儿凑,巴巴儿地打听人家有点儿什么"灾",什么"愁",只要一听说这个,嗓子眼儿就痒痒,非跟人家说说这每天晚上凑一块儿,唱两嗓儿该有多么乐和,多么得劲儿,好像他们也只有跟他去,用这一招儿才能消愁解闷儿,这都成个毛病啦。

那一天,他把他的对门儿,辘轳把儿胡同九号的赫老头儿领来了。一本正经地宣布:"这位赫大哥是唱旦的!"赫老头儿,大伙儿是久闻其名的:"文化大革命"中被抄了家,而后金银细软又被折成了钱,还回来了。他的儿子二臭骑着一辆摩托车,吵得满街不安。可谁也没听说过这老头儿有这一手哇。其实,连他自己也都是那天临来才在李忠祥的煽乎下,知道自己有"这一手"的:李忠祥正出门儿,看见他在对面的墙根儿底下蹲着哪。"赫大哥,怎么跑这儿偎窝子来啦!"赫老头儿叹了一口气,没言声儿。李忠祥追问了句,才知道老头儿跟家里那台新买的彩色电视怄气哪:"……不定什么时候就亲上嘴儿啦,要不,就演两口子在被窝儿里扯臊。再不介,男男女女,光着大腿,胡萝卜似的,跳哪!和闺女、小子坐一块儿看，能不臊得慌？不看吧，怕漏了好的。看吧，就怕它来这个！"李忠祥这就来劲儿啦："得嘞，您跟它生这份气干吗？跟着我，找别的乐子去吧！""唱戏？我不会唱。""您别蒙我。您是在'旗'的。在'旗'的没有不会的。看您这手，瞒不了我，您练过旦，年轻时扮相儿差不了。不信您来两口我听听。"他居然把赫大哥的兴致勾起来啦，当即唱了一嗓子。咱们的"总教习"也不知道是怎么听的——"您行！跟我去吧，跟着弦儿，吊两天再看，您这嗓子，不让梅老板！"……嘻，还"梅老板"呢，赫老头儿一开口，大伙儿全乐啦：好嘛，不扑弦儿！

这种事儿，有一回也就差不多了。您该长长记性儿了吧？他不。又过了几天，他在小酒铺里喝酒时碰见了一位"老兄弟"——素不相识，可聊得挺对路，于是转眼的工夫就成"老兄弟"啦。——知道了人家有那么点儿不顺心，在家受儿媳妇气了。他又把人家揽过来了："老弟，听你大哥一句，一唱解千愁。跟大哥去！大哥在那儿主事儿哪！不会？不要紧。听听也解闷儿！"——我的天，就像北京的老头儿们动不动就劝人吞"人丹"，广州的老太太们动不动就劝人抹"驱风油"一样，他也不管人家得的什么"病"，全开这一个方儿："跟我去，唱两口儿！"

…………

一而再，再而三，豌豆街的文化站因为李忠祥而红火，也因为李忠祥而过于红火了。屋子里又加了两圈条凳，中间的空场也就连"巴掌大"都够不上了。这下倒好，清唱的人也甭想裹着大棉袄，把手揣袖管儿里了——站在那儿，几乎等于搂着火炉子唱啦。更让那些老票友们哭笑不得的是：像赫老头那样的，因为让李忠祥的几句话给捆上了"轿子",抬着,有点儿犯晕,还真以为自己"吊两天",真能"不让梅老板"哪,练唱的劲头儿十足,一段接一段,整个晚上净听他一人在那儿嚎,真正的内行反倒给晾那儿了。这倒也罢了。戏迷们中间,既添了那么多肚里委屈、心里憋闷的老头儿们,难免不借题发挥。唱完一段《乌龙院》,有人骂自己的"娘们儿",唱完一段《四进士》,又有人感叹"宋士杰少哇",又扯开自己或自己的朋友或自己的朋友的朋友有什么冤屈啦。由《连升店》而论势利眼,由《三关排宴》而骂"不争气的儿子"……家长里短,海阔天空,一时间,文化站里唱的唱,聊的聊,可有点儿乱营。老伙计们都碍着面子,对他们的"总教习",也不好说什么。对赫老头儿们,更不能说什么啦。

倒是那位准备来"挂头牌""挑大梁"的"青松"郭森林耐不住性儿了。跑去找负责这文化站的街道干部汤和顺老头儿嚷嚷起来了:"您拿把刀宰了我得了!您这是让我唱戏来了还是受罪来了?明儿啊,咱可撤了!"

汤和顺大高个儿,总爱佝偻着背,可这非但不显矮,反倒使他像只大虾米了。老头儿们和他厮熟,叫他"虾头儿"。汤和顺小时候学过旦,看那脸庞便可知,扮相儿不错。可他后来个头儿猛蹿,上了台比蹬靴的花脸还高半头,只好改唱清音。有人解放前在劝业场对面的"首善第一楼"听过他唱,唱得不错,尤以偷气换气功夫为一绝,所以唱起来总是声气不竭,游刃有余。谁承想,没几年他又塌了中,心想这辈子是没有吃这碗饭的命啦。幸好还粗通文墨,在街上摆摊儿代写尺牍讼状之类。解放后,他一直干街道工作,凭着梨园出身的那点底儿,组织个"街道清音社",倒也可以算是旧业重操了。更没承想"文化大革命"中又因此罹祸，得了个组织"裴多菲俱乐部"的罪名，挨了红卫兵一顿臭揍，他算是彻底伤心认头了。如果不是吃着"官饭"，他是恨不能听见锣鼓点儿就撒丫子的。说是"绝不再搞运动了"，谁敢说呢？再说，他算是明白了，这辈子和"戏"字无缘，沾边儿就倒霉，索性离远点儿。可每月还拿着公家几十块钱不是？一点儿不干也不落忍。要是退休呢，几块钱不又白扔了？所以，他还得勉为其难，当这文化站的"虾头儿"。不过，别的他一概不管不问，只管两件事：第一，他得不断留神着每天的报纸，看看是不是又要"批"什么了。目的呢？用他的话来说，"得把门脸儿弄干净"。其实，方法倒也简单，文化站大门的东边，有一个壁报栏。他看报纸上提什么口号了，裁一条纸，写一个"通栏"贴上去。"批判资产阶级自由化"啦，"清除精神污染"啦，"通栏"底下，贴的全是剪报。他又何尝不知道，"门脸儿"弄来弄去，里面唱的还是《八大锤》《玉堂春》。不过，他还是要这么弄，要不然心里不踏实。第二，他得编点儿唱词，老段儿新唱。计划生育啦，晚婚晚恋啦，打击刑事犯罪啦，都得预备出几段来。赶明儿区里调演的时候，要什么有什么。区里评选"文化活动先进街道"，才不听你的《西厢记》哪，有那么一段《结扎好》，齐了！

　　本来，汤和顺是乐得李忠祥大包大揽的。甭说将来有个什么闪失，能有个人替他扛着了，也甭算计省了多少工夫、多少精气神儿了，光是茶叶他就省了不少。可现在，看这样子，是得出来管管了，再由着这位老哥抡圆了膀子干下去，招来的杂人太多，惹事儿不说，就这屋子也装不下了呀。

找乐

李忠祥还没有醒过味儿来。每天晚上和老伙计们一块儿，唱一段儿，聊一会儿，横论天下，纵叹人生，还觉得自己的"总教习"当得不赖呢。及至听了汤和顺的话，才觉得这确也算个事儿，不过转念一想，又有点儿不服气：唉，到这儿来，不都是为了找个乐子吗，他郭森林还真想到这儿当个"角儿"不成？你要是真想当"角儿"，还是到别处当算啦……

"唉，你这个老李哥呀，说您胖，您就鼓腮帮子。说您'总教习'，您倒好，也要办个'喜连成'！可瞧您拉来的这些人，也办不成'喜连成'啊，办个敬老院差不多了！"汤和顺比李忠祥小四岁，平常两个人就爱开玩笑，所以这回也直言快语，"您行行好行不？您请来的那老哥儿几个，唱不了的，别跟这儿添乱了，该干吗干吗去得了！"

汤和顺不过说说而已，其实他也没非要这样。可李忠祥听了，心里好不受用。想到自己请来的几个伙计得让人撵出去，面子在其次，让他们回到商店门口蹲着，跟儿子怄气，和老伴儿憋火儿，心里真不落忍。他半天没吭气儿，终于，耷拉着眼皮说："行了行了，就这么凑合着唱吧，你能让谁来，不让谁来？"想了想，他又叹了一口气，"唉，都是这个岁数的人，骆驼上车，就这么一个乐儿啦！"

李忠祥的这句话，在北京的小辈儿人里，大概很少有人能听得懂了。

过去北京的骆驼多，所以才留下这么一句话。骆驼上车，那就是死了，拉作坊开宰，进汤锅去啦。辛苦了一辈子，只有坐这么一趟车的乐子，这玩笑开得未免太令人心酸了。不过，这话是李忠祥这样的人过去常说的——给人家出了殡回来，累了一天，往烧酒铺一坐，二两"烧刀子"端着，叹口气："嗐，骆驼上车，就这么一个乐儿啦！"这种感叹在他这一辈子已习以为常，所以是不能苛求的。再说，对于那些被他拉来唱戏听戏的老头儿们来说，说不定这真是最后一个乐儿啦！

汤和顺倒也通情达理，他知道这位老哥们儿的心思。想了想，说："这么着吧，已经来了的人就算了，咱们也别轰人家了。没有来的人呢，您也别满世界给我招了。再招，这儿得爆炸了！"

"好嘞！"李忠祥痛痛快快地一摆手儿，"我也长记性儿，再给你招一个来，我爬着走，怎么样？"

第　四

发誓，是顶没用的东西。比如这位李忠祥，三天还没过，又给"戏迷""票友"们领来了一位。你真的能让他"爬着走"？当然，他自有他一套理由："谁让咱们赶上了呢！皇上二大爷的事儿我可以不管。我这位万有兄弟的事，我得担着。人家对我有恩哪！"

乔万有比李忠祥小十岁。李忠祥在杠房混饭的时候，乔万有还是个孩子。他十二岁上死了爹，没了饭辙，去给办丧事的人家打执事，举个雪柳啦，打个"肃静""回避"啦，每回弄几大枚，聊补无米之炊。李忠祥光棍儿一人，对他常有接济。民国二十二年，乔万有他妈害了"鼓胀病"，李忠祥典衣买药，人死了，又是李忠祥拉上几个哥们儿，去求"同仁堂"赊了一口薄棺材，帮助乔万有送走了老人。这些，对于李忠祥来说，都是"哥们儿应当的"，"谁还没个求人的时候呢",所以,如果说"有恩",倒是李忠祥对乔万有有恩在先,不过,他自己已经忘了就是了。

过去,北京有个撒纸钱儿的,外号"一撮毛",因为下巴颏儿有痣,上有一绺长毛而得此称,真名儿倒很少有人记得了。"一撮毛"过去也是个打执事的孩子,在同行中挣得少,被人挤对,于是发狠练得一手撒纸钱的功夫。据说,"一撮毛"撒纸钱的时候,左臂胳肢窝儿底下夹着一把,臂弯儿处夹一把,手里捏一把,扬起右手,唰唰唰,三把纸钱儿打着旋儿转着圈儿飞上去,能高过西四牌楼,雪片儿似的满天飘,落在地上,愣找不出两张粘在一块儿的来。就这一手,九城闻名啦,听说袁世凯、黎元洪出殡时,都是他撒的。每回多则一百现大洋,少则也有二十块,此外还能赚一身孝服。没多久,"一撮毛"就发啦,自己还开了买卖。乔万有也有志气,也学着"一撮毛"的样子,练出了一手撒纸钱儿的绝活。"一撮毛"一死,就看他的啦。当然,他挣的是怎么也顶不上"一撮毛"了,每回几块现大洋吧。不过他不像别人。他不仅不抽、不喝、不嫖、不赌,而且还挺会算计。比如吧,他找了一帮孩子,每回出殡,他在前面撒,那帮孩子们呢,在后面捡。捡回来交给他,换根糖葫芦。他把这些纸钱儿用绳穿起来,洒点儿水,用木板一夹,下回还使它。这就把办事人家买纸钱的钱都赚下啦。几年过后,乔万有倒是攒下了俩钱儿,娶了媳妇,买下了辘轳把儿胡同十号这个"三合"院儿。这时候,李忠祥还在野茶馆等零活儿,吃的接不上顿儿,穿的换不下季来哪。屋漏偏逢连阴雨。没多久,李忠祥的土房子又塌了,连个窝儿都没啦。乔万有闻讯,来请忠祥大哥搬过去,一块儿住。李忠祥不去。唉,混了一辈子,连个窝儿都混没了，还要到人家小老弟门下，难免臊眉耷眼的。可又一想，不去又上哪儿呢？就这么着，也搬到了辘轳把儿胡同十号院儿。哥儿俩你让我推，最后还是乔万有一家住在北屋，李忠祥住在西屋。东屋租给了挑挑儿煎灌肠儿的李家。现在，"灌肠儿李"老两口儿随儿子享福去了，房子由闺女女婿住着。女的叫李玉芳，从街道领些纸盒回家来糊。男的叫贺鑫，是个"右派"，新近"改正"了，回到北京一家大学里教书。他们的闺女叫圆圆。

掐指算来，李忠祥和乔万有一块儿住在十号院儿里也有四十来年了。除了"文化大革命"这十年，北京的私人房产全缴了公，李忠祥和乔万有一样，向房管所交房租，心里还算踏实点以外，他的心里一直别扭着。他跟万有说过，是不是该给他点儿房钱。话没说完，平时脾气平和，少言少语的乔万有就红了脸："您这是骂我！"他不敢再提了。他说乔万有对他"有恩"，就是说的这回事儿。不过，不是说这几块钱，说的是这个情分。相比之下，他对人家的情分就太浅啦，不找个机会报答一下，心里总是不舒坦。

这天中午，李忠祥正在家里喝酒，乔万有推门儿进来了。哥儿俩有穿堂过屋的交情。李忠祥家又没有女眷，所以，乔万有是毫无顾忌的。

"德志呢？"

德志是李忠祥的儿子，每天去农贸市场摆摊儿裁衣服。可今天，他是出去玩去了。

"这小子，搞上对象了吧？"

"也该着啦，三十三了。"李忠祥给万有拿过酒盅，斟上酒，摆上筷子。他在豌豆街口碰见过儿子和一个姑娘结伴儿去。那姑娘

找乐

321

他是早见过的。时时在文化站那儿露个脑袋,脸盘儿挺漂亮,身材也是个样儿。不过,谁敢担保是不是对象呢?

乔万有老了老了倒不像年轻时那么较真儿,有时也端起酒盅,喝几口了。他个儿不高,精瘦,眼窝子有点儿眍䁖,鼻梁细高,却鹤发童颜,一副心地平和、与世无争的模样。这种脾性儿的人在过去所谓"下九流"出身的人里是难找的。他平日言语不多,但在李忠祥这儿还是从来不闷儿着的。可今天也不知怎么了,心事重重的,什么也不说,只顾低头啜酒。

"唉——"他终于叹出口气来了,抬起头把李忠祥的屋子上上下下扫了个遍,"忠祥大哥,还是您这儿好哇。您没再找个老太婆儿算是对啦,至少,闹个清静!"

李忠祥说:"穿鞋的都看着光脚的舒坦,凉快!可光脚的还看着穿鞋的眼馋哪!不瞒你说,我现在要不是每天晚上能去唱两嗓儿,找了个乐子,说不定还真得找个老伴儿哪。"

乔万有又不说话了。

"万有,这是怎么了?有什么犯难的事,跟哥说一声,能搭把手也好。"李忠祥可熬不住这腻腻歪歪的劲儿。

"你可帮不上忙。"乔万有苦笑了,"明说了吧,明儿法院要来人调查了——传生和秀莲儿打离婚哪。"

秀莲是万有的女儿。传生是女婿。两个人是一个厂子里的工人。传生家里没房,结婚就在老丈人这边过了。可他们结婚才半年啊。李忠祥一听这个,火了:"兔崽子想干什么?"

"怨不了人家。要是换我身上,也没法儿过一块儿啦!"乔万有又叹气了,"算啦算啦,家丑不可外扬。说实话,我都发愁,明儿法院来了,叫我怎么张口!"

李忠祥不再深问了,他知道这位老弟是个讲脸面的人,既然不说,是不该再逼人家的。可说实话,乔万有心里那股火憋了有日子啦,再说,别看他平时没话,却是个沾酒便来话的主儿。几盅"北京大曲"下肚,好像反倒生怕肚子里那点儿事捂馊了,非抖搂出来不可,你不听都不行啦。

乔万有的老伴儿姓何,过去是天桥卖"瞪眼儿食"的。"瞪眼儿食"这东西现在是没了。其实,就是各饭馆的"折箩"——北京人又叫"杂和菜",文词儿叫"残羹剩饭"。这是专为穷苦百姓预备的吃食:大桶里有大块儿的肥肉,也有鱼头鱼骨,花生皮、瓜子皮、牙签棍儿、香烟头……全啦!卖时一大桶搁在那儿,您就看着下筷子吧,甭管什么,您夹五筷子,得给一大枚,您可不得瞪圆了眼珠子挑肉?老板娘呢,她得给您数着,夹五下,拿过来一片竹片儿,那眼珠子瞪得也不比你小,故有"瞪眼儿食"之称。解放后就没这买卖啦,所以何老太太就一直在家侍候老头子。

这几年,街道上公益之事很多,从老太太老头儿们上街宣传计划生育到讨论"异化"问题。当然,有的当时说是"完全必要的,非常及时的",其实呢,是"完全没必要的,非常糟糕的",而有的,却实实在在是"完全必要的"了。还有的,也许对干部啦,对知识分子啦,是完全必要的,对老太婆们来说,则无可无不可了。所以不能等同视之。不过,不管干的是什么,何老太太永远是积极分子。最近,为了抓坏人,打击刑事犯罪,她戴上了红箍儿,满街里巡逻,小痞子们小流氓们恶毒攻击为"小脚侦缉队",显然是居心叵测。中国此种老太太还是太少了,若多几个,"五讲四美"

则指日可待了。当然，何老太太大概也未免养成了一点"管事"之瘾。您多管管公益之事是没错儿的，可您别什么事儿都管呀。乔老头儿曾经爱养鸟。"烧的！一天两毛钱肉侍候它！你再养，我买两毛钱'敌敌畏'喂了它！"乔老头儿只好去种花。"告诉你啊，水钱我这儿可不给开支！"就连老头儿吃饭时塞了牙，找根牙签儿剔两下，她都能找出话来，碎嘴唠叨地说上半天。"瞪眼儿"的传统她倒是一点儿也没糟蹋，全继承下来了。可您要是在哪儿都"瞪"，也够让人怵头的。我不是说啦，乔万有是平和之人，所以也就不与她一般见识了。不过这一回，她连闺女、女婿两口子的事都管上了，乔万有的脸面也实在是挂不住了。

北京人把最小的孩子叫作"老小子"或"老闺女"。秀莲就是乔老头儿和何老太太的"老闺女"。俗话说老闺女是当妈的"贴身小棉袄"，足见当妈的何等心疼了。秀莲结婚不走，把姑爷招来，当妈的自然高兴。可结婚的前几天，何老太太把闺女、姑爷招到一块儿，一本正经地说："你们不是要结婚了吗，要是不在我这儿过嘛，我管不着。既然在我的眼皮子底下过，我可告诉你们，'那事儿'啊，不顶饭吃，一个礼拜来一次，得了。别没完没了，对你们谁都没好处！再说了，你不心疼我闺女，我还心疼我闺女呢！"这叫什么事儿！她还有邪的哪。您想吧，人家小两口吃的都是大米白面，又是燕尔新婚，就难免有不按"既定方针"办的时候。小两口的新房和他们老两口儿的卧室又只隔一扇木隔断，这位老丈母娘在这儿也当上"小脚侦缉队"啦。她倒真警醒，听见隔壁有点儿什么动静，甭管真的假的，有事儿没事儿，她总得敲那木隔断，冷言冷语损一顿，搁谁身上受得了？就甭说人家小两口儿因此拌嘴干架闹离婚了，就连乔万有如此能忍之人，也不免粗了脖子红了筋了："你怎么这么出息！管天管地，拉屎放屁，全他妈管！……"

何老太太呢，当街当院儿的，扯开嗓子回了一句，差点儿没让乔老头儿背过气去："我不管？明说了吧，你们男人知道我们娘儿们的苦处吗？当初你们乔家把我娶过来的时候，白天，得给我婆婆干活儿，晚上，得给他妈你干活儿，熬我的鹰。妇女解放啦，不能让你们欺负啦……"

乔万有一边说，一边喝，本来顶多二两的量，看看喝了三两也出去了，话也有些颠三倒四了："唉，——……一听她开……开口，我……我的脑……脑仁儿疼！""丢脸，丢脸！真……真他妈丢……丢尽人啦！"说到最后，颠来倒去的也就是这两句了。

李忠祥看着这位老弟，心里犯开了愁。你说，你有点儿什么难处不好！没钱，从我这儿拿三头五百的也拿得出来。要出力，我一个，我儿子也算一个，不够，咱们还可以找！可你这事儿，我……清官还断不了家务事呢，老夫老妻了，我总不能撺掇你们也去打离婚吧？……可这位老弟呀，这么多年来也没跟咱诉过苦、张过口，当大哥的我依傍了人家多少年，这会儿连个宽心的主意都拿不出来，也未免太"那个"啦。

李忠祥一时着急，加上多喝了点儿，也就顾不上什么发过誓没发过誓了。就像北京的老头儿这会儿自然还会想到"人丹"，广州的老太太还会想到"驱风油"一样，他想了想，一把夺过了乔老头儿的酒杯，说："万有，古话说，'自得其乐'。你呀，别这么愁啦。也别去听咱弟妹在那儿扯臊了。跟着老哥哥我，唱唱戏，乐和乐和去得啦。"

"唱戏？……"乔万有眯着眼睛，一下一下地摇头，"我……不……不会。"

"那你就来个场面！"

"场……场面？"

"是啊，敲个锣，打个镲，拉拉二胡，会不？"

"那……那也……不会。"

"那你就学！我就不信你学不会！当初那两手撒纸钱的功夫怎么学会的？"

"唔。"乔万有不言语了，想了想，点点头，叹了口气说，"反正，甭管怎么着，听戏也比听骂强不是？跟着你，我的大哥，试试吧！"

当天晚上，李忠祥不知从哪儿给他的万有老弟淘换来了一把旧二胡。第二天傍晚，领着他到文化站来了。当然，咱们的"总教习"因为自己的"食言"，大概也感到一点惭愧了，所以还特意从自家拎来了一把折叠凳，把他的撒纸钱儿出身的老弟安排在一个旮旯里。

自此，每天晚上，你都能看见一位面容清癯的老者坐在"排演场"的旮旯里，膝上架着把二胡，微闭着眼睛，摇头晃脑，和那些拿着京胡、二胡、乐琴、檀板之类的老头儿们一道，为生旦净丑做"场面"。这就是乔万有。

不过，您得听仔细了，二胡的声音可不是从他那儿发出来的。即便到了后来，老在那儿跟着拉，熟了，他也顶多会拉一段极简单的"小开门"而已。这还常常跟不上趟儿。

第　五

　　您可别以为咱们的李忠祥就知道大包大揽，就知道把人往他那个"戏班子"里拽。那可就错了。大包大揽，那得看是谁。

　　自从李忠祥那次"食言"以后，老哥儿们更拿他开心了。

　　"李老板，您看看您那条辘轳把儿胡同还有老哥们儿没有，一块儿'解'来算啦，省得一趟一趟瞎耽误工夫。"

　　"忠祥，你们胡同二十九号门前那对石狮子，我看这两天可不那么顺气儿啦，要不，你给领来唱两口？"

　　李忠祥知道他们并无恶意，有时回敬两句，有时一笑了之。不过，转念一想，也觉得确实难怪他们开这个玩笑。掰扯着手指头算吧，辘轳把儿胡同的老头儿们，除了去给待业青年自办的旅社当"顾问"的，去给人家看材料场挣"补差"的，除了动弹不了的，剩下的呢，好嘛，全让这儿包圆儿了。哦，还有一个韩德来，来过两次，唱得不错，可借着反"精神污染"，他又扯天扯地地吓唬大伙儿，大伙连损带挖苦，反倒把"精神污染"的帽子给他戴上了。从此再也没影儿了。辘轳把儿胡同再来唱戏的，说不定是得轮到那一对石狮子啦。

　　可这天晚上，和他同一个院儿，住对门儿的贺鑫来了。这他可万万想有想到。

　　你说怎么就这么"寸"——正唱《秦香莲》哪，他来了。穿着那身蓝的确良卡其的中山装，架着那副黑边秀琅眼镜，戴着那顶棕色的前进帽。他沉着脸，跟谁也没打招呼，坐在那儿，悄没声儿地听戏。人多,李忠祥也不知道他是什么时候进来的。

"好嘛,我们十号院儿的老爷们儿全跑这儿聚齐儿啦!"李忠祥给乔万有递了个眼色,又瞟了瞟贺鑫,心里暗暗笑了。心里这么说,可马上又觉得纳闷起来。他知道,这地方是不该贺鑫来的,你要是满脸褶子,一把胡子了嘛,那还差不多,你四十来岁,正当年,又是知书达理之人,你跑到我们这儿混个什么劲儿。

贺鑫在辘轳把儿胡同的百姓们眼里可够唬人的。就是李忠祥,和他住在一个院儿,也有二十来年了吧。一年前,当贺鑫的老婆李玉芳美不滋儿地告诉他:贺鑫写了一本书,砖头那么厚,得了四千多块钱稿费的时候,也吓了他一大跳呢。李忠祥倒是知道他过去能耐不小,清华大学毕业的,后来当了"右派",到一个厂子里当技术员了,经人介绍认识了李玉芳,也没正经办什么喜事儿,搬过来,就算是结婚了。这二十来年里,这位贺鑫不显山,不露水,看着也没啥新鲜的啊,白天,去街道厂子里上班。下了班呢,捅捅炉子,哄哄孩子。那会儿,水龙头在大街上,要不,他就去挑挑水。他那"砖头厚"的书,是从胳肢窝儿底下变出来的不成?甭管怎么说,这是实打实凿的!这从李玉芳不再糊纸盒子也能看出来啦。那些日子,贺家的事,你就是不想听,李玉芳也会跑来告诉你。院门口停过几次小卧车。李玉芳说,那是接贺鑫去讲学的。贺鑫不上班了。李玉芳说,他调回大学了,不用"坐班儿"了。再往后,李玉芳终于把那"砖头厚"的书拿出来了。上面真真儿地印着贺鑫的大名,再翻开里面,好家伙,图啦,表啦,洋文啦,看着都眼晕!

不过,没多少日子,李玉芳不美了,两口子闹腾起来啦——打离婚!都住在一个院儿,一西一东,整天脸儿对脸儿似的,李忠祥当然知道。可谁的理多，谁的理亏，他就不知道了。在李忠祥看来，李玉芳那娘儿们也要不得。甭说夏天里，一个才四十来岁的娘儿们，穿着汗背心儿，在院子里晃，那两只奶子像两片鞋板儿，在里面逛荡，他觉得好不受看了。你就听她和她爷们儿吵架的那个泼，那个野，那个村，这娘儿们就不是善主儿。可李忠祥又想，李玉芳再不善，古人说，贫贱之交不可忘，糟糠之妻不下堂。这贺鑫混壮了，要打离婚，换老婆，也不是好鸟儿。这不是陈世美，也是王魁呀！再想想两口子的那个女儿圆圆，李忠祥的气儿更不打一处来了。不看糟糠之妻的面儿上，也得心疼孩子呀，成心让孩子没爹，更不地道啦！你来这儿解闷儿来了？也好也好，趁这工夫让你也长长记性，让你知道咱们虽然不像你，"砖头厚"的书写着，几千块钱拿着，小卧车坐着，人五人六的，却也知廉耻、明大义、守伦常，所谓人穷志不穷！等包公铡了陈世美，咱们扮个王中，来一折《义责王魁》让你听听吧……

嗜，人哪，谁也保不齐有犯糊涂的时候。就说咱们的李忠祥吧，按说这一辈子是认准了这么个理儿的：得把人往好里想，往情理上想，不能糟毁人。可这一回他犯晕啦。只想起王魁休妻的无理，忘了朱买臣休妻的有理了。《秦香莲》一折唱罢，他站起来了，真的反串了一段《义责王魁》：

……千言万语劝不醒，
一旦富贵失掉了魂。
高官厚禄把良心昧，
千秋万世你留骂名……

颇有麒派韵味，苍劲厚重。李忠祥唱得动情动容，也不知是因为真唱得好，还是因为有人也知根知底儿，故意恶心贺鑫，这两嗓子，居然招来了喊"好"声呢。

十点半钟的时候，唱戏的人散了，三三两两，各归其家。天上纷纷扬扬下起雪来。李忠祥和乔万有一道，在辘轳把儿胡同里走着。那个贺鑫呢，走在他们的前面。孤零零的一个人，也怪可怜的。要是在往天，李忠祥会余兴不尽，哼一段，聊几句，乔万有呢，跟着哼哼哈哈。可今儿个，李忠祥忽然觉得别扭。都住在一个院儿里，都去唱戏听戏，干吗要分了两下子走？再往下想，心里更不是滋味儿。他知道就是那段《义责王魁》闹的。这干吗呢？他不好，有法院处置，有他们单位找他算账。人家说不定心里挺难受，正想来解解闷儿哪，我干吗还要挤对他，糟毁他呢？……贺鑫先走到了，在前面开了院儿门，却不走，扶着门，等他们过来。"劳驾劳驾。"乔万有说。"别客气。"贺鑫把他们让进去，关上了院儿门。李忠祥虽然一言没发，心里却更难受了。

第二天，贺鑫又去了。这天当然不会唱《秦香莲》，也不会唱《义责王魁》了。不过，他还是沉着脸，一言不发，听了一晚上。散场的时候，李忠祥有意快快当当地收拾了。三个人总算走到一块儿去了。

"贺老师也喜欢唱两口？"李忠祥还为昨儿的事难受，想找点话儿套套近乎。

"不不，不会唱。"

"爱听？"

"哦……凑合吧。"

还说点儿什么？没话啦。

不过，从这以后，每天傍晚，吃过晚饭，只要李忠祥和乔万有一出屋，贺鑫也出来了。三个人一道往文化站走。晚上十点来钟，又一道回来。可他还是没多少话，问一句，答一句，一副心事重重的样子。看那模样不是去听戏，像是去受罪。

渐渐的，李忠祥看出来了。这个贺老师呀，整个儿一个外行！还问他会不会唱两嗓儿呢，瞎掰！他连"听"也不是"凑合"，他根本听不懂！

那天晚上，大伙儿决定来一段《苏三起解》。崇公道自然是李忠祥的，这是长华的拿手儿嘛。苏三呢，由赫老头儿来扮。赫老头儿的嗓子吊了些日子，虽说比梅老板比不了，倒也不至于荒腔走板儿了。苏三唱完"低头离了洪洞县"那段"西皮流水"，和崇公道三说两说，崇公道便起恻隐之心，得替她向幕后问"有往南京去的没有"了。当然啦，得随便找个人答一声："往南京去的前三天就走了。"崇公道又要问了："如今哪？"这个人还要答一句："就剩上口外热河、八沟、喇嘛庙拉骆驼的啦！"这不是但凡听过点儿戏的人都会说的吗？李忠祥看贺老师老在那儿闷坐，挺不落忍，又想起他第一天来时自己"义责王魁"的事来，所以，临开始前招呼他："贺老师，一会儿替我应那么一嗓子，怎么样？"贺鑫慌忙站起来说："我……我不会。"李忠祥说："嗐，老听戏的了，帮个忙吧。等我问'有往南京去的没有'，你就应一句就成啦！"他到底要人家"应一句"什么，也没说出来。当然了，这还须说吗？这下可好，苏三起了解，想她的"三郎"了。崇公道帮助问道：

"有往南京去的没有？"这位贺老师倒是尽职尽守的，大概竖起耳朵就等着这一问哪。崇公道话音没落，他"噌"地站起来："有！"金口一开，大伙儿全乐啦。

闹的这个笑话，丝毫也没有影响贺老师去听戏的"积极性"。他还是每天傍晚和他们一道出门，散场时一道回来。还是和以前一样，不言不语，蔫头耷脑。这可让李忠祥心里犯嘀咕了：听嘛，听不懂。唱嘛，更不摸门儿。学吧，看那样子，他又不想学。他去干点儿什么不好？哪怕再去写一本"砖头厚"的书呢。

"贺老师，有句话不知该问不该问。"一天晚上，三个人一块儿回院儿的时候，李忠祥终于忍不住了。

"什么事？"

"我可不是轰您。可不是反对您去听戏。"顿了顿，李忠祥指了指他的万有老弟，说："我们，都是行将就'火'之人，又是'下九流'出身。每天晚上唱两口，寻个乐子嘛，情有可原。可您……您说，您老跟我们一块儿哄什么呢？……再说了，您要是个'戏迷'呢，我倒也明白了。可您……您能耐大，我知道。可您要是演戏呢，怕是扮个'来人有'，也不够格儿啊……"

"来人有"，就是龙套。老爷喊："来人！"家院应一句："有。"此即"来人有"。

贺鑫苦笑了一下，没言声儿。

乔万有说："说实话，我们都是顶没出息的主儿。我们要不是知道您能写书，也不心疼您。您干吗要把自己糟毁了？"

乔老头儿这话不说则罢，一说，贺鑫几乎要落下泪来。

说实话，他会三国外语。他研究的是计算机软件，现在，正是该着他大干一番的时候。他打算写的，也不只是一两本书。可现在，他哪还有这心思啊！李玉芳没有多少文化，只看得见鼻子尖下这一点点，脾气暴得冒烟儿。甭说现在了，就是他贺鑫落魄的时候，也常常回忆起被打成"右派"以前交的那位女朋友，这不是人之常情吗？要说他见了那些文雅、漂亮的女人不动心，那也是瞎话。可他从来也没生过外心。李玉芳再不好，在他当右派时敢跟他敢爱他，为他生了圆圆，操持了家务，凭这一点，混得再好，也不能忘了。所以，他一直想的是，日子好过了，和玉芳好好商量，安排生活，安排工作，安排学习，他们之间的距离，不也是可以尽量缩小的吗？……他怎么能想得到，因为那封信，只因为那一封信，一切都乱套了，一切都断送了。

信，是他过去那位女朋友写来的。连他自己都闹不清为什么要把那封信留下来。是因为它给他带回来了挺多蛮有味道的回忆？还是因为她在信里讲了她现在家庭生活里的苦闷，这使他也想起了自己的苦闷？甭管为了什么吧，得承认那封信使他动了心，所以他没舍得烧掉它，把它锁在了抽斗里。可是，他干了什么对不起玉芳的事了吗？没有。他既没有按信赴约，也没有回信。他是理智的。他甚至又太理智了。他曾经犹豫了一下，是不是给玉芳看一看，可他没有这样做。她没有理解这件事的能力。他知道那结果必然是她杀上门去，把人家"破鞋""骚货"骂个够，保不齐还会撒泼打滚儿。何必拿这封信去激怒她，又让她去伤害另一个"她"呢。他唯独没有想到，当这封信被李玉芳翻出来，攥在手里以后，他就是浑身是嘴也讲不清了。解释，澄清，发誓，甚至承认了自己感情上那一点点波澜的"卑鄙"。那管什么用？这下倒好，她不光自己要杀上门去骂街,还非要拉上他一块儿去不可啦:"你不是没外心吗?跟我去骂那骚货去呀!……不去?本来嘛,给你个胆子你也不敢去!姑奶奶可不怕。明说了吧,我得让那些骚娘们儿知道知道我的厉害。想把你从我这儿弄走?门儿也没有哇!"打这以后,凡有女人来家,不管是同事也好,学生也罢,一律得受这位夫人的脸子,再不就摔门。劝她?越劝越醋:"得罪了你的人了是吧?心疼了是吧?你心里还他妈有你的老婆没有?……"完了呢,哭天抹泪儿,四邻不安。别说一个想一心一意干点事业的男人了,哪个丈夫也经不住这么闹腾呀:"算啦算啦,要不,咱们离婚算啦。"他贺鑫自己也不知道这话是怎么说出来的了。他烦了。书,看不下去。工作,没心思。成果,出不来。他想一了百了。一辈子尽为这件事折腾来折腾去,啥时算个头啊。没想到这更惹事啦。闹到了妇联,闹到了工作单位。甭说啦,一个是秦香莲,一个是陈世美,明摆着哪。

"嘻,我跟您说这些管什么用!您也不一定能理解。"贺鑫苦笑了,摇摇头,点上一颗烟,默默地抽起来。又过了一会儿,他长叹了一口气:"您二老的心里我知道了。可您说,我上哪儿写书去?在家?那娘们儿闯进门,见纸就撕,见笔就撅:'我让你写!我让你写!越写越当陈世美!还不如他妈一块儿吃糠咽菜哪!'……上单位?'又去会相好的去啦?'您说,别说我没地方了。就是有地方,我还有写书的心思吗?说实话,跟您二位去听戏,算是她最通融的啦:'跟着听听去吧,听听包公是怎么铡了陈世美的!没良心的都是这下场!'不信您二位明儿留心着,我一出门儿,她肯定在窗户边儿上戳着哪,要不是和您二位一块儿出去,看她不追出来,跟我打一架才怪!……"

李忠祥和乔万有一边听,一边叹气。贺老师说完了,三个人鸦默雀静地戳在路灯底下。李忠祥想起这位贺老师如此学问高深之人,每天杂坐行将就"火"的老头儿们中间,硬着头皮听那听不懂的《苏三起解》,心中升起几分凄然。再想起自己在贺老师初来时的无礼,更是后悔不迭了:"贺老师,老夫有所不知。那天唱《义责王魁》,不该,不该呀……"

"什么《义责王魁》?"

"就是您去的第一天,我唱的那一段。"

"那不挺好听的吗?"贺老师迷迷瞪瞪地看着他。

李忠祥叹了一口气,心里更酸酸的了——他从一开始就没听懂。也罢。

他们又鸦默雀静地待了好一会儿。

"贺老师,"李忠祥忽然说话了,"我是个粗人,抬棺材的出身,说话没个尺寸,请您给包涵着。我这个人哪,就盼着热闹。特别是有点儿愁儿,有点儿闷儿的人,我都想给人兜着。我这脾性,想来您也听过一耳朵?可我寻思着,您这愁,您这闷,可不是我能兜着的啦……"

"不不不,"贺鑫忙说,"每天跟着您二位,我还是挺开心的。"

"别介。您可不能在我们这儿开心了。您要是在我们这儿开心了,我们可对不起公家了。"李忠祥把胳膊架起来了,"明说了吧,我这儿不能留您。我这儿不是您欢势的地方。我得轰您走。您别怨我不顾街里街坊的面子、情义。您在我这儿就毁啦……我,万有,说真的,太没能耐啦,遍体生牙,满街里去替您说明白了,说您不是陈世美，您也用不着。您是豁达之人不是？去替您把那娘们儿揍一顿，让她长长记性儿，知道知道她的爷们是多么通情达理的人？也犯法。打坏了，您赔了心疼还得搭上药钱不是？我就琢磨个屁办法算啦——每天她不是在窗户里盯住了你吗？就让她盯着去。您还是和我们一块儿出院儿。出了胡同，我们走我们的，您哪，走您的，咱们各得其所。我们也相信您不会去会相好的去。您哪，好好儿的，找个地界儿，再给咱们国家写本'砖头厚'的书，行不？……"

这回，该轮到贺老师心里发酸啦。

就这么着，李忠祥和乔万有在每天晚上去找"乐子"的同时，又添了个"乐子"：护送他们的骄傲——贺老师——出胡同，让他去他们大学的图书馆里，去写他那"砖头厚"的书。

第 六

每天傍晚，六点半钟，"虾头儿"汤和顺拎着钥匙，打开文化站的大门。然后，他要么到隔壁王山家下棋，要么就到阅览室里剪报去了。踩着他的脚后跟儿来到的，一定是一摇一晃的李忠祥，旁边跟着乔万有，拎着那把破二胡，宝贝似的装在蓝斜纹布做的套子里。两位老头儿进了门儿，沏茶打水码条凳，一通忙活。陆陆续续，人马凑齐，锣鼓铙钹一响，精神振奋。尤其是那些有点儿愁事的，儿子不孝顺啦，老伴儿啰唆，去他娘的吧，此间乐，不思蜀！

人是很容易知足的。像李忠祥这样的，就更加知足了。古人说，知足者常乐。李忠祥又加了一句：常乐者知足。两头儿全让他给占了。回到家里，儿子孝顺，床底下老戳着五瓶"北京大曲"，喝完了一瓶，儿子立马给补上一瓶。拉开抽斗儿，里头老摆着一条"恒大"，抽到还剩下一半的时候，儿子又给补上了一条。这不得"知足常乐"吗？每天傍晚和万有老弟、贺老师结伴出院儿，到胡同口各奔东西。他和万有一方面得丝竹之乐，一方面得助人之乐，这不"常乐知足"吗？所以，李忠祥那脸膛子喝得更红了，"外八字"一颠一晃，更神气了。神吹海聊得更没边儿了。当然啦，每每看到有年龄相近的老哥儿几个在那儿蹲墙根儿，闷坐闷抽，心中还是难免有"遗珠之憾"，可甭说发的誓在管着他，就是文化站那地盘儿，也管着他哪。再转念一想，也明白了自己的可笑。天底下的道儿多着哪，提个笼、架个鸟、下个棋、品个茶、练个功、耍个拳、遛个弯儿，各得其乐，你操的哪门子心！

李忠祥替别人操的心的确是太多了，可他自己大概从来也没想到过，他也未必能"长乐"的。

春节前的一个傍晚，"戏迷""票友"们还是和往天一样，哼着唱着，摇着晃着到文化站来了。大门倒是敞开的，可水没打，茶没沏，条凳零零乱乱地摆着。李忠祥没来。乔万有也没来。老伙计们未免有些纳闷儿，随后心里越发觉着不是滋味儿了。过去，在老哥们儿里有一位唱铜锤花脸的，不到七十岁，黄钟大吕的嗓音，厚实、透亮，有金少山的味儿。昨儿个还唱得好好的哪，今儿个没来，一打听，脑溢血，撂挑子啦。打那以后，老哥们儿中间有谁没来，大伙儿谁也不问了。

一会儿，乔万有来了，大伙儿的心里总算踏实了一点儿。

"万有,忠祥呢?"有人终于忍不住了。不过,提起李忠祥,平日里大伙儿全玩笑着叫他"总教习"或者"新长华",今天不那么叫了。

乔万有把二胡架在腿上,吱吱扭扭地调弦儿,待了老半天,慢吞吞地说:"今儿他不合适。不来啦。"

"怎么个不合适法儿?"

"嗐,头疼脑热的呗。"

乔万有不愿说出真情,怕丢了忠祥大哥的面子。

其实,刚才,和往天一样,他们高声大嗓地叫上贺老师,一块儿从院子里出来了。可在胡同口和贺老师分手以后,李忠祥耷拉下眼皮,没精打采地说:"伙计,今儿你一人去吧。我不去啦。"

乔万有好生奇怪。这位忠祥大哥还从来没有落空的时候,今天是怎么了?

"我今儿……不合适。"

乔万有慌了:"那您跟着出来干吗?还不快回家躺着去!"

李忠祥摇摇头,苦笑着,磨蹭了半天,说:"实话告诉你吧,刚才吃饭那会儿,德志回来了。他不让我去啦。"

"为什么?"

"他说,干点儿什么不好?在家里看看电视,听听广播,干什么不比去那儿嚎强!让人家笑话。……"

"他……他也这么爱管闲事?"

"我不早跟你说啦,人家搞对象啦。那女的就住豌豆街,好像就是穿着紫格呢子外套,时不时来文化站探探头的那姑娘。大概是那女的跟他说起什么来啦。嗐,也难怪,在姑娘小伙儿们眼里,咱们可不都是'老疯魔'？我寻思着，德志是怕人家知道，这群'老疯魔'里挑头儿的是他爸，嫌寒碜啦！"

"唉，还没娶媳妇呢，就忘了爹啦。你偏去！她嫌你，别过门儿啊！"

李忠祥一笑。他说儿子也够可怜的了。二十五岁时才从插队回城，又得了肺结核，工作、对象全耽误了。这两年读了些日子"大生缝纫学校"，学了点儿手艺。白天，到农贸市场代人裁剪，要是夏天的晚上，路灯底下还得干。总算找了个不赖的饭辙，撑起了这个家。细想吧，儿子哪儿没孝顺到咱呀？好烟好酒侍候着。三十岁上才搞了这么个对象，好声好气儿地让爸爸别去唱了，还没敢把对象的事说出口。人哪，得将心比心，就算是你儿子吧，也得想想他的难处不是？

"行啦行啦，你就快去吧。要不，老哥儿几个非以为我是听拉拉蛄叫唤去啦！"

李忠祥摆摆手，把乔万有轰走了。

因为李忠祥的缺席，"戏迷""票友"们好像都觉得挺扫兴。本来，街道办事处说好的，春节时，老哥儿几个要凑一台清唱。李忠祥不来，连个张罗的人也找不出来了。这帮老头儿们哪里知道，他们的"总教习"并没有在家躺着——他掉了魂儿似的，在辘轳把儿胡同口上站着哪。

站在这儿，能把文化站里吹的、拉的、弹的、唱的，听得真真儿的。他们在唱《锁五龙》。一听就知道扮单雄信的是金老头儿，自称和金少山沾点儿亲的那位。唱得有几句像金少山，又有几句像裘盛戎：

找乐

……一口怒气冲天外，
大骂唐童小奴才。
胞兄被你父箭射坏，
兵发洛阳为何来！
今生不能食尔的肉，
你坐江山爷再来……

唉，可这段"快板"唱得可栽透了！气口也不匀，吐字也不清，像含个热茄子！裘盛戎是这么唱的吗？那气口，那板头，匀溜、稳当，一丝不乱！……李忠祥真想进去挖鼻子揣眼地数落他两句，就凭这，还和人家金少山攀亲哪，一边待会儿去吧！

越听，咱们这位李忠祥也就越显得可怜啦。远远的，听得心痒技痒，恨不能立马过去示范一番——尽管平常在他"示范"完了以后，伙计们常常给他个"大窝脖儿""瞎掰，还不如我这两下子哪！"说不定他那"两下子"也确实有限,可现在不让他来那"两下子"就像把一个人四马攒蹄儿捆在那儿，真是太受罪啦。

李忠祥正在胡同口转磨，忽然看见儿子德志和一个姑娘从豌豆街里出来了。没错儿，就是那个姑娘，穿一身紫格呢子外套，家住文化站边上。这俩人儿是搞着对象哪。儿子今儿穿得也够"派"的，天蓝色的羽绒服，尖皮鞋。唉，儿子，别看你跟你爸面前老实得猫儿似的，敢情到这个时候，也和别的小伙儿一样，不害臊，大街上就敢伸手搂着人家姑娘家的腰！

儿子和姑娘向西边走了，一人提一个草编的袋子，口上露出了亮铮铮的冰刀。看来，是一块儿上陶然亭滑冰去了。

李忠祥忽然挺高兴。昨晚上他跟老哥儿几个说好的，今儿他得来一段《连升店》。再说了，春节演的那台清唱，还没个着落哪，趁这工夫，进去得啦，犹豫了一下，他反倒随着儿子走去的方向，奔陶然亭去了——他得看着他们几点散场。

说实话，李忠祥活了这么大岁数，他见过孩子们在护城河上溜冰车，见过旧北京在冬天里凿冰，往冰窖里拉冰，可还从来没见过这么多年轻的男女，穿得漂亮、利索，身轻如燕，在镜儿似的冰场上转呀转呀。音乐声儿挺有点儿洋味儿，可是不浪，轻轻的，挺好听。姑娘们脸上都红扑扑的，常有小伙子牵着，笑得挺脆，挺甜。转呀，转呀，两条腿那么灵巧，倒来倒去，像箭一样蹿过来，又像箭一样蹿出去……李忠祥看呆了，眼睛有点儿晕乎。他已经忘了打听散场的时间了。唉，自己年轻那时候，有这地界儿吗？兴许有。可那会儿自己是抬棺材、抬花轿的命。自己这一辈子，从来也没像他们这么欢势过一次呀！想着想着，他又恨起儿子来了。兔崽子，这一辈子，你且能欢势哪，可你爸唱那两口，真真儿的是骆驼上车的乐子啦……

从陶然亭出来，他觉得有点儿饿了。晚饭时，因为儿子的话，胸口堵得慌，只喝了两口酒。公园门口有一家新开张的夜宵店，人们进进出出的，挺热闹。咱也进去吧，来碗馄饨。

夜宵店里坐着的，是一对对从冰场出来的男女。座位底下放着他们装冰鞋的提包、草袋。不少姑娘们戴着红的蓝的绒线小帽儿，身上散发着香水的气味儿。他们在喝汽水，喝啤酒，一对一对，低声细语，好像在这馄饨铺里也可以谈恋爱似的。李忠祥一推开

找乐

341

门,浑身顿时不自在起来。虽然谁也没有留意他,他却觉得自己和这些人那么不搭调。他松开门,退回来,走下台阶。儿子一会儿也要和那姑娘来吧?两个人也是一样。脸上红红的,身上香香的。一瓶啤酒,两瓶汽水,两碗馄饨。低声细语,眉来眼去,扯臊!你眼红怎么着?他忽然想起那个鲁桂英来了。她说不定早已嫁人啦。唉,当初鲁桂英说"算了"的时候,你怎么也就松口了呢?别人不明白,我们俩不都挺明白的吗?怎么就做不了自己的主呢。窝囊,真他妈窝囊透了。一直窝囊到今天!

李忠祥一脚把路上的一块石头踢到一边,顺着陶然亭公园围墙外的便道,往回走着。

前面在修马路,红色的标志灯横在路中间。便道上,架起一口大锅,底下柴火熊熊。修路的小工人们大概在等着锅里的沥青化开,在柴火旁扎成一堆,吆三喝四地喊叫着:"迎头!把'车'迎头!""哪儿呀,撒'马'!得撒'马'!"他们在下棋。

李忠祥对这不感兴趣。从旁边走过的时候,他很随便地瞄了这伙人一眼。可他看这一眼不要紧,差点儿没撞在那口沥青锅上——他发现,贺鑫贺老师也围在人堆儿外边看棋哪!

贺鑫也看见他了,扶了扶眼镜,嘴唇动了动,却又没说什么。那神情尴尬透了。

两个人慢吞吞地往回走着,好半天没话。

"您这是去回来了,还是没去哪?"李忠祥忍不住了。

"哪儿?"

"哪儿?我们老哥俩儿每天陪您出来,让您去哪儿啊?"李忠祥使劲儿拢着心里的火。

贺鑫低头走了一会儿，又扶了扶眼镜，说："不瞒您说，我……我有日子不去啦。"

"哦，合着，合着……"李忠祥憋了半天，想不出更文雅点儿的词儿了，"言重了，您可别挂不住。合着我们老哥俩儿一片好心，全他妈扯淡啦……"

"唉，"贺鑫叹口气，又闷头闷脑地走了一段，"我开始去了两天，可后来没心思啦。明说了吧，单位里把我的课题组长给我撤啦。说我道德品质有问题。我还干什么呀我……"

"你说实话，是不是真的跟别的女人瞎着来的？"李忠祥是很信任"单位"的。

"我要是有那事儿，我跑这儿看下棋干吗呀！"

"那您就不会讲清楚：不是您不要那娘儿们了，是那娘儿们跟您胡搅蛮缠，您熬不住了……"

"我讲了。可我……我告诉您，不是您讲什么，人家就信什么，也不是您讲什么，人家全能理解。我是陈世美，她是秦香莲，那倒好理解。那戏唱了大概有上百年啦！"

李忠祥不说话了。这位贺老师说的倒是实情。就说他自己这一辈子，能让人理解多少呢？在剧院门口穷张罗，那点子得意、美气，谁理解呢？在女澡堂子的楼下动了点凡心，除了鲁桂英，谁理解了？就是你的亲生儿子，一把屎一把尿拉扯大，他知道你每天晚上去喊两嗓儿的乐和吗？

两个人悄默声儿地朝前走着。天不冷，却有点儿风，尘土、纸屑沿着马路牙子卷过去，窸窸窣窣地响。

快走到院门口的时候，李忠祥说："贺老师，甭管怎么说，也就只有一个法儿啦。想开点儿，等着。现在的好多事儿，不是讲究赶个'点儿'吗。您看咱们对门儿，赫家的二臭，骑摩托车，一下让人罚了二十多块，赶'点儿'上啦。可我们德志呢，自行车上没铃儿，劝他去买，他说：'不买。熬过这个月就没事儿啦。'果不其然，上个月出门儿，净穿小胡同了，过了'交通安全月'，可不没事儿啦。您这事儿，也赶'点儿'上啦，等到什么时候，赶上轮到老爷们儿说说理的'点儿'，大伙儿也就明白您啦，您呢，又能写您的书去啦……"

李忠祥说的话，有时挺在理，有时也胡说。是不必当真的。所以读者诸君也大可不必就上面一派胡言跟他论是非。反正他的一片好心贺老师是理解啦。当下点点头，苦笑了一下，开开院门儿，回屋去了。

李忠祥回到屋，儿子还没有回来。他坐在椅子上，一眼瞥见了床底下摞的五瓶"北京大曲"。往天，一瞥见它们，心中不免自得。有老朋友来了，提起儿子，还忍不住指给人家看。可今儿也不知怎么了，一股无名火儿拱起来啦。哦，你小子，敢情是把我当菩萨供着哪，几瓶"北京大曲"，几条"恒大"，就把我给"供"顺溜了？我是你爸爸！……像贺老师那样窝囊吧，情有可原，谁让他让人管着呢。我可受不了。爸爸治治儿子，还有点富余呢！他想好了，等儿子回来，开口就让他把他的酒，他的烟"请"走。我他妈不是泥菩萨，这玩意儿我不要。我就要去豌豆街唱两口。跟你那娘儿们明说去吧，唱两口，不丢人。民国二十年，北平市的市长周大文，还在西柳树井的"第一舞台"，彩唱了一出《汾河湾》呢！……你爸爸没溜过冰，没和姑娘家去喝过啤酒，吃过馄饨，老了老了,不兴我去唱两口?门儿也没有哇!……

快十一点的时候,儿子回来了。

什么话也没有了。

"爸,您今儿……没出去?"儿子带回来了一只烧鸡,看来是特意为他买的。

"唔。"

"爸,您要是闷了,就打开电视看看。我想好了,再过几个月,咱们买台彩色的。"儿子好像要想尽办法弥补爸爸的缺憾。

唉,李忠祥还能发火吗?这样的儿子上哪儿去找呢!再说了,那个戏,不唱就没命了?

"爸,要不您养只'百灵'吧,我给您淘换去,跟对门儿赫大爷那只压压口,叫起来可好听了。"

"……"李忠祥闷头抽烟。

"爸,要不,给您……给您弄几条热带鱼来?……"

"……"李忠祥还是不说话。

"爸,要不……"

"我要钓鱼!"李忠祥截断了儿子的话头儿,高声吼起来,"去!给老爷子买两根海竿儿来!得一百块钱!别心疼!"

第 七

"找乐子",是北京人的俗话,也是北京人的"雅好"。北京人爱找乐子,善找乐子。这"乐子"也实在好找得很。养只靛颏儿,是个"乐子"。放放风筝,是个"乐子";一碗酒加一头蒜,也是个"乐子"。即便讲到死吧,他们不说"死",喜欢说"去听蛐蛐儿叫去啦",好像还能找出点儿乐儿来呢。

这,我已经说过了。

所以,每天傍晚,从辘轳把儿胡同十号院里还是走出他们三个人:李忠祥、乔万有、贺老师。至于他们这回该上哪儿了,除了唱戏以外,他们还会找到什么乐子?以北京九城之大,以北京人之爱找"乐子",善找"乐子",这是不必担心的。

不过,他们肯定没有去钓鱼。虽然德志的海竿儿早就买来了。

1984 年 5 月

辘轳把儿胡同九号

"敢情！"——这又是北京的土话。说"敢"字的时候，您得拖长了声儿，拿出那么一股子散漫劲儿。"情"字呢，得发"轻"的音儿，轻轻地急促地一收，味儿就出来啦。别人说了点子什么事儿，您赶紧接着话茬儿来一句："敢情！"这就等于说："没错儿！""那还用说吗？"甚至可以说有那么点儿"句句是真理"的意思。

其实，此话在北京寻常得很，大街小巷，胡同里间，不绝于耳，本来不值得在此絮叨。可是，在辘轳把儿胡同九号，这话可就不同寻常啦。这里有一位姓冯的寡妇老太太，也和别的老太太一样，喜欢接在别人的话茬儿后面说："敢情！"——您可别大意了，冯寡妇的"敢情"却不是随随便便说出来的。您要是不够那个"份儿"，不足以让她羡慕、崇拜，人家还金口难开呢。您看她的大儿子大山，小四十的汉子了，新近还被选上了他们那个街道厂的厂长，几个月里扭亏为盈，论脑瓜子、嘴皮子、手膀子，哪点儿不够意思？在厂子里，那些一把子胡子，一脸子褶子的老头儿老太太们，哪个不是"厂长"长、"厂长"短地围着转，说点子什么事，还少了人们接着话茬儿道"敢情"了？可回家来，少挨他妈骂了吗？"成天屁股不沾家,就知道回来吃饭、睡觉,家是你旅店呀?点灯熬油,当个七品芝麻官的破厂长。美?美个屁!……什么?你是共产党?你是什么'共产党'啊,'劳动党'!你看人家西院儿,刘家,三天两头奔家拉板子、运砖头,那才叫'共产'!你是什么'共产党'?成天价劳动、干活儿,卖死力气,不是'劳动党'是什么?!……"

当然了,冯寡妇骂儿子,三分骂,七分夸,是骂给街坊邻居听的。也难怪,三十几岁上守寡,拉扯大一儿一女,容易吗?可您就听她这话音儿,是省油的灯吗?是见庙就磕头的主儿?告诉您吧,冯寡妇的"敢情"接到了谁的话茬儿后面,差不多就能暗示出此人在小院里举足轻重的地位。要说说这辘轳把儿胡同九号的事儿,能不给您打这儿说起吗?

据我所知,北京有两条辘轳把儿胡同。一条在西城,一条在南城。我说的,是南城的。胡同不长,真的像过去井台儿上摇的辘轳把儿一样,中间有那么一个小弯儿。门牌儿数到"九",正是要拐弯儿的地方。九号的门脸儿也不漂亮,甭说石狮子,连块上马石也没有。院儿呢,倒是咱们京华宝地的"自豪"——地道的四合院儿。四合院儿您见过吗?据一位建筑学家考证:天坛,是拟天的;悉尼歌剧院,是拟海的;"科威特"之塔,是拟月的;芝加哥西尔斯大楼,是拟山的。四合院儿呢?据说从布局上模拟了人们牵儿携女的家庭序列。嘿,这解释多有人情味儿,叫我们这些"四合院儿"的草民们顿觉欣欣然。不过,说是"牵儿携女",不如说是"搂儿抱女"更合适,对吗?不信您留心一下看,现今,"四合"固然还有,"院儿"都在哪儿呢?哪个院里不挤满了自盖房、板棚子,几大家子人把个小院塞得满满当当。这不是"搂儿抱女"是什么？……唉，当然，也是无可奈何之事。我们中华儿女，愈衍愈众，牵儿携女是领不过来了。不密密层层地搂着，抱着，行吗？

九号院儿里有五户人家，正是这么个"搂儿抱女"的格局。我们所说的冯寡妇，和她的儿子、女儿住在西屋。这位要问了：九号院儿里真的有一位连冯寡妇都佩服得五体投地的人物，值得老太太追着话茬子道"敢情"？有哇！岂止是冯寡妇，整个小院儿，除了住南屋"刀背儿房"的张老师和冯寡妇的儿子大山，谁不以东屋住的韩德来为荣？有了韩德来，整个九号院儿在辘轳把儿胡同就牛起来了，腰杆子硬起来了。院儿里的人和外院儿人争论点子什么事儿，只消说："老韩头儿说了，是这么回事儿！"肯定就可以得胜回朝了。

韩德来现在是退休了。早几年在造纸厂当锅炉工。人哪，这一辈子，是福是灾。谁敢说呢？民国三十二年春荒，韩德来拄着打狗棍儿，在京西老家的村口上、大路上转悠。那日子口，赤地千里，树皮都吃光了，哪儿讨去？哪儿要去？遍地的野狗，吃人吃得毛光眼红，眼瞅着人要倒，就甩打着尾巴跟在你后边啦。韩德来连轰狗的棍棍儿都举不起来了呀！眼瞅着要倒路上喂狗那当儿，遇上了同村的李三叔，给他一块红薯，领他一条活路——教他几段"莲花落"、大鼓书，带着他出了口外。到那些没闹灾的穷乡僻里，唱一段，讨口吃。凭这一招儿，走南闯北，硬是活过来了。俗话说，大难不死，必有后福。这话多灵验！一九六九年，烧锅炉的韩德来竟然到工宣队去了。再往后呢，居然成了什么"代表"啦。进了中南海，据说，还在里面睡了一宿，又吃过了宴会。那是没错儿的，报纸上清清楚楚地印着大名哪，了得吗？九号院儿里的人们，不，整个辘轳把儿胡同的人们顿时刮目相看了。韩德来和毛主席握手回来那次，及至进了院门儿，扯开嗓门儿就喊："我跟毛主席握过手啦！"惹得院里院外，男男女女，老老少少跑出来和他握手——谁不巴望着沾点子仙气儿啊？韩德来愣一天一宿没洗手啊！就是打这一天开始，西屋的冯寡妇也跑过来，抓着韩德来的手一个劲儿摩挲，破了自己一贯的、以贞操为荣的唠叨："人哪，容易吗？现今，那么大的姑娘，挎着老爷们儿胳膊，大街上逛，现眼不现眼！谁像咱这号的，一辈子守着死鬼，老爷们儿的毫毛儿都不碰一下呀！容易吗？"

小院里的人们对国宴、对中南海是陌生的。冯寡妇还和院儿里的年轻人争辩过，愣说在中南海里扫厕所的，都起码得是处长一级的干部。国宴呢，红烧肉肯定是可以可劲儿招呼的。为此，还专门去找老韩头儿公断。结论是什么，且不必管他，反正老韩头儿既然有这般经历，足见此人不是凡人，更不是等闲之辈。从这天起，只要韩德来端着茶缸子，往门前的小板凳上一坐，冯寡妇肯定拿着手里的活计凑过去听他开聊，又肯定瞅准了话茬儿，时不时来一句："敢情！"

"您说，咱工人不到大学去整治整治，怎么了得！"老韩头儿又开始讲他的"进驻"了，"净是地主资本家的羔子！不学好，闹什么'非多非'俱乐部！先头儿，咱还寻思着，俱乐部嘛，顶多是打打个'拱猪'，敲敲'三家儿'呗。哪儿啊，坏透了。识文断字的，净看搞破鞋的书！有一本，叫……《雷雨》，写什么打雷下雨天儿，一家子搞破鞋！当哥哥的，还把妹妹给糟蹋了。这叫什么事儿！我把他们训一个溜够：你们这儿啊，破鞋满天飞！嘿，还不服气哪。您说，咱工人不去管管，了得？！"

"敢情！"冯寡妇那瘪下去的嘴巴撇了两下，对那些人的憎恶绝不亚于老韩头儿。

"他大妈，知道吗？苏修、美帝那儿，都闹上红卫兵啦！"韩德来的谈锋，又引向国际问题了，"家伙！您看看咱的文化大革命，这招儿多英明！等着吧，甭长了，赫鲁晓夫（他就知道赫鲁晓夫）、尼克松，也都得挂牌儿上台，撅着去了！……"

冯寡妇竟也跟着他，呵呵笑起来："敢情！"

当然了，也有冯寡妇一下子噎在那儿，没法儿接茬儿附和的时候。

那是有那么一次，韩德来又去参加什么宴会回来。这次可能也喝多了点儿，一进院门儿，连屋都不入，叫老伴儿沏水来，坐在当院就开聊。

"他叔，这回又见了啥首长啦？有什么新鲜事儿吧？"冯寡妇攥着炒勺就过来了。

"那还用说吗？"韩德来瞟了她一眼，得意地晃着脑袋。"我，我看见咱林副统帅的……家里的了。"

"真的！您没跟她握个手，说个话儿？"

"还用说吗？"

"那长个啥样儿，您肯定看得清清儿的啦！"

"穿着军装哪。"韩德来呷了一口茶，抿起嘴儿，喝了口酒似的咂吧着。他瞥了冯寡妇一眼，悄默声儿地说："等到后来，您猜怎么着？嘿，脱了军装了，穿着小白褂儿啦。家伙！那小胸脯子，挺儿挺儿的，嘻嘻……"

再往下，其言更不雅驯啦。为了不给诸位添恶心，此处不便复述了。

得，这一回，冯寡妇没按着惯例，来一句"敢情！"她瘪瘪嘴，眼皮耷拉着，扑扇了两下，蔫蔫儿的，一扭身儿，回屋去了。临到屋门，又想起了什么，回过身儿，到晾衣服的竹竿底下，把那上面晾晒的闺女的乳罩、裤衩卷巴卷巴，一股脑儿，收回去了。

尽管韩德来这酒后微醺时的闪失，使冯寡妇大大地倒了一回胃口，冯寡妇还是不会放弃自己给老韩头儿道"敢情"的权利的。这不，没多久，她好像早把这事忘了。林彪一完蛋，韩德来说："我早看着他们不是好东西！男的，害人精！女的，狐狸精！好得了？"冯寡妇呢？——"敢情！"她还是瘪瘪嘴，好像和老韩头儿一样，自己也早有先见的慧眼。

就这么着，老韩头儿说，冯寡妇和，每天傍晚，茶余饭后，在小院儿仅剩的立锥之地，海聊一气，几乎成了他们两个，不，是全院老少必不可少的"第四顿饭"。冯寡妇就不必说了，只要能接茬儿说一句"敢情"，顿时觉得浑身舒坦。哼，别人？别人还不够这个"份儿"呢。她自然是不会不来的。北屋住的旗人赫老太和她的丈夫赫老头儿，敢不来吗？老头儿伪满那阵儿干过"伪事儿"，抄家那会儿，嗬，金银细软，办过展览呀。这就得啦，赫家就是这院儿混得最不济的人家儿了。隔三岔五，老两口儿还得去向"向阳院"的"院长"韩德来汇报一次思想，挨一顿训呢，有这么个"受教育"的机会，敢错过了？您瞧吧，哪天浑身嘟噜肉的赫老太和干柴棒儿似的赫老头儿不坐在旁边，乖乖儿地听着？！当然了，他们是绝没有冯寡妇那种接茬儿说"敢情"的资格和胆量的，只有不停地点头称是，老韩头儿骂娘骂祖宗，也得听着。南屋住的王双清夫妇，都是只有小学文化程度的工人，四十三四岁，上有老，下有小。老的，是瘫在床上的老公公；小的，是上学的女儿。两夫妇都是一锥子扎不出血的性子，病病歪歪的身板儿，是掉片树叶儿怕砸脑瓜子的主儿，当然也是一定要恭候其侧的。甭管怎么说，挨着这么一位老韩头儿，长见识，是一回事儿，这风云变幻的，多少也能让心里早有个底呀。七灾八难的，能躲过多少！譬如清明节，天安门出事那次，还不多亏了老韩头儿的警告？"告诉你们，关好街门，甭瞎溜达去！天安门上兴许都架起机枪了！别瞎掺和，找死呀！"果不其然不是？胡同口宋家的老三，逮进去了不是？九号院儿呢，稳稳当当儿的，没老韩头儿，行？……王双清夫妇当然也是只要一瞅见韩德来往屋门口一坐，赶快凑过去，从头到尾，只字不落。

要说在院儿里，恐怕也只有张春元对老韩头儿最不敬了。

张春元三十多岁，动乱中父母双亡，插队回来当了中学教师。现在呢，"宝眷"在外地，他只身一人住在王双清的隔壁——南边一间后盖的"刀背儿房"里，每逢韩德来坐在那儿聊天，张春元就架着胳膊，站边儿上看。有时候，那嘴角儿一挑，鼻子眼儿里都像是透着冷笑。这不故意扫人的兴吗？最使老韩头儿觉得丢脸的，是那次乘凉的时候，他向四周的人感叹"党的政策真是伟大"——这本是没错儿的，可您知道，老韩头儿的感叹由何而发呢？他说："家伙！连吴法宪那号人都解放了呀，党还不够宽大吗？不够英明吗？为这事儿，我可一宿没睡着呀！……"韩德来的气儿也运足了，冯寡妇的"敢情"也说出来了，王双清夫妇连发"啧啧的赞叹声，连赫老太和赫老头儿都受了感召，颇为激动地连声说："是啊是啊……"没想到半路蹦出个程咬金——张春元又在旁边架着胳膊说话啦："韩师傅，听谁说的？我怎么不知道？"韩德来说："你不知道？你不知道的事儿多了！"张春元说："您总得有个凭据吧！"韩德来火了："凭据？人家都出来接见外宾了，还要什么凭据！看报纸去！屋里哪！"拿来报纸一看，大家伙儿忍不住全乐了：那是几年前——一九六九年的报纸！

张春元这一下子，不仅不会动摇人们对韩德来的崇拜，反倒使韩德来恨上他啦。甭管什么时候，只要看见张春元架着胳膊往人群边上一站，韩德来就开讲"进驻"，把"臭老九"连损带挖苦，骂得狗血喷头。这不明着骂张春元呢吗？一次两次，不知是给骂怕了，还是没闲心听老头儿扯淡了，反正张春元是不往这儿凑了。

"厌了？量你也不敢髭毛乍刺儿了！"韩德来越发得意了。他时而向全院儿大讲闻所未闻的新鲜事儿。这时候，他往往探着身子，轻轻地，好像故意压低了声儿，来一句："家伙！"然后，抿口茶，连述带评，眉飞色舞。时而又向全院儿发出有关政治气候变化的警告，这时候，他总是绷起脸，冲着赫家老两口儿说："告诉你们啊，可来'文儿'了。"而后，添枝加叶，把"文儿"上怎么说的，要搞什么运动了，风风雨雨描述一番，说得赫家老夫妇战战兢兢，如惊弓之鸟。韩德来在敬畏的目光中，在"敢情"的附和下越发自豪得要喘！眼看着四围听得愣神儿傻眼，要么说得赫老太、王双清慌里慌张地来汇报思想，探问虚实，这个，哆里哆嗦地走了，那个，像吃了一剂安神补心丸而去，他都觉得舒坦，得意，其乐无穷，这才真有点儿"工人阶级当家做主"的味儿啦！得闲儿了，往屋门口一坐，没有仨俩人儿凑在身边听着，他就憋气！一天不给小院儿的人"上一课"，他就嗓子眼儿痒痒！这不，前不久，他还给院儿里吃了一颗"定心丸"哪。那是不知哪位从什么地方听了个风儿，愣说国家经济有"赤字"了。当然了，谁也不知道"赤字"是什么，反正觉着不是什么吉利玩意儿，影影绰绰感到会和涨价儿有点儿什么关系，这就慌神儿啦。韩德来看着老太太们在那儿嘀咕，心里就有气，"哼"了一声，说："瞧你们这沉不住气的劲儿！什么赤字白字的，怵什么？告诉你们，咱中国，心里有底！要不，干吗老说形势大好？那是瞎说的？咱就光说那水吧，咱中国的水都卖钱！没听说吗，山东那地界儿，崂山，那水，值老鼻子钱啦！弄个瓶子咕咚咕咚一灌，往大鼻子那儿一搁：掏钱呗您哪！家伙！水呀，有个流完的时候吗？光这就够赚的啦。这不，有首长说啦，赶明儿，各家的玻璃瓶儿可留神着，别再糟践了。现今，水有的是，就是玻璃瓶儿赶不上趟儿啊。瓶儿再多点儿，那赚头儿，海了！四化？八化也化了……"这话说得冯寡妇连连说"敢情！"乐得拢不住嘴。四周的人自然也喜气盈盈，好像觉得心里踏实了好多，韩德来呢，说完了，在人们轻松的笑声中，耷拉着眼皮，细细地品茶——表面上不动声色，心里越发自得其乐了。

　　唉，话又得说回来了。好汉不提当年勇，这些，都已经是"陈年老账"了。这次关于中国的水如何"值老鼻子钱"的神聊，兴许是韩德来最最值得回味的一次"壮举"了。因为，自打这次以后，虽然也没断了人围着他，听他海阔天空，可他渐渐感到，人，是越来越少了，听他聊的人，也不那么起劲儿了。门庭冷落车马稀。想到这儿，真有点"走狗烹，良弓藏"的心酸劲儿！

就说北屋的赫老太一家吧,"破四旧"那阵儿抄走的金银细软全折了钱,领回来了。今儿买一台洗衣机,明儿买一台电视机,大摇大摆,抬进小院儿。这干吗哪?韩德来看着就有气:"臭显呗,示威呗!"

最使韩德来看不过的,是有那么一天,赫老太高声大嗓地向全院儿宣布:打闹红卫兵那阵儿起,十几年没吃着的"麻豆腐",居然被她买着了!

您知道,旗人老太太们,是最讲究面子的。有点子什么新鲜吃的,愿意街坊邻居尝一口,是个心意,也是个礼数。要说这麻豆腐,尤其难怪。赫老太和许许多多在旗的老太太一样,就稀罕这玩意儿。炒麻豆腐,讲究用羊尾巴油,要放进地道的青豆,还要搁上两段炸得焦焦儿的干辣椒。尝尝那味儿,嘿,既麻,又酸,还辣,用旗人老祖宗发祥地的说法儿,叫"真赶劲!"其实,这玩意儿不值俩钱儿,在旧社会,是标准的"穷人美"。没想到,"革命"把这也"革"了,十几年没见着麻豆腐的影儿。这次还多亏了赫家的姑爷,听见老太太成天念叨,东跑西颠弄来了一小锅,孝敬丈母娘。居然还全全乎乎买齐了羊尾巴油、青豆、干辣椒,赫老太能不喜出望外吗?这可好,站在当院儿就冲冯寡妇喊开啦:"他大妈,我先寻思着,入棺材也吃不上一口麻豆腐啦。谁承想,又有了!有了麻豆腐,还愁没有您爱喝的豆汁儿吗?还有天源家地道的酱菜,便宜坊的酱鸭儿,看来都有盼儿了!"这一吆喝不要紧,街坊四邻居然惊动,又接受了邀请。特别是那些老北京们,甚至外院儿的,七老八十都来啦。三舅妈,二姥姥,喊声不断。一戳一溜坑的小脚也挪进来了。"来了您哪!""慢走,小心门槛儿,您哪！""得，您来了，吃多吃少，尝一口算是您给咱捧场！"……你一筷子我一勺，尝麻豆腐是一事儿，鉴赏品评赫老太的新添置，也是一项内容。其盛况绝不亚于老韩头儿吃国宴回来那场面。

其实，这有什么看不过的呢！赫家落实了政策，胆儿大了，钱也有了，何况咱们北京人的讲究：夏天，吃烧羊肉；冬天，吃涮羊肉；正月初二，吃春饼；腊月二十三，吃糖瓜儿……甭管怎样，决不能亏了嘴。人家赫老太干吗不能吃口好的，享享晚福呀！

可韩德来看着北屋赫家人来人往，就憋气，等到看到赫老太的儿子二臭，气儿更大啦！

就连二臭，一时节都成了辘轳把儿胡同的人物啦。买了一辆"铃木80"摩托车，招了全院儿人围着看。改天又玩了新花样，不知打哪儿买了一条说劳动布又不像劳动布的裤子，还有个洋名儿，愣说这叫"利瓦伊式501双X型牛仔裤"，刚下了水，流着汤儿就穿上了，还说就得这么穿着缩水，才能缩出线条儿……说完了，蹬响了摩托车，唱着"塞抠塞抠精工牌"，一溜烟儿冲出了胡同，让周围那些小年轻儿的看花了眼！

"哼，还得整治整治你们！收拾，早晚！"韩德来几乎要骂出来啦。

老韩头儿生气也不管用，他那两下子确实是不招人啦。连邻院儿的老头儿老太太们都吸引不了了——人家一进院儿，就奔赫老太家，说说又有什么"老字号"重新开张了呀，看看那部"留下自己声儿的话匣子"呀。至于年轻人，有围着二臭唱"塞抠塞抠精工牌"的，也有到冯寡妇家，听那当厂长的大山讲"商品信息反馈"的，还有的，就出了九号院儿啦，去待业知青售货点儿，琢磨"薄利多销"呀,上补习班玩命、准备高考啊……人嘛,思想各有高下,可甭管怎么说,老韩头儿那一套不灵了,冷清了。他自己也明白,有什么法子?赫老太太这号的,腰杆儿硬了,自己呢,还镇唬得住谁?啥"代表"也不是了,退休居家,大场面,也见不着了,陈谷子烂芝麻,总抖搂也没劲啊。"文儿"呢,也见不着了。就算能见着,又会有什么新鲜的?那会儿,今儿"清队",明儿"抓'五一六'"。"咔嚓",一下子铐走十几个,铐子亮锃锃,晃得见人影儿呀!能说得院儿里围听的老少爷们都白了脸儿。现今,还能说点什么?……唉,就连全院儿最窝囊的王双清夫妇,也抽冷子爆出件新鲜事儿,让整个辘轳把儿胡同激动了好一阵子呢,可老韩头儿呢,无人问津,酒冷茶凉!

这位要问了:那王双清也有什么邪的?

邪的没有,可有福啊。前不久,王双清的老父亲病故了,发送老人拉下点儿亏空,拿着旮旯里扔的一件瓷器去卖。他心想,这会儿,这也不算"四旧"了,扔家里,不定哪天给摔了,不如看看能不能卖俩钱儿。往古董店那么一送,可了不得了,把收货的看傻啦,连问家里是不是还有一个,王双清想了想,说:"是啊,还有一个啊!"收货的问:"干吗不一块儿拿来?"王双清支支吾吾,没好意思开口——您猜怎么着?在家当便盆哪。回家赶紧给人刷出来了。这是什么?宫里的玩意儿。道光年间景德镇专烧给皇上的贡品。清室的宝物册上写得明明白白哪,嚄,价值连城……这下可好,王双清家热闹啦,整条胡同的老太太都来串门儿,不嫌絮烦地打听那宝物到底值多少钱。出来呢,要么,上赶着回家把那些盛米的瓷缸、插花的瓷瓶儿全捣腾出来,拿包袱皮儿裹上,往天桥送；要么，一边走一边就骂上啦："败家兔崽子们，把我那对掸瓶儿也给我砸了。留到这会儿，够吃三辈子啦……"

人哪，要是本来有许多人成天围着他转，忽然那些人都没了，剩他光杆儿一个，清锅冷灶，他不定多烦、多闷哪，韩德来就烦了，闷了，冷清了，没事儿干了。吃了晚饭，沏上茶，坐在屋门口。街坊邻居过来了，有事儿没事儿地闲扯两句。他也知道，自己再多说，也都是没味儿的屁，人家呢，也不指望从你这儿听点儿什么，今非昔比呀，就连那个冯寡妇，也今儿上赫家，明儿上王家，这儿"敢情"一句，那儿附和一声儿，却很少来接韩德来的话茬儿说"敢情"了。韩德来闷闷地坐了一会儿，竟打着节拍，一个人唱起《四郎探母》那"西皮慢板"来：

杨延辉，坐宫院，自思自叹。

他晃起了脑袋，似乎和杨延辉的心气儿走一块儿去了：

想起了，当年事，好不惨然。
我好比，笼中鸟，有翅难展……

您听听，倒是打过莲花落，唱过大鼓书的，唱京戏也有那么点儿字正腔圆的味儿。

这天傍晚，韩德来又在这儿"坐宫院，自思自叹"的时候，张春元从边上走过。

"韩师傅，挺闲在啊。"

韩德来看见张春元，火儿就不打一处来。现如今，张春元也人五人六，充起大来啦。院里院外，那些有儿女要考学的人家，左一个"张老师"，右一个"张老师"，踩低了那间"刀背儿房"的门槛儿。这还不说，更使韩德来憋气的是，他隔三岔五就看见张春元接到邮局送来的大信封，上面印着这家编辑部、那家出版社的大红字。问他是什么，还爱搭不理，顶多支吾两句，扭脸儿就走。后来才听说，这小子还能写小说哪，怪不得，越发蹬鼻子上脸了……听见张春元的话，韩德来认定这是往自己的脸上抹玻璃碴子哪。他瞟了张春元一眼，拉长了声儿，答了句"闲在"，又说："怎么，不闲在那阵儿，您看着有气。闲在了，也有气？"

张春元眼皮子一翻，舌尖儿把腮帮子拱起一个包儿，又忍不住笑了："您闲在了，我能不高兴？可您别老在这儿闷着呀。泡泡红茶菌，练练气功，延年益寿不好？要不，跟人家赫老头儿学学，遛遛鸟儿……"

"得啦，"韩德来打断了张春元的话，气鼓鼓地说，"延年益寿干吗，依我看，按古法儿，六十岁不死，活埋！"他又"哼"了一声，往北屋那边瞥了一眼，"跟他学？遛鸟儿？咱干不了那个。咱是工人！成天价一手一个鸟笼儿，往前抢，往后甩，挨斗扫街时也没卖过这膀子力气呀。伺候着，一天喂它三毛钱肉，对他妈也没这么孝顺过……"

"行，行！甭听我的。您就待着，坐着，闷着，唱您的'西皮'。"张春元气儿了，"看您这坐着挺没意思，有心劝您散散心吧，您倒吃了枪药了！还把别人家给捎上了！您在这儿坐您的，也不碍我的事儿，不挡我的道儿。您唱吧，接着唱，唱您的'笼中鸟'……"

韩德来眼瞅着张春元回了屋，心里不是滋味儿了。噢，你们还拿我怎么样了当个事儿，你们好开心哪！我怎么了？不愁吃，不愁穿，还轮不到你们乐和哪！想着想着，他爽性站起来啦，冲着里屋的妻儿老小，扯开嗓门儿喊："我看电影去了啊！"然后，趿拉着鞋，一晃一晃就出了院门。

其实，说是看电影，不过是一句气话。天都擦黑儿了，哪儿找电影票去？可是，韩德来出了辘轳把儿胡同，上了珠市口大街，一眼看见珠市口电影院的霓虹灯在灰蒙蒙的前方闪着呢。走近前，售票窗口前排了一长溜儿的人，在买第二天早场美国电影《雨中曲》的票。"排！"韩德来和谁赌气似的，排上啦。

轮到韩德来买票时，他犹豫了：买几张呢？买一张，排这老半天的队，总有点不那么甘心。摸摸口袋，正好有一块二的零钱。"买他四张！"

唉，您说，这是一种什么心思呢？恐怕，排过长队的人，甭管买什么，都难免干这种莫名其妙的事。其实，他们也许根本不需要买这么多，那也愣买。要不，就觉着亏啦。韩德来就是这样：第二天，来看电影的只有他一个。孩子们要上班儿，老伴儿呢，一听说不是《三笑》《碧玉簪》，死活不来。现在，老韩头儿的口袋里揣着四张电影票，富余三张，他还得把它们退了。

离电影院还有半站地，三三两两的小青年们就捏着毛票儿，眼巴巴地站在路口问上了："同志，有富余票吗？""师傅，有票匀一张欤！"……韩德来从他们眼前走过，心里忽然间升起一种什么感觉呢？他知道自己有四张票，而他们，没有，一张也没有。自己富余的票放在兜儿里，他几乎舍不得轻易撒手了。他觉得，揣着富余票,听听那渴待的央求的声调,简直是一种享受!他板起脸儿,向好几个递过钱来的小伙子摇头:"没有。""没有没有。"他把脖儿扬起来了,胸脯子挺得高高儿的,却又漫不经心地回答着询问。其中有一个小伙子,戴着蛤蟆镜,留着大鬓角,那扮相儿和赫家二臭一个模样儿,也想来老韩头儿这儿撞运气。老韩头儿理都没理他,心想:"轮谁也轮不到你呀!"

终于,他走到电影院门口了,站上两层台阶儿,看着等退票的大军向东,向西,散兵线一样延伸。他掏出一颗烟,抽着,眯起眼睛,看着那些小伙子们围着退票的人抢啊,揪啊,往胡同里追啊,他乐了。把手伸进口袋里,捻了两下,偷偷摸出一张票来,捏在手心儿,走到一个捏着三毛钱,可怜巴巴地看着别人拼抢的年轻姑娘面前,悄没声儿地递过去。

"哎呀!——谢谢!太谢谢了!"姑娘被这意外的收获高兴得跳起来。

韩德来摆摆手,一副无所谓的神情。

"同志,还有吗?再退一张!""师傅,匀一张呗!"……"呼啦"一声,眼热的人们跌跌撞撞地冲过来,围住了老韩头儿,手里捏着毛票儿,一个劲儿往老韩头儿手里塞。叫同志的,叫师傅的,叫老大爷的,把他围了个密不透风。

"干什么干什么!"老韩头儿板起脸了。他分开人群,往外挤着,拨拉开一只只递钱的手,"没有了,就一张!就这一张!没了!"

有的人扫兴地走开了,有的人还在央求通融。老韩头儿摇着脑袋,美不滋儿地微笑着。

就这样,他一张一张地把票退出去。每次,退完了,在人们的包围中，板起面孔说："没了没了。"心里呢，却享受着一种不可言状的快乐。嘿，简直有一种腾云驾雾之感。

等到他退完了第三张票，等退票的人已经一致认为他身上还有不少存货了，于是穷追不舍起来。嗬，瞧吧，从电影院，追到胡同口，从胡同口，跟进公共厕所。拉着他的胳膊，拽着他的衣服。有的说自己如何结伴而来，就缺这一张票；有的说自己如何难得看场电影……各色人等，眼花缭乱。韩德来已经乐不可支啦。最后，他终于把留给自己的那张票也贡献出来。就是从身上再也掏不出票来了，他也仍然享受了很久被人们包围不散的快乐！

我实在没法儿跟您讲明白，这位老韩头儿此时此刻的快乐到底是什么呢。那个舒坦，那个美气，那个得意，全有啦。说他像酷暑伏天里吃了冰激凌、大雪糕一样痛快？这种比喻实在太拙劣了。在韩德来的生活里，恐怕只有过去在辘轳把儿胡同九号院儿里神聊，看着赫家老两口恐惧的目光，听着冯寡妇"敢情"的应和，只有在那个时候才享受过这种舒坦劲儿。他自己当然是不会产生如此的对比、联想的。他只觉得那么多人围着他，追他，求他，哄着他，尊崇他，他的骨头架子美得要酥，他的日子还是过得蛮自得，蛮快活，不是坐在院儿里独饮独唱的那个韩德来啦！

于是，——这可不是我编派着来寒碜老头子——老头子养成个毛病啦，三天两头儿，在院儿里待闷了，一颠一晃就上了街，路过珠市口影院，只要见人在那儿排队，就忍不住凑过去，买票，退票，其乐也陶陶。有时留一张，自己进去看一场（举着票，在许多人羡慕的目光中走进影院，也是一种乐趣咧），高兴了，干脆一张也不留，全方便了别人。而后，分开人群，回家。甚至还有几个傻小子一直追进辘轳把儿胡同里面，直到九号院的门口。连小院儿里的人都闹不清老韩头儿这是怎么了？没事儿就到外边逛一趟，回院儿，一关街门，转过脸儿来，嘿，十回有五回，容光焕发，又有当年吃完了国宴，微醉着回来那么股子劲头儿啦！……

说句难听的——抽口白面儿似的，舒坦一时呗！真回到院儿里，各家儿虽说礼数还挺周全，招呼、"请安"样样不少，可还能像珠市口影院等退票的一样，围着你转？求爷爷，告奶奶，三孙子似的？过去，院儿里倒是有这么个劲儿，现今，谁管谁？谁忾谁？那天早上，韩德来又从电影院回来，在胡同口碰见了赫老头儿——俩鸟笼子，一手一个，上面蒙着蓝色的笼子罩儿，正奔天坛那边走。韩德来迎过去了。刚才在电影院门口那股子劲头大概还没下去，连敲打赫老头儿的词儿都想好了——"老赫头儿，您挺舒坦啊，社会主义也允许您提笼架鸟儿啦，倒是也不比'满洲国'次吧？"您猜怎么着，他连话茬儿还没找着哪，就叫赫老头儿险些噎一溜毛跟头！韩德来一见老赫头儿，就说："嗬，老赫头儿，遛鸟儿去？啥鸟儿，看看！"说着，伸手就要掀鸟笼的布罩儿。这就是找话茬儿哪。"别价。"没想到老赫头儿瘦得藤萝似的手一伸，把他给拦了："要看，等咱回来，家儿看去！这地界儿，甭看。车喧马叫的，学脏了鸟儿的口……"说着，赫老头儿身子躬了躬，晃着鸟笼，走啦。韩德来气得伏天儿喝冰水似的，心里直发噎呀。甭说想好的几句话没地儿泄了，连刚才的一点儿高兴劲儿也给糟蹋了。他想，你他妈什么玩意儿！过去还不是天天到我屋里去，早请罪，晚认罪，厌得连放个屁都得躲进自家的被窝儿！如今也臭狂起来了！……他由赫老头儿又想到那个小院儿，又勾起"流水落花春去也"的悲酸。天还早，回去干吗？看着他们生气？他一拐弯儿，进了街边的小酒铺。

得，又添了个毛病：没事儿就往这个又小又黑的门脸儿里一钻，要上两毛钱开花蚕豆，二两"老白干"，喝。其实，家里的床底下，没少撂着儿子闺女孝敬的好酒。开始儿子给买的是"二锅头"，还让他一把拎起来扔当院儿了："我连他妈'茅台'都喝过了，还用这玩意儿来糊弄我？"打这儿，床底下放的起码是"大曲""二曲"啦。您说，回家去，酒也好，菜也香，喝得也清静，多好。他不。一回那个院儿，看见那几号人，他就堵得慌。还在那儿喝酒？再让他们看见，觉得你是在喝闷酒、喝冷酒，不得叫他们乐得汗毛眼儿都咧嘴儿了？……他不乐意。宁可就开花豆，喝"老白干"。

我们北京的这种小酒馆儿，大概您没见过。三两张小八仙桌，十来把凳子。除了卖酒，兼售糖果烟茶。有的，是夫妻店；有的，由几个老头儿合营。店门口经常停着几辆平板三轮儿，车把上还搭着包袱皮儿呀，大棕绳儿呀，一眼便可知这是咱这号市井小民——扛大件的，糊顶棚的，"引车卖浆者流"光顾的地方。杯酒下肚，就想找人拉个话儿，从咂吧酒的滋味儿开始，继而到海内奇闻，家长里短。第二杯酒就能交上个"对着吹"的朋友。甲说了点子什么，乙说："敢情！"乙说了点子什么，甲也说："敢情！"渐渐说得甲、乙、丙、丁，个个脑门儿发亮，踌躇满志。韩德来自然也品到了其中滋味儿，能不流连忘返吗？况且，他如果不是每每来此，怎么能那么快就知道"又要开始批判"的消息呢！真的，这是跟他一块儿喝酒的一个老头儿说的，手里还拿着那张报纸。他只是知道批判的是那些"编小说的"。是谁，他没记住。批判什么，他也没打听。不过，他特别认真地要过了报纸，用手指头按着报上印的出报日期，年，月，日，一个数码一个数码地读过了。没错儿，是新近的报纸。真的，又要热闹啦！……他急急端起桌上的酒杯，三口两口打发了，起身就走。

大概那两口酒喝得太猛了，奔胡同里走，道儿上好像铺着一层棉花，脚板子总踩不到实处。开始，他只是盼着这事儿由自己第一个向全院儿宣布。哼，不吓他们一跳才怪！后来，他想到了张春元。不是说他也在那儿编小说吗？不是大信封、小信封往家寄吗？不是牛气得连问个话儿也不搭理人吗？这回好啦，让你牛气吧，不定其中也掺上了你，挨批！……再后来，这几年积攒的委屈，像打翻了五味瓶，一起在心里翻腾起来啦。哼，整治整治，早该了！不是说了，早晚！光是"编小说的"吗？你看看电影，男男女女抱着就啃，这叫什么事！光是电影吗？农民也不挨地里打粮食了，进城，跑小买卖，打家具，分田到户啦，这不胡闹吗？……还听说上海那地界儿，随便穿！大姑娘穿的那裙子，露裤衩子！像什么话！广州那地界儿呢，随便看！香港电视，拧开就瞅……行啦，别急，这回不定就得一块儿收拾了！……他又想到了赫家。干过的"伪事儿"就全抹了？没事儿了？整天臭显、示威，尾巴都撅起来了。连他儿子也不是好东西，弄点子西洋货，东洋货，带坏了全院儿的年轻人！这回可好，不定哪会儿就得来"文儿"，一块儿收拾！还有冯寡妇，也是个马屁精，好不了！王双清嘛，总算不赖，听说那件宝物捐给国家啦，奖给俩钱儿，有限。不过，也得教育教育。净领着闺女往张春元那儿凑，一门儿心思让孩子奔大学，至少也是糊涂蛋……

回到院儿里,冯寡妇正从赫老太屋里出来,看见韩德来,打了个招呼,到水管子前面洗她的菜。韩德来走到自己屋门前,扯过小凳儿坐下,咦咦呀呀地唱起一段喜洋洋的戏文儿。

"他大爷,今儿怎么这么高兴?"

"有热闹看了,还不高兴?"

"热闹?"冯寡妇瞟了他一眼,"啥热闹呀?"

韩德来努着嘴唇,剔牙的火柴棍儿在他的鼻子底下一耸一耸,终于,他把火柴棍儿吐出来,说:"没听说吗,又批判啦!又来事儿啦!能不热闹?"

"批判?批判谁呀?"冯寡妇赶忙迎过来。

"编小说的,挨批判啦!报上登的,没跑儿!"

"真的?您说的是张春元不是?他不是老趴在那儿写?"

"张春元?"韩德来板起了脸儿,眼睛里透着几分严重,几分威严,"有事儿没事儿的,得看他写的什么呗。哼,瞧他那个劲儿,好得了?!"

正说着,赫老太已经闻声凑过来了。韩德来看见了她,故意抬高了嗓门儿,说:"光是那些'编小说的'有事儿?我看,'四人帮'那一套是臭狗屎,那就甭说了。现今有的人干的,也好不了!共产党能让他们这么胡来?资本主义那一套,资产阶级那一套,反攻倒算啦,崇洋媚外啦,甭急,一块堆儿收拾!"

这些日子,韩德来虽然几乎让人忘了,可要说起这种事儿来,余威还是有的。冯寡妇一听来头不善,忙扮出笑脸儿,说:"敢情!"

冯寡妇不说"敢情"也罢,一说"敢情",把韩德来的火儿勾起来啦。嗬,你转得倒快!刚才还屁颠儿屁颠儿地给人家舔呢,现今一抹脸儿,又回来了。没这么舒坦!

"敢情?"韩德来反问了一句,冷笑着,"这二年,该收拾的地界儿多啦。就说您那大山在厂子里,也悬。闹什么选厂长,选主任,共产党还当政不当政啦,容你们这么折腾?!什么'企业自主'?搂钱儿自主!闹不好,也得一锅烩!……"

这回,冯寡妇的笑脸儿是扮不出来了,"敢情"也说不出来了。

把话甩完了,韩德来将两位老太太撂一边,摆出不屑再与人言的神情,一扭身儿,回屋去了。

赫老太和冯寡妇被甩在韩德来的屋门前,两个人心里都挺不是滋味儿。

她们谁也没怀疑韩德来的话。听他那嗓门儿,看他那气势,又要来事儿是无疑的了。再听那话音儿,张春元挨批,也没跑儿。说实话,张春元倒霉,赫老太和冯寡妇一点儿也不心疼。乍一听,甚至还有点幸灾乐祸的劲儿。大杂院儿里的别扭真是多得很。你想啊,张春元成天价点灯熬油。趴桌上一写就是半宿,冯寡妇能不恨他吗?瞧瞧同院的人,哪个不是天擦黑儿就躺下了?他可好,拿着电不当钱。全院儿共着一个电表,电钱大家伙儿按灯头分摊。净给你张春元背拉着电钱,谁受得了?!新近呢,赫家安了分电表了,韩家、王家也都安了,全院儿就剩冯家和张家了。冯寡妇算计着,合算张春元的电钱,全匀到她身上啦。她不更火儿了?这位说了,冯寡妇也安个分电表不结了?按说是这么回事儿,可她惦记着让张春元先安。张春元安了,她就不用安啦,二十多块钱不就省啦。……这回行了,甭管你张春元安不安电表也不吃紧了,挨批了,你还写个屁!早早儿的,黑灯睡觉吧!……

赫老太跟张春元更不对路啦。张春元进进出出的，一门儿心思想事儿，连个招呼也不会打，讲究礼数的赫老太认定他傲气得不懂尊卑长幼。这还是次要的，张春元住着那间"刀背儿"房，房门儿还可可儿地和赫老太住的北房房门儿相对。这是最让赫老太心里不舒坦的了。哪有住"刀背儿"房的？倚着墙，房檐一面坡，连个房脊也没有。凡懂事儿的北京人，谁住这不吉利的房子？张春元之前，有个叫李老师的住这间房，那会儿赫老太就劝过他："快把房子改改吧，这房不吉利。"李老师不听。结果怎么样？"文化大革命"，斗死啦。不吉利，你不怕，也罢了，可你这"刀背儿"房和人家门对门儿呀。这下好，红卫兵抄了你李老师家，接着就抄到这边来了不是？……所以，这间南房成了赫老太的一块心病。李老师死了，张春元搬来了，老太太又去劝，谁想到他和李老师一样，不信！唉，要说赫老太最近的日子过得够甜甜美美的了，唯独这"刀背儿"房使她心里总在犯嘀咕。现在行了，你看看，灵验不灵验，你张春元悬了不是？还是"刀背儿"房的过！在劫难逃！活该！谁让你张春元不听老人言，吃亏这不就眼瞅着了吗？

其实，这些都不过是赫老太和冯寡妇一时斗气的想法。她们并没有高兴起来。渐渐的，心里就有点不踏实了。

特别是赫老太。那间"刀背儿"房的房门，毕竟还是和自己的房门儿正对着哪。张春元倒了霉，敢保不和当年一样，让祸害窜到北房来？及至见了韩德来，听他没点儿好声气儿的话语，赫老太心里更发毛了。资产阶级？反攻倒算？说谁？是说我们赫家吗？崇洋媚外？肯定是指二臭无疑了。想到这些，她恨张春元招灾惹祸，殃及邻里，更恨韩德来太恶，瞅别人过舒坦日子，就不想让人安生。

冯寡妇呢,早已蔫蔫地回了屋,一下午没言声儿。待到晚上,儿子回来了,她劈头盖脸就是一顿臭骂:"你回来干什么?还不到厂子里挺尸去!拉扯你这么大,过过一天省心的日子吗?夏做单褂儿冬做袄,图什么?图什么?图你四十岁上了还给我惹事,让我不得闭眼啊!……"

儿子愣了:"您这是怎么了?"

"怎么了?放着好好儿的工人不当,你争着当什么厂长!选举,选举,这回好了,又快撅着了……"

儿子笑着说:"哪能呢,上面说啦,不搞政治运动了。"

冯寡妇哪儿信这一套,还在那儿数落个没完。大山正为厂子里的什么事儿着急呢,听老太太一边净啰唆点子没影儿的事,烦了:"别净唠叨我!搞运动,你也跑不了!……成天价'共产党''劳动党'地骂,街坊四邻没长耳朵?我犯傻,你就不犯傻?……"

这真管用,冯寡妇不说话了。隔了好一会儿,她才起身收拾晚饭的碗筷,心里说:真这么着,还不跟"四人帮"那会儿一个样儿了?起五更,睡半夜,卖力气的倒霉,奸懒馋滑的倒没错儿了?……连我这七老八十的老寡妇,说话也得战兢着,闹不好打个反革命不成?……想着想着,对韩德来说的那一套,倒有些愤愤然了。对张春元呢,反添了几分同情。至于为他背拉着电钱的事儿,竟也一时忘到了脑后。

您说,该怎么说咱们这位赫老太和冯老太好呢?说冯寡妇自私?拖儿带女多少年,这会儿日子也不算宽裕,算计个电钱也算个过错吗?说赫老太迷信?谁让可巧儿住"刀背儿"房的李老师和张老师挨个儿倒霉,谁让赫老太也跟着"陪绑"过呢,人家能不寒心吗？……不过，两位老太太到底还是大大的好人——虽然开初对张春元的倒霉不免有些微的好奇和幸灾乐祸的快感，可她们很快就明白，这可不是闹着玩的，真来个"文化革命"那样的"运动"，整个九号院儿，不，整个辘轳把儿胡同，全城，全中国，鸡飞狗跳的日子又开始啦，那谁也甭美，谁也甭跑，连着自己，自己一家，挨着个儿倒霉！于是，这天夜里，躺在床上，她们在替自己家想了许多消灾免祸的主意的同时，甚至也替张老师谋划了一阵儿——虽说最后还是不得不认定，连自己，连张老师，真来事儿了，还是一点辙也没有。

得，就因为这么个心思，两位老太太可就惹出一件让人哭不得笑不得的事儿来啦。

那是第二天的上午，院儿里人都上班去了。老韩头儿呢，也出去了——大概又到那个小酒馆儿想听点子什么去了。院儿里只剩下两位老太太。

十点多钟那会儿，来了一位四十岁出头儿的陌生男人。这人说是来找张春元的，一问，是什么杂志编辑部的。这下可好，两位老太太可找着替张春元说说好话的人啦，又是让茶，又是敬烟。来人见张春元不在，又拗不过二位老人的盛情，就在当院儿的小板凳儿上坐下来，跟老太太们聊几句。

谁想到，这位客人的问话，更让老太太们心里打起鼓来啦。他从张春元的住房，问到他的家眷，又从他的年龄，问到他的政治面目。得，没跑儿！张春元是出事儿啦！两位老太太一边磕磕绊绊地回答着问话，一边偷偷使着眼色。终于，冯寡妇忍不住了，说："要说这张春元，可是满世界打着灯笼也难找的好人呀。可舞文弄墨的，谁还断了没个闪失呢，您的报社要是批判，甭点上名儿成不？给他留条活路……"

赫老太也赶紧接着话茬儿，说："他老婆孩子都在外地，千里迢迢呢，见报上点着名儿批判，不得以为又成'三家村'了？那不得吓得背过气去？……"

"怎么？他挨批了？在哪儿？"来人被老太太们的话弄疑惑了。

"在报纸上呀。说是他编的小说，出了事儿啦。您怎么能不知道？"

"是哪篇小说？哪家报纸？"

"哎呀，这您可算问着人了！这是东屋老韩头儿说的，那是没错儿啦。说是亲眼见的呢。"

"哦？"

"怎么，您不知道这事儿？那您……找他干啥？"

"我？哦，没事儿，没什么事儿……"

那人不再说什么了。冯寡妇和赫老太围着他，又说了一大堆好话，好像他能掌着张春元的身家性命一样。可那人好像也没听进去，没多一会儿，就起身告辞了。让他等会儿，说张春元一会儿就回来，也不等了；让他留点什么话，也不留了。这更让老太太们纳闷儿啦——这人是干什么来的呢？

中午，张春元回来了，两位老太太躲在赫家屋里，悄悄嘀咕了好一会儿，没敢过去把来人的事儿告诉他。直到晚上，掌灯了，从窗户里看见张春元又坐在桌前写上啦，老太太们忍不住了，一前一后，进了那间"刀背儿"房。

两位老太太突然来访，使张春元好不奇怪。她们坐在桌前，你一言我一语地相劝："张老师呀，您说何苦？每天一折腾就是半宿，闹这么个下场，还不长长记性儿，还写个什么劲儿！""自己豁出去了，也得想想家小吧。您家剩您一根苗儿，还不好生过日子呀！"……这更让张春元摸不着头脑了。及至闹清楚了老太太们的来意，他忍不住哈哈笑起来。

唉，说来也是一件伤心事儿，不过，和老太太们猜的是满拧！他张春元倒是在"编小说"哪，可算算也花了七八年工夫了，一篇也没写成，没发表过呀，他挨的是哪门子批呀？！那些让韩德来看着有气，老太太们看着挺神秘的"大信封""小信封"，都是编辑部退回来的稿子啊……

等到老太太们把今儿来人的事一说，张春元不笑了，有点儿急赤白脸地问："真的？说了什么没有？是哪个编辑部的？那人姓什么？"

老太太们哪儿知道这些啊，只是把那人问了什么，自己说了什么，如此这般复述一遍，说得张春元要哭的心都有："我的大妈大婶们，真谢谢您啦。您二位这一好心办好事可好，倒把我盼了多少年的好事儿给搅啦！……"

"真的？"老太太们愣了。

张春元说："您不知道，我写的稿子每次退回来，人家连封信也不给咱写呀。这回可好，登门拜访了，兴许有篇稿子能发表啦。您二老一说我挨批了不要紧，不定又把人家吓回去了……"

这下子，赫老太太和冯寡妇倒傻眼啦。

再往后怎么样，不说，您也能估摸出个大概了。辘轳把儿胡同九号院儿里，让老韩头儿搅起的这么一场虚惊，总算过去了。到

373

后来,听说连真的在报纸上被点着名儿批评了作品的那个"编小说"的,也没多大事儿,还是照样写他的小说,照样登出来。至于韩德来说的"早晚"要发生的"收拾",好像也没发生。人们心里那根绷得紧紧的弓弦,就渐渐地松下来了——赫老太仍然是那么排场,仍然时时注视着各色各样的"老字号"重新开张,今儿派儿子去前门,买"王致和"的臭豆腐,明儿派闺女上八面槽,买"浦五坊"的叉烧。不过,她对张春元住的那间"刀背儿"房,也仍然耿耿于怀:"就是不吉利,那还有错儿吗?写了七八年,连个字毛儿也没印出来呀,总算有那么一回,有点子希望了,还让我们好心好意地给插了一杠子,结果呢,倒砸了!不是'刀背儿'房的过是什么?!……拐带着我们家二小子考学也那么不顺当!"……冯寡妇呢,还是今儿赫家,明儿王家,说"敢情!""共产党""劳动党"之类的话也不避讳了。同时,也仍然还恨着张春元"点灯熬油",三天两头用话撺掇人家赶紧去买分电表。至于王双清夫妇,听见风声时,已经暗自庆幸"宝物"交公了。马上,有四天没让女儿过去跟张春元补课,现今呢,又把女儿送过去了。他们的女儿原名叫"王文革",也确实在"文革"中得益不少:女儿落生时,正赶上打派仗,不用上班,两口子在家待了七八年。没花雇保姆的钱,也没花上托儿所的钱。拿着国家工资,自己在家把孩子调理大了。这会儿,又赶上好时辰啦,孩子改名为"文阁",盼着能上个重点中学,再上上大学,找个"铁饭碗"。您一定以为最丧气的是韩德来了。您错了,人家韩德来还是那句话:"哼,收拾,早晚!"再说,韩德来也不是没有值得得意之处啊:赫家二臭那辆"铃木80",不是推到甘石桥"摩托车自由市场"卖了吗?那条什么"利瓦伊"牛仔裤，不是也不敢穿着臭显啦？哼，不镇唬一下，行？有钱，他还敢买汽车开呢！不定还敢光着腚眼子上街呢！……当然了，韩德来是不知道，二臭卖摩托车，是因为公家卡得紧了，汽油不好偷啦。最近又听说要缴什么"养路费""保险金"，一个月得贴十来块钱养着这辆摩托车，谁受得了？得，趁摩托车还没臭街，打发了吧。牛仔裤呢，那是因为常常潮着就穿上了身儿，这会儿，水缩够了，身上的线条儿倒也绷出来了，遗憾的是，把二臭身上的"荨麻疹"也勾起来啦。没法子，收起来，先治皮肤病，治好了再穿吧。

真正让老韩头儿感到丧气的，是在半个月以后。那次他还是和以往一样，在院儿里待得无聊，又上街逛去啦，路过珠市口影院，又看见卖电影票的。片名是《真是烦死人》。听名儿，有意思，广告上也写着"喜剧片"，逗乐子的，照老法子，买五张！家里人不去，还愁退不掉？不稀罕得人疯抢才怪！谁想到，第二天，临开演，往影院门口一站，竟不见等退票的人影儿！他明白啦。上当！白赔了块把钱不说，央求人家买票，憋气呀，可不"真是烦死人"啦。最可气的是，身后有几个小"痞子"也在那儿退票，听他们喊什么？"《卡桑德拉大桥》啊，倍儿黄！谁买？……"还真有人买他们的，韩德来凑过去一看，怒了：好啊，在这儿倒卖高价哪，一张一块钱！他拽住一个小伙儿的胳膊便骂："你这是干什么呢！啊？干什么呢？卖高价，投机倒把，走，派出所去！"小伙子把胳膊挣开，骂道："哥们儿，别急眼啊，哦，我抢了你的买卖了，是吧？甭给我来这套！你卖你的，我卖我的，有本事就卖，没本事就滚，还拿他妈派出所镇唬谁呀！"韩德来更怒啦。原来小伙儿把他也看成卖高价的啦。他说："别把我也搅和上。我有富余票，还卖原价。"小伙子说："老头儿,别装正经啦。当我没看见你?你隔三岔五就来!老来卖富余票?卖原价?你吃饱了撑的,疯魔呀!别给我来这套!派出所?行,要去,一块儿去,你逃得了?"就这么着,两个人在电影院门口拉拉扯扯,招来一大群看客。来了个警察。把他们一块儿带走了。

您想,到了派出所,韩德来能说得明白吗?

"你是也经常到那儿退票吗?"

"是。"

"卖多少钱一张?"

"按票上的价儿啊。"

"你老这么买票、退票,图什么呢?"

"……"

没法儿说!

最后,派出所结不了案,派了个年轻轻儿的警察,到九号院儿里来了解韩德来其人来啦。

谁能那么缺德,往人家老韩头儿脑袋上泼粪呀?大家伙儿一致认定,老头儿是闷了,闲了,没事儿干,找点儿消遣去啦。二臭更"嘎",还翻着眼皮,把这和"学雷锋,办好事"挂上了。连张春元都说了老韩头儿的好话,这才把这事告个了结。那位年轻的警察把老韩头儿送回来了,临走,对他说:"闲着不闲着的,甭去那儿干这种事儿了。想看电影,自己买张票,进去看,甭找麻烦。您说您这么大岁数了,我们也相信您。可您要是让那些小流氓揍一拳,来一脚,这辈子不交待了?"

得,这警察这么一叮嘱不要紧,韩德来连那个乐和的去处也没啦。

这两天，他又和以前一样，没出院儿，沏上茶，闷闷地坐在屋门前，冷不丁儿又唱起来了：

> 杨延辉，坐宫院，自思自叹。
> 想起了，当年事，好不惨然。
> 我好比，笼中鸟，有翅难展……

您只要躲在边儿上听过一次，就不能不佩服他，确实唱得好，字正腔圆。

1981 年 8 月 25 日

丹 凤 眼

都说北京女的比男的多，可京西不少的小伙子就是搞不着对象。

怎么，他们都没个模样儿，歪瓜裂枣似的？要不，就是不争气，都是吃饱混天黑的主儿？错啦。不信你就去看看。出了三家店，漂亮小伙儿有的是！身高膀圆的，眉清目秀的，拨拉脑袋就是一个！这里面，有劳动模范，有革新能手，也有吹拉弹唱样样精通的。要是在北京城里，也能把姑娘们迷得魂飞神散呢。可他们是在京西，他们是井下挖煤的，是矿工。这就糟啦！姑娘们一听说干的是这一行，十有八九皱眉头，哪怕面前站的是十全十美的小伙子，回答也是两个字："不成！"

就因为这个，矿区的小伙子们搞对象不知碰了多少钉子。一来二去的，有的小伙子开始恨上身上这件工作服了。变着法儿也得把上面印着的"××矿"这几个字给抹了——走大街上怕人笑话，寒碜呀。有的小伙子还总结出一条"恋爱经验"："先不能让她知道你是矿工，等把她'俘虏'了，再亮'番号'！"于是就有那么一位，在城里的一次舞会上认识了一位姑娘。人家问他在哪儿工作，你猜他回答什么？他说："在黑色冶金粉末研究所工作。"多妙！……这笑话多啦。我可不敢再说了，京西的小伙子得向我提抗议：别净糟践我们！京西净是这号自轻自贱的人？有血气的小伙子也有的是！

没错儿！有血气的小伙子有的是。"人家看不起咱，咱自己还看不起自己？挖煤怎么了？比别人矮半截儿？就欠给他们来次'能源危机'，就都把咱矿工当宝贝了！"说这话的，是燕南煤矿的采煤工辛小亮。他最容不得别人说他干的这一行不好。据说有一回，有几个姑娘下井参观，领她们下来的工会干事一边走，一边抱歉似的说井下条件如何如何不好，让她们留神。辛小亮听不入耳了，说："这儿又不是万寿山，不怕崴了西太后的脚！"把那位伙计憋了个大红脸。工友们笑他说："你呀，甭想得人家姑娘的欢心，就抱着井下这些风锤电钻的过一辈子吧！"可不，别人给他介绍了四五回对象，全是第一面就吹了。至于人家一听说是矿工，连面都不见的，那就没数啦。辛小亮呢，挺挺儿地戳在那儿，还是个一米八的大汉！甚至比从前越发骄傲，越发牛气起来了！特别是见了姑娘们，眼皮抬都不抬。食堂里卖饭的姑娘们，矿灯房里发灯的姑娘们，没有不怕他的。他太损呀。到开饭时间了，你窗口晚开了一步，他就在外面敲开盆儿了："卖饭呗！卖饭呗！……真他妈白吃饱儿！矿上养着你们干什么！干不了趁早回家抱孩子去！……"从井下出来，矿灯房的姑娘收他的灯，常来常往的，有时冲他笑笑。他反倒瞪人家："谁跟你笑，瞅你漂亮？！"一句话能把小姑娘噎出眼泪……这还不算什么。最气人的是，他给矿上的姑娘们起了不少"雅号"。这家伙聪明，外号一起就准。食堂卖炒菜的姑娘老板着脸，斜着眼睛翻人，他背后管人家叫"憎恨"。卖馒头的姑娘新近把头发烫成了"大花"，他就管人家叫"花卷儿"。

四号卖饭窗口的姑娘其实是很漂亮的一位,特别是那双漂亮的眼睛,水汪汪的,眼角微微向额上翘着,标准的丹凤眼。这位辛小亮倒好,偷偷叫人家"吊眼儿"……食堂的姑娘们早有耳闻,气得咒他"找一个丑八怪"!这可咒不着他,反正他是决心打一辈子光棍儿啦。其实小伙子也挺漂亮,乱蓬蓬的刺儿头下面一副白净的方脸庞,老爱眨巴着眼睛高声说笑,潇洒又粗犷。他干活儿不惜力不说,拿起什么活计都有点机灵劲儿。要是不犯"嘎",怎么也能交上女朋友的。谁知别人介绍了好几个,他死活不肯去见面了。这可把他妈急坏了。就这么一个宝贝儿子,眼瞅着连孙子也抱不上了。每次介绍人登门,总让辛小亮给噎走。他妈不知为这跟他抹过多少回眼泪,生过多少回气。有一回,他烦了:"妈,您别说啦,我这耳朵都起茧子了!我去见一面还不行!"他妈说:"你早明白一点,我给你准备八抬大轿!"他说:"那我可跟人家来实在的。"他妈说:"我让你拐骗人去了?"得,他这"实在的"可真够"实在"啦。一见面,女方说:"听说你在矿上工作?"他说:"是啊。"女方又问:"下井吗?"他说:"当然下井。"女方下一句话还遮遮掩掩的哪:"哪……现在井下安全搞得不错了吧?"这位辛小亮倒好,嘎劲儿上来啦:"不安全。净死人!我们矿上,净是寡妇!"这不是胡说八道吗!可他这招儿真灵,不但对象吹了,打这以后,介绍人也不大上门儿了,他妈更抓耳挠腮了。有什么办法!整天找茬儿跟退了休的老伴儿生气:"就知道喝茶喝茶,找那些糟老头子'敲三家儿''拱猪'……儿子的事你就屁也不放一个!还像个当爹的?……"辛师傅过去也是个老走窑的,少不了那份幽默劲儿:"那你说咋办吧。我这就准备绳子,你指点着,相中哪一位了,后半晌我给你捆一个回来……"

辛大妈心急火燎,见了家属区里"他婶""他姨"的,少不了唠叨儿子的对象问题。这嘴皮子是不会白磨的,这不,这天傍晚,热心肠的乔奶奶又上门儿啦。

乔奶奶住柳花台家属区,离工人新村好几里地远,一双"白薯脚"(雅称"解放脚")一颠一颠地赶来也真不易。辛大妈见乔奶奶一身新,心里就明白了几分,高高兴兴地招呼她进里屋喝茶。两个老太太在里面嘀咕了好一会儿,然后把辛小亮叫进来了。

"小亮,乔奶奶特意为你的事跑来一趟。我听着,那姑娘挺不错……"

"哪儿的呀?"辛小亮举起双掌,按住两边的眼窝,使劲儿揉着,又上上下下在脸上搓了好几把,撇嘴笑着,那样子活像开始犯困了。

乔奶奶说:"那姑娘过去在京棉三厂。这不,家里只剩一个老母亲了。调回矿上上班,照顾她妈。现今在食堂卖饭哪……"

"哦。倒近。"辛小亮还是一副睡眼迷瞪的样子。辛大妈恨不得过去给他一笤帚疙瘩。

乔奶奶笑了:"近还不说。那姑娘真不赖呢。听说在食堂得算顶漂亮的。双眼皮儿,细皮嫩肉……"

"得,得,谢谢您了!"辛小亮耷下眼皮,摆手把乔奶奶的话截住了,"乔奶奶,您快别说了。老远的,您跑这一趟也不易……真对不起您,我得扫您的兴了。我呀,您就找那些猪不吃,狗不啃,姥姥不疼,舅舅不爱的主儿介绍给我得嘞。您说的这位,咱消受不起。那是给矿上的小科长们啊,写材料的小白脸儿们啊,头头脑脑的儿子们啊预备的,咱可没那个福分……"

"你还不知道是谁,就……就把人家回啦?!"辛大妈火了。

"甭问。问也白搭。人家肯定看不起咱们。咱也不高攀人家。一见面准崩。让乔奶奶再白受累,咱也不落忍……"说着,他站起来,冲乔奶奶笑笑,走了。

"瞧这孩子!瞧这孩子!……"辛大妈气得直哆嗦,不知道该说些什么好。

"没啥!没啥!搞对象嘛,还不得由着他们?谁不得挑个可心的!强扭的瓜不甜……"乔奶奶是个开通人,咯咯笑着,深一脚浅一脚地走了。话是这么说,她这一路可犯愁啦,回去怎么回女方的话呀。姑娘是她老邻居孟家的闺女孟蓓,二十四岁了。前儿个,孟家老太太托她给闺女张罗,她一口应承下来了:"行,行啊大妹子。别人家的闺女咱不敢说,您这姑娘还愁找不着婆家?我包你得个满意的姑爷!"谁承想,第一个,就撞上了辛家那么一个嘎小子!怎么跟孟老太太说呢。说辛小亮连名儿也不打听,就一口回绝了?那可太伤面子了。大家闺女那么漂亮,漂亮姑娘脸皮子全薄啊……乔奶奶到底是乔奶奶,来到孟家,倒也没什么为难的了。她告诉孟老太太那小伙子并不合适,个头儿不高,脸庞儿也不精神,和孟蓓站一块儿不般配!"赶明儿我给您找个合适的!把咱家小蓓介绍给那个辛小亮,太亏!闹不好,见第一面下来,咱小蓓就得气得背过气去!"三言两语,把孟老太太说得乐散了架儿,既开心,又熨帖。等闺女下班回来还当笑话唠叨个没完。没想到闺女听了,却撇了嘴,气夯夯地把手里的茶杯往桌上一推,说:"都是您,都是您!多管闲事!"闹得孟老太太竟然摸不着头脑了。以前,她也给闺女张罗过,虽说闺女也不乐意让她管,可从来也没发过这么大的火呀。

　　孟蓓回到自己屋里，也奇怪刚才为什么要发那么大的火。慢慢的，她明白了，自己是在生辛小亮的气。俗话说，吊眼的姑娘难斗。这话不好听，可有点儿道理——丹凤眼的孟蓓确实不是那么好糊弄的！听妈妈一讲，她就明白乔奶奶在瞎说。辛小亮，她太认识啦！个头儿绝不低，脸庞儿绝不难看。哼，那家伙肯定说出了什么难听的话，乔奶奶回来不好一五一十地转达，找个话茬儿搪塞罢啦。她哪想到，孟蓓还没调回来时，就见过这位辛小亮。岂止见过，他肚子里憋什么坏水，对姑娘们抱什么态度，她都知道！

　　那是去年春节前，她从城里坐火车回矿，陪妈妈过节。车还没从永定门站开出的时候，她就听见靠背那边的座位上，两个小伙子在聊天。和自己一板之隔坐着的，是个高声大嗓的大块头，坐在椅子上很不老实，聊得高兴了，爽性用膀子一下一下地撞靠背，好像浑身有劲儿没处使。有时，他仰面大笑，把那支棱着又粗又硬头发的后脑勺倒过来，头发触到孟蓓的头上，气得她躲了好几回。他对面坐着的一位，是个"活宝"，岁数小，声音细，不断和自己的朋友开玩笑。开始，孟蓓倒不注意他们聊些什么，只听他们讲什么"到北京钓鱼"啦，"鱼没钓着，惹一肚子气"啦。孟蓓心里奇怪："大冬天的，到北京钓什么鱼！"听着听着，她捂着嘴偷偷笑了：什么"钓鱼"啊！敢情这是矿工的"行话"，说的是"交女朋友"！孟蓓是从小在矿区长大的，还没听过这么个讲法儿哪！再听下去，那粗声大嗓的小伙子在讲"钓鱼"的经过。那个"活宝"呢，不时地插科打诨，逗他。他们的话，惹得孟蓓好几次险些笑出声儿来。有一次，她实在忍不住了，装作取开水，跑到车厢间

丹凤眼

383

的过道儿里，笑了好一会儿！

"瞧瞧，为这么一趟，我妈忙活得骨头都酥啦！逼我穿上这么一身不说，还教我哪：到了北京，别露怯，显出咱没见过世面。记着，人家爸爸是煤炭部的干部，你可别叫人家'大爷'，得按城里的规矩，叫'伯父'……"

"嘻嘻……"大概是"大块头"学他妈的口气学得太像了，"活宝"笑起来，"结果怎么样？一进人家门，舌头就转筋了吧？"

"瞧你，咱窑工让人瞧不起，可并不是武大郎卖豆腐，人厌货软！到了她家，咱也不卑不亢，人模狗样的哪！"

"得得得，牛气不小，怎么灰溜溜地回来了？"

"灰溜溜？告诉你，别说她长那模样儿咱不待见，就是天仙似的，我也不要！"

"狐狸吃不着葡萄，说葡萄是酸的。"

"烂葡萄！哼，见一面不要紧，得做几天噩梦，折我十年寿！……八成是城里找不着人家了，处给我啦。可她家老头儿老太太还觉着便宜了我这个傻小子哪！亏那老头子还是煤炭部的，把咱窑哥们儿挤对得够呛。说什么'过了三家店，家雀儿都是黑的'，还说'你样样都好，就是工种不好'。又吹牛，说马上要想法子把我调出井下……把我气得鼓鼓儿的，心说：你们倒样样都好，就是心眼儿不好！良心大大地坏了！要不碍着介绍人的面子，不损他两句才怪！……"

"对！""活宝"也不禁义愤填膺了，"老弟上刀山下火海，也得给你奔个媳妇来。明儿还给他们送喜糖去，气他！"

"算啦，别气我了！我打一辈子光棍也不找啦！……那些女的，没几个不势利的！"

"你还是认尿了！尿！尿！"

"尿？我出气了！临走，趁屋里没人，顺手把身边的暖气给他关了！把旋钮摘下来，出门又扔回他家报箱了！别看你是煤炭部的，冻一宿吧！……"

"哈哈……"

两个人又笑起来。座位的靠背又让那个"大块头"撞得"砰砰"响。

就这么着，两个小伙子简直像在说相声，你一言，我一语，聊了一路。孟蓓呢，也偷偷听了一路。她挺爱听，常常忍不住想笑。可有时却又气不过——他们也太伤众了，常把那些轻蔑的话推而广之，对女同志有一种令人不能容忍的偏见。要是在自己工厂里，熟人中间，孟蓓肯定要站起来，唇枪舌剑地回击了。哼，你们男的就那么好？她也可以举出好几例，证明有不少趾高气扬的小伙子，瞧不起她们纺织姑娘呀！想是这么想，她还是蔫蔫儿地靠在那儿听着——甚至靠背被撞得最厉害的时候，她也没有什么抗议的表示。

车到燕南煤矿，孟蓓下车了。没想到他们也在这儿下车。听到有人和他们打招呼，孟蓓一下子就记住啦。那个"一肚子坏水"的大块头叫辛小亮。那"活宝"呢，叫赵涛。

这以后没多久，孟蓓就从城里调到矿上了。辛小亮在矿上是个人人瞩目的人物。他的大名经常在矿上的广播喇叭里被喊出来。超什么纪录呀，战什么险情呀，这就不必说了。就是在工会组织的摔跤比赛场地上，他也是观众们崇拜的勇士。更何况他尽在卖饭窗口外喊"白吃饱儿",孟蓓能不一下子认出他来!

孟蓓是个自尊心极强的姑娘。一瞧见辛小亮,她就想起火车上那一段,心里一直气不过——他太狂了!太看不起女同志了!可她还是原谅了他。谁让姑娘们中间,确实有那种势利眼呢。在矿上时间长了,从女伴们那里听说了好多矿工搞对象的"趣闻",其中当然也有辛小亮的事,心里对他倒有几分敬畏啦。以至听说自己也被起了外号,她还是微微一笑,只是心里说:"哼,你这就算男子汉啦?也就给人起个外号,出出气。连个知心的人都找不到!"……可这一次,孟蓓是大大生气了。她坐在床上,靠着被子垛,猜想着乔奶奶怎样去辛家,辛小亮怎样冷言冷语。哼,他那一翻一翻的眼皮子怎么动,孟蓓都猜得出来!

……这天晚上,辛小亮躺在床上,倒还和往常一样,鼾声如雷。他根本不知道,并且也不想知道自己一口回绝的,是食堂的哪一位姑娘。"真是那么漂亮?她叫什么名字?……"这样的念头他闪都没闪。高高兴兴地去看了一晚上电视,十点钟回来,扒衣上床,进入梦乡。他更不可能想到,几里地以外,柳花台家属区,有个姑娘为了他直到半夜还没睡着。别看她眼角向上翘翘着,嘴角也向上翘翘着,笑模笑样儿的。她在咬嘴唇,小酒窝一跳一跳的——气得够呛呢!

孟蓓这姑娘可不是那么好惹的。别瞧他辛小亮气粗如牛,买饭之前还是敲盆敲碗、没心没肺地捣蛋,孟蓓反正盯上他啦。结果怎么样?没过几天,孟蓓站在窗口里就把辛小亮给治了,治得服服帖帖!你说邪不邪?

第一次,就是辛小亮害得孟蓓半宿没睡着觉的第二天,中午开饭的时候,辛小亮排在四号窗口买米粥和炸糕,巧巧儿赶上卖饭的是孟蓓。

"二两粥,四个炸糕。"辛小亮把大搪瓷碗递进了窗口。

"当……当……"铁勺碰得碗底脆响。二两米粥盛上了。"砰",放在窗口台儿上,热腾腾的米粥一涌,险些溢出来。

"拿着!"四个炸糕捏在孟蓓手里,伸了过来。

辛小亮只拿来一个碗,已经盛上了粥,如果接过炸糕,又怎么腾出手来交饭票?"搁这儿!"他把两根筷子架在粥碗上。

孟蓓眼帘一挑,瞪了他一眼,把炸糕往两根筷子中间重重一搁。筷子"当啷"滚下粥碗,四个炸糕一下掉进了粥里。

"啧啧啧,怎么搞的,你怎么搞的!……"辛小亮急得把脑袋伸进了窗口,用嘴吮着漫出碗沿儿的稀粥,烫得他不时唏嘘着。

"你干什么吃的!……我不要了!不吃了!……这叫炸糕吗?成元宵了!……"辛小亮气得喊起来,"退你吧,我不要了!"

看着他那狼狈样儿,孟蓓扑哧一声笑了。又抿起嘴,丹凤眼里闪着开心的光:"得啦得啦,凑合吃吧,下次多拿个碗来……"

"真是白吃饱儿!连个炸糕都不会放!我不要了!……"辛小亮还是怒气冲冲地喊着。

孟蓓呢,眼角也像在笑,嘴角也像在笑,还是轻轻的声音:"谁让你用的是圆筷子。要用方筷子,也接住啦……吃吧,去吃吧,吃到肚子里还不是一样?……"

唉,再发火,有什么意思呢。辛小亮气得咽下一口唾沫,端着"粥泡炸糕",走了。

食堂就那么几个窗口,卖饭的也就那么几个姑娘。想买饭,又

丹凤眼

不想碰上那一位，这是不可能的。何况辛小亮根本没想到孟蓓会成心治他。这么着，在窗口遇见，可不止这一次啦，孟蓓对辛小亮的怨气，这一次也没出够哪。得，这以后，辛小亮只要买饭撞上孟蓓，不是豆腐脑里多搁了卤，咸得没法儿下嘴，就是要吃白菜，她给盛了西红柿，进了饭碗，不端走还不行。有时候，辛小亮是哑巴吃黄连，有苦难言；有时候呢，站在窗口，七窍生烟地嚷嚷一通。可气的是，孟蓓还是第一次那个劲儿，不跟你发火，反倒挺得意，笑模笑样儿，细声细气的。辛小亮还是只好一走了事。

辛小亮哪受过这个呀！三次两次，他坐到饭桌前嘀咕开啦："我怎么她了？她干吗净跟我过不去！……"

"你净喊人家'白吃饱儿'，又叫人家'吊眼儿'，不治你才怪！"赵涛——就是孟蓓在火车上也见过的那个"活宝"，眨巴眨巴眼搭话了。

"可前几天还挺顺的哪，怎么……"辛小亮还是丈二金刚摸不着头脑。

"行啦行啦，包在我身上。'情报局长'给你调查调查去。"别看赵涛人不大，可猴儿精猴儿精的，几十里矿区，几乎没有他不认识的人，没有他没去过的地方。自封"情报局长"，是当之无愧的。

果不其然，两天以后，赵涛的"情报"回来啦。

"你得罪人家了。"他绷着脸，神色严肃地说。

"狗屁！我看都没多看她一眼！"

"嘿嘿，就为这个！……是俱乐部老杨头儿告诉我的，你把人家晾啦！……"

天哪！辛小亮一下子明白了。俱乐部老杨头儿就是乔奶奶的老伴儿。敢情乔奶奶那次要给他说合的,"食堂最漂亮的姑娘",就是孟蓓!哈哈,自己当初连个名字都没问,现在才知道!他拍拍脑门儿,嘿嘿笑起来,捶了赵涛一拳,把座椅晃得"吱吱"响。可慢慢的,他不笑啦,心里总有点疙疙瘩瘩的,一肚子心事。说实在的,这也是个聪明小伙儿。他寻思着,我那就得罪她了?至于吗?我当时说啥来的?说啥了?哦,——我说她"是给小科长、写材料的小白脸儿、头头脑脑儿的儿子预备的"。是为了这句话?不,乔奶奶不会把这话传给她呀!哦,是因为说了"人家看不起咱,咱也不高攀人家"?……总之,辛小亮心乱啦。"敢情是为了这,得罪她了?那怎么才算不得罪她?"他想这些的时候,眼前闪出一个卖饭窗口,里面有孟蓓那含嗔带怪的眼梢、嘴角,又有孟蓓"治"了他以后,那得意的笑……这里面,好像都包含着一种难以言传的深意啊!

小伙子们哪,你们谁也别夸口自己有"坐怀不乱"之勇,看看你们的血性男子汉辛小亮吧,当他从疑惑中恍然大悟,又渐渐品出一点儿味来的时候,竟也忘了自己所固守的对女同志的偏见,从吃"粥泡炸糕"开始,回味起每一次被"整治"的细节来了。虽说只有那么三两次,却被他反复咀嚼。他骂了自己多少遍"没出息",也没用……

这天,他又去四号窗口买馄饨。看见孟蓓在窗口里面,隔着五六个人,他的心就开始怦怦跳了。他要了二两馄饨。虽然还是装出平常那种不经意的样子,眼睛却偷偷瞟着窗口里那顾长的身影。雪白的工作服很合体,衬出她圆圆的肩头。松润的鬓发被身边电扇的风吹得飘飘忽忽,有一绺搭在她上翘的眼角上,她抬起右臂弯，灵巧地向上一抹，然后把手里的铁勺一挥，"当"，馄饨盛在左手的搪瓷碗里。

"两毛五。二两。"她和以往一样，重重地把碗放在窗口，眼睛毫不躲藏地盯着辛小亮，紧抿着小嘴，下唇轻轻地一努一努。

辛小亮慌慌张张地找出三毛钱饭票。她接过来，找回五张"一分"，往窗台上一扔。"呼"，电扇吹来一股风，把三张饭票吹进了辛小亮的馄饨碗里。"哎呀！"她肩膀一耸，眼睛一闪，做了个怪样，又扑哧一声笑了，脸红红的，伸手把饭票捏了出来。"不脏，不脏！……"她的眼睛还是大胆地朝小亮望着，"你骂我吧！"那眼睛好像在祈求。"你才不会骂呢！"那眼睛又有几分得意。

要是以往，辛小亮不又得暴跳如雷才怪！可现在……

"唉，也就是赶上你了！"辛小亮瞪着她，做出一副无可奈何的样子，苦笑着接过换给他的干净饭票，端起了饭盆。

身后，传来那姑娘的笑声，这是从心里冲出来的笑。吃馄饨的时候，他几次把勺子送到鼻尖上，心里又暗骂起自己"没出息"来啦！

这往后，辛小亮真的"没出息"啦。排队买饭，不喊了，不闹了，老实得像根木桩子。赶上孟蓓卖饭，一站进队，脸就红。这些，瞒谁也瞒不过赵涛——他老跟在他后面呀。得，这小家伙故意用话撩拨他啦："小亮，怎么如今老实了？不喊'白吃饱儿'了？""你没喝酒啊，脸红什么？"……到了饭桌上，赵涛更少不了拿他开心了。小亮端起了粥盆，赵涛问"香不香"；小亮摘下帽子，赵涛问"热了吧"；小亮吃完了，赵涛指着盆底儿说："还不刮干净点儿，多香甜的棒子面儿呀！"……辛小亮把他推一边去了："滚滚滚。"

赵涛还有"杀手锏"哪："怎么，过河拆桥啦？你还有用得着我'情报局长'的时候！……"

可不是！这天上早班，汽笛快响的时候，赵涛来了，兴冲冲地跳进小亮坐的人行车里，得意扬扬地说有"最新情报"，然后，忍不住举起手里的镐把儿，往小亮的玻璃钢帽盔上敲："太开心啦！太开心啦！……'吊眼儿'……哈哈，真妙！……"往常，赵涛有了那么一点点关于孟蓓的"情报"，且卖关子呢，非憋得辛小亮心痒难熬才说出来。可今天，他根本没心思卖关子啦："这是第一号'情报'，第一号！"

"得得得，今晚夜宵店不开门啊。"——赵涛平常净拿孟蓓的一颦一笑当"情报"，拉小亮去夜宵店敲竹杠。

"我请客！"赵涛举手打了个响榧，"孟蓓给胡连国来了个大窝脖儿！……你当只是你的胜利？这是咱窑哥们儿的胜利！"

胡连国是劳资科长胡玉通的儿子。本来和小亮他们一样，是燕南矿的井下工人，可他爸爸让他"支援"了燕北矿，一换了单位，就成了科室干部，不再下井啦。兄弟矿嘛，劳资科也互相协作得不赖。

胡连国追孟蓓了？辛小亮还是第一次听说。

"他托膳食科的一位副科长去说合。还说矿长办公室的打字员考上大学走了，正要补一个。透出那口风不说你也明白啦！……你猜孟蓓怎么回答？你猜不着！"

"还不美得屁颠儿屁颠儿的！"辛小亮说。

"去去去！"赵涛一挥手，"人家孟蓓问了一句：'他爸爸今儿晚上要是咽气了呢？我靠谁去？！'哈哈……"

"呜——"汽笛响了,人行车"咣当咣当"起动了。赵涛凑到小亮耳边,在轰隆隆的巨响里高声喊道:"她还说啦,科长的儿子,又是科室干部,咱可攀不起,要是个井下工人嘛,差不多……这可是重要信号,重要信号啊!"说完,他又向后一躺,双腿掀起老高,开心地笑着。

"真是笨蛋!放着打字员不干,还挺爱卖豆腐脑……放着白脸儿不爱,爱黑脸儿!"辛小亮摆出一副漠不相干的神情,冷冷地笑着。

其实,赵涛早把他琢磨透了:"别猪鼻子插葱,装象了啊!"他捶了小亮一拳,放开喉咙,反复唱着《解放军进行曲》的第一句"向前向前向前",在奔驰行进的人行车里晃着。

平常下班以后,辛小亮的眼窝里,鼻翼边,总带着黑印儿,这是他在浴室里用十几分钟"结束战斗"的标志。可今天,他足足在喷头下面耗了半个小时。下午回到了家,按惯例,晚饭应该在家吃的。可今天呢,他没魂儿了似的,终于跑到邻居家,给妈妈留下话,说矿上有事,走了。什么事啊?就是到矿上食堂吃晚饭——孟蓓在四号窗口卖饭哪。吃完了晚饭,心神不定地在山谷里转悠了好久,十点多钟,又进食堂吃了一顿夜宵——也就是说,这一天,他吃了四顿饭。食堂要是不关门,恐怕他还得去吃第五顿!害得他妈白白往商店转悠了一下午,买回来那么多好菜,预备着给他过生日!

用赵涛的话来说,自从辛小亮接到了"重要信号",就有了十大变化。第一,绝口不提"吊眼儿"这个外号了。第二,晚饭也在食堂吃了。第三,专爱买四号窗口的饭。第四,吃饭愣神儿。

第五，也不提什么"打一辈子光棍儿"了。第六……赵涛真不愧是"情报局长"，算是把小亮的心思摸透了。"伙计，咱平常挺冲的啊，这会儿还等什么呢！没胆儿就说一声，老弟撕破脸皮，帮你上门问她愿意不愿意！"这话不假。辛小亮平常对女同志耍横犯嘎，真到了这节骨眼儿上，什么招儿也没啦。赵涛看着费劲儿，倒比小亮还急三分："咱矿工搞对象，是'集体'搞哪！找着一个有眼力的姑娘，不易！"他捋胳膊挽袖子，"反正我是完啦。倒八字的眉毛，绿豆眼儿，又摊上干的这行当，一辈子没人跟！可我小亮哥该有个好媳妇啊，多精神的小伙儿，谁看不上他谁瞎了眼！……"这小伙子在井下干了几年，讲起话来总是充大，学老窑工的口气，未免粗俗。可他确有一种为了他小亮哥两肋插刀的侠气。

几天以后，辛小亮休假。这天赵涛也歇了。午饭时，他来得很晚，卖饭窗口前，已经没什么人了。赵涛到四号窗口买了饭，靠在一边，歪着脑袋，对里面的孟蓓说："给你们食堂提个意见，行不？"

孟蓓一看是他，心想："你也是提意见的人？憋什么坏哪！"她说："有意见找科长提去。"

赵涛说："我专给你提的！听说你还得头等奖金呢，我们班的辛小亮病了好几天，想吃点可口的东西都没有！你没见他一天往食堂跑好几趟！"

孟蓓的脸红了："去去去！谁病了都管，就他病了活该！"

"当真？"

"当真当真当真！"孟蓓的声音又甜又脆，"告诉他去吧，活该！"

393

赵涛端起饭碗,"咳"了一声,装一副丧气样儿,心里却偷偷发笑。三口两口扒完了饭,他又到了辛小亮家。

"辛小亮,今儿下午别出门啊。在家等着,有重要的事。"

"什么事啊?"

"党委书记找你谈话。"

"我?我怎么了……"

"你好哇!……一会儿就知道啦!"

他穿着白背心,手里摇着脱下的衬衫,风车一样地转着,跑了。他跑进家属区的小酒铺,买了一升啤酒,一碟香肠:"哼,今儿要不是他得在那儿等着,非逼他请客不可!"

且说孟蓓轰出了赵涛,站在卖饭窗口里愣神儿。你可不知道,姑娘们都有一种特殊的敏感,从小伙子的一缕眼神里,也能看出此中的深意。更何况孟蓓这样的,从纺织厂的姑娘堆儿里出来,又精明得不饶人的姑娘!辛小亮心里哪怕打起一个浪花,也逃不过她的眼睛。开始,她多开心哪,降伏了这个狂气的小伙子,出了一口气,真是太棒了!到现在,她忽然明白:天哪,到底谁降伏了谁啊!你为什么老希望他站在你四号窗口的前面?你为什么在"治"了他以后,总后悔自己太泼辣,总想:"人家讨不讨厌你?"……爱情这东西,真是太神秘了。我敢说,不管是诗人还是心理学家,他们给爱情下的定义远没有真正的生活来得微妙。孟蓓当然深深地爱上了那个"大块头"辛小亮,可到底是从哪一天开始的?她也说不上。也许,是在火车上,第一次见面,听了他那些让人笑破肚皮的谈话之后?……可是刚才,听了赵涛一番话,孟蓓的心里又"骂"上辛小亮啦!她知道赵涛是辛小亮的哥们儿。哼，鬼知道是真病假病！真病，找我干什么？想吃可心的东西？回家去呀……一天往食堂跑好几次，不是心病才怪！……想着想着，她的脸一直红到眉梢，抿嘴儿想乐：这会儿就不充好汉了，还得派个传话的来。我非去给你治治这个"病"不可！

这一下午，辛小亮真听了赵涛的话，老老实实地在家等党委书记啦。听到有人敲门，开门一看，是孟蓓，这才明白赵涛那家伙把自己骗了。当然，这比门口站着党委书记可招人高兴多了。可这……这也太突然了。他心慌意乱，舌头打不过卷儿来。

"……哦，是你！……你，干什么来了？"问完这句话，心里一个劲儿后悔。这样问，太失礼啦。

孟蓓呢，望着他，一笑，不答，坐到椅子上，眼睛往四处打量："听说你病啦，饭也吃不下，觉也睡不好。是真的吗？……"

"胡说！"虽说辛小亮这两天真的茶饭不思，他才不会嘴软呢，"我睡得香着哪！一天吃一斤六两，活得舒坦着哪！"

孟蓓从鼻子里"哼"了一声，亮晶晶的眸子往他身上一闪："这可是你哥们儿赵涛说的。还把责任推我们食堂的人身上，说是吃得不可心儿啦什么的……说你一天进五六回食堂，还是不可心儿……"孟蓓忍不住从嘴里喷出笑来。

"你听他的？听他的……"他说了半句，把后半句咽下去了。他本想说"听他的两口子都得分家"，又觉得这么说好像有点儿那个，他"呃呃"了两声，什么也说不出来了。

"真的没病？"孟蓓就差过去捶他了。

"我从来没有像现在这样，活得自在，过得滋润！"

该死的！孟蓓气得哭笑不得！过去在纺织厂里听姑娘们议论，

到这个份儿上，再硬的小伙子也得露点儿声气儿了，说自己"睡不着觉"啦，"吃不下饭"啦。可他……有什么办法！孟蓓几乎拔腿要走了！哼，过得滋润、自在，一个人过去吧！过一辈子！……姑娘的心还是硬不过小伙子，你信不？这不，孟蓓没走。坐在那儿，挺尴尬，她还是红着脸，东问一句，西扯一句。她心里想，哼，再坐十分钟，你要是还装傻，我就走，再也不理你，看你怎么办！……十分钟到了，她又想：再给你五分钟，该死！……

辛小亮和孟蓓在屋里坐冷板凳。这屋子对面，辛家的小厨房里，可紧张着哪。孟蓓刚进屋没多一会儿，辛大妈就买菜回来了，还从菜市场拽回来一位，就是上回要把孟蓓介绍给小亮的乔奶奶。一路上，辛大妈搀着老太太，千般感谢，万般道歉，骂自己的"犟头"儿子，最后无非还是那句话：请乔奶奶别见怪，再给小亮张罗一个。两位老太太你搀我扶地到了辛家，正待进门，听见里面有姑娘的声音，隔玻璃窗一看，乔奶奶忙把辛大妈拉一边去啦。

"可了不得啦，大妹子！……咱们操的哪门子闲心呀，你们家小亮这不都搞上啦……"

"搞上了？谁呀？"

"就是上次我要说给他的孟家闺女呀！……啧啧，人家敢情是秘密接头……"乔奶奶咯咯笑着，用手捂着腰，生怕笑岔了气。

辛大妈还想凑窗户上看个仔细，让乔奶奶拽到小厨房去了："别添乱！咱们七老八十的，一边待着去！"

这么着，两位老太太在小厨房里躲了老半天啦。

小厨房里还生着火炉，又赶上夏天，闷在这里可不算个事儿。这倒是次要的。主要是辛大妈着急呀，开始还听见那姑娘在笑，怎么一会儿没什么声儿了？辛大妈一个劲儿催乔奶奶一块儿看看去："您可不知道，我那嘎小子动不动就犯犟，咱们在旁边待着，别让他把人家姑娘给欺负了……"三说两磨的，等到乔奶奶经不住厨房的热劲儿，也就跟她一块儿去了。

两位老太太进了门，算是把屋里的别扭劲儿冲开了。可乔奶奶三句闲话没完，就点上正题啦，这可把两个小年轻的臊个大红脸！

"好小亮！我看你上次扬脖儿挺胸的，也是个发誓打一辈子光棍儿的好汉，敢情瞒着你乔奶奶哪！你不是要那猪不吃、狗不啃的主儿吗？我们孟家的姑娘可金贵哪，人家跟你？！……"

"乔奶奶，您……您扯哪儿去啦！"辛小亮一个劲儿挤眼睛。

"甭做鬼脸儿！那我也得揭发你！……"乔奶奶又转脸对孟蓓说，"话又说回来。这个小亮呀，除了犟，样样都好。你看看，我跟你妈说的不差吧，个头儿又高，脸庞儿又精神……你们站一块儿，真是好好的一对儿呢！……"

孟蓓气得直瞪对面的辛小亮。谁让她天生一副笑模样儿呢，像生气，又像笑。

这么着，这层窗户纸，让乔奶奶给捅破啦！辛大妈根本没听见乔奶奶唠叨啥，只是上上下下起劲儿地端详眼前的姑娘，乐得拢不住嘴。

"搞对象有闷在屋里搞的？这么好的天儿，俱乐部又有电影……"乔奶奶俨然是权威的介绍人的口气了，"去！到俱乐部去。跟我们家老头子说，是我让你们去的，给找两个座儿，看电影！"

不知是乔奶奶的命令有威力，还是人家两个年轻人各自有心。他们红着脸，一人撑一把伞，走啦。乔奶奶真会说话：多好的天儿——凉丝丝的雨点儿漫天飘着哪……

看着两个年轻人走了,乔奶奶的得意劲儿还没过去:"昨儿矿上李书记见了我啦。问我:'乔老太,听说你净忙活着给青年人拴对儿啦。'可把我吓坏了。我说:'李书记,这没啥错误吧?'李书记乐了:'怎么是错误!那么多安心为四化挖煤的好小伙儿没人认,你给引荐引荐,让那些姑娘们知道,小伙子们心里都有宝啊!'……嘿嘿,我这个人呀,越说我胖,我越鼓腮帮子。这不,昨儿晚上就跟我那老头子说了:'你那俱乐部得给我配合!凡是我介绍去的小伙子和大姑娘,你得保证人家两个人看上电影!'谁想到,小亮他们成第一对儿啦……"

乔奶奶一边说一边乐,转脸一看,辛大妈竟笑着抹上眼泪儿了。"哟,大妹子,这是怎么啦?"

辛大妈说:"我先寻思着,小亮这行当真干错了,得打一辈子光棍儿啦,谁承想找着了这么好的一个姑娘……"

两位老太太闲扯这当儿,孟蓓和辛小亮已经走上永定河畔的马路了。

"这个乔老太太,真没治!"辛小亮嘿嘿笑着,又偷偷斜眼瞟孟蓓。

孟蓓瞪他:"你才没治呢!"

"哟,我怎么啦?"

"你干的坏事还少?"

"我干什么坏事啦?"

"自己想想!"

辛小亮挠挠后脑勺,好像想不起来。

孟蓓站定，把自己举的伞收了，说："过来。"

辛小亮乖乖儿地举着伞站过去了："你今儿成心给我摆什么谱啊。瞎折腾！"

孟蓓说："不让你请罪就美了你！"

"我到底怎么啦？"

"你都说了我什么坏话？老实交代！"

"没有哇。"

"装得多像！"

"我说什么来着？你倒给我提个头儿。"

"你说我眼睛来着……"

"眼睛？眼睛……"辛小亮脖子一缩，眼睛一眯，鼻子一耸，坏笑起来。他瞟着孟蓓那俊俏的微翘的眼角，"我说你是丹凤眼啊……要不，要不怎么看着我那么……顺眼呢。"

"鬼！谁看着你顺眼！鹰鼻鹞眼，长脖鹿的个头儿……"孟蓓好像不把难听的话全发泄出来不足以平"吊眼儿"之恨。终于，她也忍不住笑了："也就是啊，有一点还像个人样儿！"

"哪一点？"

孟蓓挨他近近的，轻声说："你呀，也就是还算是个男子汉！"

…………

1980 年 6 月

盖 棺

盖棺论定，又叫"盖棺事定"。发明这句成语的"专利"，大概得属于一千几百年前一个叫刘毅的人。他说啦，大丈夫的踪迹，可不敢随随便便混在小人们中间，"盖棺事方定矣"！这以后，唐、宋、元、明、清，文人墨客，征引不绝。"盖棺论定"这句话也就传播开去，一直流传到今天了。

话又说回来了。"盖棺论定"，人人都得有这么一天，可不是人人都能留心这件事的。大凡那些留心的人，都得是些有脸面的人物。古时候，起码得是文臣武将。"文死谏，武死战"，皇帝给赐个谥号，耀祖光宗，荫及子孙。现今呢，起码也得是个"革命人物"吧，盼着追认个党员啦，宣传个事迹啦，当然，这可不该和古事同日而语。可不管怎么说，那些盖了棺，值得论一论的人，那些赔一辈子小心，为了这一"论"的人，都不是凡人。像咱这样的草民，顶多了，盼个寿终正寝。再想得远一点，也就是忘不了叮嘱儿子们一句：多咱看着我一闭了眼，千万得先去奔条"礼花"过滤嘴烟。待火葬场的人来了，一人给递上一盒，（一支可不行！）免得人家往车上搭死尸时，故意抡起来摔，给你脸子，你该不好受啦！至于什么"盖棺论定""显声扬名"，咱哪懂啊。知道有那么一档子事，想，也是傻想；论，也没啥可论的。

这不，矿医院门前小小的空场上，就摆着两口棺材。棺材倒是一模一样的：料是红松的，四寸板子，上了三道青漆。可棺材里躺着的人就不一样。一位，就算得上个有脸有面的人物：活着，入党申请书没断了写，啥时都能显出他的觉悟来。死了，据说也死得不庛。另一位呢，难说啦。这，您看看外场儿也能琢磨出一二来。看看人家东面那口棺材，摆着四个大花圈：党、政、工、团，一部门一个，金花银枝翡翠叶儿，多气派！西边这个呢，以组织名义送的花圈只有一个——工会送的。东边的花圈上写着："凌凯同志永垂不朽！"西边的呢，"悼念魏石头同志"。虽说这两种写法实质上没有什么高低之分，可在山里人们的眼里，一个"永垂不朽"要比一般的"悼念"高好几格儿哪。东边棺材里那位死了以后，人们都说："哎呀，可惜可惜！年轻轻儿的，多有前途的小伙子，可惜！……"西边这位呢，大伙儿的说法就不一样啦。有的说："唉，早知他落到这一步，不该拿人家开心。"有的却说："唉，这下子，他们班组里开心的老头儿没啦……"再看看，人家凌凯的丧事惊动哪儿了？党委会！有人提出来，是不是有必要追认个党员啊？还有人说，应该总结事迹，号召学习……用句老话吧，虽是年轻早夭，功未成，业未就，可也算是"全了名节"。可这位魏石头的丧事呢，工会给办的。倒也忙得工会主任脚丫子朝天。忙什么？琢磨着怎么对付他老伴呀。你可不知道，但凡死者家属是上岁数的，又没文化，十有八九难对付。几年前也死了一个老工人，他老伴提了十大条件，解决不了，那老太太不知跟谁学的，找了根竹竿儿，每逢开饭，必站在食堂卖饭窗口外边，把竹竿儿捅进窗口扎馒头出来吃。吃饱了，喝足了，又到工会主任家去，躺炕上打滚。闹得主任恨不能去坟地也给自己刨个坑儿！这一次，魏石头的老伴也是五十出头，农村人，没文化，又率领着三个吱哇喊叫的孩子，好对付得了？……

这位说了，你领着我们围着这两口棺材唠叨半天，除了给我们添恶心，还要干什么呀？您别急。我这不是等着开追悼会哪。站在棺材前，一会儿是魏石头，一会儿是凌凯，他们的模样儿老在我眼前闪。我怎么也忍不住琢磨、寻思。渐渐的，倒好像能从中悟出一点做人的道理。

就说魏石头吧，年轻时候，机灵得也不让人。好喝两盅儿，更好找那些唱小曲儿的，往人家手心儿里搁上俩铜子儿，点段"莲花落"听。什么"郭巨埋子"呀，"王员外休妻"呀，听得多了，到临解放的时候，竟也成了昌顺煤窑窑哥们儿里头说古论今的人物啦。解放没几天，军代表来到他住的锅伙儿："魏石头，学习去吧！"魏石头说："学习？学什么习？"军代表说："上北京学习，回来当干部，管矿山。""咱可干不了。"魏石头呵呵憨笑，支吾了一会儿，又说，"再说，再说我……我也没裤子……"别笑，这可是真话。旧社会过来的窑工，找条齐整点儿的裤子都不易啊。魏石头哪年不是披着洋灰纸袋子，围着锅伙儿里的火盆过冬的？到北京学习，腿上裹着碎布、烂纸，行吗？也巧，魏石头的拜把子兄弟刘志在旁边呢，他有条裤子——好不了多少：一条麻袋筒子，下边裁去个三角叉子，缝缝连连，也算是条裤子吧。刘志说："魏哥，穿我的去吧。"魏石头说："算啦，再把我身上裹的这些捣腾给你，一丝一缕的不又得折腾上半天？你有裤子，你去算啦！"这么着，刘志去了。后来呢，人家刘志成了矿长啦，魏石头到死也是个工人。你看看，就差那么一条裤子，差多大事！人要混得好，机会太重要了不是？

　　魏石头的"终身遗憾"，倒不在没当上矿长。当官当工人，他根本不当回事。倒是那些拿他寻开心的人常把"一条裤子"的事挂在嘴边上。唉，要是光凭一膀子力气，一门子实心眼儿就能当个好工人，魏石头还是能活得有滋有味儿的：抱着电钻较劲儿，汗珠子顺脊梁沟流；端着酒盅，咿咿呀呀唱小曲儿……可那是乍解放时候的事，如今不行了。心眼儿没点子活泛劲儿，脑袋像块榆木疙瘩不开窍，你就等着吃亏遭罪，当人家笑料吧！这位要是稍稍熟识魏石头，又要跟我抬杠了。说魏石头心眼儿怎么不灵便了？他干啥不是把好手呀？就说跟形势，人家也跟得紧啊，不是人送外号叫"老变"吗？是啊，他倒是叫"老变"。变什么呀？就他在嘴边上哼唧那句小曲儿的唱词儿老变。解放前他不是听过不少"莲花落"吗？没有音乐细胞，只学会了哼唧那么一句，就是《白蛇传》里"许官人是白娘子的好夫婿"那句。干活儿干在兴头上，冷不丁儿他就吼出来了，不留神还得让他吓一跳。老是这么一句，渐渐也没味儿啦，他居然试着变了一下。当年，矿上的书记是李必显，他按着原调儿，把"许官人是白娘子的好夫婿"唱成了"李必显是焦裕禄式的好书记"，越发自得其乐了。这句词儿唱到一九六六年秋天，有个留心的人告诉他："别唱啦。李必显打倒半个月了，还唱哪！"魏石头这才恍然大悟。那会儿"革委会"主任是金卫东，魏石头寻思着，这会儿金卫东代表党啦，就把唱词儿里的"李必显"改成了"金卫东"。人家说："不行。焦裕禄也打倒了！"这麻烦啦！

盖棺

慢慢儿的，知道有个英雄叫李文忠，也不管人家是干什么的，唱成"金卫东是李文忠式的好书记"了。往后，工作组、夺权、批资反路线……上台，下台，走马灯似的，哪个不是"党"号召的呀。魏石头便无师自通了。等到军宣队来了，队长是席凤江，魏石头嘴里的小曲儿很快就成了"席凤江是门合式的好书记"了。这么着，魏石头得了个"老变"的雅号。您这位"老变"光会变一句唱词儿可不够啊，可魏石头只会这么一手。这要比起东边棺材里睡的那位凌凯来，可差一大截子啦！看看人家凌凯，来矿才四年的学生，二十多岁，要是不死，过不了三个月，就是宣传科的副科长了。这一死，排场比你干了几十年的魏石头怎么样？人家的功夫在那儿哪！

凌凯来矿不到一年的时候，给矿上写材料就能写出"花儿"来，这谁比得了？光他给党委书记写的三份材料，就使这个矿的书记一下子成了全局顶红的干部。譬如吧，赶上批"克己复礼"了，书记的讲话稿里就有这么一段："小时候我给资本家打杂工，有一次端茶倒水时，把茶壶嘴儿对着资本家了，他把我打得死去活来呀，说我犯了'礼'了。同志们，你们看看，克己复礼，复的是什么'礼'？是吃人的'礼'！害人的'礼'！血淋淋的'礼'啊……"又譬如吧，"新沙皇"入侵了，书记的讲稿里又有新鲜事儿啦，变成了这么一段："同志们，我的爷爷就是被八国联军的老沙皇打死的呀，老沙皇一枪打在我爷爷脑门儿上。老沙皇，新沙皇，旧恨新仇比海深呀……"谁看了这材料不"热泪盈眶"？能不让我们书记四处宣讲吗？这下子可好，登报啊，赴宴啊，红松矿的党委书记一下子出了名了。也真奇了，每次新精神下来，书记都有结合自己的生动事例，还和新精神丝丝入扣。外边人不明底细，说这是"上挂下联，常批常新"。书记还能不明白是谁的功劳吗？凌凯这就不用下井挖煤啦，三天两头去报社、上北京不说，已经被物色提拔为干部了。只不过最近有调级的消息，这才放他回去干几天活儿，等升了级，又要飞上去了。你看看，凌凯这几下子"变"，比魏石头的"老变"管用不是！

你魏石头没这两下子，要是老老实实，蔫蔫儿的，别吭气儿，好好当个工人，也就罢了。谁想到他还犯倔，认死理儿，炒栗子崩瞎眼睛——看不出火候来。为啥？就因为那位书记不是别人，就是当年他的拜把兄弟刘志。先是当矿长，"文革"中靠边站，后来又解放了，当了书记。刘志的根底儿，魏石头知道得一清二楚呀。比如"茶壶嘴儿"的事吧，明明是我魏石头的事呀，你刘志安你头上干吗？不就挨了一顿打吗？又不是什么美事，你抢去四下里说个什么劲儿？魏石头想着就生气，"老变"那点子活泛劲儿也没了，见了刘志总是连笑带骂："兄弟，快别讲你那茶壶嘴儿了。你成了夜壶嘴儿啦，都他妈镶上金边儿啦！""兄弟，老毛子打死的，不是人家隆兴窑蔡癞子的本家爷爷吗，怎么又成了你爷爷啦？你小子真够仗义的了，凡是咱窑哥们儿那些倒霉的祖宗，全让你给认了啊！""我说，今儿你的报告又邪了。你这小子，你妈怀你那会儿吃了一本皇历吧？怎么什么事儿都巧巧儿地赶你头上啦！……"再说下去，更难听啦，"别忘了，你也就比咱多了一条破裤子！窑哥们儿出身，如今当了官儿了，把咱工人那点儿实诚劲儿全喂狗了？别人五人六地胡说八道，忘了盐打哪儿咸，醋打哪儿酸了！"……刘志听着这位魏哥的嬉笑怒骂，一点儿办法也

盖棺

405

没有。本来嘛，他说得不差。开始刘志自己也是这么跟凌凯说的，谁想到凌凯说可以加工一下，加强宣传效果，刘志也就认可了。看看报纸上，什么没影儿的事不往上登呢，何况凌凯写的都是实事儿，不过集中集中就是啦。三次五次，刘志好像也明白了其中的奥妙，拿着凌凯写的讲稿读起来，也脸不变色心不跳，跟真事儿似的了。魏石头净出来添恶心，也真气人，可又没办法，拜把子大哥，又是三代窑黑儿，阶级斗争也抓不到他头上啊。

话是这么说。终于有那么一天，阶级斗争还是抓到他头上了。那是魏石头刚刚回河南老家探亲回来，没三天，他老伴忽然带着三个孩子追着脚儿来了。魏石头一看奇怪啦："你干啥来了？"老伴支支吾吾不敢说。魏石头火了："刚分开没三天，你又踩着脚后跟儿来了，吃饱了撑的？"老伴说："他爹，俺不想来呀，可村里逼着绝育，俺找你商量商量。"魏石头气得脖梗子青筋突突地跳："糊涂！七老八十的人了，我就是让你生，你能生吗？！绝育，怎么绝你头上了！"老伴抽抽搭搭地说："咱村干部说了，上边来文啦，得绝百分之多少。村里的媳妇们都跑光啦……不绝，明年不给口粮……"魏石头骂开啦："共产党咋出了这号东西，干这种没屁眼儿的事！绝育，我也不反对，可你还能跟阉猪似的，追得人家姑娘媳妇四下逃？……"这一骂不要紧，当天，保卫科就把他叫去了："魏石头，你也太出格儿了啊！……六十好几了，又不痴不傻，平时仗着自来红，胡说八道，四下里破坏党委威信，我们也没找你。这下好，干脆泼口骂上共产党了！你要干什么呀？也活得不自在了？"魏石头愣了："什么？我骂共产党？我报共产党的恩还报不过来哪！再说，有那心，我也没那个胆儿啊，找死呀？……"

保卫科长居然能把魏石头过去没心没肺骂出来的话,举出一大堆,说得魏石头脑门子冒凉气。科长没说完,魏石头就把他的话截住了:"得啦,您别说啦,我这听着也够寒心的了!都怨我这张臭嘴。本想着刘书记是咱把兄弟,骂他两句没啥。谁承想,让您这么一归堆儿,也够定个反革命的了。我以后不敢胡说了,可不敢了。您别给我挂牌儿、撅着,我可害怕,受不了那个。再说,咱也是有家有小的人,落个反革命,老婆打离婚我不怕,怕那仨孩子遭罪呀……"这么一下子真把魏石头吓唬得不轻,以后真的不敢胡说了。不要说见了把兄弟刘志躲着走了,就是在班组里,也像霜打过的黄瓜,蔫了。

盖棺

按理,一个人认"厌"了,好像也应该没事儿了。不图混得好,也能图个消消停停,静气平心了。可是不行,生活能闹腾得你糊里糊涂,有时还得胡说八道。就说魏石头,不说话就行了?也不行。譬如,批"三项指示为纲"了,市里指示:"家喻户晓,人人皆知。"红松矿的刘志讲了几年"茶壶嘴儿",长进了,发挥了市里的精神,说要"家喻户晓,人人皆知,个个开口"。这一"发展"不要紧,把魏石头憋在那儿了。他心里害怕呀,三项指示,先不说是正确的吗?听着也没啥错呀。怎么个批法儿?批错了,不又成"骂共产党"了?不批也不行啊,不是要"个个开口"吗!这不,主持会的凌凯说啦:"批得深浅是水平问题,批不批,是态度问题。"轮到你啦,十几双眼睛看着你,等着,你能不发言?心里盼着"卫星上天,红旗落地"怎么的?魏石头心里念叨着"三项指示、三项指示",手心儿里攥出了汗。忽然,他想起"茶壶嘴儿"的事来了,要是能从老事儿里想一件,和"三项指示"挂上了,也能糊弄过去哇!想了想,他结结巴巴地说了,说自己在解放前曾经被万恶的窑主打了三扁担,如今这三项指示,真比窑主那三扁担还狠,还毒!说完了,他大喘一口气,觉着自己批得还差不多。谁想到,一个调皮小伙子恶作剧,吓唬他说:"老魏头儿,你胆子不小哇,又胡说八道啦!三项指示可是正确的,'为纲'才错了哪。你怎么把三项指示比成窑主'三扁担'啦……"魏石头赶忙急赤白脸地说:"我说错啦,错啦!其实,窑主打了我四扁担,咱只顾凑'三',减了一扁担。顾头不顾腚,又说糊涂啦。咱可没反动的意思啊……"工人们哈哈笑起来。有人说:"我初一听,老魏头真有两把刷子呀,敢情减了一扁担!哈哈……"有人说:"魏头儿,再偷偷学两年吧,你也能坐小车四处讲用,吃宴会去了!"这一笑不要紧,把魏石头笑火了:"你们真是见了屃人搂不住火啊!告诉你,都是亲娘十月怀胎生下来的,谁也不比谁矮半截儿,谁也不屃!"这时候,凌凯说话了。一本正经的:"是啊,您哪儿屃啊,您可不屃!不就比咱刘书记差条破裤子吗!当年您要是有条裤子,如今不也是我们的书记了?"小青年们又拍巴掌又跺脚,笑得更凶了。

　　唉,这么着,魏石头慢慢就成了别人寻开心的材料啦。他的笑料越来越多,八百年前的事也能让人当笑话抖搂出来。班里的机灵小伙子们几乎没有不拿他开心的。河南来了家信了,小伙子拿着信说:"老魏头,看信哪!看看河南那儿阉猪阉得咋样啦!"去听报告,小伙子们又说了:"魏头儿,还不上去讲讲你那'三扁担'!记着,今儿得讲挨了八扁担,批的是'黑八论'嘛!"哄笑声里,魏石头渐渐也变得有"涵养"了,他不气不恼,笑笑,叹口气。有时候,借句旧唱词儿,说:"少年休笑白头翁,花开能有几时红。"

这么着，开心的人更开心啦："嘀，魏头儿还有这么两下子哪，没想到！"凌凯呢，眼睛盯着他脸上那片嗜酒的红斑，正正经经地说："您这朵花正红哪。就像香山红叶，'越到老秋，越红得可爱'。"这照例是哄笑的高潮。

　　墙倒众人推。一人一口唾沫，能把人淹死。你信不信？人们拿魏石头开着心，慢慢的，什么粪汤儿都往人家身上倒啦。有人说他有一年回去探亲，赶上夜里到家，听见屋里有男人打呼噜，没敢进家门，跑到野地里蹲了一宿，太阳一竿子高了，才回去。又有人说保卫科长训他那一次，他吓得拉了一裤兜子屎……这些，当然都是人们编派出来拿他开心的，可有一件笑话倒是真的。那就是最近小伙子们又拿他开心，他真急啦："你们净拿我开什么心！彭德怀都平反了，你们也不兴给我平平反？要不是'四人帮'把我闹蒙了，能让你们这么开心？"小伙子们说："给你平反？没找你算账就美了你！反'右倾翻案风'，你反得多狠啊，说人家比窑主还毒，不是你说的？"凌凯却支持他："真的，是得为您平反。您的冤案深啊，日子也不短啦。"魏石头真是块憨石头，竟笑了："看看，我说人家凌凯是知书达理的人不是？"凌凯说："当然啦，我给您写个材料，报上去。当然得平反，一直平到一九四九年。刚解放，您就蒙了不白之冤哪，只因为一条裤子，受了三十年冤枉，该平反啦！还得官复原职，请您当红松矿的矿长！……"小伙子们又拍手笑起来。魏石头这才明白又受了一顿捉弄，悻悻地走了。

　　…………

　　话题儿还是扯回来吧，追悼会也该开始了。怎么样，琢磨出点做人的道理来了吗？做人一辈子，要想混得好，难哪。一要有机会，

盖棺

409

否则人家把你当傻瓜。失了机会,当然可惜,你心眼儿活,也行。这两条都没有?得,你就看魏石头吧!唉,别说啦,死者的亲属们都来了,工会主任陪着。凌凯的爸爸、妈妈,眼睛哭得桃儿似的。魏石头的老伴,木怔怔的,后面跟着三个孩子,大的十三四岁,小的才七八岁,脸上蹭着灰,泪水在上面画了一道一道……

追悼会开始啦。奏哀乐。默哀。致悼词……

人,要是活得体面,死都死得有意义。人要是屄呢,死都死得窝囊。凌凯和魏石头是前后脚死的,差不了几分钟吧。可你听听悼词上说的,那意义就不一样啦。

悼词还在念着。先是党委副书记为凌凯致悼词,而后,是工会副主任念魏石头的悼词。

他们是在前天夜班临下班时出事故死的。凌凯又去给刘书记写了半个月批"四人帮"的经验报告,那天是第一天回班组干活儿。班长派他放炮。魏石头在班长派完活后也叮嘱他一句:"凌凯,你刚上班,小心点啊,放炮的电线拉远点,别大意……"凌凯说:"哟,矿长下来了!我还没看见呢!"小伙子们又哄笑起来。魏石头还跟往常一样,无可奈何,笑笑,走了。

中国有句古话:"智者千虑,必有一失;愚者千虑,必有一得。"这次真让它言中了。凌凯拉出放炮电线,走出了几十米远。他以为自己已经拐过弯了,和掌子面成了死角,放炮崩不到自己了。他合上了闸。他大概没想到,自己正蹲在几十米深的下煤眼边上,掌子面爆炸的气浪冲过来,把他掀进下煤眼里。几十米高啊,中间是一个挨一个的铁框架。当他摔到下煤眼底部的时候,脑浆迸裂,已经没救了。

盖棺

下煤眼底部出口，斜对着躲炮休息室。在这儿躲炮的工人们听见炮响，又听见一声惨叫，再看见下煤眼里掉下一个血肉模糊的人，忽然都明白了。小伙子们吓呆了。刚刚，凌凯还和他们在一起，围着魏石头开心。现在，他竟变成血肉模糊的一团了。小伙子们的脸白得像纸，有的呜呜哭起来。只有一个人扑了过去，谁呢？魏石头。

魏石头像疯了一样扑过去，伸开枯瘦的双手扒开煤末，把凌凯搂在自己怀里。完了。脑袋整个儿摔烂了，脑浆流出来，一丝气儿也没有了。魏石头突然"哇"的一声哭起来。使劲儿摇着凌凯的身子，又扒着煤末，找着凌凯摔烂的尸骨。他用不知什么时代的语言喊着："大兄弟呀大兄弟！你可不能走哇！你可不能走哇！你走了，咱们可怎么一块儿混啊！……"

下煤眼里，放炮崩下的煤马上就要冲下来了。煤屑已经沙沙下落……从惊惶中清醒过来的工人们高喊："魏石头！快闪开！……快！……"

魏石头，难怪人家说你太死心眼儿啦。你要救人，抱着走就是啦。要看人死了，救不出来，你就当心着自己吧。你还在那儿抹鼻涕掉眼泪地喊"大兄弟"干什么！突然，"哗……轰……"一声撕人心肺的巨响，煤流像瀑布一样涌下来。工人们还没来得及冲到魏石头身边，他已经被煤块埋住了，其中一块煤正砸在他的头上。魏石头，也死了。

听听悼词吧。

"凌凯同志一心扑在四化上，为了四化多出煤，快出煤，争分夺秒，不幸忽略了操作规程，牺牲了年轻的生命……"

411

魏石头呢，一句话："在这次事故中，魏石头同志也不幸以身殉职。"这算不错啦。开追悼会以前，我听见主管安全的副矿长说："唉，这个魏石头啊，死一个凌凯还不够，还自己送上去了。瞧瞧，活着窝囊，死也死得这么窝囊……"

悼词致毕，追悼会算是接近尾声了。下面，该亲属讲话了。

先讲的，是凌凯的爸爸。五十多岁，穿一身深灰色中山服。先从衣袋里掏出一方叠得整整齐齐的手帕，按按眼角，又轻轻地擤了擤鼻子。话，讲得简要而得体，感谢党的培养，多谢大家的好意之类。讲完了，向大家深鞠一躬，退下一旁。

接着轮到魏石头的老伴啦。老太太一身半旧的青布裤褂，撩起衣襟捂着脸，呜呜哭了好一会儿。又是抹眼泪，又是擤鼻子。大家伙儿呢，只好在一边干等着。

我特别留意了她身边的工会主任一眼。主任的脸色特别不自在，两眼直勾勾地盯着老太太，没有一点儿去劝劝的意思。我知道，他心里正打鼓哪。魏石头的老伴儿接来才一天，竟然同意来开追悼会了，这就不容易啦。这证明矿上的抚恤条件她基本同意，没有什么额外要求了。只需开过追悼会，把棺材埋了，丧事就算办完了。可这追悼会还是最后一关呀：你知道老太太哭了一阵以后，不会忽然给你提出一串要求？万一提出了，你当场怎么回答？回答不了，老太太拽着棺材，寻死觅活，不让埋，你怎么收场？现在，老太太在那儿哭，焉知她不是在用眼泪赚人的同情？焉知这不是提条件的序幕？主任的心里能不紧张吗？

魏石头的老伴终于开口了。还好，虽说啰唆点儿，讲得倒还在理儿。说人死了，伤心，也活不过来。想想怎么把孩子抚养成人吧。现今村里的日子好过多了,讲"自由"了,国家还能抚恤几个钱,我也忘不了大家伙儿的关心,好好的,替他爹把孩子抚养成人。赶到孩子十八岁了,让他来矿上,接他爹的班吧……到时候,还盼着各位叔叔大爷的,别忘了石头,多给包涵着点儿……工会主任绷得紧紧的脸好像松弛下来了,还微微点头,表示同情、赞许。

"我没啥可说的啦。"老太太又举起袖子擦了一下眼睛,"末了,提个请求吧,也不知矿上能不能给办……"

她撩开大襟,摸出一张纸片来。你想想吧,这要是一张千儿八百元的账单,那可怎么办?要是一张要求把棺材运回河南老家下葬的申请,更麻烦啦!工会主任的眼睛又直了。

老太太说话了。她说这是孩子他爹生前的心爱之物。每次回家,他忘不了找出来摩挲摩挲,还常常拿着它来训叨家里的"小不点儿"们:"你们要长进,争气啊,好好念书。你们看看,你爹自打跟着共产党,从第一天起就不厌!你们可别给我现眼……"老太太说,既然他那么心爱,就把它和他一块儿葬了吧。不知道这犯不犯新规矩呢?能办,就请领导给办办……

这样的要求是很容易满足的。虽说棺材已经钉上了,起几个钉子,放进一张纸片,是不难的。我想工会主任已经舒出一口长气了,虽然我没看他。

"当、当……吱、吱……"棺盖被启动着。

鬼知道一种什么心情驱使,我走到工会主任身边,拿过了那张纸片。这是一张早已残破的油污的纸片,依稀还可以辨认出上面的毛笔字:

昌顺煤窑工会：

今有你处工人魏石头送来三百斤煤，不要报酬，支援前线，请你工会对魏石头同志给予表扬。

此致

敬礼

红松矿区军管会后勤股
一九四八年十二月七日

三十年前的一张收条。也许，魏石头稍通文墨，知道个大意，没好意思把它交到煤窑工会，可他还是把它当宝贝似的留起来了。我看看这张纸片，不知怎么了，手，死死地攥着，不知干吗要攥得那么紧。渐渐的，鼻子开始发酸啦。把这张纸片摩挲了三十年的魏石头，拿着它训叨孩子们的魏石头，抱着凌凯喊"大兄弟"的魏石头……走到我面前来了。也许，魏石头的话是对的，我们是该给他平反？他不是官，没有什么"原职"可复，也不存在发还工资的问题，更没有必要开什么"平反大会"……可是我们确确实实该给他平反啊！男儿有泪不轻弹。想到这会儿，我却掉泪了。我还听到低低的啜泣声。身前身后，有的人用手绢暗暗抹泪，有的人索性哭出声来了。其中哭得最伤心的，是那几个平常跟着凌凯拿魏石头开心的小伙子。小伙子们，你们哭晚了！……哦，还不晚，我寻思着。那个过去的年代，颠倒了多少做人的道理。如今我们明白了，不晚。可我们那些领导们呢？他们明白了吗？其实，这又何必多虑！领导当然也会明白，要不，怎么叫"领导"呢！

想到这些,我的心好像才稍稍放宽了一点。

棺盖打开了。纸片被主任拿过去,郑重地放在死者的胸前。棺盖又訇然盖上了。

"当当当……当当当……"棺盖被重新钉上。忽然,魏石头的三个孩子几乎同时"哇"的一声哭起来了。他们都跪在棺材前面,用小手抹着眼泪。在他们呜呜失声的同时,还忘不了按照乡间的习俗喊着:"爸爸……躲钉!……爸爸……躲钉!……"

通往墓地的盘曲的山路上,两辆马车,拉着两副棺材。后面,跟随着几百名送葬的工人们。魏石头最小的孩子被一个小伙子背着。墓地上早就挖好了两个长方形的洞穴,人们根据自己和死者生前的关系,自然地在墓穴的周围分成了两圈。我看见,死者生前所在班组的工人们大都围在魏石头的棺材旁,上手把那沉重的棺木放下墓坑,然后,庄重地抓起一把黄土,撒在里面……

我也捧起一把土,撒在魏石头的墓坑里,长长地舒了一口气。

唉,我又想起"盖棺论定"来啦。人死了,到底该怎么个"论定"法儿?真难说。

1980 年 2 月